THOMAS HARDY,

DEUX
YEUX BLEUS

TRADUIT DE L'ANGLAIS

PAR

ÈVE PAUL-MARGUERITTE

Deuxième édition

PARIS
LIBRAIRIE PLON
PLON-NOURRIT ET Cⁱᵉ, IMPRIMEURS-ÉDITEURS
8, RUE GARANCIÈRE — 6ᵉ

Tous droits réservés

DEUX YEUX BLEUS

DU MÊME AUTEUR, A LA MÊME LIBRAIRIE :

HARDY (Thomas). La Bien-Aimée (The Well-Beloved). Traduit de l'anglais par Ève PAUL-MARGUE-RITTE. Préface de Paul MARGUERITTE. 3ᵉ édition. Un volume in-16. . . . . 3 fr. 50

PARIS. TYP. PLON-NOURRIT ET Cⁱᵉ, 8, RUE GARANCIÈRE. — 15881.

THOMAS HARDY

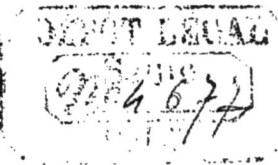

DEUX
YEUX BLEUS

TRADUIT DE L'ANGLAIS

PAR

ÈVE PAUL-MARGUERITTE

PARIS

LIBRAIRIE PLON

PLON-NOURRIT ET Cie, IMPRIMEURS-ÉDITEURS

8, RUE GARANCIÈRE — 6e

—

Tous droits réservés

DEUX YEUX BLEUS

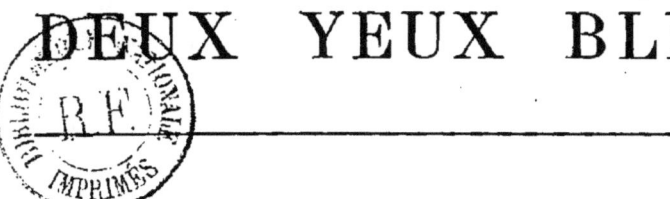

Une violette dans la fraîcheur de sa jeunesse
Précoce mais fugitive, douce mais mortelle :
Le parfum d'une minute.
Rien de plus.

I

« UNE BELLE VESTALE RÉGNAIT EN OCCIDENT... »

Elfride Swancourt était une jeune fille de sensibilité profonde et d'émotions vives.

Seuls soupçonnèrent ses sentiments intimes, et souvent instables, ceux qui suivirent pas à pas son histoire.

Elfride était très belle et pourtant, en causant avec elle, vous ne remarquiez pas le dessin de ses traits. Non que sa conversation fût sérieuse et absorbât votre intérêt (car ses façons restaient encore enfantines), mais parce que la spontanéité de ses remarques vous empêchait de penser à autre chose.

Vivant toujours loin du monde, les *monstrari digito* d'hommes fats ne l'avaient pas encore pervertie. A dix-neuf ans, tout ce qui touche à l'amour lui était plus étranger qu'à une jeune citadine de quinze ans.

Dans son visage, une chose frappait cependant : ses yeux.

Ses yeux la résumaient toute. Il suffisait de

les voir pour la connaître. Là vivait son âme.

C'étaient des yeux bleus. Bleus comme la brume d'automne dans le lointain, lorsqu'elle se recule au-dessus des bois par un matin ensoleillé de septembre. Un bleu indécis qui ne s'arrêtait pas à la surface, mais semblait se prolonger au dedans.

Excepté ses yeux, sa personne passait inaperçue. Il y a des femmes, dont la forte personnalité peut changer l'atmosphère d'une réunion. Elfride n'était pas de celles-là.

Elle avait le regard pensif de la Madona della Sedia, sans la volupté qui l'anime. Elle possédait la gravité et la splendeur commune aux femmes, — déesses ou mortelles, — de Rubens, sans leurs chairs débordantes.

L'expression des portraits du Corrège, — cette concentration de pensée trop forte pour les larmes, — passait quelquefois sur son visage; mais en de rares et particulières circonstances.

Le premier écueil de la vie d'Elfride Swancourt, auquel un courant souterrain l'entraînait sans qu'elle sans doutât, fut certainement ce jour d'hiver où elle se trouva, en qualité de maîtresse de maison, face à face avec un jeune homme qu'elle ne connaissait pas et qu'elle considérait avec l'étonnement d'une Miranda et un intérêt qu'elle n'avait, jusqu'alors, accordé à aucun mortel.

Ce jour-là, son père, veuf et vicaire de cette petite paroisse maritime du Bas-Wessex, souffrait d'une attaque de goutte.

Après avoir accompli ses devoirs de maîtresse de maison, Elfride commença à s'agiter. Elle quittait alors la pièce, grimpait le petit escalier de bois et venait heurter à la porte de son père.

— Entrez, répondait chaque fois de l'intérieur une voix joviale.

M. Swancourt, étendu sur son lit et vêtu d'une robe de chambre, laissait échapper des paroles véhémentes au sujet d'une certaine lettre, et des mots qui ressemblaient fort à des jurons.

— Papa, dit-elle à une de ces occasions au bel homme d'une quarantaine d'années, au teint rouge, qui soufflait et sifflait comme une bouteille de vin mousseux, — papa, — et elle haussait la voix, car le pasteur avait l'oreille un peu dure, — ne descendrez-vous pas dîner ce soir?

— Peur que non; heu! heu! bien peur que non, Elfride; ffh! ffh! ffh! Je ne peux seulement pas supporter un mouchoir sur ce satané orteil; encore moins une chaussette ou une pantoufle. Ffh! ffh! Allons! Voilà que ça recommence! Non je ne me lèverai pas avant demain matin.

— Alors, j'espère que ce monsieur de Londres ne viendra pas. Car je ne saurais que faire, papa.

— Ce serait certainement fort ennuyeux.

— Je doute qu'il vienne aujourd'hui.

— Pourquoi?

— A cause du vent.

— Du vent? Quelle drôle d'idée, Elfride! Depuis quand le vent empêche-t-il un homme de faire son travail? Aussi, pourquoi, diable, ai-je eu cette attaque de goutte!... S'il vient, envoyez-le moi de suite, puis donnez-lui à manger et montrez-lui son lit. Bon Dieu! Quel ennui!

— Faut-il lui préparer un dîner?

— Trop lourd, après la fatigue d'un long voyage.

— Du thé?

— Pas assez substantiel.

— Un souper alors? Il y a du faisan froid, du pâté de lièvre et des pâtisseries.

— Oui, un souper.

— Dois-je lui servir son thé, papa?

— Bien sûr. N'êtes-vous pas maîtresse de maison?

— Quoi, m'asseoir en face de cet étranger! Et personne pour nous présenter!

— Sottise, enfant! Vous êtes plus intelligente que

cela! Un homme d'affaire, fatigué et affamé, ne songera guère à lier conversation ni à se montrer galant. Il désire manger et dormir, cet homme. Vous n'avez qu'à y veiller, puisque je ne puis le faire. Il n'y a rien là de bien terrible, il me semble? Dieu sait ce que vous allez vous fourrer dans la tête avec tous vos satanés romans!

— Oh! non, il n'y a rien là de terrible, puisque c'est un cas de force majeure. Seulement, vous êtes toujours présent lorsqu'il y a des gens à dîner. Et cet étranger, cet homme de Londres, trouvera peut-être votre absence bizarre.

— Et puis, après?

— Est-ce l'associé de M. Hewby?

— Je ne crois pas. Mais cela se peut.

— Quel âge a-t-il, je me le demande?

— Je ne puis vous le dire. Vous trouverez copie de ma lettre à M. Hewby et sa réponse sur la table de mon cabinet de travail. Lisez-les, vous en saurez autant que moi.

— Je les ai lues.

— Pourquoi me questionner, alors? Je n'en sais pas plus. Aïe! Aïe! Petite misérable, ne mettez rien sur mon pied! Je ne puis supporter le poids d'une mouche.

— Oh! Pardon, papa. Je craignais que vous n'eussiez froid.

Et elle débarrassa le patient de la couverture qu'elle venait de jeter sur ses pieds. Elle attendit que le regard de mauvaise humeur eût disparu du visage de son père et quitta la chambre.

II

Deux heures plus tard, on eût pu voir se découper des silhouettes sombres sur le ciel encore clair. Elles atteignaient le sommet de la colline sauvage contre laquelle s'adosse le village. Bientôt on eût discerné deux hommes assis dans un dog-cart, luttant contre le vent.

A peine avaient-ils rencontré une maison perdue ou un individu solitaire le long de la vallée désolée.

Et maintenant la nuit tombait. L'apparition silencieuse de Jupiter éclaira vaguement le paysage. Sirius, rivalisant d'éclat, épandit ses rayons blêmes.

Sur terre, quelques points rouge sombre çà et là sur les lointaines collines. Les paysans allumaient ces feux, fit remarquer au voyageur le conducteur du dog-cart, pour détruire la tourbe et les racines de genêts. Moyen commode de laisser l'espace libre aux champs de culture.

Le vent ne tombait pas. Quatre petits nuages délicats et pâles rampaient sur le ciel, là-bas au sud, au-dessus de la Manche.

Seize milles séparaient la gare du but de leur voyage. Quatorze se trouvaient déjà franchis. Les voyageurs entraient dans une vallée plus fertile et plus civilisée. Peu après, entre un rideau de peupliers, surgit une grande maison.

— Le château d'Endelstow, la propriété de lord Luxellian, expliqua le conducteur.

— Le château d'Endelstow? répéta l'autre machinalement.

Il se tourna à demi, scrutant les bâtiments presque invisibles, avec un intérêt que ne semblait nullement mériter un tableau aussi indistinct.

— Oui, c'est bien la propriété de lord Luxellian, reprit-il, au bout d'un moment, les regards toujours fixés sur le château.

— Quoi? Y allons-nous?

— Non. Au presbytère, vous ai-je dit.

— J'pensais que v's'aviez changé d'idée à la façon dont vous regardiez le château.

— Oh! non! La propriété m'intéresse, voilà tout.

— Vous n'êtes pas le seul à ce qu'on dit.

— Les autres n'y prennent pas le même intérêt que moi.

— Ah!... Vous savez, la famille Luxellian ne vaut guère mieux que la mienne?

— Comment cela?

— Ce sont d'anciens terrassiers et tailleurs de haies. Mais jadis, l'un des Luxellian sauva la vie de Charles II. Il travaillait aux champs, lorsque le roi en fuite vint à passer.

« Charles II vint à lui, tel un homme ordinaire, et, d'un ton détaché :

« — Holà, manant, aussi vrai que j'te parle, mon nom est Charles II. Veux-tu me prêter tes vêtements.

« — Si vous y tenez, répond le paysan Luxellian.

« Et ils changèrent d'habits.

« — Ecoute maintenant, reprit le roi, avant de monter en selle, comme un homme ordinaire; si je reviens un jour sur le trône, viens frapper à ma porte et demande hardiment : « Charles II est-il chez lui? » Dis ton nom. On te fera entrer et je te ferai lord.

« — C'était gentil ça, hein, de la part du jeune Charley?

— Très gentil.

— Or donc, l'histoire le dit, ce roi revint au trône. Quelques années après le terrassier Luxellian vint frapper à la porte du roi et demanda si Charles II était chez lui.

« — Non, lui répondit-on.

« — Et Charles III?

« — Oui, dit un jeune homme qui ressemblait au commun des mortels si ce n'est qu'il portait une couronne. Mon nom est Charles III. Et...

— Je crois qu'il doit y avoir erreur. Je ne me souviens pas d'un Charles III dans l'histoire d'Angleterre, interrompit l'interlocuteur d'un ton de douce remontrance.

— Oh! ça s'est cependant passé ainsi. Seulement on ne l'a pas imprimé. C'était un drôle de corps, ce Charles III.

— Très bien, continuez.

— Bref de fil en aiguille, le paysan Luxellian fut créé lord et tout marcha bien jusqu'au jour où il se querella d'une façon épouvantable avec le roi Charles IV...

— Charles IV, c'en est trop! Je ne puis vous laisser continuer.

— Pourquoi? Il y eut bien un Georges IV?

— Certainement.

— Eh bien quoi, les Charles sont aussi communs que les Georges. Mais c'est bon, je m'arrête. Quel drôle de monde que le nôtre, tout de même! Dire que de pareilles choses peuvent s'y passer!

La nuit tombait. Les contours du château s'effacèrent. Les fenêtres qui, peu auparavant, faisaient taches noires sur le blanc des murs, s'illuminèrent, découpant des carrés de lumière sur l'uniforme obscurité du paysage qui absorbait jusqu'aux contours de la maison.

Les voyageurs n'échangèrent plus un mot, ils grimpèrent une colline, puis une autre. Un mille ensuite de terrain plat, sur le plateau. Sur la côte, dont ils approchaient, brillaient deux phares protecteurs. Bientôt une petite oasis, semblable à un nid, s'estompa à leurs pieds. Le conducteur freina : la descente plongeait à pic, sous les arbres, comme un terrier de lapin.

— Voici, là, au fond, le presbytère d'Ouest-Endelstow, dit l'homme en lâchant d'une main les rênes. La propriété de lord Luxellian, Est-Endelstow, a sa chapelle particulière. Le pasteur Swancourt dessert les deux villages. Drôle de monde que le nôtre! Il y avait une carrière autrefois, à l'endroit du presbytère. L'architecte gratta toute la terre environnante pour en entourer la maison. Il y poussa un petit paradis de fleurs et d'arbres qui prospèrent, tandis que les champs raclés n'ont jamais rien produit depuis lors.

— Depuis combien de temps le vicaire actuel habite-t-il ici?

— Un an, peut-être, ou dix-huit mois; il n'y a pas encore deux ans. Et, comme de juste, les paroissiens ne commencent à diffamer leur pasteur qu'au bout de la seconde année. C'est un homme charmant. Il me connaît bien, le pasteur Swancourt!

Ils sortaient du berceau de verdure. Les cheminées et les pignons du presbytère s'accusèrent, tout noirs. Pas de lumière. Ils s'arrêtèrent. Le conducteur descendit et sonna.

Au bout de quelques minutes de silence qu'aucun bruit ne vint rompre, l'étranger tira à son tour la sonnette d'une main énergique. Il leur sembla entendre un bruit de pas derrière la porte. Mais elle ne s'ouvrit pas.

— P't'ête qu'ils n'sont pas là, soupira le conducteur. Moi qui me promettais un morceau à la cuisine, et un bon verre de cidre. Ils en ont d'excellent!

— Bonsoir, voisins! Il faut que vous soyez bien riches ou bien pauvres, pour vous aventurer dehors à cette heure de la nuit, dit une voix au même moment.

Ils aperçurent alors, derrière eux, un individu malingre qui, ayant fait le tour par la porte de derrière, s'avançait en balançant une lanterne à la main.

— Sept heures viennent à peine de sonner. Apportez de la lumière, William Worm, et laissez-nous entrer.

— Oh! Est-ce vous, Robert Lickpan?

— Personne autre, William Worm.

— Amenez-vous le visiteur?

— Oui, intervint l'étranger. M. Swancourt est-il chez lui?

— Oui m'sieu. Ça vous ferait-il rien de passer par le derrière de la maison? La grande porte a joué à l'humidité, comme cela lui arrive quelquefois. Un Turc alors ne pourrait l'ouvrir. Je ne suis, je le sais, qu'une pauvre et tremblante créature qui ne pourra jamais assez remercier le Seigneur de l'avoir créée, mais je puis vous montrer le chemin, monsieur.

Le nouvel arrivant suivit son guide à travers une petite porte, un cellier et une cuisine, qu'il traversa les yeux fixés à terre de peur de paraître curieux.

Il s'apprêtait à suivre Worm, dans sa chambre, quand du couloir d'entrée, où elle allait s'enquérir de la cause du retard, surgit Elfride. Son recul de surprise, à la vue de l'étranger, prouvait clairement qu'elle n'avait pas prévu ce mouvement de flanc, uniquement dû à l'initiative de William Worm.

Elle apparut dans la plus séduisante des tenues; c'est-à-dire mi-vêtue et des boucles dénouées sur ses épaules. Une inquiétude persista sur son visage et elle ne sut pas se montrer assez femme pour la circonstance. Le visiteur souleva son chapeau et Elfride considéra avec un intérêt mêlé de surprise celui envers qui elle exercerait les devoirs de l'hospitalité.

— Je suis M. Smith, dit l'étranger d'une voix musicale.

— Et moi, miss Swancourt, répondit Elfride.

Sa gêne disparut.

Ce jeune homme séduisant contrastait tellement avec le taciturne, vieil homme d'affaires qu'elle s'était imaginé, — un personnage sarcastique dont les vêtements sentiraient la fumée de Londres, dont la peau aurait blêmi par suite du manque de soleil, — qu'Elfride sourit de soulagement, éclata presque de rire au nez du jeune homme.

Stephen Smith, que nous avions à peine entrevu dans l'obscurité, n'était, à ce moment de sa vie, qu'un gamin au physique et à peine un homme par l'âge. On n'eût jamais cru, d'après son aspect, qu'il pût venir de Londres. Comment vivre avec ce teint frais et sain au milieu de la fumée, de la boue, du brouillard et de la poussière? Certes, un visage aussi ouvert n'avait jamais connu « la fatigue, la fièvre et l'agitation » de la seconde Babylone.

Son teint était aussi pur que celui d'Elfride, aussi délicat que les roses de ses joues. Sa bouche rivalisait de perfection avec l'arc de Cupidon et ses lèvres cerise eussent fait envie à une jeune fille. Cheveux bouclés noirs, des yeux brillants d'un bleu gris, une rougeur d'enfant, ni barbe ni moustache — la légère ombre brune de sa lèvre supérieure méritait difficilement ce nom — tel était l'homme d'affaires londonien dont la venue inquiétait tant Elfride.

Son père, se dépêcha-t-elle de lui dire, ne pouvait, à son grand regret, l'accueillir. M. Smith répondit d'une voix jeune, qu'il s'efforçait de rendre masculine. Il se montra désolé pour le pasteur, mais avoua qu'en ce qui le concernait personnellement il ne pouvait se plaindre de la substitution.

Stephen fut ensuite conduit à sa chambre.

Elfride, pendant ce temps, se faufila chez M. Swancourt.

— Il est là, papa. Si jeune pour un homme d'affaires!

— Oh! Vraiment?

— Il est bien, physiquement; joli même, comme moi.

— Hum! C'est tout?

— Oui. C'est déjà très bien, n'est-ce pas?

— Nous verrons, quand nous le connaîtrons mieux. Allez l'abreuver et le nourrir, pour l'amour du ciel! Et après le souper, dites-lui que je serai heureux de le voir, s'il veut bien monter.

La jeune fille obéit.

Parcourons, pendant qu'elle attend en bas le jeune Smith, les deux lettres se référant à cette visite.

M. Swancourt à M. Hewby

« Presbytère d'Endelstow, 18 février 18...

« Monsieur, nous avons songé à faire restaurer la tour et une aile de l'église paroissiale. Lord Luxellian, le seigneur du comté, a désigné, pour ce travail, votre nom comme celui de l'architecte le plus digne de confiance.

« J'ignore ce qu'il faut faire. Le plus simple serait peut-être que vous ou un de vos associés veniez au préalable examiner l'édifice.

« L'endroit est malheureusement fort reculé : la station la plus voisine est à 14 milles du village; et la plus proche ville, Castle Boterel, en réalité un grand village, à 2 milles au moins. Aussi vaudrait-il mieux que vous descendiez au presbytère. Je serais heureux de mettre une chambre à votre disposition. N'importe quel jour de la semaine prochaine me conviendra et nous trouvera prêts à vous recevoir.

« Agréez, monsieur, mes salutations distinguées.

« Christophe SWANCOURT. »

M. Hewby à M. Swancourt

« Percy Place, Charing Cross, 20 février.

« Monsieur, dès le reçu de votre lettre du 18 courant, je me suis occupé de vous envoyer quelqu'un, pour dresser le plan de l'aile et de la tour à restaurer.

« Mon aide, M. Stephen Smith, quittera Londres demain matin par le premier train dans ce but. Merci de votre offre hospitalière. M. Smith l'accepte avec grand plaisir et sera probablement chez vous, à la tombée de la nuit. Vous pouvez avoir pleine confiance en lui et vous fier à sa compétence en fait d'architecture d'église.

« Dans l'espoir que les plans de restauration que je dresserai, d'après les dessins et les détails de M. Smith, vous plairont ainsi qu'à lord Luxellian, je vous prie d'agréer, monsieur, mes salutations empressées.

« Walter Hewby. »

III

« DE MÉLODIEUX OISEAUX CHANTAIENT DES MADRIGAUX »

Son premier repas au presbytère d'Endelstow fut
fort agréable au jeune Stephen Smith. La table se
couvrait, comme Elfride l'avait annoncé, de ces mets
disparates qui constituent un souper de province.
Divertissement agréable aux hommes des villes et
aux jeunes appétits en particulier. La table se
décorait de fleurs et de feuillages d'hiver, parmi les
quels l'œil se délectait au spectacle des côtelettes,
du poulet, des pâtisseries et de deux énormes pâtés
qui s'équilibraient, d'un air d'abondance réjouie, sur
les deux côtés du même plat. Au bout de la table,
près de la cheminée, le service à thé, en vieille porce-
laine du Worcester.

Elfride affectait, pour servir le thé, un air de
digne matrone. Elle semblait s'inquiéter uniquement
de la marmelade, du miel et de la crème fouettée.
Ayant dîné avant l'arrivée du jeune homme, elle
s'aperçut qu'elle n'avait rien à faire, sinon à parler.

Elle demanda à son hôte la permission de terminer une lettre pressée, à une table voisine. Mais, à
peine assise, elle eut conscience d'être malhonnête
et commença à s'agiter.

Cependant M. Smith ne semblait nullement choqué
de sa conduite. Et comme il paraissait lui-même em-
barrassé, lorsqu'elle regardait attentivement sa tasse,
afin de saisir le moment opportun pour la remplir à
nouveau, Elfride se sentit plus à l'aise. Et lorsqu'un

peu plus tard il donna, par mégarde, un coup dans
le pied de la table et manqua renverser son thé
comme un écolier, elle se sentit maîtresse de la
situation et put parler sans contrainte. Au bout de
quelques minutes, ils avaient oublié qu'ils se connaissaient seulement depuis quelques instants.

Stephen se faisait éloquent pour raconter des
anecdotes de son métier, et Elfride narra avec
beaucoup d'animation des histoires, à elle contées
par son père. En somme, on eût pu voir ce soir-là
chez M. Swancourt une exquise peinture de l'Innocence et de la Jeunesse.

Stephen dut ensuite monter au premier crier quelques phrases de politesse au vicaire. Il reçut de lui,
entre des « aïe! aïe! » et des « ffh! ffh » nombre
d'excuses pour l'avoir fait introduire sans cérémonie dans une chambre à coucher.

— Mais, continua M. Swancourt, j'éprouvais le
besoin de vous dire quelques mots, sans attendre
à demain. On finit par perdre patience à rester
prisonnier dans son lit, par suite de l'attaque sou-
daine d'un ennemi dont je n'ai cependant encore
pas eu trop à me plaindre. C'est la seconde fois
que la goutte met sa griffe sur moi. Elle a gagné
mon autre orteil en douceur. Mais j'espère qu'elle
aura évacué la place demain. Vous a-t-on bien
soigné?

— En perfection. Je vous en prie, ne vous souciez pas plus de moi que si je n'existais pas.

— C'est entendu. D'ailleurs je serai levé demain.
Ma fille est un excellent médecin. Ses baumes me
guérissent plus vite que toutes les drogues de l'univers. Mais parlons un peu de l'église. Prenez donc
une chaise. Nous ne faisons pas de cérémonie ici.
Nos visiteurs ne restent jamais longtemps, aussi
nous ne pouvons perdre notre temps en formalités
inutiles. Cette tour, donc, comme vous le verrez,
est trop abîmée pour être restaurée. Mais l'église

tient encore assez bien. A côté surtout de certaines
églises de pays, dont les portes sortent de leurs
gonds et dont les murs menacent ruine sous le poids
du lierre.

— Vraiment?

— Oh! Cela n'est rien. Les paroissiens d'un de
mes collègues du voisinage se voient obligés, dès
que la pluie se met à tomber, pendant le service,
d'ouvrir leurs parapluies... Si vous voulez bien me
passer ces papiers et ces lettres, là sur la table, je
vous montrerai où nous en sommes.

Stephen traversa la pièce et le vicaire remarqua
combien la silhouette de son interlocuteur restait
jeune et élancée.

— Vous êtes compétent dans votre métier, j'imagine? interrogea-t-il un peu inquiet.

— Je le crois, répondit Stephen en rougissant
légèrement.

— Vous semblez si jeune! Je jurerais que vous
n'avez pas plus de dix-neuf ans?

— J'en compterai bientôt vingt et un.

— Juste la moitié de mon âge; je marche sur
quarante-deux.

« A propos, reprit M. Swancourt au bout de
quelques instants de conversation animée, ne m'avez-
vous point dit que votre nom était Stephen Smith
Fitzmaurice, et votre grand-père originaire de Cax
bury? Vous appartenez à la grande famille bien
connue du comté?

— Je ne crois pas que nous ayons la moindre
goutte de leur sang dans les veines.

— Allons donc! Passez-moi le « Landed Gentry ».
Voyons un peu! Là... Stephen Fitzmaurice Smith...
enterré dans l'église Sainte-Marie. Donc de cette
famille sortent les Leaseworthy Smith et collatéra-
lement le général, sir Stephen Fitzmaurice Smith
de Caxbury.

— Oui, j'ai vu son monument, fit Stephen. Mais

il n'y a aucun rapport entre sa famille et la mienne, c'est impossible.

— Peut-être pas à votre connaissance. Mais regardez ceci, cher monsieur, vous voici, vous, Stephen Fitzmaurice Smith, résidant à Londres, mais originaire de Caxbury. Ce livre contient tout l'arbre généalogique des Fitzmaurice Smith. Peut-être travaillez-vous maintenant dans votre famille. Cela ne me regarde pas et je ne vous le demande point. Mais il est clair comme votre nez au milieu du visage qu'il faut chercher là votre origine. Et je vous en félicite, monsieur Smith! Le sang bleu! Voilà une couleur désirable par le temps qui court.

— J'aimerais mieux que vous me félicitiez d'une qualité un peu plus tangible, dit le jeune homme avec tristesse et non sans modestie.

— Allons donc! Cela viendra avec le temps. Vous êtes jeune; toute la vie s'ouvre devant vous. Maintenant, regardez dans quelles brumes du passé il faut aller rechercher les origines de ma propre famille, celle des Swancourt. Voici, continua-t-il en tournant la page, Geoffrey, un de mes ancêtres. Il perdit sa baronnie pour être resté fidèle à la monarchie déchue. Voilà comme nous sommes! Aujourd'hui, je suis un pauvre homme, un pauvre gentilhomme. Ceux avec qui je voudrais me lier ne s'y prêtent pas et je suis trop au-dessus des autres pour m'abaisser jusqu'à eux. Aussi, à part un dîner ou deux par an, ou un bout par-ci par-là de conversation avec lord Luxellian, un de mes parents, je vis dans une solitude complète.

— Vous avez vos études, vos livres, votre fille.

— Oh! oui, oui. Je ne me plains pas de ma pauvreté. *Canto coram latrone.* Que je ne vous retienne pas plus longtemps dans ma chambre de malade, monsieur Smith. Ah! ceci me rappelle une histoire de mon jeune temps.

Là, le vicaire se mit à rire par saccades. Stephen le regarda d'un air interrogateur.

— Oh! non, non, c'est trop indécent,trop indécent! continua M. Swancourt d'un ton de sombre gaieté. Descendez, ma fille tâchera de vous distraire. Demandez-lui de chanter. Elle a une très jolie voix et s'accompagne agréablement. Bonsoir, j'ai l'impression de vous connaître depuis des années, monsieur Smith. Je vais sonner pour qu'on vous montre le chemin.

— C'est inutile, dit Stephen, je le retrouverai fort bien.

Et il descendit, en songeant combien étaient agréables les manières franches et libres de ce pays perdu, comparées à la réserve de Londres.

— J'ai oublié de vous dire que mon père avait l'oreille un peu dure, fit Elfride avec inquiétude lorsque Stephen entra dans le petit salon.

— Je m'en suis aperçu. Nous sommes très amis. Et miss Swancourt, je vous demanderai de vouloir bien me chanter quelque chose.

Cette requête sembla à miss Swancourt un peu hardie, mais elle ne s'en étonna pas trop, sachant par expérience avec quel sans gêne son père se servait 'elle pour égayer parfois ses mornes visiteurs. D'aileurs l'attitude de M. Smith demeurait trop ouverte our paraître choquante et son âge très tendre ne ui inspirait aucune crainte. Elle se trouva donc oute prête — pour ne pas dire aise — d'accéder à on désir. Elle feuilleta quelques vieilles romances u'aimait autrefois sa mère et entonna, d'une jolie oix de contralto : « C'était par un soir d'hiver... »

— Aimez-vous ce vieil air, monsieur Smith? emanda-t-elle lorsque le chant eut expiré.

— Beaucoup, répondit Stephen.

Et il eût répondu de même façon et avec autant e sincérité à n'importe quelle autre chanson, chanée par Elfride.

— Alors je vais vous chanter un air de De Leyre
que m'a donné une jeune femme française pendant
son séjour à Endelstow :

> Je l'ai planté, je l'ai vu naître
> Ce beau rosier où les oiseaux...

et pour finir, je vous dirai les vers de Shelley :

> Lorsque la flamme vacille...

que ma pauvre mère mit en musique. J'aime tant
chanter pour quelqu'un qui s'intéresse réellement à
ma voix.

Lorsqu'une femme fait une impression durable
sur un homme, elle revit presque toujours dans son
esprit telle qu'elle lui apparut à un moment donné,
dans une attitude qui semble la résumer toute au
pays du souvenir.

L'image de miss Elfride se fixa donc dans la
mémoire de Stéphen en l'attitude et dans le décor
actuels, pour le hanter pendant son sommeil et ses
insomnies.

C'est le profil d'une jeune fille vêtue de soie gris
argent, agrémentée de cygne. La robe se décolette
en cœur, à la naissance du col. Cette pâle couleur
contraste admirablement avec le ton plus chaud du
cou et du visage. La bougie, placée à l'extrémité du
piano, arrive à hauteur de son front et, presque
invisible, dore les petits cheveux frisés d'un halo
lumineux qui lui cercle la tête d'une auréole. Les
mains courent sur le clavier; de ses lèvres entr'ouvertes s'échappe, déchirante, la strophe finale :

> Oh ! amour, toi qui pleures
> La fragilité des choses d'ici-bas,
> Pourquoi choisir la plus frêle
> Pour berceau, pour demeure et pour tombe.

La tête se penche un peu, ses yeux se fixent sur
la musique. Par instants, elle lance sur le visage
de Stephen un rapide regard qu'elle reporte plus

viv;ment encore sur la partition. Son visage perd alors sa tristesse et s'empreint d'une expression malicieuse qui s'attarde sans cependant s'achever en un sourire.

Tout à coup Stephen changea de position et appuya son coude droit sur la petite ottomane qui s'encadre entre le piano et l'angle de la pièce. Il se rencoigna sur son siège et fixa des regards ardents sur le visage de la jeune fille. Ils s'y appuyèrent si longuement que les joues d'Elfride s'empourprèrent peu à peu.

A la fin, elle se tut, et une minute ou deux s'écoulèrent avant qu'elle osât tourner la tête. Le visage du jeune homme revêtait une expression d'inexprimable tristesse.

— Vous ne devez pas entendre chanter souvent, monsieur Smith, pour que mes romances vous produisent une telle impression.

— Peut-être était-ce votre voix et non la chanson qui me troublait, fit-il doucement.

— Oh! Monsieur Smith!

— C'est vrai; j'entends rarement chanter. Vous vous trompez, je crois, sur mon compte. Parce que je viens de Londres, vous vous imaginez que je mène une vie agitée et suis au courant des dernières nouveautés du jour. Erreur! Ma vie est aussi tranquille que la vôtre et plus solitaire. Solitaire comme la mort.

— La mort qui vient d'un excès de vie? Je vois bien que vous n'êtes pas celui que j'imaginais avant votre venue. Vous n'êtes ni dénigreur, ni expert, ni intimidant. Pour cette raison seulement j'ai consenti à vous chanter des airs que je ne savais qu'à moitié.

Et voyant qu'elle le vexait par cet aveu ingénu elle se hâta d'ajouter.

— Votre jeunesse et votre inexpérience sont des qualités à mes yeux et non des défauts. Je sais que vous ne trouvez pas ma vie plate et triste.

— Certes non, fit-il avec ferveur. Elle doit être exquisement poétique, agréable, simple et...

— Vous vous emballez, monsieur Smith! Les autres hommes, quand je peux leur faire avouer leur vraie impression, sont d'un avis tout contraire. Ils considèrent cette existence comme ennuyeuse à la longue, bien qu'agréable pour un jour ou deux.

— Je pourrais la vivre toujours! dit-il d'un tel air et avec un regard si expressif qu'Elfride fut surprise de voir la petite Troie que son chant avait incendiée dans le cœur du jeune homme.

Elle répondit vivement :

— Mais vous ne le pouvez pas.

— Hélas!

Et il rentra en lui-même avec la sensibilité d'un escargot.

Elfride sentait vivement les choses, mais ce besoin, — commun aux femmes, — de susciter l'admiration, demeurait seul responsable de la passion qu'elle venait d'enflammer dans ce jeune cœur.

IV

Pour des raisons de lui seul connues, Stephen
Smith se leva presque à l'aube le lendemain matin.
De la fenêtre de sa chambre, il pouvait apercevoir
deux collines se touchant à leur base et s'évasant
en forme de V. Au milieu, comme un liquide dans
un entonnoir, s'apercevait la mer grise et rétrécie.
Au sommet de la plus élevée des collines, se dressait l'église qui devait être le champ de ses opéra-
tions. L'édifice solitaire, nu et triste, se détachait
sur le ciel en contours précis. La tour carrée, à
moitié en ruines et sans pinacle, qui la flanquait, ressemblait plus à un roc d'oolithe naturelle qu'à une
construction de main d'homme. Un mur bas entourait l'église; au delà, sur un plan horizontal et à
niveau du mur, s'étendait le cimetière, que délimi-
taient la ligne des tombes et quelques très rares
pierres commémoratives. Aucun arbre ne poussait
sur cette colline battue des vents; seuls, les mono-
tones bancs de gazon vert.

Cinq minutes après, Stephen s'évadait sans bruit
de la maison. Lorsqu'il rentra deux heures plus
tard, le visage animé et le teint clair, il se vêtit avec
soin, ce qu'il avait négligé de faire en se levant,
pour sa mystérieuse équipée.

Un beau garçon en vérité, avec sa bouche parfaite

qui rappelait celle de William Pitt et son menton
rond d'une courbe pleine.

À un moment, il prononça le nom d'Elfride.

Justement la voici! Elle court sur la pelouse, en
simple robe de toile, et sans chapeau, avec la vélo-
cité d'un jeune garçon unie à la grâce légère d'une
femme, ruée à la poursuite d'un lapin, qu'elle essaye
de capturer. Ses appels tendres alternent avec des
bonds désespérés et prouvent la vanité de ces dé-
monstrations d'amitié. Son favori s'esquive d'un
saut dès qu'elle approche.

Le décor du jardin diffère singulièrement de celui
des collines. Un petit bois le sépare de l'aridité avoi-
sinante. Même à cette époque de l'année, l'herbe
pousse drue et tendre. Aucun vent ne force l'en-
ceinte protectrice du petit bois toujours vert. Il se
brise contre les arbres centenaires.

Stephen entendit à ce moment un pas lourd et
traînant. On prononçait son nom.

Il descendit dans la bibliothèque où se trouvait
M. Swancourt. Le jeune homme exprima au pasteur
son plaisir de le voir debout.

— Oh! oui. Je savais aller mieux aujourd'hui.
Ce n'est pas pour rien que j'ai fait il y a deux
ans la connaissance de la goutte. Eh bien, où avez-
vous été ce matin? Je vous ai vu rentrer tout à
l'heure.

— Oh! un tout petit tour.

— Parti de bonne heure?

— Oui.

— Très tôt, il me semble?

— Oui, assez.

— De quel côté vous êtes-vous dirigé? Vers la
mer, j'imagine; tout le monde va du côté de la
mer.

— Non, j'ai suivi la rivière jusqu'au mur du
parc.

— Tiens, pas comme les autres! Cet endroit sau-

vage et si nouveau pour vous vous attira hors de
votre lit?

— Pas si nouveau. Je l'aime.

Le jeune homme ne semblait nullement désireux
de s'expliquer davantage.

— Il faut qu'il vous ait plu, pour que vous l'alliez
explorer après un voyage de seize heures! Chacun
ses goûts! Les vôtres sont dignes d'estime. Après
déjeuner, mais pas avant, je me sentirai capable de
faire une promenade de dix milles, jeune Smith.

Et cette assertion ne semblait pas exagérée.
M. Swancourt, au jour, pouvait passer pour très
beau. Beau, entendons-nous, dans le sens que la
lune est belle et lumineuse, et qu'on néglige les
ravins et les montagnes qui bossuent sa surface.
La couleur uniforme de son visage, rose saumon,
révélait l'homme qui se nourrit bien, pour ne pas
dire trop, et ne prend guère la peine de penser.

Son aspect restait celui d'un gros fermier, mais
d'un fermier instruit et civilisé. Sa taille, encore
parfaitement droite, était celle de ces gens qui, si
jamais ils perdent leur équilibre, tombent en arrière
et non en avant.

Cette bibliothèque lui servait de cabinet de travail.
Sur la cheminée s'alignaient des bouteilles de médi-
caments, à l'usage des chevaux, des cochons et des
vaches. Contre le mur, une haute table de chêne
supportait des spécimens de volailles et d'oiseaux
de mer, des gerbes d'épis de blé et d'orge, étiquetées
à la date de l'année qui les avait vues croître.
Quelques étagères et rayons plus ou moins chargés
de livres (*Essais sur les Romains*, du docteur
Brown; *Notes sur les Corinthiens*, du docteur Smith;
Essais sur les Galatins, Ephésiens et Philippiens, du
docteur Robinson) conservaient à la pièce son vrai
caractère, malgré la présence d'une maison de poupée dans un coin, d'un aquarium marin devant la
fenêtre et du chapeau d'Elfride sur une chaise.

— Les affaires, les affaires! s'écria M. Swancourt, aussitôt après le petit déjeuner.

Il commençait à trouver nécessaire de stimuler l'activité de son jeune visiteur, de jouer le rôle de moteur pour régulariser les forces mal employées du jeune homme.

Ils se préparèrent à partir pour l'église. Le vicaire, à la réflexion, avait décidé de monter sa vieille jument noire, pour éviter à son pied la fatigue du début.

— Worm! appela le vicaire au moment de se mettre en selle.

Deux minutes après, une voix marmotta :

— J'étais fort autrefois! Les temps sont bien changés. Cependant je suis aussi libre que tel ou tel, qui peut écrire « esquire » après son nom.

— Qu'y a-t-il? demanda le vicaire, lorsque Worm apparut. Il dit quelquefois des choses géniales, fit-il en se tournant vers Stephen. Ainsi, il a raison en ce qui concerne le mot « esquire ». Ce mot est bon pour les chiens maintenant. On le prodigue au premier venu qui porte un veston noir. Que nous direz-vous d'autre, Worm?

— Les gens ont recommencé leur friture.

— Bon Dieu! J'en suis désolé!

— Oui, bougonna Worm à l'adresse de Stephen. Il se fait un tel tintamarre dans ma tête que je n'ai plus de paix ni le jour ni la nuit. C'est comme si des individus faisaient frire du poisson dans ma tête : frr, frr, frr, tout le long du jour, jusqu'à ce que je ne sache plus si je suis ici ou là. J'espère que le Tout-Puissant me délivrera bientôt.

— Moi, ma surdité, dit M. Swancourt impressionné, est un silence de mort; tandis que celle de William consiste en un bruit de friture. Curieux, n'est-ce pas?

— J'entends le grésillement de la graisse, dans ma tête, aussi au naturel que dans la poêle, compléta Worm.

— Très curieux en effet, constata Smith.

— Très, très curieux, renchérit le vicaire.

Et tous se mirent en route par le petit sentier qui serpente à flanc de coteau, encastré entre deux petits murs bas où brillent, par instants, des fragments de quartz et de marbre rouge.

Stephen marchait avec dignité, à hauteur de la tête du cheval; Worm, à l'arrière-garde, butait sur les pierres que faisait bouler le cheval; et Elfride n'était nulle part en particulier, quoique partout à la fois, voltigeant comme un papillon le long de la petite procession.

Le vicaire parlait :

— Le fait est, monsieur Smith, que je ne songeais pas à faire restaurer. Mais il devenait urgent de tenter quelque chose, pour nous défendre contre ces *satanés* dissidents. Je me sers du mot dans son sens biblique, bien entendu, pas du tout comme juron.

— Comme c'est étrange! interjeta Stephen avec sollicitude.

— Etrange! Nullement, quand on songe à ce qui se passe dans la paroisse de Twinkley. Les deux bedeaux sont...; mais je préfère ne pas vous dire quoi. D'ailleurs le clerc et le sacristain le sont également.

— Bizarre! dit Stephen.

— Bizarre! Mon cher ami, ce n'est rien en comparaison de la paroisse de Sinnerton. Quant à notre paroisse, j'espère la perfectionner de plus en plus.

— Il faut se fier aux circonstances.

— Aux circonstances? Autant se fier à la Providence, alors! Nous voici arrivés. Endroit sauvage, n'est-ce pas? Mais je l'aime par des jours comme celui-ci.

Ils franchirent la petite balustrade de pierre qui clôt le cimetière, sans pour cela le séparer du vaste paysage ambiant. Un lieu où l'on aimerait à être enterré, en admettant que la conscience de ce que l'on aime ou non vous accompagne dans la tombe. Rien de triste dans ce cimetière. Aucun de ces monuments funéraires entourés de grillages, qui évoquent plutôt l'idée d'emprisonnement que de repos. Pas de ces pots de fleurs qui rappellent le souvenir des gens vêtus de noir et munis de mouchoirs blancs qui les apportèrent; de couronnes mortuaires qui suscitent l'image des chars funèbres et des catafalques; pas de cyprès, ces arbres de parade et de douleur; pas d'autels avec leurs reliques d'ossements, nous répétant que nous sommes seulement les locataires à bail de nos tombeaux. Non, rien qu'un immense gazon dru, soulevé çà et là par des monticules aux formes diverses qui ne suggèrent rien de triste. La vieille montagne se dresse au fond du paysage, majestueuse.

Au dehors, le même gazon descend en pentes douces vers la mer impassible, qui rutile là-bas à l'horizon. Des rochers surgissent dans l'immensité grise; un collier d'écume blanche, à leur base, reflète, en sa blancheur, le plumage d'une multitude de mouettes qui voltigent à l'entour.

— Worm! appela M. Swancourt d'une voix aiguë.

Et Worm s'immobilisa aussitôt dans une attitude militaire.

On le laissa seul avec Stephen qui devait relever ses plans.

Il travaillait avec tant d'ardeur, qu'Unity, la cuisinière du presbytère, dut accourir, sans bonnet, lui annoncer qu'on servait le déjeuner.

Elfride n'apparut dans l'église que tard dans l'après-midi, et après que Stephen l'en eut spécialement priée au déjeuner. Elle dégageait une vie si intense, qu'à son entrée, le vieil édifice silencieux sembla s'emplir de lumière. On se débarrassa de Worm en l'envoyant mesurer la hauteur de la tour. Que pouvait faire Elfride, sinon s'approcher tout près du jeune homme, — si près que le bas de sa robe effleura son pied, — admirer ses dessins, écouter ses explications sur les principes d'évaluation appliqués aux édifices irréguliers? Puis il lui fallut monter en chaire, afin d'imaginer — pour la centième fois au moins — l'impression que ressentait le prédicateur.

— Etes-vous capable de garder un secret, même vis-à-vis de papa? demanda-t-elle dans un soudain accès de confiance, en se penchant par-dessus la chaire.

— Certes, fit-il en levant les yeux.

— Eh bien, je compose souvent les sermons de papa, et il les prêche bien mieux que les siens. Souvent même il lui arrive d'en parler aux gens et à moi-même, en oubliant totalement que j'en suis l'auteur. Absurde, n'est-ce pas?

— Faut-il que vous soyez savante! murmura Stephen. Pour rien au monde je ne pourrais écrire un sermon.

— Oh! c'est assez facile.

Et elle quitta la chaire, pour se rapprocher de lui.

— Connaissez-vous le jeu de devinette appelé « Quand? Où? Comment? »

— Non.

— C'est fâcheux. La composition d'un sermon y fait penser. Vous choisissez un texte. Vous vous dites : Que signifie cela? Pourquoi? Et ainsi de suite. Vous groupez ces réflexions sous le mot : *généralités*. Puis vous développez le *primo*, le *secundo* et le *tertio*. Papa ne veut pas de *quarto*. Vous résumez en quelques lignes et avec des majuscules. En regard écrivez : « *A sauter si les fermiers s'endorment.* » Enfin la conclusion : « *Quelques mots, mes chers frères, avant de terminer.* » Vous avez soin vis-à-vis d'ajouter en gros caractères : « *Baissez la voix !!!* » C'est-à-dire, fit-elle en rougissant, je suis forcée, dans ses sermons, de rappeler papa à

l'ordre, sans quoi il élève la voix tant et si bien qu'il
finit par hurler comme un charretier après ses
bœufs. Oh! papa est si drôle parfois!

Après cet aveu ingénu, elle s'arrêta, effrayée. Un
instinct de femme l'avertissait que son ardeur l'avait
entraînée. Ne s'était-elle pas montrée trop hardie
vis-à-vis d'un étranger? Elfride aperçut alors son
père et courut au-devant de lui. Un coup de vent
l'emporta tandis qu'elle gravissait la montée vers le
cimetière.

Elle échangea un mot ou deux avec le pasteur et
dégringola la pente du presbytère. M. Swancourt
entra dans l'église. Le vent avait rafraîchi son visage
à la façon dont l'air calme les ardeurs d'un tison.
D'humeur joviale, ce jour-là, il regarda disparaître
Elfride avec un sourire.

— Vous me semblez bien excitée, joli papillon,
murmura-t-il.

Et, se tournant vers Stephen :

— Ce n'est pas une enfant ordinaire, monsieur
Smith. Elle est aussi studieuse que vous, car je vous
devine travailleur.

— Miss Swancourt semble très instruite, affirma
Stephen.

— Elle l'est, renchérit le père, en s'efforçant de
donner à sa voix un ton de critique désintéressée.
Aussi, Smith, je vais vous confier un secret. Mais
elle ne doit le savoir sous aucun prétexte. Eh bien,
Elfride *écrit quelquefois mes sermons*. Et vraiment,
elle s'en tire fort bien.

— Rien ne l'arrête!

— Cette petite misérable, le croiriez-vous, connaît tous les trucs du métier. Mais surtout, Smith,
pas un mot à ce sujet.

— Pas un mot, promit le jeune homme.

— Dites-moi, que pensez-vous de ma toiture?

Et M. Swancourt désigna de sa canne la nef du
sanctuaire.

— Serait-ce votre œuvre, monsieur?

— Oui. J'ai supprimé les vieilles poutres, j'en ai fixé de nouvelles. J'ai descendu les traverses, couvert le toit d'ardoises, avec la seule aide de Worm. On eût pu, ces derniers temps, me voir travailler, en manches de chemise, comme un ouvrier. On a trimé comme des esclaves, pas? Worm.

— Sûr, alors, trimé plus dur que quelqu'un d'ici ou de là, hi! hi! corrobora Worm. Et vous écumiez, m'sieu, quand les clous s'enfonçaient de travers! Bon sang! Est-il moins grave de jurer en dedans de soi que de vive voix, m'sieu?

— Je ne sais. Pourquoi?

— Parce que, m'sieu, quand vous posiez les ardoises sur le toit, vous juriez en dedans, ce qui, je suppose, n'est pas un péché.

— Vous ne pouvez savoir ce qui se passe dans mon esprit, Worm.

— Vraiment, m'sieu, peut-être ne suis-je qu'un pauvre ver de terre, qui n'a guère d'instruction, mais je puis épeler aussi bien que quelqu'un d'ici ou de là. Vous souvenez-vous, m'sieu, de cette nuit lorsque vous m'avez demandé, dans votre atelier, de tenir la bougie pendant que vous amenuisiez une nouvelle chaise pour le sanctuaire?

— Oui, eh bien?

— Je vous tenais la chandelle. Vous me disiez : « J'aime avoir quelqu'un pour me tenir compagnie, ne fût-ce qu'un chien ou un chat. » Vous songiez à moi. Toujours est-il que votre travail ne marchait pas.

— En effet, je me souviens.

— Donc la chaise ne voulait pas tenir sur ses pattes; à la regarder elle avait très bon air; mais, sang-dieu!...

— Worm, je vous ai souvent prié de ne pas blasphémer le saint nom du Seigneur.

— Elle avait donc très bon air. Mais on ne pou-

vait s'asseoir dessus. Dès qu'on essayait, les pieds
se tordaient en Z. « Debout! Worm! » que vous
m'criez, tandis que sur votre ordre, je répétai l'expérience pour la quatrième fois. Vous prenez la
chaise et, de fureur, la lancez à l'autre bout de l'atelier. « Crédieu!... » que je dis. « Juste ce que je
pensais! » qu'vous me répondez. — « J'l'avais lu
sur votre visage, m'sieur, dis-je. Et j'espère que
vous et Dieu me pardonnerez d'avoir crié tout haut
ce que vous songiez tout bas. » Alors, m'sieu, vous
n'avez pu vous empêcher de rire, mais là, de rire...
parce qu'une pauvre, chancelante créature avait si
bien deviné votre pensée. Ah! On est aussi malin
que quelqu'un d'ici ou de là.

— J'ai pensé qu'un homme du métier ne vous
serait pas inutile pour la besogne matérielle, disait
M. Swancourt à Stephen, le lendemain matin; aussi
ai-je obtenu de lord Luxellian la permission de vous
envoyer un maçon. Il a ordre d'être là à dix heures.
C'est un ouvrier intelligent et il vous donnera tous
les renseignements dont vous aurez besoin, sur l'état
des murs. Il se nomme John Smith.

Elfride ne tenait pas à être vue de nouveau, dans
l'église, en compagnie de Stephen :

— Je guetterai d'ici votre apparition sur le haut
de la tour, dit-elle en riant. Je distinguerai votre
silhouette sur le ciel.

— Et une fois là-haut, j'agiterai mon mouchoir
pour vous, miss Swancourt. Dans douze minutes,
ajouta-t-il en consultant sa montre.

Elle dépassa le petit bois, afin de le regarder gravir la colline, au sommet de laquelle s'élevait
l'église. Au pied se mouvait une tache blanche : le
maçon dans ses habits de travail. Stephen le rejoignit.

A la surprise d'Elfride, au lieu de s'acheminer
vers le cimetière, les deux hommes s'assirent sur
une grande pierre et s'absorbèrent dans leur conver-

sation. Elfride regarda sa montre : neuf, des douze minutes fixées par Stephen, venaient de s'écouler. Et il ne faisait pas mine de se remettre en route! Quelques instants passèrent. Elle se refroidissait les pieds dans la rosée et commençait à frissonner. Au bout d'un quart d'heure seulement, Stephen et le maçon se remirent en marche, à un pas de tortue.

— Malhonnête et peu galant, murmura-t-elle, le visage tout rose de dépit. C'est à croire qu'il est amoureux de cet affreux maçon et non de...

La phrase resta inachevée sur ses lèvres, sinon dans sa pensée.

Elle rentra.

— L'ouvrier que vous avez choisi est-il fainéant et paresseux? demanda-t-elle à son père.

— Non, fit-il surpris, bien au contraire. C'est le maître maçon de lord Luxellian, John Smith.

— Ah! fit Elfride d'un ton indifférent.

Et elle revint prendre son poste, au delà du petit bois. Elle frissonnait à nouveau. Une bagatelle après tout, un enfantillage que cette promesse d'agiter un mouchoir du haut de la tour. Mais son nouvel ami avait donné sa parole. Pourquoi la taquinait-il ainsi? La force d'un coup se proportionne à la résistance de l'objet frappé, et Elfride avait une telle capacité de souffrance que ce léger heurt la blessait profondément.

Au bout d'une demi-heure seulement, elle aperçut les deux silhouettes près du parapet de la vieille tour, immobiles comme deux butors sur une mosquée en ruine. Eh bien, même à ce moment-là, Stephen n'eut pas la courtoisie de tenir sa promesse. Il disparut sans faire le moindre signe.

Il revint à midi. Elfride prenait un air vexé quand elle se sentait inobservée, et sévère lorsqu'il la regardait. Cependant son attitude de froideur avait depuis un moment dépassé la limite. Il ne lui fut plus possible d'affecter l'indifférence.

— Ce n'est pas bien à vous de m'avoir laissée ce matin, dans le froid, sans tenir votre promesse, dit-elle enfin à mi-voix, pour que son père n'entendît pas.

— Pardon! Pardon! s'écria Stephen au désespoir. J'ai oublié, totalement oublié!

— C'est tout ce que vous avez à me dire? fit miss Caprice en esquissant une moue.

Il se tut quelques minutes; puis la regarda d'un air suppliant.

— Oui, fit-il avec gravité comme s'il dissimulait un secret d'importance.

V

Au petit déjeuner. Le paysage du dehors, vu de
la confortable salle à manger du presbytère, semble
embrumé de gris. Le rideau des cèdres et des pins
se teinte d'un gris presque noir. Les arbustes plus
clairs et l'herbe fraîche paraissent vert-de-gris. Les
collines éternelles et la tour, d'un gris marron, se
découpent sur la toile de fond, d'un gris uniforme et
mélancolique.

Cependant, en dépit de ce sombre décor, le temps
n'avait rien de déprimant. Au contraire. Il ne pleu-
vait pas.

Elfride venait de quitter la table pour se rapprocher du feu. Un petit écran protégeait son visage.
On entendit grincer la grille du jardin.

— Voici le facteur! dit-elle.

Un pas lourd résonnait sur le pavé de la cour.
Elle disparut pour reparaître peu après, les mains
derrière le dos.

— Combien y en a-t-il?... Trois pour papa,
une pour M. Smith, zéro pour miss Swancourt.
Tenez, papa, l'une de vos lettres vient... — devinez?... — de lord Luxellian. Et il y a dedans
quelque chose de dur. Je l'ai senti à travers l'enveloppe.

— Pourquoi donc lord Luxellian m'écrit-il?

Le vicaire passa à Stephen sa lettre et prit la

3

sienne avec respect, comme il sied à un pauvre gentilhomme vis-à-vis d'un pair.

Stephen ouvrit sa missive avec une attitude fort
différente.

« Percy Place, mardi soir.

« Cher Smith, le vieux H... est dans une rage
épouvantable contre vous. Pourquoi restez-vous si
longtemps à prendre vos esquisses? Il jure que vous
lui faites faire un mauvais sang du diable. Il me
charge de vous prier de ne prolonger votre séjour
sous aucun prétexte. Il lui aurait suffi, affirme-t-il,
de trois heures pour exécuter cette besogne. J'ai
répondu que vous n'aviez point son expérience.
Mais il n'a point paru convaincu.

« Entre nous cependant et à votre place, je ne
m'inquiéterais nullement d'un jour ou deux de
retard. Et je m'octroierais entière ma semaine de
congé. Il fulminera d'ailleurs tout autant que vous
rentriez samedi soir ou lundi matin. Bien amicalement.

« Simpkins JENKINS. »

— Mon Dieu, quel ennui, fit Stephen à mi-voix,
péniblement confus.

Après avoir assumé le rôle d'un supérieur, il se
voyait durement rappelé à son rang de subalterne.

— Quoi donc? interrogea Miss Swancourt.

Smith avait déjà recouvré sa présence d'esprit.
Et avec la dignité professionnelle d'un architecte
expérimenté, il répliqua :

— Une affaire importante, j'ai le regret de vous
l'annoncer, requiert ma présence immédiate à
Londres.

— Comment, si vite? demanda M. Swancourt en
regardant par-dessus sa lettre. Une affaire importante? Un jeune homme de votre âge?

— La vérité, dit Stephen en rougissant et déjà honteux de son léger mensonge, est que M. Hewby me rappelle. Je dois lui obéir.

— Je vois, je vois. Vous agissez intelligemment. J'en devine plus que vous ne m'en dites. Eh! eh! vous allez devenir l'associé de M. Hewby. Je l'avais parié, l'autre jour, en lisant sa lettre, rien qu'à la façon dont il parle de vous. Il doit faire grand cas de vos services, sans quoi il ne serait pas si pressé de vous voir de retour.

Ces remarques ne semblèrent nullement désobligeantes à Stephen. La perspective d'une association avec l'un des plus grands architectes de Londres n'était pas faite pour lui déplaire; elle n'avait que l'inconvénient d'être parfaitement irréalisable. Il se réjouit de penser que, quelle que pût être l'opinion de M. Hewby, M. Swancourt le tenait en si haute estime.

Alors, sans raison, son visage se couvrit d'un voile de tristesse. Elfride et M. Swancourt s'en aperçurent.

— Eh bien! dit gaiement celui-ci, il ne faut pas songer au départ. Et puis vous reviendrez en ami cette fois. Si nous disions aux vacances? Car vous avez des vacances tout comme les écoliers? A quel moment se placent-elles?

— En août, je crois.

— Très bien. On vous attendra donc en août. Je suis ravi d'avoir trouvé quelqu'un d'intelligent à qui parler. Cela ne m'arrive pas souvent dans cette *ultima Thule*. A propos, vous ne partez pas aujourd'hui?

— Non, fit Stephen en hésitant. Je ne suis pas tenu de rentrer avant lundi matin.

— Parfait! Voici ce que je vous propose. Cette lettre vient de lord Luxellian. Je crois vous avoir parlé de lui comme du seigneur du pays.

— Oui, je le... j'en ai entendu parler.

— Il est maintenant à Londres pour affaires. Son absence doit durer un jour ou deux. Lady Luxellian l'accompagne. Il me demande d'aller chercher pour lui un papier privé dans son secrétaire.

— Qu'y avait-il dans la lettre? interrogea Elfride.

— La clef du meuble. Il n'aime se fier à personne. Je lui ai souvent rendu des services analogues. Je propose donc que nous allions tous ensemble excursionner au château. La voiture nous mènera d'abord à la baie de Targan et nous reviendrons par Endelstow. Pendant que je chercherai le document en question, vous pourrez fureter, à votre gré, dans les pièces. J'en ai la permission. Bien que d'apparence insignifiante, le château renferme un hall splendide, un escalier à galeries et quelques bonnes peintures.

— En effet, dit Stephen.

— Vous le connaissez?

— Je l'ai aperçu de loin, en venant, fit-il vivement.

— Ah! oui. Mais je parle de l'intérieur. Et l'église Saint-Eval est beaucoup plus ancienne que notre Sainte-Agnès. J'y célèbre le service, vous savez. En réalité, je devrais avoir un assistant. Faire à cheval deux milles à travers le parc, par un matin pluvieux, n'a rien d'agréable. Si ma constitution n'était pas aussi solide, — ici M. Swancourt regarda fixement devant lui, comme si sa constitution lui faisait vis-à-vis, — je tousserais toute l'année. Et quand la famille s'en va, je suis forcé de prêcher pour trois domestiques... Ce projet vous sourit-il, Elfride?

La jeune fille fit signe que oui, et on se sépara. Stephen se disposa à aller prendre dans l'église les dernières mesures; le vicaire le suivit jusqu'à la porte avec une expression de mystère :

— Ça vous est égal de ne pas avoir de prière en commun, le matin? murmura-t-il.

— Tout à fait, dit Stephen.

— A vous dire vrai, reprit-il toujours à voix basse, nous ne la disons pas très régulièrement. Mais quand nous avons des étrangers à la maison, je n'y manque jamais : je me montre même très sévère sur ce point. Pour vous, Smith, je lis quelque chose sur votre visage qui me met tout à fait à l'aise : je vous considère comme un intime. Ah! cela me rappelle une admirable histoire du temps où j'étais un mauvais sujet! Mais...

Et ici le vicaire secoua la tête énergiquement et se mit à rire.

— Dites-la, fit le jeune Smith en souriant.

— Oh! C'est une bonne histoire, mais pas convenable, pas du tout convenable. Impossible à raconter.

Stephen s'éloigna et le rire du vicaire le poursuivit.

Ils partirent sur le coup de trois heures. Le matin brumeux s'était mué en un clair après-midi. Le soleil, il est vrai, ne s'était pas encore montré, mais on le sentait proche derrière les nuages. Ils se mirent donc en route. Les roues ne faisaient aucun bruit, seuls les sabots des chevaux sonnaient sur la route dure et blanche qui se confondait à l'horizon avec le ciel.

Après avoir visité Targan Bay, facilement accessible, ils firent demi-tour et s'engagèrent dans un des innombrables petits sentiers qui, bossués comme ceux des montagnes russes, conduisent à la propriété de lord Luxellian.

Une femme à double menton et au cou épais, semblable à la reine Anne de Dalh, leur ouvrit la grille. Un petit garçon se tenait à ses côtés.

— Je vais donner quelque chose à cet enfant, dit Elfride en tirant sa bourse.

Comme elle l'ouvrait vivement, plusieurs feuillets,

semblables à des oiseaux blancs, s'envolèrent dans toutes les directions.

— Non, vrai! dit Stephen en riant.

— Que diable avez-vous là? s'enquit M. Swancourt. Pas de banknotes, hein, Elfride?

La jeune fille prit un air coupable.

— C'est à moi, papa, balbutia-t-elle, tandis que Stephen, aidé de la gardienne et du petit garçon, se glissaient sous les roues et entre les jambes du cheval pour recueillir les feuillets épars.

Il les lui tendit et remonta dans la voiture.

— Vous vous demandez, j'imagine, à quoi riment ces morceaux de papier, dit-elle, tandis qu'ils longeaient l'avenue des sycomores. Ce sont des notes pour un roman.

Elle ne put s'empêcher de rougir à cet aveu, et plus elle se sentait rougir, plus son visage s'empourprait.

— Une histoire? demanda Stephen, tandis que M. Swancourt, l'esprit ailleurs, saisissait un mot par-ci par-là.

— Oui, *La Cour du Château de Kellyon*, un roman du quinzième siècle. Ces récits ne sont plus à la mode, je le sais, mais cela m'amuse à écrire.

— Un roman dans une bourse! Si un vagabond vous volait!

— Oui, c'est ma façon de porter mon manuscrit. Voyez-vous, j'écris surtout ces notes quand je suis à cheval et je les mets là pour plus de facilité.

— Que ferez-vous de votre roman quand vous l'aurez terminé? interrogea Stephen.

— Je ne sais.

Et elle se détourna pour admirer le paysage. Tout en causant, ils avaient traversé le parc. Une fois franchi le vieux porche en pierres brunies, ils se trouvèrent dans une cour spacieuse, fermée sur trois côtés par un triple corps de bâtiments. La plus grande partie du château datait d'Henri VIII.

Licence de créneler *mansum infra manerium suum*
avait été accordée, par Edouard II, à Hugo Luxellian, chevalier. Bien qu'une faible ondulation rap-
pelât, çà et là, les fossés primitifs, aucune trace
n'en demeurait.

Les fenêtres étaient longues et à petits carreaux.
Des lucarnes du même modèle brisaient la ligne
du toit. Des figures grotesques rampantes ou dres-
sées surmontaient les pierres aiguës des dormants
et des pignons. De grandes cheminées octogonales
et tordues s'élançaient haut dans le ciel. Seules quelques têtes feuillues de sycomores ou de peupliers
les dépassaient. Dans le coin de la cour polygone,
arcs-boutants et fenêtres rompaient la régularité.
Une fenêtre en ogive saillait hors d'une fantastique
série de moulages et dominait le porche.

Comme il l'avait annoncé, M. Swancourt avait
liberté absolue de circuler dans la maison en l'absence de son propriétaire. Aussitôt qu'il eut dit le
but de sa visite, le vicaire et ses hôtes furent introduits dans la bibliothèque et abandonnés à eux-
mêmes. M. Swancourt se mit en quête du secrétaire.
Stephen et Elfride en l'attendant n'avaient rien de
mieux à faire que d'errer dans la maison.

La jeune fille entra dans la galerie et Stephen la
suivit sans en avoir l'air.

La pièce, longue et sombre, s'ornait de meubles
anciens, antérieurs d'un siècle ou deux aux murs du
château. Des piliers Renaissance supportaient une
corniche d'où partait le plafond sculpté de panneaux
contournées dans le style de l'époque. Les vieux
vitraux gothiques s'encastraient encore dans les
vastes fenêtres du fond.

Stephen resta à une extrémité de la galerie pour
mieux admirer Elfride. Elle semblait déprimée par
la compagnie des ancêtres Luxellian aux traits cada-
véreux fixés par Holbein, Kneller et Lely : ils semblaient la contempler d'un air sévère. Un bruit de

portes rompit le silence qui commençait à les impressionner.

Deux petites filles, en robes claires, firent irruption dans la pièce. Leurs yeux brillaient, leurs cheveux bouclés retombaient sur leurs épaules et leurs bouches rouges souriaient de toutes leurs dents blanches.

— Oh! miss Swancourt! Chère Elfride! Nous vous avons entendue. Restez-vous avec nous? Vous êtes notre petite maman. Notre grande maman ne rentre pas encore de Londres, dit l'aînée.

— Laisse-moi *t'embrasser*, dit l'autre qui ressemblait à sa sœur.

Leurs joues roses et leurs cheveux blonds se mêlèrent bien vite aux plis de la robe d'Elfride. Elle souleva tour à tour les gamines dans ses bras et les embrassa tendrement.

— Amusant, dit Elfride en se tournant vers Stephen. Elles ont imaginé de m'appeler « petite maman » parce que je les aime beaucoup et que je portais l'autre jour une robe à peu près semblable à celle de lady Luxelian.

Ces deux enfants, *l'honorable* Mary et *l'honorable* Kate — elles paraissaient bien frêles pour supporter le poids de ce lourd préfixe — étaient les seules enfants de lord et lady Luxellian. Elles restaient au château, pendant la courte absence de leurs parents, sous la surveillance d'une nurse. Lord Luxellian les adorait. Plutôt indifférent envers sa femme, depuis qu'elle s'était montrée résolue à ne pas lui donner de fils, il reportait toute sa tendresse sur ses filles.

D'instinct, tous les enfants aimaient Elfride, la considérant plus comme un spécimen développé et charmant de leur âge que comme une grande personne.

Chaque fois que les petites rencontraient Elfride, elles se précipitaient dans ses bras et jouissaient

alors délicieusement des caresses et des mots tendres
dont elles se voyaient sevrées chez elles.

Leurs regards inquiets vers la porte attira l'attention d'Elfride sur la nurse qui venait mettre un
terme aux douces effusions des pauvres honorables
Mary et Kate.

— Je voudrais que vous habitiez ici, miss Swancourt, susurra l'une d'elles comme un mélancolique
oiseau.

— Moi aussi, renchérit l'autre. Maman ne joue
pas avec nous. Je ne crois pas qu'elle ait jamais
appris à jouer quand elle était petite. Quand irons-
nous vous voir?

— Quand vous voudrez, chéries.

— Et nous coucherons chez vous toute la nuit?
A quoi bon voir les gens en chapeau et debout?

— Dès que nous aurons la permission de maman,
vous viendrez aussi longtemps qu'il vous plaira,
promit Elfride. Au revoir, chéries.

Les prisonnières s'en allèrent, et la jeune fille
reporta son attention sur son hôte qu'elle avait laissé
debout à l'extrémité de la galerie. Elle jeta un regard circulaire sans l'apercevoir. Elfride descendit
alors à la bibliothèque, pensant qu'il y avait rejoint
son père. Mais M. Swancourt, qu'éclairaient maintenant deux bougies, se trouvait seul dans la pièce.
Il s'occupait à dénouer et renouer divers paquets de
lettres.

Elfride, une moue aux lèvres et les yeux fureteurs,
se mit alors à errer mélancoliquement le long du
grand escalier de chêne, dans l'espoir de discerner
la jeune silhouette amie.

Bien qu'il fît encore jour dans les pièces, les
corridors obscurs devenaient froids, tristes et silencieux. Seuls les carrés lumineux des fenêtres
vous guidaient. Elle constata qu'un de ces rec-
tangles clairs provenait d'une porte vitrée. Elfride
l'ouvrit et se trouva dans une petite cour, séparée

de la grande par une plantation d'arbrisseaux.

Un spectacle curieux s'offrit alors à ses regards. A angle droit et à quelques pas de la porte vitrée saillait une autre aile plus basse et d'un style beaucoup moins pur que celles du corps de logis principal. Juste en face, dans le mur de ce bâtiment, s'ouvrait une haute et large fenêtre dont le store baissé s'illuminait sous les rayons d'une lampe.

Sur le store se dessinait une silhouette d'homme en profil et ce profil était, à ne pas s'y tromper, celui de Stephen. Ses bras et ses mains levés tenaient une draperie quelconque. Alors, une autre ombre se profila : celle d'une femme. Elle tournait le dos à Stephen. Il posa doucement sur les épaules la draperie, — une mante ou un shall, — oh! si doucement! disparut, puis reparut devant la femme et agrafa le manteau. L'embrassait-il? Certes, non! Cependant son mouvement restait équivoque. Puis les deux ombres s'agrandirent démesurément, se déformèrent et s'évanouirent.

Deux minutes s'écoulèrent.

— Ah! miss Swancourt! Je suis si heureux de vous rencontrer, je vous cherchais, dit une voix derrière elle.

Elfride s'avança dans le couloir.

— Connaissez-vous quelqu'un au château? demanda-t-elle.

— Personne. Comment cela se pourrait-il?

VI

« ADIEU POUR QUELQUES MOIS »

En même temps que la réponse de Stephen, parvint aux oreilles d'Elfride le bruit d'une porte qu'on claque. Et ce bruit provenait de l'aile au store lumineux. Elle aperçut alors, à la lueur du crépuscule, une silhouette sombre qui se dirigeait, par le sentier de gravier, vers la rivière.

La voix de M. Swancourt, les appelant par leurs noms, résonna dans une pièce éloignée. Ils revinrent sur leurs pas. Son pardessus boutonné et son chapeau sur la tête, le pasteur les attendait patiemment. Son visage rayonnait : il avait mené ses recherches à bonne fin. La voiture s'avança et, sans plus attendre, le trio quitta le château par le porche sonore et l'avenue aux sycomores défeuillés. Les étoiles allumaient leurs phares vacillants par-delà les troncs lisses et les branches dénudées.

Ni lui, ni elle ne rompirent le silence : ce jeune homme qui lui inspirait un sentiment si nouveau, ce jeune homme arrivant au château d'Endelstow, par le plus grand des hasards, avait trouvé moyen, en l'espace d'une demi-heure, d'approcher une dame et de lui accorder ses faveurs en de petits soins marqués.

Dans quelle pièce se tenaient-ils? Ce devait être, autant qu'elle pouvait en juger, le bureau de lord Luxellian. Quels gens se trouvaient en ce moment au château? Personne à sa connaissance, si ce n'est la gouvernante ou les domestiques. Et ceux-là, il affirmait ne pas les connaître. Comment savoir le nom de l'héroïne à moins de recourir au coupable lui-même? Cela, jamais. Plus Elfride réfléchissait, plus elle se convainquait que cette rencontre semblait fortuite. L'identité de la femme? Elfride se persuada que ce ne pouvait être une inférieure. Stephen Smith ne se soucierait pas d'une amourette vulgaire. L'ambition brillait dans son regard. Il espérait beaucoup, infiniment... Elfride demeurait intriguée. Et dans son âme de petite fille, elle éprouvait une certaine humeur contre le jeune homme. Elle constata sans joie que, dans son désir de plaire, elle en arrivait à aimer.

Ils atteignirent le pont qui relie les deux paroisses. Il se situait dans une dépression d'où commençait la rude montée pour Ouest-Endelstow. Il n'y avait nécessité absolue pour aucun d'eux de descendre. Mais, après une longue promenade, le vicaire avait coutume, en cet endroit, de délester le cheval de sa personne corpulente. Elfride, par esprit d'imitation, sauta à terre juste comme *Pleasant* prenait le trot.

Le jeune homme parut heureux de ce prétexte pour rompre le silence :

— Oh! miss Swancourt, quelle imprudence!

Il suivit, d'ailleurs, immédiatement son exemple et sauta de l'autre côté de la voiture.

Elfride songeait au fantôme féminin du château :

— Mais non, répondit-elle froidement.

Stephen avança donc seul de son côté et imita la réserve que lui dictait le mutisme de la jeune fille. Puis, n'y tenant plus, il la rejoignit d'un air serein et, avec une galanterie toute castillane, lui offrit son bras.

L'invite la tenta. Pour la première fois de sa vie, Elfride se voyait traitée en femme. L'offre de ce bras impliquait la possibilité de le refuser. Jusqu'à ce jour, elle n'avait point reçu d'attentions mascu-

lines. Car vraiment des remarques familiales
comme : « Elfride, donnez-moi la main », « Elfride,
prenez mon bras » dans la bouche de son père, ne
pouvaient passer pour telles.

Son jeune cœur fit une époque de cet incident.
Elle pesait ses sentiments pour et contre. Puis le
dépit l'emporta. Elle décida de punir Stephen en
refusant.

— Non, merci, monsieur Smith. Je préfère marcher seule.

Première tentative de coquetterie. Elle s'effraya :

— J'accepte à la réflexion.

Bras dessus, bras dessous, un peu en arrière de
la voiture, ils gravirent la colline.

— Comme vous êtes silencieuse, miss Swancourt!

— Je pourrais vous dire la même chose.

— J'ai peut-être des raisons...

— J'en doute. Seul le chagrin nous rend taci-
turnes. Et vous n'avez aucun sujet de tristesse.

— Qu'en savez-vous?

— Qu'est-ce? demanda-t-elle vivement.

Stephen hésita.

— Je ne sais si je dois vous le dire.

Elle abandonna son bras, et redressa la tête. Elle
apprenait qu'il est offensant de se voir opposer un
refus, si poli soit-il, à une demande.

— Je ne tiens pas à le savoir, reprit-elle. La voiture nous attend.

Et légère, elle s'enfuit.

— Papa, voici votre Elfride! dit-elle.

Et elle sauta dans la voiture, aux côtés du vieux
gentleman, sans daigner accepter l'aide de Stephen.

— Ah! oui, fit le vicaire d'un ton qu'il s'efforçait
de rendre alerte.

Il s'éveillait d'un profond sommeil et se mit en
mesure de descendre de voiture.

— Eh bien, que faites-vous, papa? Nous ne sommes pas encore à la maison.

— Non, non, c'est évident. Nous ne sommes pas
encore arrivés, dit vivement M. Swancourt en s'in-
géniant à reprendre sa position première de l'air
d'un homme qui n'a pas bougé. J'étais si absorbé
dans mes pensées que j'en avais oublié l'endroit où
nous nous trouvions.

Et deux minutes après, le vicaire ronflait de nouveau.

Cette soirée était la dernière que Stephen passait
au presbytère. Et cette pensée semblait jeter une
ombre de tristesse noire sur son gai visage. Les
invitations réitérées du vicaire pour les vacances
paraissaient, au lieu de le consoler, ajouter à sa
mélancolie.

Il devait partir à l'aube. Elfride s'agita toute la
nuit dans son petit lit. Elle craignait que personne
ne se levât à temps pour préparer le petit déjeuner
du jeune homme. Jusqu'à un certain point — tant
est maternelle la tendresse de la femme, — elle se
sentait responsable de son bien-être tant qu'il demeurait sous son toit.

M. Swancourt, de plus en plus séduit par son
jeune hôte, s'était levé à l'aube pour déjeuner avec
lui. Mais il ne fut pas peu surpris de voir entrer Elfride, dans la salle à manger, un bougeoir à la main.

Pendant que William Worm achevait sa toilette
(les habitants du presbytère attendaient toujours
alors avec une patience exemplaire), Elfride, désœuvrée, se rendit dans le belvédère du jardin. Stephen l'y suivit. On apercevait de là toute la vallée.
Une brume enveloppait le paysage.

Ils s'accoudèrent côte à côte sur la balustrade
rustique. Elfride forçait Stephen à admirer le con-
tour des collines ondulantes. Mais tout sens artistique
semblait pour l'instant annihilé chez le jeune
homme. Il écoutait ses descriptions d'une oreille distraite, comme s'il avait hâte d'épuiser le sujet pour
en aborder un autre.

— Eh bien, adieu, fit-il tout à coup. Je ne vous reverrai jamais, miss Swancourt.

Son trouble toucha la jeune fille.

— Oh! Il faut revenir, monsieur Smith, dit-elle gentiment.

— Je le voudrais, mais il vaut mieux pas.

— Pourquoi?

— Certaines circonstances rendent ma venue peu désirable. Pas pour moi, mais pour vous.

— Bon Dieu! Qu'est-ce qui pourrait me blesser de votre part? fit-elle avec une hauteur sereine.

Mais sentant que son ton n'était pas approprié, elle ajouta :

— Je sais pourquoi vous ne viendrez pas... Vous ne le voulez pas. Une fois à Londres, vous retrouverez avec tant de joie vos amis et vos divertissements que vous ne vous soucierez plus de nous.

— C'est faux. Vous le savez.

— Et vous continuerez à écrire à votre fiancée.

— Que voulez-vous dire? Je n'ai pas de fiancée.

— Vous avez écrit une lettre à Miss je ne sais quoi. J'ai vu la lettre sur le plateau.

— Ah! Ah! C'est une vieille marchande de journaux. Je la prie de mettre de côté mes feuilles comme d'habitude, pour mon retour.

— Vous n'avez pas besoin de me donner des explications. Cela ne me regarde pas.

Mais Elfride se sentit soulagée.

— Et vous ne reviendrez pas voir mon père? insista-t-elle.

— Le revoir. Et vous aussi... Je le voudrais, mais...

— Ne me direz-vous pas votre secret?

— Non, pas maintenant.

Elle se le tint pour dit.

— Dites-moi seulement, implora-t-elle d'une voix tremblante : votre amitié pour une dame rencontrée au château d'Endelstow s'opposerait-elle à... l'inté-térêt que vous pourriez me porter?

Stephen tressaillit légèrement.

— Nullement, fit-il avec emphase.

Ses yeux affrontèrent ceux de la jeune fille avec la franchise que peut seule donner aux jeunes gens une conscience pure.

Il ne s'expliquait cependant pas. Mais comment ne pas croire en lui? Quel que fût le secret dérobé par l'ombre du store, ce ne pouvait être une énigme passionnelle.

Elle rentra dans la maison par la serre. Stephen fit le tour par la porte d'entrée. M. Swancourt, en pantoufles, l'attendait sur les marches du perron. Worm, gémissant sur sa pauvre tête, sanglait une des boucles du harnais. Et tout se trouva prêt pour le départ.

— Donc, en août, nous vous attendons, fit le vicaire. Si toutefois la compagnie d'un vieux fossile comme moi ne vous répugne pas trop.

M. Smith balbutia des remerciements.

— Nous avons votre parole, insista Elfride, en se glissant sous le bras de son père.

Quelles qu'eussent été les raisons du jeune homme pour refuser l'hospitalité du presbytère, il semblait les avoir oubliées. Il promit, fit ses adieux et grimpa dans la charrette anglaise qui disparut aussitôt au trot du poney.

— De ma vie, je n'ai rencontré un jeune homme aussi sympathique! murmura avec énergie M. Swancourt.

Et il rentra dans la maison.

VII

« VOUS NE SAVIEZ RIEN DE MOI, MON AMOUR »

Stephen Smith revint au presbytère, comme il l'avait promis. Il prétexta, bien qu'il n'en eût pas besoin, une raison artistique. Trente-six vieux bancs, d'un exquis travail du quinzième siècle, cachés dans une aile de l'église, menaçaient de disparaître. Il lui fallait immortaliser le dessin de leurs contours exquis avant que les vers, — sans parler des pseudo-restaurateurs, — ne les rendissent méconnaissables.

Il revint au presbytère, un soir, au coucher du soleil. Et la vie sourit de nouveau à deux têtes blondes. Elfride éprouva un léger désappointement à découvrir, par hasard, que Stephen ne venait pas directement de Londres, mais séjournait dans le voisinage depuis la veille au soir. Elle s'en serait étonnée si elle n'avait su que plusieurs touristes visitaient la côte en cette saison : Stephen avait dû suivre leur exemple.

Ils ne firent guère que causer ce soir-là. M. Swancourt questionna discrètement le jeune homme sur ses espérances et son avenir. Stephen donna des réponses vagues.

Le jour suivant, il plut toute la journée.

Vingt-quatre heures avaient suffi pour rallumer l'incendie au cœur du jeune homme. Le soir, la jeune fille proposa une partie d'échecs.

Elfride constata bien vite que son partenaire était

4

novice. Elle nota la façon étrange dont il tenait ses personnages lorsqu'il lui damait le pion. Il n'y avait, croyait-elle, qu'une seule façon de jouer. Sa surprise augmenta lorsqu'elle vit Stephen, sur le point de lui prendre son évêque, pousser son personnage de côté au lieu de soulever son pion, comme préliminaire au mouvement.

— Comme vous tenez drôlement vos personnages, monsieur Smith.

— Vrai? Je le regrette.

— Oh! non! Il n'y a pas de quoi. Mais qui vous a appris à jouer?

— Personne, miss Swancourt. J'ai appris tout seul, dans un livre que m'a prêté un de mes amis, M. Knight, l'être le plus noble que je connaisse.

— Mais vous avez vu jouer?

— Jamais. Je n'ai pas eu l'occasion de m'exercer. Les seuls jeux que je connaisse m'ont été enseignés par les livres.

Voilà qui expliquait sa gaucherie. Mais qu'un homme, désireux de savoir jouer aux échecs, n'eût pu de sa vie voir engager une partie, cela intriguait fort la jeune fille.

Elfride s'absorbait si bien dans ses réflexions qu'elle en oublia pendant quelques instants de jouer.

Assis près d'eux, M. Swancourt suivait le damier d'un œil distrait. Il murmura à mi-voix, tout à coup :

— *Quæ finis aut quod me manet stipendium.*

Stephen répondit aussitôt :

— *Effare : Jussas cum fide pœnas luam.*

— Excellent! Réponse prompte et exacte! s'exclama M. Swancourt avec sentiment, — et il frappa de sa main sur la table, ce qui fit sauter à terre trois pions et un chevalier. — Je réfléchissais à ces mots. Ils s'appliquent à une étrange situation dans laquelle je me trouve. Je suis ravi, monsieur Smith, de votre érudition. On ne trouve pas souvent, dans ce désert,

un homme assez instruit et gentleman pour terminer
une citation latine.

— Je m'appliquais aussi ces mots, fit Stephen
tranquillement.

— Vous? allons donc!

— Voyons, murmura Elfride avec une moue,
dites-moi tout. Traduisez.

Stephen dit lentement, en la regardant dans les
yeux, et d'une voix triste qui contrastait avec son
visage juvénile :

— *Quæ finis* : comment cela finira-t-il; *aut* : ou;
quod stipendium : quel châtiment;*manet me* : m'attend? *Effare* : parlez; *luam:* je payerai; *cum fide:*
fidèlement; *jussas pœnas* : la pénalité requise.

Le vicaire avait écouté avec une attentive compression des lèvres cette récitation d'écolier, et
n'avait point remarqué, grâce à sa demi-surdité, le
ton de Stephen. Il murmura d'une voix hésitante.

— A propos, monsieur Smith, excusez ma curiosité : bien que votre traduction soit exceptionnellement correcte et littérale, votre façon de prononcer
le latin me semble très spéciale. La prononciation
des langues mortes importe peu évidemment, mais
votre accent me paraît plus que bizarre. Votre professeur de latin serait-il d'Oxford ou de Cambridge?

— D'Oxford. C'est un « fellow » de Saint-Cyprien.

— Vraiment.

— Mais oui. Pas le moindre doute à cet égard.

— Extraordinaire, en vérité, fit M. Swancourt en
sursautant d'étonnement. Que l'élève d'un tel
homme...

— ...Le meilleur et le plus instruit d'Angleterre!
s'écria Stephen avec enthousiasme.

— ... Puisse prononcer le latin de cette façon-là!
Pendant combien de temps vous a-t-il enseigné?

— Quatre ans.

— Quatre ans?

— Après tout, cela n'a rien d'extraordinaire, fit

vivement Stephen. Car ces leçons se firent par correspondance. Je lui envoyais mes exercices deux fois
par semaine et il me les renvoyait corrigés et an-
notés. J'ai appris ainsi mon latin et mon grec. Il
n'est donc nullement responsable de mon accent.
Car il ne m'a jamais entendu prononcer une ligne.

— Quel admirable exemple de patience! s'écria
le vicaire.

— De sa part, oui. Ah! il n'existe pas beaucoup
d'hommes comme Harry Knight! Justement, une fois,
il me parlait de la prononciation. Il prévoyait, je
m'en souviens, avec regret, le temps où chacun pro-
noncerait, jusqu'aux mots les plus usuels, non selon
les règles, mais selon que la phrase sonnerait le
mieux à l'oreille. L'âge de la parole se meurt, disait-
il, pour faire place à celui de l'écrit.

Elfride et son père attendaient le récit des circonstances qui avaient imposé au jeune homme cet
étrange mode d'éducation. Mais il ne donnait aucune
explication, et semblait même désireux d'écarter ce
sujet.

Le jeu reprit. Elfride jouait impulsivement. Stephen avec réflexion. Comment oser le battre après
tout le mal qu'il se donnait? Que devait faire Elfride
dans sa compassion, sinon se laisser vaincre?

Elfride lui laissa gagner la seconde partie. Ne
se savait-elle pas d'une force au-dessus de la
moyenne pour une femme? Son amour-propre restait sauf. Une partie finale dans laquelle elle débuta
très mal se termina cependant par sa victoire au
douzième coup.

Stephen la regarda, soupçonneux. M. Swancourt
avait quitté la pièce.

— Vous avez triché jusqu'à maintenant, fit-il en
rougissant. Vous m'avez laissé gagner les deux dernières fois?

Elfride prit un air coupable. Stephen devint
l'image de la tristesse et de l'humiliation. La jeune

fille s'en amusa un moment mais bientôt regretta
son erreur.

— Monsieur Smith, pardonnez-moi, dit-elle doucement. Je vois maintenant que mon attitude semblait un affront à votre habileté. Mais là n'était pas
mon intention. Je ne pouvais, en conscience, vous
gagner alors que vous vous dépensiez si vaillam-
ment et à un tel désavantage.

Il poussa un long soupir et murmura avec amertume :

— Ah! vous êtes plus savante que moi. Vous
pouvez faire tout ce que vous voulez; moi, rien. Oh!
miss Swancourt! fit-il avec ardeur, ne pouvant plus
se contenir, il faut que je vous dise combien je vous
aime! Pendant tous ces mois de séparation, je vous
ai adorée.

Il sauta de sa chaise comme un gamin impulsif
qu'il était et entoura de son bras la taille de la jeune
fille avant qu'elle songeât à se défendre. Leurs
boucles blondes se mêlèrent.

Si nouvelle était la passion pour Elfride qu'elle se
prit à trembler, autant de la nouveauté de l'émotion
que de l'émotion elle-même. Mais soudain elle se
dégagea, très digne et vexée de s'être soumise sans
résistance à cette étreinte fugitive et, certes, prématurée.

— Il ne faut pas recommencer, dit-elle avec un
ton de coquetterie hautaine... Voici papa.

— Laissez-moi vous embrasser... Un tout petit
baiser, fit-il avec sa douceur habituelle et sans discerner la coquetterie de son attitude.

— Non, non, non!

— Sur votre joue, seulement.

— Non.

— Votre front?

— Certes non!

— Vous aimez quelqu'un d'autre alors? J'en étais
sûr!

— Et moi, je suis sûre du contraire.

— Vous ne m'aimez pas non plus?

— Le sais-je? fit-elle simplement.

Un bruit de pas. M. Swancourt rentrait dans la pièce.

Le lendemain de cette déclaration, M. Swancourt proposa une excursion aux rochers de Targan Bay, à trois milles de là.

Une demi-heure avant le moment fixé pour le départ, on entendit un craquement dans la cour de l'écurie et peu après Worm apparut, en déclarant au monde en général, en partie à lui-même et presque pas à ses auditeurs :

— Oui, oui, c'est sûr! Cette friture de poisson sera la mort de William Worm. Ils sont à l'œuvre depuis ce matin : frr! frr! frr!

— Toujours votre tête, Worm? interrogea M. Swancourt. Quel bruit venons-nous donc d'entendre?

— Oui, oui, m'sieu, je ne suis qu'un pauvre ver de terre; et la friture a grésillé dans ma tête toute la nuit et toute la matinée. Elle m'étourdit tellement que j'ai laissé tomber une bûche sur le brancart de la charrette qu'est démoli à c't'heure. Ben, que j'm'dis, y'm'semble que c'est mon propre bras qui l'a reçue. Cependant quoique ce soye ma faute, et que je me verrais à la charge de la paroisse si vous me renvoyez, peut'être ben que je suis aussi indépendant que quelqu'un d'ici ou de là.

— Mon Dieu, le brancart de la charrette cassé! s'écria Elfride.

Elle semblait très contrariée et Stephen encore plus.

Le vicaire s'échauffa plus que ne semblait nécessiter l'incident, au grand malaise de Stephen et à sa profonde surprise. Jamais il n'aurait cru que la jovialité apparente de M. Swancourt pût cacher une telle sévérité.

— Il n'est pas dit que vous serez privés de cette promenade, dit enfin M. Swancourt aux jeunes gens. La distance me semble un peu longue pour une promenade à pied. Mais Elfride n'aura qu'à monter son poney et vous, Smith, ma vieille jument.

Elfride s'exclama d'un ton de triomphe :

— Vous ne m'avez jamais vue à cheval. Vous verrez ça!

Elle regarda Stephen et devina sa pensée :

— Oh! Vous ne savez pas monter, monsieur Smith?

— Non, mademoiselle, à mon grand regret.

— Un homme ne pas savoir monter! fit-elle avec impertinence.

— Cela arrive souvent, fit le vicaire. Smith a eu bien autre chose à apprendre. Voici ce que je vous propose. Qu'Elfride monte à cheval et que M. Smith l'accompagne à pied.

Stephen adopta cet arrangement avec une joie secrète. Il escomptait déjà les avantages d'une longue promenade avec Elfride. Une fois le poney sellé, on l'amena devant la maison.

— M. Smith, fit d'un ton impérieux la jeune fille, qui reparaissait en amazone (semblable, chaque fois qu'elle changeait de robe, à la nouvelle édition d'un délicieux volume), je vais vous confier une mission de confiance. Je porte aujourd'hui mes boucles d'oreille préférées. Or, leurs petites agrafes s'ouvrent facilement pour peu que je secoue la tête. De plus, lorsque je monte à cheval, je ne peux leur donner toute mon attention. En galant chevalier servant, vous me rendrez le service de ne pas les quitter des yeux. J'ai failli les perdre tant de fois, n'est-ce pas, Unity? fit-elle en s'adressant à la vieille bonne qui se tenait sur le seuil.

— Je crois bien, fit Unity, d'un air apitoyé.

— Une fois, j'en retrouvai une dans le sentier, fit Elfride pensivement.

— Et une autre fois, près de la barrière du champ, nasilla Unity.

— Et une autre fois sur le tapis de ma chambre, reprit gaiement Elfride.

— Et le jour qu'elle s'emmêla dans les broderies de votre jupon, Miss! Et celui où elle tomba dans votre dos. Dans quel état on vous vit, Miss, jusqu'à ce que vous l'ayez retrouvée!

Stephen prit le petit pied d'Elfride dans sa main :

— Un, deux, trois, hop! fit-elle.

Hélas! non. Le jeune homme chancela, le cheval s'écarta et Elfride retomba à terre un peu plus vivement qu'elle n'eût souhaité. Smith prit un air désolé.

— Ça ne fait rien, dit le vicaire d'un ton encourageant, essayez de nouveau. Cette petite besogne qui n'a l'air de rien demande plus de pratique qu'on ne croit. Tenez-vous plus près de la tête du cheval, monsieur Smith.

— Je ne vais certes pas le laisser recommencer! fit Elfride avec indignation. Worm, venez ici.

Worm s'avança et la jeune fille se trouva en selle d'un tour de main.

Ils se mirent alors en marche et avancèrent en silence. La brise de mer rafraîchissait par instants l'air chaud de la vallée.

— J'imagine, fit Stephen, qu'un homme ne sachant ni se tenir en selle ni aider une femme à monter doit être considéré comme inutile et encombrant. Mais j'apprendrai pour l'amour de vous, miss Swancourt, je vous le promets.

— Ce qui m'étonne chez vous, fit-elle d'un petit ton doctoral excusable chez une belle amazone s'adressant à un simple piéton, c'est votre savoir en certaines questions, allié à une totale ignorance sur certaines autres.

Stephen leva sur elle un regard ardent.

— Il y a tant de choses à apprendre en ce vaste monde. Je me suis vu forcé de choisir. Je songeai :

celles-là sont inutiles et celles-ci indispensables.
Mais je ne pense plus ainsi maintenant. J'apprendrai
à monter à cheval, parce qu'ainsi vous m'aimerez
mieux. Vous ai-je beaucoup déplu?

Elle le regarda de côté, ironique et tendre à la
fois :

— Ressemblé-je donc à « la Belle Dame sans
merci »? demanda-t-elle. Je vous imagine, monsieur
Smith, déclamant :

« Je l'assis sur mon coursier rapide,
« Et ne vis rien d'autre tout le long du jour.
« Car parfois elle se penchait vers moi et chantait
« Une chanson de fée.
« Elle me donna des racines exquises
« Du miel sauvage et de la manne... »
et c'est tout ce qu'elle fit.

— Non, non, fit le jeune homme en rougissant,
« Et elle lui dit en une langue étrange
« Je t'aime infiniment. »

— Pas du tout, s'écria Elfride avec vivacité.
Tenez, regardez comme je galope. Allons, hop,
Pansy!

Et Elfride s'enfuit, les cheveux au vent. Stephen
vit décroître sa silhouette aux proportions d'un oiseau.

Pendant un espace de temps qui lui parut considérable, il ne la vit pas revenir. Morne comme
une fleur sans soleil, il se laissa choir sur une
pierre. Un quart d'heure s'écoula. Il n'entendit plus
ni les sabots du cheval, ni la voix de l'amazone.

— Quelle délicieuse course! dit Elfride lorsqu'elle le rejoignit les joues rosées et les yeux brillants.

Le cheval fit demi-tour. Stephen se leva et ils
repartirent.

— Eh bien, monsieur Smith, que me direz-vous
après cette longue absence?

— Rappelez-vous la question que je vous ai posée

hier soir. Vous n'avez pas encore répondu : m'aimez-
vous un peu?

— Je ne puis répondre.

— Pourquoi?

— Parce que j'ignore vos sentiments.

— Allons donc! fit-il d'une voix chaude et en la
regardant bien en face. Les yeux dans les yeux,
murmura-t-il en riant.

Elle lui obéit en rougissant.

— Et pourquoi pas lèvre à lèvre? continua Stephen s'enhardissant.

— Certainement non. N'importe qui pourrait nous
voir. Et c'en serait fait de ma réputation. Vous
pouvez baiser ma main si vous voulez.

Il laissa lire sur son visage que baiser une main
à travers un gant et un gant de cheval encore, cons-
titue une bien mince faveur.

— Bon! Je vais enlever mon gant. Voilà une
jolie petite main blanche. Ah! Vous n'en voulez pas?
Très bien, je la retire.

— Que je sois sevré de caresses toute ma vie, si
je ne la baise immédiatement. Cruelle Elfride! Je
vous aime plus que je ne vous le dis, savez-vous?
Vous êtes ma reine. Je mourrais volontiers pour
vous, Elfride.

Une rougeur colora les joues de la jeune fille.
Quelle fierté! Pour la première fois de sa vie, elle
se voyait maîtresse despotique d'un cœur.

Stephen appuya à la dérobée ses lèvres sur la
petite main dégantée.

— Je vous le défends! Je vous le défends! fit-elle.
Vous ne devez pas me prendre par surprise.

Alors s'ensuivit une légère escarmouche pour la
possession de cette main convoitée. Escarmouche
qui ressemblait plus au jeu d'un gamin et d'une fillette qu'à la lutte d'un homme et d'une femme.
Pansy commença à s'agiter. Elfride se ressaisit.

— Vous me faites très mal tenir, dit-elle d'un ton

qui n'était ni du plaisir ni de la colère, mais tenait des deux. Nous sommes trop âgés pour ces sortes de jeux.

— J'espère que vous ne me trouverez pas trop... trop mal élevé, dit-il d'un ton repentant, conscient, lui aussi, d'avoir perdu un peu de sa dignité par ce procédé.

— Vous êtes d'une familiarité intolérable! Vous me traitez comme une paysanne, monsieur Smith! Après tout, nous nous connaissons à peine.

— Je vous assure, miss Swancourt, que je n'avais aucune arrière-pensée. Je désirais simplement imprimer un baiser doux et sérieux dans votre petite main. Voilà tout!

— Bon! Vous recommencez! Il ne faut pas me regarder ainsi, fit-elle en secouant la tête.

Et elle s'avança de quelques pas. A la lisière des champs, comme on approchait de la mer, elle voulut descendre de cheval. Ils attachèrent le poney à un arbre et tout deux s'engagèrent dans un sentier irrégulier. Bientôt ils débouchèrent sur un vaste rebord plat qui se dressait contre le flanc de la falaise à mi-hauteur des hauts rochers sombres. En bas et devant eux, s'étendait l'Océan infini. Sur la plage, autour des petits rochers disséminés, voletaient les criardes mouettes blanches qui, toujours, semblent chercher un point d'appui et jamais ne se posent. A droite et à gauche couraient les hauteurs dentelées en forme de scie.

Derrière eux s'ouvrait dans les rochers une grotte naturelle formant siège et assez large pour recevoir deux personnes. Elfride s'y assit et Stephen à côté d'elle.

— Est-ce bien convenable ce que nous faisons-là? demanda-t-elle. Nous ne nous connaissons pas depuis assez longtemps, il me semble?

— Oh! si! répliqua-t-il judicieusement.

— Qu'en savez-vous?

— En amitié, le temps importe peu; seule compte la façon dont on l'emploie.

— Oui, je comprends. Mais je voudrais que papa voie ma nouvelle attitude. Il ne la soupçonne certes pas.

— Chère Elfride, je voudrais nous voir mariés. J'ai tort, je le sais, de parler avant que vous soyez renseignée sur mon compte. Mais je le désire tellement. M'aimez-vous beaucoup?

— Non, fit-elle très émue.

A cette dénégation énergique, Stephen détourna la tête et garda un silence tragique. Il ne sembla s'intéresser désormais qu'aux oiseaux de mer qui décrivaient des courbes là-bas au large.

— Je ne voulais pas vous décourager tout à fait, murmura-t-elle d'une voix faible.

Et voyant qu'il restait silencieux, elle reprit avec plus d'anxiété :

— Si vous me reposez la même question, peut-être ne répondrais-je pas ... pas aussi... brutalement... puisque cela vous peine.

— Oh! mon Elfride!

Et, la prenant dans ses bras, Stephen l'embrassa.

C'était le premier baiser d'Elfride. Aussi se montra-t-elle pleine de gaucherie.

Il n'y eut pas la lutte apparente qui vous soumet davantage. Il n'y eut pas non plus la passivité qui vous rapproche épaule contre épaule, visage contre visage.

Elfride ne sut pas prendre la pose abandonnée et cependant composée qui enflamme le cœur des amoureux. L'expérience lui faisait défaut. Une femme doit être embrassée plusieurs fois avant de savoir recevoir et donner un baiser.

Elfride ignorait cet art, Stephen en éprouva un moment de regret : un baiser reçu avec cette confusion manquait son effet.

Mais à la réflexion il en conçut du plaisir. La

gaucherie de la jeune fille n'était-elle pas son principal charme?

— Vous m'aimez alors? dit-il.

— Oui.

— Beaucoup?

— Oui.

— Et vous serez ma femme un jour?

— Pourquoi pas? fit-elle naïvement.

— Il y a peut-être un empêchement, mon Elfride.

— Pas que je sache.

— Supposez l'existence d'une raison qui rende notre mariage impossible, ou qui fasse rejeter ma demande avec mépris par votre père.

— Rien ne m'empêchera de vous aimer. Car je vous sais bon et généreux.

— Aucune raison, indépendante de moi, ne pourrait altérer mes qualités à vos yeux?

— Aucune. Quelque circonstance extérieure? Que m'importe!

— Vous ne pouvez rien affirmer, chère, avant de savoir. Je crois en vous, mais n'ose encore me réjouir.

— Notre amour est aussi pur et aussi frais que la rosée matinale, Stephen.

— Aucun amoureux ne vous a embrassée auparavant?

— Jamais.

— J'en étais sûr. Vous montez bien à cheval, mais vous ne savez pas embrasser. Et comme le disait, mon ami Knight, on ne peut reprocher à une femme de plus charmant défaut.

— Allons, venez. Il faut repartir, sans quoi nous ne rentrerons pas à temps pour le dîner.

Ils rejoignirent Pansy.

— Au lieu de confier mon pied à la paume instable d'un jeune homme, dit-elle gaiement, je choisis un sûr point d'appui. Approchez cette pierre, voulez-vous. Là, me voici en selle.

Ils revinrent au même pas de promenade. Et ils oublièrent tout, hormis l'heure présente.

— Pourquoi m'aimez-vous? demanda-t-elle après un long regard pensif vers un oiseau qui s'enfuyait.

— Je ne sais, répliqua-t-il paresseusement.

— Oh! que si, insista Elfride.

— Pour vos yeux peut-être.

— Que me direz-vous d'eux? Ne répondez pas à la légère. Que pensez-vous de mes yeux?

— Oh! rien de particulier; ils sont jolis.

— Stephen, je ne puis tolérer cela. Pourquoi m'aimez-vous?

— Pour votre bouche peut-être.

— Que me direz-vous de ma bouche?

— Mon Dieu, elle est agréable...

— Faible!

— Une jolie moue et des lèvres douces... Mais pour l'instant, elle ne diffère guère des autres.

— Oh! Stephen, ne me taquinez pas. Je veux savoir. Pourquoi m'aimez-vous?

— Pour votre cou peut-être ou pour vos cheveux. Mais je n'en suis pas sûr. A moins que ce ne soit pour votre sang paresseux qui erre sous vos joues pour s'enfuir aussitôt; mais je n'en suis pas sûr. Ou pour vos mains et vos bras blancs qui éclipsent toutes les mains et tous les bras de l'univers. Ou pour vos pieds qui dépassent votre jupe, comme deux petites souris. Ou pour votre langue qui est une framboise rouge. Mais je n'en suis pas sûr.

— Ah! Tout cela est joli à dire; mais je ne me soucie pas de votre amour, s'il ne peut se faire de moi une peinture plus vivante et moins raisonneuse. Je voudrais savoir ce que vous avez senti, Stephen (et elle eut un sourire malicieux) lorsque vous vous êtes dit : « Je vais aimer cette jeune fille. »

— Mais je ne me suis jamais dit cela.

— Alors, avez-vous pensé : « Je n'aimerai jamais cette jeune fille? »

— Pas précisément.

— Je dois aimer cette jeune fille?

— Non plus.

— Quoi, alors?

— C'était plus nébuleux, moins défini.

— Dites-moi, oh! dites!

— Je me suis dit qu'il ne fallait pas songer à vous si je vous aimais vraiment.

— Je ne comprends pas. On ne peut rien tirer de vous. Et je n'essaierai jamais plus de savoir, pourquoi, dans le fond de votre cœur, vous m'avez aimée.

— Douce tentatrice, à quoi bon? C'est bien simple : autrefois je ne vous connaissais pas, donc je ne vous aimais pas; puis je vous vis et je vous aimai. Cela suffit-il?

— Oui, je m'en contenterai... Je crois savoir pourquoi je vous aime. Vous êtes beau, c'est vrai, mais là n'est pas la raison. Je vous aime pour votre douceur et votre docilité.

— D'habitude, on n'aime pas un homme pour ces qualités-là, fit Stephen ironique et légèrement contrarié. Enfin, peu importe! Dès notre retour, je demanderai à votre père la permission de nous fiancer. Ce seront de longues fiançailles!

— Tant mieux! Stephen, ne parlez pas avant demain.

— Pourquoi?

— Parce que s'il refusait, — je ne le crois pas, — mais s'il refusait, nous aurions au moins un jour de bonheur dans notre ignorance. Eh bien, à quoi pensez-vous?

— Je pensais à la joie que mon bonheur causera à mon Knight. Je voudrais qu'il nous vît!

— Il me semble que vous pensez beaucoup à lui? fit-elle déjà jalouse. Ce doit être un homme intéressant pour que vous vous en souciez autant.

— Intéressant! s'écria Stephen, le visage rayonnant de ferveur. Dites noble!

— Oh! oui! oui! J'oublie, fit-elle ironique.
L'homme le plus noble d'Angleterre, comme vous
nous disiez hier soir.

— Un homme admirable, miss Elfride! Dussiez-
vous rire.

— C'est votre héros, je le sais. Mais que fait-il?

— Il écrit.

— Il écrit? Je n'ai jamais vu son nom.

— Parce que sa personnalité, et celle de plusieurs
comme lui, s'absorbe dans un grand tout, l'impal-
pable entité appelée le *Présent*, revue sociale et litté-
raire.

— Un journaliste seulement?

— Seulement, Elfride! Mais c'est un des soutiens
du *Présent!* Ça importe plus que d'écrire des ro
mans!

— Voilà une pierre dans mon jardin.

— Non, Elfride, murmura-t-il. Je ne voulais pas
dire cela. Je veux simplement vous faire comprendre
que Knight est un littérateur éminent et pas seulement un journaliste. Il n'écrit pas que des articles
de revue, bien qu'il fasse parfois la critique des
livres. Il a composé des essais de sociologie et de
morale. Tous les articles du *Présent* sur ces matières
sont de lui.

— J'admets qu'il doive avoir du talent pour écrire
dans le *Présent*. On nous l'envoie irrégulièrement.
J'aurais voulu que papa s'y abonnât; mais il est si
conservateur... Alors, est-il bon votre ami Knight?

— La bonté même! Je voudrais bien un jour
devenir son ami intime.

— Ne l'êtes-vous point?

— Oh! non, fit Stephen, comme à une supposition extravagante. Voyez-vous, nous sommes du
même pays. Je l'ai connu ainsi. Et il a bien voulu
se faire mon professeur. Mais nous ne sommes
pas intimes. Je serais si heureux, une fois riche et
célèbre, de me lier avec lui.

Et les yeux de Stephen brillèrent à cette idée.

Une moue se joua sur les jolies lèvres d'Elfride.

— Vous ne pensez qu'à lui. L'aimez-vous plus que moi?

— Non, Elfride. Comment comparer ces deux sentiments? Je l'aime et cependant il mérite encore plus d'affection que je ne lui en donne.

— Vous n'êtes pas gentil. Et vous me rendez jalouse, fit-elle méchamment. Vous ne parleriez jamais de moi à un tiers avec autant de chaleur.

— Vous ne comprenez pas, Elfride, fit-il avec anxiété. Vous le connaîtrez un jour. Il est si brillant — non ce n'est pas le terme exact — si érudit — non, érudit exprime mal ce que je veux dire. Sa conversation vous tient sous le charme. Son amitié vous rend meilleur.

— Je ne veux pas le connaître, puisqu'il se dresse entre nous. Quand vous songez à lui, je n'existe plus!

— Non, chère Elfride, je vous aime tendrement.

— Et moi, je ne veux pas que vous me parliez de lui avec tant de chaleur. Stephen, supposez que cet individu, votre Knight, et moi soyons sur le point de nous noyer et que vous puissiez sauver une personne seulement...

— Je connais cette stupide devinette. Lequel sauverais-je?

— Oui, lequel? Moi?

— Tous deux, fit-il en étreignant sa main.

— Non, non, un de nous deux.

— Je ne sais... Cette seule idée m'horripile...

— Ah! ah! Vous le sauveriez et me laisseriez me noyer! Je ne me soucie plus de votre amour!

A ce point de la dicussion, elle mit son cheval au trot et prit un petit sentier qui écourtait la route d'une centaine de mètres.

Lorsqu'elle reparut, elle ignora le regard implorant de Stephen et le laissa se morfondre dans

l'ombre de son déplaisir. On pouvait prévoir, qu'à
ce jeu, le jeune homme serait vaincu.

— Vous ai-je offensée, Elfride? dit-il en se plaçant
dans le rayon de sa vision. Pourquoi ne me parlez-
vous pas?

— Sauvez-moi alors, et laissez cet individu se
noyer. Je le déteste. Répondez, lequel sauveriez-
vous?

— Vraiment, Elfride, comment osez-vous insister
ainsi?

Elle se mit à rire de sa propre absurdité, mais
persista.

— Allons, Elfride, faisons la paix.

— Dites alors que vous me sauveriez et le laisseriez se noyer.

— Je vous sauverais et lui aussi.

— Et vous le laisseriez se noyer. Dites vite, ou
vous ne m'aimez pas, reprit-elle taquine.

— Se noyer... murmura-t-il avec désespoir.

— Très bien. Cette fois, je vous pardonne.

Et un éclair de triomphe s'alluma dans ses yeux.

— Une seule boucle d'oreille, Miss, sur mon
âme, dit Unity lorsqu'ils entrèrent dans le hall.

Elfride parut consternée et, plus prompte qu'une
flèche, sa main vola à son oreille.

— Là! fit-elle en lançant à Stephen un regard
plein de reproche.

— J'ai tout à fait oublié! Je le regrette, dit-il
avec remords.

Elle se dirigea vers le petit bois. Le jeune homme
l'y suivit.

— Si vous m'aviez dit, à moi, de veiller sur
quelque chose, Stephen, je l'eusse fait religieuse-
ment.

— Ma distraction se comprend.

— Eh bien, cherchez-la, si vous voulez que je vous
pardonne.

Elle le considéra un moment, puis, sérieuse, reprit :

— Elle a dû tomber sur le rocher, Stephen. J'eus alors une faible sensation de vide, mais, trop absorbée, je n'y fis pas attention. Vous la trouverez certainement là.

— J'y cours.

Et il se dirigea vers la vallée, sous un soleil torride.

Il fit en hâte l'ascension des rochers sinueux, fouilla les coins et recoins, sonda les crevasses. Mais en vain.

Il revint alors sur ses pas. A un carrefour, il s'arrêta, hésitant. Puis il quitta le plateau et descendit à travers champs sur le château d'Endelstow.

Il s'engagea, sans la moindre hésitation, dans le petit sentier qui longe la rivière, familier, selon toute apparence avec ce coin de terre.

L'ombre s'épaississait. Il traversa les deux petites barrières qui annoncent la lisière du parc. La rivière longeait maintenant les fossés, avant de pénétrer, un peu plus loin, dans le bocage.

Sur une légère hauteur, que contournait le ruisseau, s'élevait un cottage. Une jolie cheminée carrée que recouvrait un lourd manteau de lierre le surplombait. Le feuillage touffu lui donnait les proportions d'une tour. Derrière la maison, à quelque distance, se hérissait la clôture du parc. Au delà s'apercevaient les sycomores du petit bois qu'agitait doucement la brise du soir.

Stephen traversa le pont rustique, se dirigea vers la porte du cottage et l'ouvrit sans frapper.

Des exclamations de bienvenue, un bruit de chaises remuées se firent entendre. La porte se referma, et l'on n'ouït plus rien du dehors qu'un bourdonnement de conversation et le heurt des assiettes.

VIII

Les brumes s'élevaient déjà des étangs et maré-
cages lorsque Stephen regagna le presbytère.

Elfride se tenait sur le seuil, baignée dans la
lumière citron qu'épandait le soleil couchant.

— Vous n'avez pas mis tout ce temps à chercher
mon pendant d'oreille? demanda-t-elle, anxieuse.

— Oh! non. Je ne l'ai pas trouvé.

— Tant pis! Cela me contrarie fort. Mes plus
jolies boucles!... Mais d'où venez-vous, Stephen?
Je m'inquiétais, sachant que vous ne connaissiez pas
le pays. Si vous étiez tombé du haut d'un rocher!...
Et maintenant, j'ai bien envie de vous gronder de
la peur que vous m'avez faite.

— Il faut que je voie votre père, fit-il un peu
brusquement. J'ai à lui parler et à vous aussi, Elfride.

— Vos paroles peuvent-elles compromettre les
heureux instants que nous passons ensemble? Allez-
vous nous révéler le ténébreux secret auquel vous
faites parfois allusion? Me rendra-t-il malheureuse?

— Possible.

Elle respira péniblement et regarda autour d'elle.

— Retardez jusqu'à demain matin, dit-elle.

Il soupira.

— Non, il vaut mieux en finir ce soir. Où est
votre père, Elfride?

— Dans le potager, je crois. Il s'y retire souvent

le soir. Je vous laisse. Dites tout ce qu'il faut dire,
faites tout ce qu'il faut faire. Songez que je vous
attends avec anxiété.

Et elle rentra dans la maison.

Elle attendit dans le salon, regardant les lueurs
du soir se changer en ombres et l'ombre en ténèbres.
Mais son impatience devint intolérable. Elle fit le
tour par la petite plantation d'arbrisseaux, déver-
rouilla la grille du jardin, parcourut du regard l'espace mi-obscur qu'enclôt les quatre murs : personne.
Elle grimpa à la petite échelle qui sert à la récolte
des fruits et, par-dessus le mur, plongea son regard
dans le champ. Ce champ s'étendait jusqu'à une
haie. Et le long de cette haie, marchait M. Swancourt. Il parlait à haute voix. Elfride crut d'abord
qu'il se causait à lui-même.

Mais non, une autre voix lançait des répliques.
Et cet interlocuteur invisible semblait lui faire vis-
à-vis de l'autre côté de la haie. La voix, bien que
douce, n'appartenait pas à Stephen.

L'inconnu devait se tenir dans le jardin abandonné du vieux manoir, récemment acheté par une
dame Troyton qu'Elfride n'avait jamais vue. Peut-
être son père avait-il lié connaissance avec un des
membres de la famille voisine par-dessus la haie.
A moins qu'un étranger n'eût pénétré dans le parc
solitaire.

Inutile de le déranger. Selon toute apparence,
Stephen n'avait pas encore entretenu son père. Elle
rentra dans la maison. Désœuvrée, elle monta dans
sa petite chambre, et s'assit devant la fenêtre ouverte. La tête dans ses mains, elle s'absorba dans sa
méditation. C'était une chaude nuit d'août. Chaque
vibration se prolongeait au loin.

Elle songeait à Stephen et déplorait qu'il l'eût
privée de sa compagnie sans nécessité. Quel être
sensible et délicat! Assez viril cependant pour avoir
un secret à lui. Car le mystère dont s'entourait le

jeune homme le grandissait aux yeux d'Elfride. Absorbée dans sa vision intérieure elle perdit la notion de l'heure.

Elfride s'imaginait, avec de vives couleurs, et pour la vingtième fois peut-être, le baiser du matin. Elle donnait à ses lèvres la position qu'eût requis une semblable caresse lorsqu'elle entendit précisément dans le jardin le bruit d'un baiser. Non un baiser silencieux et à la dérobée, mais décidé, sonore et conquérant.

Elle rougit et se pencha vivement à la fenêtre, sans rien distinguer.

La montagne dessinait une courbe sombre sur la pâle splendeur du ciel. Un des jeunes cèdres de la plantation perçait le firmament bleu de son dard aigu.

Personne sur la pelouse. De plus, les arbustes qui primitivement pointillaient seulement la clairière s'épaississaient maintenant jusqu'à dérober la vue de la haie qui les contenait. Le couple devait se dissimuler de ce côté-là. Si les allusions et distractions de son amoureux n'avaient suggéré à Elfride l'idée d'une énigme dans sa vie, jamais elle n'eût soupçonné Stephen. Mais le mystère qui l'entourait — et sans lequel elle ne l'eût peut-être jamais aimé — devait donner à la jeune fille des appréhensions de toutes sortes. Dans un soudain accès de jalousie, elle douta de Stephen.

Elfride se glissa alors en bas de l'escalier, sur la pointe des pieds. Elle visita l'endroit d'où avait semblé partir le baiser, parmi les hauts lauriers-thyms, sur les tertres gazonnés, le massif de houx, sous le saule pleureur. Mais en vain. Elle rentra dans la maison et appela :

— Unity!

— Elle passe la soirée chez sa tante, dit M. Swancourt, en encadrant sa tête dans la porte de son cabinet de travail.

La lumière des bougies tomba sur le visage d'Elfride qui rosit de perplexité.

— Je ne vous savais pas là, papa, fit-elle surprise. Sûrement tout à l'heure la fenêtre n'était pas éclairée.

Et elle remarqua que les volets restaient ouverts.

— Oui, je viens de rentrer, fit-il avec indifférence. Pourquoi appeliez-vous Unity? Elle a dû préparer le souper avant de sortir.

— Vraiment? Je n'ai pas été voir.

Elfride n'aurait su dire, maintenant qu'on le lui demandait, la raison exacte de son appel. Distraite, elle contemplait sur le garde-feu une allumette encore embrasée : on venait donc seulement d'allumer les bougies.

— Je vous croyais dehors avec M. Smith, dit le vicaire.

Malgré son inexpérience, Elfride ne put s'empêcher de songer que son père devait être extrêmement aveugle pour ne pas voir les conséquences d'une intimité croissante entre elle et le jeune homme, ou prodigieusement bon si, les prévoyant, il les acceptait.

L'arrivée de Stephen en personne, les épaules et la tête argentées par la lune, interrompirent ces réflexions.

— Votre chagrin a-t-il quelque chose à voir avec un baiser sur la pelouse? demanda-t-elle brusquement, presque avec passion, au jeune homme.

— Un baiser sur la pelouse?

— Oui, fit-elle avec violence cette fois.

— Je n'avais pas compris votre question et je ne la comprends pas davantage. Je n'ai certainement embrassé personne sur la pelouse, si c'est là, Elfride, ce que vous voulez dire.

— Vous ne savez rien à ce sujet?

— Absolument rien. Pourquoi me demandez-vous cela?

— Ne m'interrogez pas. Peu importe d'ailleurs. Et, Stephen, vous n'avez point parlé à père de nos fiançailles?

— Non, fit-il avec regret. Je ne l'ai pas trouvé d'abord. Ensuite j'ai tant et si bien réfléchi à vos paroles, à un refus possible, aux objections qui pourraient mettre fin à notre bonheur que j'ai remis cet entretien à demain. Nous aurons encore un jour heureux...

— Oui, mais nous ne pouvons nous taire plus longtemps, fit-elle d'une voix douce, tandis que ses joues s'empourpraient. Je veux que papa sache notre amour, Stephen. Pourquoi avez-vous accepté mon idée de délai?

— Je vous expliquerai... Laissez-moi d'abord vous dire mon secret... dès maintenant. Nous avons encore deux ou trois heures devant nous. Allons sur la colline, jusqu'à l'église.

Elfride consentit. Ils quittèrent le petit jardin par la porte de côté. La lune baignait la colline de son fleuve clair. Au sommet se dressait l'édifice solitaire.

On en avait fermé la porte. Ils quittèrent le porche et la main dans la main se mirent en quête, dans le cimetière, d'un endroit où s'arrêter. Stephen choisit une tombe plate, plus blanche et plus fraîche que les autres. Et il attira doucement à lui la jeune fille.

— Non, pas ici, fit-elle en résistant.

— Pourquoi?

— Un simple caprice.

Mais elle s'assit cependant.

— Elfride, m'aimerez-vous toujours en dépit de tout?

— Oh! Stephen, pourquoi répétez-vous toujours la même chose? Vous le savez bien. Oui, fit-elle en se rapprochant, quoiqu'on dise de vous, — et on ne peut m'en dire de mal, — je vous resterai tou-

jours fidèle. Votre volonté sera la mienne jusqu'à
la mort.

— Avez-vous jamais songé à ce que pouvaient
être mes parents et dans quelle société s'écoula mon
enfance?

— Non... pas spécialement. J'ai noté en vous
quelques points bizarres. Vous avez sans doute vécu
dans le monde des artistes?

— Supposez qu'il n'en soit rien... qu'aucun des
membres de ma famille, excepté moi, n'exerce de
profession libérale.

— Que m'importe, vous seul m'intéressez!

— Où supposez-vous que je fus en pension?

— Dans un collège, fit-elle simplement.

— Non, à l'école communale.

— Ah! Eh bien, je ne vous en aime pas moins,
Stephen, cher Stephen, murmura-t-elle tendrement.
Pourquoi me dites-vous ces choses avec tant de gra-
vité? Que m'importent-elles?

Il l'étreignit plus fort et reprit :

— Qui est mon père selon vous? Autrement dit,
comment gagne-t-il sa vie?

— Dans une profession quelconque, je suppose.

— C'est un maçon.

— Un franc-maçon?

— Non, non, un maçon de village, un « compagnon » .

Elfride ne répondit rien tout d'abord, mais au
bout d'un instant elle murmura :

— Cette idée me paraît étrange. Mais après tout
qu'importe?

— Vous ne m'en voulez pas de ne vous l'avoir
point dit plus tôt?

— Non, pas du tout. Votre mère vit-elle encore?

— Oui.

— Est-ce une femme bien?

— C'est la meilleure des mères. Ses parents
furent des fermiers aisés pendant des siècles, mais

c'était une simple laitière, quand mon père l'épousa.

— Oh! Stephen, fit-elle à voix basse.

— Elle continua longtemps après son mariage à travailler à la laiterie, continua Stephen d'une voix ferme. Et je me souviens qu'enfant, j'allais voir traire les vaches, écrémer le lait et faire le beurre. Et je me persuadais que j'aidais ma mère. Ah! l'heureux temps!

— Non! non! Pas heureux.

— Mais si!

— Je ne vois pas comment on peut trouver le bonheur dans des travaux quotidiens aussi pénibles, des mains rouges et crevassées, de gros souliers cloutés... Stephen, je trouve étrange de penser que vous... avez été... si... si simple dans votre jeunesse... (Stephen se recula un peu). Mais je vous aime tout autant, reprit-elle en se rapprochant. Je ne me soucie pas du passé. Vous n'en valez que plus pour vous être fait tout seul.

— Non, non. A Knight seul, je dois mon instruction!

— Oh! Lui! Toujours lui!

— Oui. Pourquoi ne le dirais-je pas? Maintenant, vous comprenez, Elfride, pourquoi il m'enseignait par correspondance. Je l'avais connu avant son entrée à Oxford. Mais je quittai le village et nous ne nous rencontrâmes qu'à de rares intervalles. Il se tint fidèlement à son système de leçons par lettres. Je vous parlerai de lui, plus tard. Il me reste encore à vous citer les dates, les personnes et les lieux.

Et sa voix prit une inflexion plus timide.

— Non, c'est inutile. Votre aveu loyal et sûr me suffit. Il n'avait d'ailleurs rien de bien terrible. Les milliardaires arrivent maintenant à Londres en sabots, avec un demi-souverain en poche. Cette origine-là devient respectée, reprit-elle gaiement, et s'égale presque à la vieille noblesse normande.

— Oh! Si j'avais fait fortune, peu m'importerait! Mais hélas! à peine entrevois-je la possibilité de la faire un jour!

— Cela suffit. Et voilà ce qui vous inquiétait tant?

— Je sentais que j'agissais mal envers vous, et je le crois encore, Elfride. Mais je craignais de vous perdre... Et je devenais lâche!

— Comme tout s'explique maintenant! Votre étrange manière de jouer aux échecs, la prononciation latine qui intriguait tant papa, votre curieux mélange de science livresque et d'ignorance pratique. Et... cela se rapporte-t-il aussi à ce que je vis chez lord Luxellian?

— Que vites-vous?

— Sur un store lumineux... votre ombre déposait une mante sur les épaules d'une femme. Je me trouvais dans l'aile opposée. Vous m'avez rejointe quelques secondes après.

— C'était ma mère, là!

Elle se recula pour le contempler en silence.

— Elfride, je voulais vous dire le reste demain... le plus dur... Mais il vaut mieux que vous sachiez. Il s'agit de mes parents. Vous les connaissez... de vue, tout au moins.

— Je les connais! fit-elle avec stupeur.

— Oui, mon père n'est autre que John Smith, le maître-maçon de lord Luxellian. Il habite près de la clôture du parc, sur la rivière.

— Oh! Stephen, est-ce possible?

— Il a bâti la maison que vous habitez. C'est lui qui construisit les deux trumeaux de pierre qui ornent la grande entrée du parc de lord Luxellian. Mon grand-père planta les arbres qui entourent votre pelouse; ma grand'mère — qui travaillait avec lui — maintenait chaque arbre droit, pendant qu'il tassait la terre autour. J'entendis raconter cela, enfant. Mon grand-père faisait aussi métier de fossoyeur. Il creusa plusieurs des tombes que voici.

— Et votre inqualifiable disparition, le premier matin de votre arrivée, et l'après-midi du même jour se motivaient par une visite à vos parents?... Je comprends maintenant pourquoi vous sembliez connaître le pays!

— En effet. Mais je quittai le village à l'âge de neuf ans. Je vécus d'abord avec mon oncle, un forgeron près d'Exonbury, afin de pouvoir fréquenter une école communale. Il n'y en avait pas sur cette côte reculée. Là, je fis la connaissance de Knight.

« Lorsque j'eus quinze ans et que le maître d'école et surtout Knight eurent parachevé mon éducation, j'entrais comme élève chez un architecte de la ville. Je maniais, paraît-il, assez bien le crayon. Mon père et ma mère parvinrent à payer mon apprentissage. Il y a six mois j'obtins le poste d'aide (c'est le titre) chez M. Hewby. Voilà mon histoire.

— Dire que vous, le visiteur londonien, naquîtes ici et connaissiez ce village avant moi!... Quelle chose étrange, si étrange à penser, murmura-t-elle.

— Ma mère vous a fait une révérence dimanche dernier. Et votre père lui a dit : « Je suis content de vous voir suivre régulièrement les offices, Jane. »

— Je m'en souviens. Mais je ne lui ai jamais parlé. Nous n'habitons ici que depuis dix-huit mois et la paroisse est vaste.

— Et, dit Stephen, avec un rire amer, votre père croit à mon « sang bleu ». Il ne veut pas en démordre. Le premier soir de mon arrivée, abusé par mon nom de baptême, il a voulu me prouver que je descendais d'une des plus anciennes familles du comté. Alors qu'en réalité on me donna ce nom parce que mon grand-père servit, pendant trente ans, comme aide-jardinier, chez les Fitzmaurice-Smith. Je vous avais alors entrevue, ma chérie, et je n'eus pas le cœur de lui faire un aveu qui m'eût diminué à ses yeux.

Elle soupira.

— Oui, je vois maintenant, cette inégalité pourra devenir pour nous une source de chagrins.

Elfride reprit à voix basse :

— Si encore ils habitaient au loin! Papa aurait pu consentir. L'absence atténue les contrastes. Mais il ne voudra jamais. Oh! Stephen, Stephen, que dois-je faire?

— Renoncez à moi, fit-il tristement. Je partirai; vous m'oublierez.

— Non, je ne puis!... Les chagrins m'attachent davantage à vous... Mais, Stephen, pourquoi nous désoler?... Pourquoi papa refuserait-il son consentement après tout? Un architecte à Londres est un architecte à Londres. Qui se souciera d'où nous venons? Personne. C'est là que nous vivrons, n'est-ce pas? Alors, pourquoi nous alarmer?

— Et, Elfride, fit Stephen dont les espérances se rallumaient, Knight ne m'estime pas moins pour être le fils d'un paysan. Je suis aussi digne de son amitié, dit-il, qu'un fils de lord. Si je mérite son estime, je mérite aussi la vôtre, Elfride, dites?

— Non seulement je n'ai aimé personne d'autre que vous, reprit-elle sans lui répondre, mais je n'ai jamais eu d'amitié solide comme la vôtre pour Knight. Je regrette qu'il vous ait aimé : cela diminue ma tendresse à vos yeux.

— Mais non, Elfride, fit-il avec ardeur. N'avez-vous donc jamais eu d'amoureux?

— Jamais personne à qui je reconnaisse ce titre.

— Mais vous a-t-on aimée?

— Oui, un homme... Il disait m'adorer.

— Quand cela se passait-il?

— Il y a longtemps.

— Combien chérie?

— Un an.

— Ce n'est pas très longtemps, fit-il désappointé.

— J'ai dit longtemps et non très longtemps.

— Voulait-il vous épouser?

— Je le crois. Mais il ne me plaisait pas. D'ailleurs, l'eussé-je aimé, qu'il n'était pas assez bon pour moi...

— Puis-je savoir sa profession?

— Fermier.

— Un fermier pas assez bon... Que dire de ma famille alors! Et où se trouve-t-il maintenant?

— Ici.

— Ici? Que voulez-vous dire.

— Je veux dire qu'il est mort. Nous sommes assis sur sa tombe.

— Elfride, s'écria le jeune homme en se levant, quelle étrange et triste révélation! Vous me peinez vraiment.

— Je ne voulais pas m'arrêter ici. Mais vous avez insisté.

— L'avez-vous jamais encouragé?

— Jamais, ni d'un regard ni d'un mot. Il mourut de consomption et on l'enterra le premier jour de votre arrivée.

— Partons. Je ne puis rester là. Même si vous ne l'avez jamais aimé.

— Les soucis vous rendent déraisonnable, fit-elle boudeuse.

Et comme il se levait, elle le suivit quelques pas en arrière.

— Peut-être, après tout, aurais-je dû vous avertir avant de nous asseoir, concéda-t-elle.

IX

Oppressés malgré eux, à l'idée de menaçantes complications, Elfride et Stephen redescendirent la colline la main dans la main. A la porte ils s'arrêtèrent à regret, comme des écoliers après l'école buissonnière.

Les femmes acceptent plus facilement l'inévitable que les hommes. Elfride se résignait maintenant à la naissance obscure de son amoureux. Stephen n'oubliait pas qu'un homme, avant lui, avait courtisé sa fiancée.

— Comment s'appelait votre amoureux? demandat-il.

— Félix Jethway; le fils unique d'une veuve.

— Je connais le nom.

— Sa mère me déteste maintenant. Elle prétend que je lui ai tué son enfant.

Le jeune homme réfléchit un instant, puis franchit résolument le seuil.

— Stephen, murmura-t-elle d'une voix tremblante je n'aime que vous.

Il lui serra les doigts. Et sa légère jalousie s'évanouit pour faire place à une réelle inquiétude.

Seules, les fenêtres du cabinet de travail se détachaient lumineuses sur le fond noir.

Elfride aperçut un homme qui, le dos tourné, causait avec son père.

Elle se retirait, lorsque M. Swancourt la retint.

— Entrez, dit-il. Ce n'est que Martin Cannister. Il vient chercher une copie du registre pour la pauvre Mrs. Jethway.

Martin Cannister, le fossoyeur, était un des préférés d'Elfride. Il l'intéressait par le récit étrange de ses expériences personnelles. Déterrant au bout de plusieurs années les personnages qu'il avait connus de son vivant, il affirmait les reconnaître à tel ou tel signe infaillible. En réalité, il n'avait jamais reconnu personne. Il avait de petits yeux perçants et un énorme double menton, qui compensait son manque presque total de nez.

Cannister tenait un papier plié en quatre et avait déposé quelques shillings sur la table. La transaction opérée, il résumait au pasteur les nouvelles du village.

M. Cannister se souleva à l'entrée des jeunes gens et toucha son front à la hauteur de son œil en guise de salut. Puis il se rassit et reprit le fil de son discours.

— Oui, Nat enfonçait le pieu de cette façon.

Ici, M. Cannister tint sa canne verticale dans sa main gauche et de sa droite asséna un coup vigoureux sur la pomme.

— John maintenait le pieu ainsi.

Et secouant légèrement sa canne, il jeta un regard décidé sur ses auditeurs, pour s'assurer avant de procéder plus avant qu'ils saisissaient la situation.

— Donc, lorsque Nat eut frappé une demi-douzaine de coup sur le pieu, il s'arrêta pendant une demi-seconde. John pensant qu'il avait terminé, posa sa main sur le sommet du pieu pour voir s'il tenait bien au sol. Mais Nat ne s'arrêtait pas et le maillet...

— Quelle horreur! s'exclama Elfride.

— Au moment où il venait de soulever le maillet, Nat aperçut la main; mais trop tard pour arrêter

l'élan. Le maillet retomba sur la main du pauvre
John Smith et l'écrasa comme une noix.

— Mon Dieu! Mon Dieu! Le pauvre homme! fit
le vicaire.

— John Smith, le maître-maçon? s'écria Stephen.

— Oui, la meilleure créature du bon Dieu...

— Souffre-t-il beaucoup?

— J'ai entendu dire, fit M. Swancourt, sans paraître entendre la demande de Stephen, qu'il a un
fils à Londres, un garçon d'avenir.

— Oh! il doit souffrir! répéta le jeune homme.

— Dame! un lourd maillet... Allons, bonsoir à
tous, M'sieu le vicaire, à vous, Miss, et à vous,
M'sieu.

Martin Cannister avait reculé imperceptiblement
vers la porte sur chacun de ses bonsoirs, si bien
qu'au dernier il disparut.

Stephen se tourna vers le pasteur.

— Je vous prie de m'excuser pour ce soir, fit-il.
Je dois sortir. John Smith est mon père.

Le vicaire ne comprit pas tout d'abord.

— Que dites-vous?

— John Smith est mon père, répéta Stephen
d'une voix ferme.

Un rouge plus foncé assombrit le cou de M. Swancourt et gagna le visage. Les traits prirent une
dureté terrible et ses lèvres s'amincirent.

Une série de petites circonstances se groupaient
maintenant dans son esprit, en un faisceau complet.
Toute explication devenait superflue.

— Vraiment! dit le vicaire d'une voix sèche et
sans inflexion.

Ce mot, dont la signification dépend entièrement
du ton qu'on lui donne, équivalait à une insulte.

— Il faut que j'aille voir mon père, reprit Stephen très agité, ne sachant s'il devait s'enfuir ou demeurer. Voudriez vous bien, monsieur, à mon retour,
m'accorder quelques minutes d'entretien intime?

. — Certainement. Quoique à l'avenir il me semble impossible que rien d'intime puisse exister entre nous.

Le pasteur mit son chapeau de paille, traversa le salon et passa dans la véranda.

Un homme comme M. Swancourt, dont le seul plaisir consistait dans les généalogies, les bons dîners et les réminiscences patriciennes, ne pouvait se montrer généreux. Son intimité avec Stephen touchait à sa fin.

Le jeune homme fit un pas en avant comme pour le suivre, puis s'arrêta perplexe sur le seuil. A ce moment, Unity et Ann, la femme de chambre, revenaient d'une course au village.

— Avez-vous des nouvelles de John Smith; l'accident sera-t-il grave? demanda Elfride.

— Oh! Non. Selon le docteur, il en sera quitte pour une meurtrissure.

— Je l'aurais parié! fit gaiement Elfride.

— Nat dut ralentir instinctivement l'élan du maillet, sinon le coup eut arraché la main et il l'a seulement meurtrie; elle est toute bleue et noire déjà.

— Quel bonheur! s'écria Stephen.

Surprise, Unity l'examina bouche bée.

— Merci, Unity, cela suffit, dit Elfride.

Les deux bonnes s'éloignèrent.

— Elfride, pardonnez-moi, dit Stephen avec un faible sourire. Personne n'est honnête en amour.

Et il serra sa main dans les siennes. Avec sa tête rejetée de côté, dans l'attitude chère à Greuze, Elfride semblait un tendre reproche. Elle lui tendit la main. Stephen la baisa et s'éloigna rapidement vers le petit cottage du parc d'Endelestow.

— Elfride, que dites-vous de cela? interrogea M. Swancourt qui rentra dans la pièce dès que Stephen l'eut quittée.

Avec une vivacité toute féminine, elle saisit la première occasion de plaider sa cause.

— Il m'avait tout dit, balbutia-t-elle. Je n'ai donc ressenti aucune surprise. Il venait vous avouer...

— Et pourquoi ne l'a-t-il pas fait plus tôt? Je lui reproche autant, sinon plus, sa dissimulation que le fait lui-même. Cela ressemble trop à un guet-apens. D'ailleurs, je désapprouve nettement vos sorties ensemble. Vous devriez savoir que votre conduite est parfaitement inconvenante. Une femme ne sera jamais trop prudente!

— Vous nous avez vus, papa, et vous n'avez jamais rien dit.

— C'est ma faute! Naturellement! A quoi diable pouvais-je songer? Lui, un fils de paysan; et nous, nous les Swancourt qui sommes alliés aux Luxellian. Et nous nous tenons sur la réserve depuis une éternité pour en arriver là! Qui me reste-t-il à inviter maintenant, je me le demande?

Voyant la tournure que prenaient les choses, Elfride se mit à pleurer.

— Oh! papa! pardonnez-moi, pardonnez-lui! Nous nous aimons tant! Et il va vous demander ma main. Nous resterons fiancés jusqu'à ce qu'il devienne un gentleman comme vous. Rien ne presse, cher papa. Nous ne tenons pas du tout à nous marier maintenant. Permettez-nous seulement de nous fiancer. Je l'aime tant! Et il m'aime tellement!

M. Swanvourt se sentit touché et contrarié à la fois.

La contrariété l'emporta.

— Certainement non! répliqua-t-il.

Et il appuya cette interdiction avec tant de vigueur que le « non » sonna « n-o-o-o-n ».

— Ne dites pas cela!

— Quelle histoire! Comment! Je me vois trompé et perdu de réputation par le fils d'un de mes paysans, et il faudrait encore que j'en fasse mon gendre! Dieu du ciel! Devenez-vous folle, Elfride?

— Vous saviez qu'il m'écrivait depuis sa première visite pour ainsi dire... des lettres d'amour. Et depuis son arrivée, vous m'avez laissée presque tout le temps seule avec lui. Vous deviniez bien ce que nous disions; et cependant vous n'avez pas mis le holà. Quand on s'aime, on songe à s'épouser, et vous pensiez bien que nous en viendrions-là, papa?

Le vicaire éluda l'attaque.

— Je sais, — puisque vous me forcez à le dire, — qu'un attachement enfantin vous lie à lui. Je reconnais mon imprudence. D'autre part, je n'ai jamais encouragé ce jeune homme. Comment pouvez-vous croire, Elfride, que j'autoriserai une semblable union? Aucun père anglais n'y consentirait!

— Mais il reste le même homme, papa; le même absolument. Comment peut-il démériter?

— Je le croyais aisé, je lui supposais des amis puissants. Mais il n'a ni fortune ni relations. Il devient donc un autre homme.

— Vous n'aviez fait aucune enquête?

— Je me fiais à la lettre d'Hewby. Smith aurait dû me prévenir. Je considère comme une chose malhonnête cette façon de se faufiler chez les gens.

— Il n'osait vous parler; et j'aurais éprouvé le même sentiment à sa place. Il m'aimait trop pour courir le risque de vous déplaire. Et quant à s'ouvrir à vous dès sa première visite, je ne vois pas pourquoi il l'eût fait. Il venait ici pour affaires, et sa famille ne nous concernait en rien. Qui peut le blâmer d'avoir essayé de se rapprocher de moi?... Tout est loyal en amour. Je vous l'ai entendu dire à vous-même, papa, et vous auriez agi de même à sa place et n'importe qui aurait agi de même.

— Et n'importe qui, découvrant ce que je viens de découvrir, agirait comme je viens d'agir. Je répare ma sottise. Autrement dit, je me débarrasserai de lui, aussitôt que le permettront les règles de l'hospitalité.

Mais M. Swancourt fit alors appel à ses sentiments chrétiens.

— Je ne voudrais point pour un empire sembler le mettre à la porte, ajouta-t-il. Mais il aura, j'espère, le tact de voir qu'il ne peut demeurer ici plus longtemps sans manquer de savoir-vivre.

— Il l'aura. C'est un gentleman.

— Mais oui, le premier venu peut avoir de bonnes manières pour peu qu'il vive quelque temps dans une grande ville! Il a très bien pu apprendre le savoir-vivre au théâtre... des dernières galeries Cela me rappelle une des pires histoires que j'ai jamais entendues.

— Laquelle?

— Oh! non! Merci bien! Je ne raconte pas des incongruités pareilles!

— Si ses père et mère vivaient dans le Nord ou dans l'Est, persista Elfride, — les sanglots commençaient à saccader sa diction — vous... n'auriez considéré... que... lui... et pas eux. Sa profession seule... fut demeurée. Et non... celle de son père... avec lequel il ne... vit pas. D'ailleurs John Smith a... des économies, dit-on. Sans quoi, il n'aurait pu faire... apprendre à son fils un métier... aussi coûteux. Et c'est à l'honneur de Stephen... d'être le premier dans sa famille.

— Oui, dans le royaume des aveugles...

— Vous m'insultez, papa, fit-elle avec violence. C'est mon Stephen!

— Peut-être, Elfride, reprit le pasteur de nouveau troublé en dépit de lui-même. Mais vous confondez les faits actuels avec de futures probabilités. Vous devez considérer ce qu'est actuellement ce jeune homme, et non ce qu'un succès improbable pourrait faire de lui. Voici le cas : le fils d'un ouvrier de ma paroisse (qu'il soit ou non plus riche que moi),

un jeune homme sans fortune personnelle et sans
situation, demande votre main. Sa famille demeure
précisément dans le même village que vous. De
sorte que dans ce comté, — qui reste pour vous
l'univers — on vous considérera comme la bru du
maçon et non comme la femme d'un architecte de
Londres. Car on envisage toujours les choses sous
leur mauvais côté. N'en parlons plus. Vous pourriez
argumenter toute la nuit, que je n'en démordrais
pas.

Elfride, les yeux gonflés et les joues humides, se
détourna avec désespoir.

— La conduite d'Hewby a été téméraire, pour ne
pas dire étrange, résuma le père. Donner à un petit
garnement du pays une semblable introduction auprès de moi! Naturellement vous y avez été prise
comme moi et je ne vous en blâme pas.

— Les hommes d'affaires à Londres, suggéra
Elfride, ne se soucient guère des parents de leurs
employés. Le travail qu'ils fournissent, les profits
dont ils font bénéficier l'entreprise, voilà ce qui les
intéresse. Il y a de plus chez M. Smith un charme
qui séduit tout le monde.

— Sa gentillesse pour tout et tous me paraît plutôt un défaut qu'une qualité. Cela le montre incapable de distinguer ceux qu'il doit admirer de ceux
qu'il doit mépriser. Je me suis pris à douter de
lui en le voyant incertain sur la qualité d'un bon
plat. Je ne crois pas que, sans un palais délicat, on
puisse être un parfait gentleman. Et moi qui ai
déterré une bouteille de mon Martinez 1740! Il ne
m'en reste plus qu'onze maintenant! Et cela pour
un homme qui ne sait seulement pas le distinguer
d'un litre à quinze sous!... Maintenant, Elfride, vous
feriez mieux de monter dans votre chambre. Vous
oublierez vite cette folie!

— Non, non, gémit-elle.

Car de toutes les tristesses d'un amour sans es-

poir, le pire est de songer que la passion pourrait
s'éteindre un jour.

— Elfride, dit le père avec une tendresse rude,
je médite un excellent projet que je ne puis vous
révéler maintenant. Un projet qui nous bénéficiera à
tous deux. Une occasion unique s'offre à moi, je ne
la repousserai pas!

— Vous m'inquiétez, fit-elle d'un ton las. Vous
avez déjà perdu tant d'argent dans des spécula-
tions malheureuses... S'agit-il encore de ces misérables mines?

— Pas question de mines.

— Chemins de fer?

— Non plus. Mais je ne veux rien dire avant que
l'affaire soit conclue. Sachez que vous aurez peut-
être, d'ici peu, d'autres chiens à fouetter. D'ailleurs,
je le répète, je ne tiens nullement à me montrer dur
envers ce jeune homme. Au contraire, et même
pour l'amour de vous, je resterai amical. Dans
quelques jours vous penserez comme moi. Retirez-
vous dans votre chambre. Unity vous montera un
petit souper. Je ne veux pas que vous soyez là
lorsqu'il rentrera.

X

Stephen se dirigea vers le cottage qu'il avait quitté quelques heures auparavant. Au travers du riche feuillage, les taches de lune dansaient sur sa tête et le long de son dos une farandole effrénée.

Lorsqu'il eut franchi le petit pont de bois, il aperçut une figure lumineuse, sur le côté de la maison. Son père, le bras en écharpe, et avant de fermer le cottage pour la nuit, admirait le jardin baigné de lune et plus encore le plant des jeunes navets.

Il accueillit son fils avec sa cordialité habituelle.

— Hallô! Stephen! Dix minutes de plus et tu nous trouvais couchés. Tu viens prendre de mes nouvelles, hein?

Le docteur, déjà accouru et reparti, avait bandé la main qui, par bonheur, ne se trouvait pas trop endommagée. L'accident eût paru beaucoup plus grave si M. Smith avait occupé un rang plus important.

En réponse aux questions anxieuses de son fils, le père déplora les deux ou trois jours de repos forcé plutôt que l'accident lui-même. Tous deux entrèrent dans la maison.

John Smith, aussi brun que l'automne quant au teint et quasi aussi blanc que l'hiver quant aux habits, représentait le type cordial du maçon de village. Semblable à beaucoup de ruraux, il avait

trop d'individualité pour rappeler le caractère de
l'ouvrier des villes, qui, lui, se frotte perpétuelle-
ment à ceux de son espèce et d'unité devient la frac-
tion d'un tout. Il ne connaissait pas la spécialisation
de l'ouvrier. Maçon, il pouvait, au cœur de l'hiver,
lorsque la besogne manquait, scier des arbres. Il
eût pu être tout aussi bien jardinier.

Dans la maison, à la lueur de la bougie, son
aspect de vigoureuse santé frappa Stephen. Sa
barbe hirsute et emmêlée ressemblait à celle de
l'Hercule de marbre. Le blanc neigeux du linge
contrastait avec la teinte vermeille des bras et du
visage, qui faisait songer à un jaune d'œuf entouré
de son blanc.

Mrs. Smith sortit de la huche au bruit de leurs
voix. C'était une robuste matrone qui gardait encore, dans ce prosaïque après-midi de la vie, une
fraîcheur d'aube. Ses traits portaient l'empreinte
d'un bon sens sûr et d'une malice toute paysanne.

Le père Smith relata les détails de l'accident avec
la prolixité commune à tous les paysans en général et à Martin Cannister en particulier. Mrs. Smith,
semblable au chœur de la tragédie antique, complétait le récit.

Dès qu'il put placer un mot, Stephen changea de
sujet.

— Eh bien, mère, ils savent tout maintenant, dit-
il tranquillement.

— Fort bien, reprit le père, cela soulage ma
conscience.

— Je regrette de ne l'avoir fait plus tôt, répondit
le jeune homme.

— A quoi bon? reprit Mrs. Smith. On n'a pas
l'habitude de raconter au premier venu ses histoires
de famille.

— Non, mais j'aurais dû parler déjà. Cette visite
au presbytère signifiait plus pour moi que vous ne
croyiez.

— Pas plus que moi, je ne suppose, fit mistress Smith, en le contemplant pensivement.

Stephen rougit et le père les regarda sans comprendre.

— C'est un assez beau brin de fille, reprit Mrs. Smith, très grande dame et instruite. Elle pourrait te convenir, à la rigueur. Mais pourquoi te marierais-tu maintenant?

John agrandit démesurément la bouche et fronça le sourcil.

— C'est de ce côté que le vent souffle, hé? dit-il.

— Mère! s'écria Stephen, quelle absurdité! Elle me conviendrait, dis-tu! Comme s'il y avait le moindre doute à cet égard! Mais l'épouser serait le rêve de ma vie. Seulement, je le crains, elle serait bien trop au-dessus de moi.

— S'ils ne veulent pas de toi, j'aimerais mieux mourir que de m'acharner. Cherche dans de meilleures familles. On sera trop heureux de t'avoir.

— Ah! oui! Bien sûr! mais le vicaire me méprise, et cela seul m'importe!

— Quelle imagination insensée! dit la mère. Cette demoiselle est digne de toi, je t'en réponds. Sa famille vaut la tienne, après tout. Vois comme j'observe un maintien digne. Pour sûr que j'n'cause jamais plus de trois minutes avec les paysannes. Et je n'invite jamais à nos dîners de Noël que des gens qui ont un commerce à eux. Et je parle à des mylords ou myladies sans les appeler autrement que M'sieu ou Ma'am. Et y bronchent pas.

— Cependant, mère, vous avez fait la révérence au vicaire, l'autre jour...

— I' m'avait pas encore appelée par mon petit nom, sans quoi i' n'aurait pas eu le quart d'une révérence, fit Mrs. Smith vexée, en se rengorgeant. Et puis, je ne pouvais me débarrasser de lui... Il parlait... parlait... Sa langue tournait dans sa bouche comme la mécanique d'une baratte dans du lait. Pas vrai, John?

— Si!

— D'ailleurs, j'savais que sa fille en pinçait pour toi et voulait se faire épouser.

— Se faire épouser, grands dieux! Que vas-tu inventer!

— Et j'ajoute qu'au lieu de tant te presser, tu ferais mieux d'attendre quelques années. Tu vaudras mieux un jour qu'une fille de pasteur sans le sou.

— En vérité, mère, fit Stephen impatienté, tu n'y connais rien. Elfride n'est pas une intrigante.

— Elle n'a pu être bien timide, toujours. Car tu la connais depuis peu. J'maintiens que dans cinq ans d'ici tu seras bien assez jeune pour y r'penser. Elle peut attendre. Et elle attendra, j't'en donne ma parole. Dans un trou comme Endelstow... Elle devrait bénir le Ciel de t'avoir envoyé. Pour sûr que sans toi elle mourait vieille fille.

— Quelle sottise, fit Stephen d'une voix moins assurée cependant.

— Mais si! Je ne lis pas les journaux pour rien. Je sais que tous les hommes montent aujourd'hui d'un grade par le mariage. Les pasteurs épousent des filles de hobereaux; les hobereaux des filles de lords; et les lords des filles de rois. Tous les hommes aujourd'hui se marient dans la classe au-dessus de la leur. Et la plus basse classe de femmes se mésallie ou reste pour compte.

Stephen garda un silence prudent qu'imita son père. Et pendant plusieurs minutes on n'entendit que le tic-tac de la grande horloge.

— Pour sûr, conclut Mrs. Smith, que s'il avait fallu de mon temps autant de mal pour se procurer un mari, je serais plutôt restée dans mon coin que d'abaisser ma dignité à en chercher un.

La discussion tomba. Il se faisait tard. Stephen souhaita le bonsoir à ses parents.

— Il se peut, dit-il, que je parte demain. Je ne sais. Si je ne reviens pas, ne vous inquiétez pas.

— Mais, n'es-tu point invité pour une quinzaine? Ils ne vont pas te mettre à la porte, j'imagine?

— Bien entendu. Peut-être resterais-je... Je ne sais. A tout hasard, ne parlez pas à vos amis de ma venue au village. A quelle heure le voiturier passe-t-il dans le sentier d'Endelstow, au matin?

— A sept heures.

Chemin faisant, Stephen songeait qu'au cas où le vicaire lui permettrait de se fiancer, ou même s'il ne lui interdisait pas formellement de penser à Elfride, il resterait. Mais si on lui enlevait tout espoir, il partirait sans retard.

Et cette dernière alternative lui paraissait, malgré son jeune optimisme, la plus probable.

Il regagna donc le presbytère à travers champs. L'eau murmurait sur les petits barrages, la pâle lueur de la lune éclairait le sentier; la senteur fraîche de l'herbe embaumait.

L'horloge sonnait minuit lorsqu'il atteignit le presbytère. De sa chambre, Elfride l'entendit entrer dans le cabinet de travail du vicaire. Elle se leva et arpenta la pièce de long en large. Puis au lieu de se coucher, elle s'assit dans l'obscurité, sans fermer sa porte. L'oreille tendue elle guetta les bruits de la maison. Les domestiques étaient couchés depuis longtemps. Au bout d'un long moment, les deux hommes sortirent du bureau et passèrent dans la salle à manger où le souper attendait depuis plus de deux heures.

La porte resta ouverte. Le repas fut silencieux : à peine quelques remarques banales entre son père et son amoureux. Stephen avait échoué. Ils parlaient melons et concombres, de leur salubrité et de leur culture.

Peu après son père monta dans sa chambre et Stephen se retira dans la sienne.

Elfride se déshabilla à moitié, sans lumière et s'assit sur son lit. Pendant près d'une heure, elle s'absorba dans de tristes réflexions. Puis elle se leva pour fermer sa porte. Son père ronflait dans la pièce voisine.

Un rai lumineux filtrait sur le palier de la chambre de Stephen. Dans l'absolu silence, elle entendit le heurt d'un couvercle et le déclic d'une serrure. Stephen fermait sa malle. Un bruit de courroies, de clefs : il bouclait sa valise.

Tremblante d'appréhension, Elfride s'approcha. Cette pensée l'affolait : Stephen, son beau, son cher aimé, s'en allait. Jamais elle ne le reverrait... Attendre le matin, comme elle l'avait résolu, pour apprendre le résultat de son entrevue avec le vicaire? Impossible.

Elle se drapa dans sa robe de chambre et frappa doucement à la porte du jeune homme.

— Stephen! murmura-t-elle.

Il ouvrit aussitôt et s'avança sur le palier.

— Dites-moi, fit-elle vivement, pouvons-nous espérer?

Une larme perla à ses cils. Il répondit d'une voix troublée :

— Je dois renoncer à vous... Je pars demain. Mais je comptais vous dire adieu.

— Il ne vous a pas dit de partir? Oh! Stephen, il n'a pas insinué une chose semblable?

— Formellement, non. Mais je ne puis rester.

— Oh! Ne partez pas! Ne partez pas! J'ai à vous parler. Tenez, descendons au salon quelques minutes. Il pourrait nous entendre.

Elle le précéda, le bougeoir à la main. Son peignoir gorge de pigeon l'agrandissait démesurément.

Elle ne songeait guère qu'un entretien à minuit passé avec un jeune homme pût paraître inconvenant. Seule la tragédie qui assombrissait le début de sa vie la préoccupait.

Elfride ouvrit la porte du salon et posa la bougie sur un guéridon. Stephen prit alors la jeune fille dans ses bras, sécha ses yeux de son mouchoir et lui baisa les paupières.

— Stephen, notre bel amour finit. Il n'y aura plus de soleil dans ma vie désormais.

— Je ferai fortune et je vous reviendrai riche un jour.

— Papa ne voudra jamais en entendre parler, jamais... jamais... Vous ne le connaissez pas! Tout raisonnement échoue devant son entêtement.

— Vous exagérez. Si je reviens avec un nom et une situation, il cédera. Ce n'est pas un méchant homme.

— Vous dites « un jour » comme si cela équivalait à demain. Peut-être la séparation vous paraîtra brève, dans l'agitation et le bruit de Londres... Mais pour moi... Chaque saison me semblera une année... Oh! Stephen, vous m'oublierez peut-être...

Oublier! Voilà ce qui épouvante la femme dans l'absence!

— Jamais! Mais si mon souvenir allait s'affaiblir dans votre mémoire! Car souvenez-vous-en, vous m'aimerez en secret, ma présence ne sera plus là pour l'affermir. Tout tendra à m'effacer dans votre pensée.

Elle ne parut pas entendre.

— Stephen, fit-elle suivant son idée, il y a de belles femmes à Londres, je le sais, j'en suis sûre, peut-être vous détacheront-elles de moi... (Et ses larmes se remirent à couler). Vous songerez : « On me repousse », car vous me confondrez avec mon père? Et il se fera dans votre cœur un vide que d'autres rempliront.

— Jamais! Jamais, Elfride! Oubliez ces sombres pressentiments!

— Si, si! Vous les regarderez avec indifférence d'abord. Puis vous songerez : « Voilà de vraies femmes. Tandis que la pauvre petite Elfride ne connaît rien de rien en dehors de sa petite maison, de ses rochers et d'un petit coin de mer. » Et alors elles me prendront votre cœur pour me faire souffrir et parce qu'elles sont cruelles... Et je les hais, moi aussi, je les hais!

Elle finissait par le suggestionner. Outre ce vague malaise, la tristesse de cette situation sans issue l'oppressait. Si éloigné qu'on soit d'un but, le simple fait de s'engager dans le sentier qui y mène, vous réconforte. Si M. Swancourt avait consenti à de longues fiançailles, l'attente eût paru relativement douce à Stephen. Mais sans espérance, la vie lui sembla atroce.

— Si nous pouvions nous marier maintenant, fit-il en souriant à ce rêve impossible.

— Si nous pouvions...

— Un mariage secret nous suffirait, n'est-ce pas, Elfride?

— Certes. Il n'en vaudrait même que mieux... Nous voulons seulement assurer notre bonheur futur.

— Nous continuerions à vivre chacun de notre côté, comme maintenant. Mais personne ne pourrait vous enlever à moi.

— Ni vous à moi.

— On peut si facilement contraindre une femme à se marier contre sa volonté. Mais rien ne peut la forcer à épouser un homme si elle se sait déjà liée à un autre.

L'hypothèse d'un mariage clandestin leur avait semblé jusqu'alors invraisemblable. Ils trompaient la tristesse du moment. Mais pendant le silence qui suivit, une perception flamboyante fulgura dans leurs cerveaux. Pourquoi ne s'uniraient-ils pas secrètement? Ce risque leur parut préférable à tout. Le jeune homme prit le premier la parole d'une voix agitée.

— Oh! Elfride, comme nous nous sentirions forts

pour affronter la vie séparément avec la perspective d'une réunion finale!

L'amour de la jeune fille recevait de l'opposition du père un souffle froid qui le faisait brûler dix fois plus fort. Jamais conditions ne furent plus favorables pour développer en passion une simple amourette.

— Une fois le mariage célébré, nous avouerions à papa? interrogea-t-elle timidement. Personne autre n'aurait besoin de savoir. Il se convaincrait alors qu'on ne peut jouer avec deux cœurs épris. Ne pensez-vous pas, Stephen, que si jamais mariage contre la volonté des parents fut justifiable, c'est dans un cas comme le nôtre, où, après avoir cru tout tenir, nous nous voyons dénier jusqu'à l'espérance?

— Sans doute. Au début, nous n'allions pas à l'encontre des désirs de votre père. Songez seulement à l'amitié qu'il me témoignait, il n'y a pas six heures. Et il trouvait naturel de nous laisser ensemble.

— Il vous aimera lorsque vous serez indissolublement lié à moi. Oh! Stephen, Stephen, je ne puis vous voir partir! C'est trop affreux après tout ce que j'avais espéré!...

— Et moi, je ne peux supporter votre peine. Il faut que, d'ici peu, nous soyons mari et femme.

Elle cacha son visage contre son épaule.

— Tout plutôt qu'une séparation éternelle! murmura-t-elle.

— Je ne voulais pas vous le proposer si tôt, reprit Stephen. On pourrait m'accuser de main mise : vous êtes tellement au-dessus de moi...

— Ne dites pas cela!

Ils se mirent alors à converser plus posémen:. Stephen proposait les plan les plus variés. Elfride, la respiration haletante, les joues enfiévrées et les yeux extraordinairement vifs, modifiait ou complétait.

Deux heures sonnèrent. Ils venaient de conclure un arrangement.

Ils décidèrent de ne point se revoir le lendemain matin.

Stephen, sur sa prière, monta le premier, le bougeoir à la main. Il s'enferma dans sa chambre tandis qu'Elfride se glissait sans bruit dans la sienne.

XI

Stephen regardait la Grande Ourse. Elfride s'hyp-
notisait sur le monotone parallélogramme que des-
sine le cadre d'une fenêtre. Ni l'un ni l'autre ne dor-
mirent de cette nuit-là.

De bonne heure le lendemain, quatre heures seulement après leur entrevue secrète, Stephen Smith
descendit, une valise à la main. Toute la nuit, il
avait résolu de voir M. Swancourt. Mais l'aigre
rebuffade de la veille ne l'y incitait guère. Mieux
valait différer. Il lui écrivit un mot. L'anéantisse-
ment de ses plus chères espérances ne lui permettait pas, disait-il, de demeurer plus longtemps au
presbytère. Mais il escomptait déjà le jour, prochain
peut-être, où il rentrerait en grâce.

Stephen s'attendait à trouver la salle à manger
toute enténébrée. Mais les persiennes ouvertes
laissaient filtrer le jour. Un déjeuner préparé et
auquel on avait déjà fait honneur s'étalait sur la
table.

La femme de chambre, à laquelle il remit sa lettre,
lui apprit que M. Swancourt, levé depuis l'aube,
venait de sortir.

Sitôt son café avalé, Stephen quitta la maison de
son amour. A cette heure matinale, les fleurs et
l'herbe embaumaient encore le parfum de la nuit.
Les rayons horizontaux du soleil accentuaient les

moindres sinuosités de terrain en gouffres d'ombre. L'étroit canal du sentier s'accusait en fleuve, et les pierres allongeaient vers l'Occident leurs ombres noires, effilées comme des pointes de jais.

A une centaine de mètres, le petit chemin croisait la grand'route. Au point d'intersection, Stephen s'arrêta, l'oreille aux aguets. Aucun bruit, sauf le murmure monotone de la mer au loin. Il consulta sa montre et s'assit au pied d'une haie pour attendre le voiturier.

Des roues sonnèrent. Deux véhicules arrivaient en sens contraire. Dans celui de droite, il devina la patache à l'accompagnement des claquements de fouet et des « hue! dia »! Le voiturier encourageait le cheval à gravir la colline.

L'autre voiture débouchait du parc de l'ancien manoir qui touche au presbytère. C'était une simple berline de voyage. Quelques bagages, appartenant selon toute apparence à une femme, s'équilibraient à l'arrière. La voiture traversa la route pour rejoindre le sentier de l'autre côté. Dans l'intérieur Stephen discerna l'ombre d'une femme âgée. Une jeune fille — la femme de chambre sans doute — l'accompagnait. La route qu'elles suivaient menait à Stratleigh, petite ville d'eaux, voisine de seize milles vers le Nord.

La grille du manoir grinça de nouveau, Stephen leva les yeux et souhaita alors disparaître sous terre. Un homme grand et fort sortait du parc. Il ressemblait singulièrement à M. Swancourt. Stephen le vit ouvrir la porte du presbytère et rentrer dans la maison. Aucun doute.

Donc, au lieu de rester au lit ce matin-là, M. Swancourt assistait au départ de sa voisine. Il devait lui porter un très grand intérêt pour accomplir un acte aussi extraordinaire.

Le voiturier s'arrêtait. Stephen lui tendit sa valise et escalada le brancard.

— Qui est cette dame, dans la berline? demanda-
t-il d'un ton indifférent à Lickpan.

— Mrs. Troyton. Une veuve qui a de l'argent plein
ses bas. Elle possède par héritage toute la partie
d'Endelstow qui n'appartient pas à lord Luxellian.
Le défunt propriétaire, un personnage très mysté-
rieux, ne venait presque jamais dans ses domaines.
Mrs. Troyton, elle-même, y habite depuis peu.

Les chevaux repartaient et le tintamarre des roues
et des sabots rendait la conversation difficile. Stephen se glissa sous la bâche et s'abandonna à sa
rêverie.

Trois heures de montées rudes et de descentes
rapides l'amenèrent à Saint-Launce, la grande ville
commerciale et la station de chemin de fer la plus
proche d'Endelstow.

Il se trouvait que le voiturier l'amenait juste à
temps. Un train partait pour Londres avec changement à Plymouth. Il y monta. Et tandis que son
compartiment fuyait à travers gorges et ravins, il
s'hypnotisa sur sa vision intérieure.

Ce fut un triste jour au presbytère d'Endelstow.
Ni le père ni la fille ne firent allusion au départ
de Stephen. L'attitude de M. Swancourt envers Elfride revêtit une componction aimable. Il voulait,
eût-on dit, effacer dans l'esprit de sa fille le souvenir d'une injustice.

Soit qu'elles ne puissent embrasser la situation
d'un coup d'œil, soit par stoïcisme naturel, les
femmes restent plus calmes que les hommes dans
les situations critiques qui ne requièrent pas une
action immédiate. Aveuglée, sans doute, sur les
conséquences de l'avenir qu'elle se préparait, Elfride sollicita d'une voix paisible, de son père, la
permission d'aller prochainement à cheval à Saint-
Launce et de là, par train, à Plymouth.

Campagnarde dans l'âme, excellente amazone,
Elfride adorait ces randonnées à travers champs,

sans chaperon. Une fois déjà elle avait fait cette grande excursion. Elle avait galopé les quatorze milles qui séparent le presbytère de Saint-Launce. Elle avait mis son cheval à l'auberge, gagné Plymouth par train. Le retour s'effectuait le soir même, sans encombre. Ce qui n'avait pas empêché M. Swancourt de déclarer qu'à l'avenir Elfride ne referait pas seule ce voyage.

D'ailleurs les longues promenades solitaires d'Elfride le désolaient. Mais comme, d'autre part, ses moyens ne lui permettaient pas d'entretenir une gouvernante et qu'il ne pouvait s'astreindre, lui, à ce rôle, il avait fini par se résigner à ces équipées.

— Il ne me plaît guère de vous voir partir seule à Saint-Launce, et à cheval surtout. Pourquoi n'iriez-vous pas en voiture avec le domestique?

— Je n'aime pas avoir toujours quelqu'un sur mes talons.

Non pas que Worm l'eût sérieusement gênée dans ses projets. Mais elle avait résolu d'y aller seule.

— Quand désirez-vous faire cette excursion?

— Bientôt, répondit-elle simplement.

Quelques jours s'écoulèrent. Elfride reçut une lettre de Stephen. Il la lui avait promise pour un jour déterminé. Elle guettait le facteur.

Stephen lui demandait de fixer un jour. Ils se rencontreraient à Plymouth.

Son père revenait d'un petit voyage à Stratleigh d'excellente humeur. Elle saisit l'occasion. D'autant que, depuis le départ de Stephen, M. Swancourt s'astreignait envers sa fille à de petites concessions pour mieux refuser les grandes.

— Je m'absenterai de mardi en huit, dit-il. Et même je quitterai la maison la veille au soir. Vous pourrez choisir le même jour. Les domestiques veulent justement déclouer et battre les tapis. Cette excursion ne me sourit guère. Mais si vous y tenez, je l'autorise.

Mardi en huit! Son père fixait le jour même que Stephen désignait dans sa lettre comme le plus proche qu'elle pût choisir.

Elle regarda son père d'un air si étrange que, en prenant tout à coup conscience, elle pâlit. Le pasteur sembla, lui aussi, confus. A quoi pensait-il donc?

Rarement son père s'absentait pour de longs voyages. Plus rarement encore découchait-il. Mais il n'appartenait pas à Elfride de se montrer curieuse, puisque M. Swancourt ne donnait aucune explication de sa conduite.

Jusqu'à présent, bien que peu expansifs, le père et la fille n'avaient pas eu de secret l'un pour l'autre. Mais depuis leur récent différend, ils observaient une réserve qui s'étendait jusqu'aux plus intimes sujets domestiques. Elfride se réjouit presque de la discrétion de son père en cette occasion. Il justifiait ainsi en partie la sienne.

La quinzaine s'écoula morne et inquiète pour Elfride. Toutes les fleurs lui semblaient sans couleur. Son petit chien la regardait pensivement, comme pour lui reprocher sa froideur. Elle porta des bijoux sans éclat, s'hypnotisa sur les couchers de soleil, ne s'entretint qu'avec de vieilles gens.

Pour la première fois, le monde intérieur se distinguait pour elle du monde visible qui l'entourait.

Elle souhaita que son père, au lieu de la négliger, lui fît quelque avance. Elle lui eût alors tout avoué au risque d'encourir le déplaisir de Stephen.

Ramenée ainsi par la pensée au jeune homme, elle l'évoquait en imagination : les yeux pleins de tristesse, il renonçait à elle parce qu'il la voyait sans courage et sans force...

Elle devait le mercredi suivant recevoir une nouvelle lettre. Elle résolut de ne point l'aller chercher en cachette de son père, quelles que dussent en être les conséquences. Mais, cinq minutes avant l'arrivée du facteur, elle s'avança au-devant de lui, dans le petit sentier.

Elle le rencontra au premier tournant. L'homme lui tendit une lettre en souriant et se prépara à y joindre une circulaire de fournisseur.

— Non, dit-elle, portez cela à la maison.

— Tiens, Miss, vous suivez l'exemple de votre père...

Elle le regarda sans comprendre.

— Oui, depuis quinze jours, il vient chaque jour m'attendre au coin. Je lui donne « sa lettre ». Toujours la même écriture. Il me laisse porter les autres à la maison.

Et le facteur poursuivit son chemin. Cinquante mètres plus loin, elle l'entendit converser avec le pasteur.

La conduite de M. Swancourt semblait pour le moins étrange.

Inconséquente et impulsive, Elfride éprouvait des sentiments complexes. Son amour s'aggravait de la brusque séparation. L'idée qu'elle eût pu devenir définitive lui eût semblé intolérable. Aussi avait-elle envisagé sans terreur la possibilité d'une union secrète. Mais une fois la chose décidée, les doutes l'assaillirent.

Des sentiments contradictoires s'agitèrent dans son cœur. Révolte contre la dureté du père; inquiétude de désobéir; impossibilité de rompre la foi jurée; espoir que l'opposition paternelle cesserait d'elle-même et enfin certitude que tout s'arrangerait pour le mieux.

Sa crainte l'eût peut-être emporté, sans la conversation qu'elle eut un matin, au petit déjeuner, avec son père.

M. Swancourt avait retrouvé son ancienne bonne humeur.

Il souriait tout seul à des pensées trop peu convenables apparemment, pour être communiquées. Et il traita Elfride de « jeune chenapan » pour avoir sauvé la vie à des petits chats qu'on devait noyer.

Tout à coup, elle lui dit :

— Si M. Smith eût fait partie de la famille, vous seriez-vous désespéré de lui découvrir des parents pauvres?

— Voulez-vous dire s'il eût été uni à notre famille par mariage? interrogea-t-il distrait et en continuant à peler son œuf dur.

Deux jques empourprées lui répondirent.

— Je m'y serais sans doute résigné, fit M. Swancourt.

— Si bien qu'au lieu de tomber dans une mélancolie noire, vous auriez tiré de la situation le meilleur parti.

Dès l'enfance Elfride, avec son esprit erratique, avait coutume d'embarrasser son père par les hypothèses les plus chimériques. La supposition actuelle semblait être de celles-là. Peu psychologue, M. Swancourt répondit avec sa complaisance habituelle.

— Une fois l'union irrémédiable, je l'eusse acceptée comme tout homme raisonnable, et ne fus certainement pas tombé dans une mélancolie noire. Bien peu de choses d'ailleurs pourraient me déprimer à ce point. Ne vous y abandonnez pas non plus.

— Ne craignez rien, papa, fit-elle avec une sérénité qui l'enchanta.

Elfride venait de prendre sa décision. M. Swancourt ne s'en douta guère.

Dans la soirée, il partit seul pour Stratleigh. A la porte, Elfride manqua tout lui avouer.

— Pourquoi allez-vous à Stratleigh, papa, demanda-t-elle avec tendresse.

— Je vous le dirai demain à mon retour, fit-il gaiement. « Tu ne saurais dire ce que tu ignores,

gentille Elfride, et ainsi je pourrai me fier à toi. »
Elle se replia sur elle-même, blessée.

— Je vous dirai aussi demain, à mon retour, le
but de ma promenade à Plymouth, murmura-t-elle.

Le vicaire partit donc par un classique coucher
de soleil de septembre. Des nuages bleu sombre se
détachaient sur un ciel soufre orangé.

Ces couchers de soleil attiraient Elfride. Il lui fallait marcher vers eux. De même que toute belle chose
vous tente lorsqu'elle semble à portée de la main.

Elle escalada le champ jusqu'à la barrière qui le
sépare du parc voisin et s'assit sur la barre de bois.

Après avoir contemplé l'Orient un temps considérable, elle s'en voulut de ne pas regarder vers
l'Occident où vivait Stephen. Comme elle détournait
les yeux, une particularité curieuse s'offrit à ses
regards. Un champ vert s'étendait de chaque côté
de la barrière. L'un appartenait à la glèbe, l'autre
au terrain du manoir. Du côté du presbytère elle
vit un petit sentier d'une dizaine de mètres qui se
terminait brusquement à ses deux extrémités. Un
sentier comme celui-ci, Elfride n'en avait jamais
vu. Si, cependant, à la réflexion. Elle en avait remarqué un semblable, formé par le va-et-vient de
la sentinelle, devant une caserne.

Ce souvenir lui fit comprendre l'origine de ce
petit sentier. Son père l'avait foulé en l'arpentant
régulièrement chaque soir, tous ces derniers temps.

Assise sur la barrière, son regard embrassait
toute la plaine. Au bout de quelques minutes, Elfride examina les dépendances du manoir.

Tiens! Un autre sentier! Il mesurait exactement
les mêmes dimensions que son vis-à-vis, commençait
et finissait au même point. Mais il restait plus étroit
et moins distinct.

Cette différence pouvait s'expliquer de deux manières. Ou on l'avait foulé moins souvent ou avec de
plus petits pieds. Un gentleman de Scotland Yard eût

tenu cette dernière alternative pour la plus probable.

Mais Elfride n'y songea guère. L'approche du grand jour absorbait toutes ses pensées. Le monde extérieur n'agissait plus que sur les cases subcons- cientes de son cerveau. Toute son attention se concentrait sur Stephen et sur leur mariage pro- chain.

« Disons une heure trois quarts pour galoper jusqu'à Saint-Launce, songeait-elle. Une demi-heure au *Faucon* pour changer de robe. Deux heures pour attendre le train et gagner Plymouth. Une heure avant le déjeuner. Total du départ d'Endelstow jus- qu'à midi : cinq heures. Il me faudra donc partir à sept heures. »

Les domestiques ne manifestèrent aucune surprise de cette course matinale. Le voyage, dans ces petites vies calmes, c'est l'aventure, l'exception. Rien n'étonne de ce qui s'y rattache.

Elfride ne partait jamais à cheval sans rapporter quelque chose à la maison. Si elle trottait jusqu'à une petite ville, c'étaient des livres. Si elle errait simplement le long des collines, des bois ou de la plage, c'étaient d'extraordinaires mousses, d'ancr- males chevelures marines, ou bien un mouchoir rem- pli de coquillages.

Une fois, un jour de marché et par un temps boueux d'hiver, tandis que, sur Pansy et un paquet sous le bras, Elfride se promenait dans les rues de Castle-Boterel, un faux pas du cheval lui fit perdre l'équilibre. D'un côté on vit tomber dans la boue trois romans nouveaux, et de l'autre plusieurs éche- veaux de laine polychrome.

Quelques femmes sourirent derrière leur fenêtre. Tous les hommes s'arrêtèrent. Et un petit garçon, qui gardait un étalage de pains au gingembre pendant que la marchande se grisait dans un caba- ret voisin, éclata de rire. Les yeux bleus se foncè- rent en saphirs et les joues roses s'empourprèrent.

Après cette aventure, l'esprit d'Elfride travailla. Ingénieuse, elle inventa un système de sacoches dans la selle. Quantité de choses purent y tenir.

Elle y glissa, ce jour-là, un « trotteur » de drap sombre et quelques objets de toilette. Worm ouvrit grande la porte et elle disparut.

C'était un radieux matin d'automne. La bruyère s'étalait toute rose et les fougères fauves fulguraient au soleil. Les cigales lançaient leur cri strident et les serpents, dans l'herbe, sifflaient comme de petites locomotives.

Elfride tout d'abord se sentit très gaie. Assise à l'aise sur Panzy, vêtue d'une amazone orthodoxe et coiffée d'un chapeau indescriptible, elle jouissait de la vie. Mais le mercure du baromètre à ce moment de l'année manque de stabilité. L'espace d'une minute, elle éprouva une dépression. Puis un large nuage qui pendait au Nord, comme une toison noire, s'interposa entre elle et le soleil. Naturellement, ceci l'attrista. Elle se retourna sur sa selle. Du plateau, elle dominait encore le village d'Endelstow. Elle le contempla avec tendresse.

Durant cette petite révulsion de sentiments, Pansy continua d'avancer. Elfride réfléchit qu'il serait absurde de faire tourner bride à la petite jument.

« Cependant, songeait-elle, si j'avais une mère à la maison, je retournerais. »

Presque inconsciemment, elle tira sur la bride. Pansy fit demi-tour. Près d'un mille, elle galopa vers le presbytère. Puis, comme nous donnons aussitôt de la valeur à ce que nous venons de mépriser, la pensée de Stephen harcela Elfride et elle fit de nouveau barre sur Saint-Launce.

Un combat d'une violence inouïe se déchaîna alors en elle. Tremblante, déchirée, elle lâcha les rênes faisant serment de s'abandonner à la jument.

Pansy ralentit d'allure. Qu'allait-elle faire?

Elfride se trouvait à la hauteur d'un petit sentier

qui descend sur la droite vers une petite mare. La ponnette s'arrêta et se dirigea vers la mare pour boire.

Elfride consulta sa montre. Si elle devait gagner Saint-Launce, elle aurait à peine le temps de changer de robe. Il lui sembla que jamais Pansy ne s'arrêterait de boire. Et la limpidité de l'eau, le vol tranquille des insectes, les iris emmêlés comme un point de Venise, les feuilles des nénuphars placidement étalés à la surface, l'irritaient par leur contraste avec sa tourmente intérieure.

Pansy regagna enfin la route. Là, elle s'arrêta indécise, regardant à droite et à gauche.

Le cœur d'Elfride battait follement, tandis qu'elle songeait :

—Si on abandonne les chevaux à eux-mêmes, ils regagnent leur écurie. Donc Pansy va retourner à la maison.

Or, la jument piqua des deux sur Saint-Launce...

Pansy, au presbytère, n'avait guère, l'été, pour toute nourriture qu'un peu d'herbe fraîche. Tandis que dans ses courses à Saint-Launce, elle obtenait une ration d'avoine en prévision du retour. Donc, se trouvant à mi-chemin, elle préférait continuer sur la ville.

Mais Elfride ne fit pas ce raisonnement. Le destin décidait pour elle. Advienne que pourrait! Elle n'en serait pas responsable.

Si étranges sont les motifs qui déterminent nos actions, qu'Elfride se sentait liée davantage par le serment vain proféré dix minutes auparavant, que par sa promesse à Stephen ou plus encore par son amour.

Elle n'hésita plus. Pansy partit au trot.

Peu après les pignons et le fouillis des toits de Saint-Launce apparurent dans le lointain. Et au bas de la colline, Elfride entra dans la cour du « Faucon ». Mrs. Buckle, l'hôtelière, accourut la recevoir. On connaissait bien les Swancourt. Souvent le père et la fille avaient troqué, à l'auberge, leurs vêtements de cheval contre un costume de voyage.

En moins d'un quart d'heure, Elfride revêtait son trotteur et se dirigeait vers la gare. Elle n'avait pas fait à Mrs. Buckle part de ses projets. On pouvait la croire en courses.

Deux heures plus tard, en une salle d'attente déserte, elle tombait dans les bras de Stephen.

Le visage du jeune homme présageait une mauvaise nouvelle. Il semblait pâle et défait.

— Qu'y a-t-il? demanda-t-elle.

— Nous ne pouvons nous marier aujourd'hui Elfride! J'aurais dû m'en douter. Il eût fallu résider quelques jours dans la ville... J'ai la licence mais elle n'est maintenant valable que pour ma paroisse de Londres.

— Qu'allons-nous faire? demanda-t-elle d'une voix blanche.

— Il n'y a pas le choix, chérie.

— Dites?

— Partons pour Londres. Il y a justement un train. Nous y serons unis demain matin.

— Les voyageurs pour Londres, en voiture! cria l'employé.

— Voulez-vous, Elfride?

— Oui.

Trois minutes plus tard, le train s'ébranlait, emportant Stephen et Elfride.

XII

Les quelques nuages épars du matin s'étaient groupés pour éclipser le soleil. A l'approche du soir, ils fondirent en eau.

Elfride et Stephen roulaient toujours. Les gouttes s'aplatissaient contre la vitre de leur vagon.

Le trajet, entre Plymouth et Londres, même par les rapides, dure assez longtemps pour permettre à la plus ardente passion de se refroidir. Son excitation tombée, Elfride s'abandonnait à une morne stupeur. Elle en fut tirée, à l'approche de la gare de Paddington, par le bruit assourdissant des roues sur l'embranchement des rails.

— Londres? demanda-t-elle.

— Oui, chérie.

Et Stephen affecta une assurance qu'il était loin de ressentir. Pour lui, comme pour elle, la réalité différait tellement du rêve!

Elle regarda curieusement par la fenêtre, autant que le permettait la fusillade de la pluie sur les vitres. Elle ne vit que des lampes fumeuses dans un brouillard humide.

Elfride s'agita, troublée. Elle semblait vouloir formuler une objection et n'oser.

Le train stoppa. Stephen lâcha la petite main douce qu'il avait tenue pendant tout le trajet. Il aida la jeune fille à descendre.

Elfride fixa alors sur son fiancé des yeux désespérés.

— Oh! Stephen! fit-elle. Je suis si misérable! Il faut que je rentre à la maison! Il le faut absolument! Pardonnez ma lamentable hésitation. Je ne puis rester ici...

Stupide d'étonnement, Stephen gardait le silence.

— Voulez-vous me permettre de rentrer à la maison? implora-t-elle. Je ne vous demande pas de me raccompagner. Je ne veux pas vous ennuyer davantage. Permettez-moi seulement de rentrer. Vous ne me détestez pas, dites, Stephen? Il vaut mieux que je m'en aille, Stephen!

— Mais nous ne pouvons rentrer maintenant.

— Il le faut, je le veux!

— Comment? Quand?

— De suite.

Le jeune homme contempla le quai avec désespoir.

— Si vous voulez partir, chérie, dit-il tristement, je ne vous retiendrai pas. Vous ferez ce qu'il vous plaira, mon Elfride. Mais ne préféreriez-vous pas rester jusqu'à demain et attendre d'être ma femme pour partir?

— Non! Non! Je préfère m'en aller. Il le faut, fit-elle en pleurant.

— De deux choses l'une, chérie. Ou bien vous n'auriez pas dû venir, ou bien vous feriez mieux de ne partir qu'une fois mariée. Je ne voudrais pas vous peiner, Elfride, Dieu m'en est témoin; mais le fait de rentrer chez vous non-mariée peut vous compromettre.

— Non! non! Il faut que je parte.

— Oh! Elfride, c'est moi qui suis coupable. Je n'aurais pas dû vous amener ici.

— Mais non. Je suis l'aînée.

— D'un mois seulement! Cela ne prouve rien... Mais peu importe maintenant...

Stephen regarda autour de lui et s'adressant à un employé :

— Y a-t-il un train pour Plymouth, ce soir?

Mais l'homme s'éloigna sans répondre.

— Y a-t-il un train pour Plymouth, ce soir? demanda Elfride à un autre.

— Oui, Miss. A huit heures douze. Dans dix minutes. Vous vous êtes trompée de plate-forme. De l'autre côté. Changez à Bristol. Au bas de l'escalier. Traversez la voie.

Ils s'élancèrent dans la direction indiquée. Elfride en hâte court au guichet.

— Vos billets, s'il vous plaît?

On ferme les portières. Un coup de sifflet. On agite un drapeau. La locomotive halète. Et en route pour Plymouth!

— Ces deux enfants l'on échappé belle!

Elfride reprend haleine.

— Vous m'accompagnez, Stephen? Pourquoi?

— Je ne vous quitterai qu'une fois saine et sauve à Saint-Launce. Ne me jugez pas pire que je ne suis, Elfride.

Et ils refont avec fracas, dans la nuit, le chemin qu'ils parcouraient quelques heures auparavant.

Le temps s'éclaircit. Des étoiles brillèrent. Leurs compagnons de voyage sommeillaient. Une torpeur envahit Stephen. Seule, Elfride, palpitante gardait toute sa lucidité.

Le jour se leva. On aperçut la mer. Des rochers rouges surplombaient. D'autres, plus reculés, prenaient une teinte livide dans l'aube grise. Le soleil éclaira leurs visages défaits. Une heure s'écoula. Les voyageurs commençaient à s'agiter. En vue de Saint-Launce, le train ralentit.

Elfride frissonna, pensive.

— Je n'avais pas vu toutes les conséquences de ma folie, dit-elle tristement. Les apparences sont contre moi. Si quelqu'un découvre ma fuite, je suis déshonorée.

— Je serai votre mari un jour ou l'autre. On ne pourra alors rien dire.

— Stephen, fit-elle d'une voix ferme, je vois plus clairement les choses aujourd'hui qu'hier. Une fois à Londres, j'aurais dû vous épouser. Que ma fuite reste cachée : voilà ma seule chance maintenant.

Ils descendirent. Elfride noua un voile épais autour de son visage.

Une femme, aux paupières rouges et aux yeux brillants, se tenait assise sur le quai. Elle dévisagea la jeune fille avec insistance. Son regard avait quelque chose de sinistre.

Elfride se détourna.

— Qui est cette femme? demanda Stephen. Elle vous regardait étrangement.

— Mrs. Jethway, une veuve, la mère du jeune homme dont je vous ai parlé. Stephen, c'est ma seule ennemie. Pourvu qu'elle ne nous ait pas reconnus. Que Dieu ait pitié de moi!

— Voyons, vous vous effrayez à tort, fit-il d'un ton de douce remontrance.

Et au bout de quelques instants, il ajouta :

— Maintenant, il nous faut songer à manger quelque chose.

— Non! Non! Je ne puis manger. Il faut que je rentre à Endelstow.

Elfride avait l'impression d'être devenue subitement beaucoup plus âgée que Stephen.

— Mais vous n'avez rien pris depuis hier soir, si ce n'est une tasse de thé à Bristol.

— Je ne puis manger, Stephen.

— Du vin et des biscuits?

— Non.

— Du café?

— Non! Non. Je veux quelque chose qui me donne des forces pour une heure. Car dussé-je en mourir, il faut que je trouve l'énergie de rentrer à la maison.

Donnez-moi du brandy. Les yeux de cette femme m'ont mangé le cœur.

— Votre esprit s'égare. Vous me peinez, ma chérie. Voulez-vous vraiment du brandy?

— Oui, s'il vous plaît.

— Combien?

— Je ne sais. Jamais je n'en ai bu plus d'une cuillerée à café. Ne l'achetez pas au « Faucon ».

Il la laissa dans les champs et se dirigea vers la plus proche auberge. Bientôt il revint avec un flacon et, dans un sac de papier, des tartines beurrées, minces comme des hosties. Elfride but une ou deux gorgées :

— Cela me trouble la vue, fit-elle d'un ton las. Je ne puis en prendre plus. Si cependant, en fermant les yeux.

Elle put manger un peu. Puis, elle s'inquiéta de savoir comment elle retirerait sa jument du « Faucon » sans éveiller les soupçons. Elle défendit à Stephen de l'accompagner. Elle agissait maintenant en dehors de lui : l'influence du jeune homme sur elle semblait abolie.

— Il vaut mieux qu'on ne vous voie pas en ma compagnie, quoique je ne sois guère connue ici. Mais nous avons agi en cachette comme des malfaiteurs, il nous faut continuer.

Tout en conversant tristement, ils gagnèrent neuf heures. Alors, Elfride crut pouvoir se présenter au « Faucon » sans exciter de surprise. Stephen l'attendrait au bord de la route.

Il s'assit, immobile sur le talus. Des lumières dansaient sur un tronc d'arbre; les enfants jouaient devant l'école avant de rentrer pour la classe du matin; les moissonneurs, dans un champ, là-bas, commençaient la récolte. La certitude de la possession s'éloignait et rien ne pouvait adoucir le désespoir du jeune homme qu'aggravait la séparation proche.

Elfride revint enfin. Elle semblait rassurée. La capacité d'oubli surpassait chez elle la capacité de souffrance.

— Elfride, qu'a-t-on dit au « Faucon »?

— Rien. Personne ne semblait se soucier de moi. Il m'est arrivé déjà de coucher à Plymouth, chez Miss Bicknell...

Le spectre de la séparation se dressait maintenant entre les deux enfants. Elfride devait partir sans retard. Stephen l'accompagna pendant près d'un mille. Il dit tristement :

— Vingt-quatre heures viennent de s'écouler, Elfride, et rien de ce que nous avions décidé ne s'est accompli.

— Mais vous en avez rendu l'accomplissement inévitable.

— Comment cela?

— Oh! Stephen! Vous le demandez? Puis-je épouser un autre homme après m'être ainsi compromise avec vous? N'ai-je pas montré au delà du possible que je ne pouvais être que vôtre? L'orgueil a plié devant mon amour. Vous vous êtes mépris sur les motifs de mon recul et je ne puis vous les expliquer... Ma première faute fut de partir avec vous. En persistant jusqu'au bout, j'eus mal agi. Mais c'eût peut-être mieux valu. Dès que vous aurez une petite maison où m'abriter — si humble soit-elle — venez me réclamer, je serai prête.

Elle ajouta avec amertume :

— Quand mon père apprendra cette escapade il sera trop heureux de me laisser partir.

— Peut-être. Insistez alors sur un mariage immédiat.

Et Stephen entrevit une étincelle d'espérance dans les cendres de son remords.

Elfride ne répondit pas.

— Vous ne ressemblez plus à la femme d'hier, Elfride?

— Je ne suis plus la même non plus. Mais il est temps que vous me quittiez.

Et elle arrêta le cheval.

— Oh! Stephen! Je me sens si faible! Je n'ose l'affronter... Si vous veniez avec moi?...

— Voulez-vous?

Elfride réfléchit.

— Non! Impossible! Je divague. Mais il vous rappellera bientôt.

— Dites-lui que nous avons agi ainsi par désespoir. Dites-lui que nous faisons appel non à sa pitié, mais à sa justice. S'il nous permet de nous marier tout de suite, tant mieux! Sinon, dites-lui que tout peut s'arranger, à condition qu'il me promette votre main pour le jour où j'en serai digne. Car ce jour-là ne peut tarder. Dites que je déplore de ne rien lui offrir en échange de son trésor, mais que tout l'amour, toute la vie, tout le travail d'un honnête homme vous appartiennent. Enfin, choisissez le moment opportun pour cet aveu.

Ces paroles réconfortèrent un peu Elfride. Elle essaya même de plaisanter :

— Et si la calomnie s'en mêle, eh bien nous aurons recours à la fleur d'oranger qui, du temps de saint Georges, sauvait les vierges du souffle empoisonné du dragon. Allons ne m'en veuillez pas. Il faut nous quitter.

Pour tromper le chagrin de la séparation, ils ne prononcèrent pas le mot d'adieu.

— Que Dieu vous protège, chère petite femme, jusqu'à notre prochaine réunion.

— Jusqu'à notre prochaine réunion, au revoir.

Et la jument partit... Il vit avec une sensation de petite mort diminuer la fine silhouette et pâlir son voile bleu.

Elfride s'avançait rapidement. Elle aperçut bientôt les rochers et la mer qui annoncent l'approche d'Endelstow. Quelques minutes plus tard, elle attei-

gnait le champ qui s'étend derrière le presbytère.
Les voix d'Unity et de William Worm lui parvinrent. Ils battaient un tapis sur une corde. Unity
concluait une phrase par ces mots :

— ... lorsque miss Elfride sera là.

— Quand l'attendez-vous?

— Pas avant ce soir maintenant. Elle ne craint
rien avec miss Bicknell.

Elfride fit le tour de la maison, conduisit son cheval à l'écurie et le dessella. Ceci fait, elle visita les
pièces du rez-de-chaussée. Son père n'était pas là.
Sur la cheminée du salon, l'attendait une enveloppe
à son nom. Elle la déchira et parcourut la lettre tout
en montant dans sa chambre.

« Stratleigh, mardi.

« Chère Elfride, à la réflexion je ne rentrerai pas
ce soir et m'arrêterai à Wadcombe. Ne m'attendez
pas avant demain après-midi. J'amènerai une personne amie.

« Bien à vous, en hâte.

« Ch. S. »

Après une rapide toilette et malgré une lourde
migraine, Elfride se sentit beaucoup mieux. Au pied
de l'escalier, elle rencontra Unity.

— Oh! miss Elfride! Je me disais : « Voilà son
spectre! » Nous vous attendions hier soir. Pourquoi
c'que vous n'aviez rien dit?

— Je pensais rentrer. Mais j'ai changé d'idée.
Je le regrette maintenant. Papa sera fâché.

— Ne lui dites pas, Miss, fit Unity.

— Ennuyeux! murmura-t-elle. Unity, dites-le lui,
vous, quand il rentrera.

— Merci bien! Pour vous attirer des ennuis!

— Je les mérite.

— Non, non, je n'en ferai rien. Ça n'a pas une

grande importance d'ailleurs. J'm'disais : « Le patron prend des vacances, et comme il n'a pas été gentil pour miss Elfride ces derniers temps, elle...

— En fait autant. Bien! Agissez comme il vous plaira. Voudriez-vous me servir à déjeuner?

Après avoir satisfait son appétit — l'air salin avait eu raison de son agitation — Elfride mit son chapeau et se dirigea à travers le jardin vers le kiosque d'été. Là, elle s'assit, et la tête appuyée dans un coin, ne tarda pas à s'endormir...

Mi-éveillée, elle regarda sa montre. Trois heures venaient de s'écouler. Au même instant, elle entendit grincer la grille d'entrée et des roues crièrent sur le gravier. Peu après la voix de son père appela Worm.

Elfride se dirigea alors vers la maison, par une allée qu'abritait une rangée d'arbustes. Une voix qui n'appartenait à aucun des domestiques alternait avec celle de son père. Un frou-frou de soie. M. Swancourt et son compagnon entraient dans la maison. Elfride méditait sur l'identité du visiteur lorsqu'elle entendit un bruit de pas. Elle aperçut son père.

— Oh! Elfride, vous voilà. J'espère que vous allez bien.

Elfride sentit son cœur défaillir, mais ne répondit pas.

— Venez avec moi dans le kiosque, continua M. Swancourt, j'ai quelque chose à vous dire.

Ils s'accoudèrent sur la petite balustrade de bois.

— Maintenant, dit M. Swancourt rayonnant, devinez ce que j'ai à vous annoncer.

Et il était si absorbé par ses pensées qu'il ne remarqua pas l'attitude de sa fille.

— Je ne sais, papa, dit-elle tristement.

— Essayez, chère.

— Je préfère pas.

— Vous paraissez fatiguée. Vos traits sont tirés.

Cette chevauchée vous a épuisée. Donc voici pourquoi je me suis absenté: pour me marier.

— Vous marier? balbutia-t-elle.

Et elle faillit ajouter :

— Comme moi, alors?

Mais déjà sa velléité d'aveu s'évanouissait comme une bulle dans l'air.

— Oui. Avec qui, croyez-vous? Avec Mrs. Troyton, la nouvelle propriétaire du vieux manoir. Nous avons tout réglé lors de notre dernière entrevue à Stratleigh, il y a quelques jours.

Il baissa la voix et prit un ton de malicieuse gaieté.

— En tant que belle-mère, vous ne pouviez rêver mieux. On peut la trouver laide, mais elle mérite d'être écoutée. D'abord elle a vingt ans de plus que moi.

— Vous oubliez que je la connais. Elle nous fit une visite. Nous la lui avons rendue, mais sans la trouver.

— Exact! Bref, quel que soit son aspect, c'est la meilleure des femmes. De plus elle a hérité dernièrement de 80 000 livres de rente, sans compter les revenus de ses domaines.

— Quatre-vingt mille livres par an!

— Elle possède aussi un bel hôtel à Londres et un arbre généalogique plus long que ma canne. Ce mariage pourra sembler à beaucoup une affaire. Mais Dieu m'est témoin que je n'ai pas songé uniquement à moi.

Elfride ne répondit pas.

Le vicaire reprit :

— Oui, Elfride, elle est riche, quoique sans grandes relations. Mais elle pourra vous présenter un peu dans le monde. Nous allons, pour l'amour de vous, échanger sa maison de Baker Street contre un hôtel dans Kensington. Tout le monde habite là maintenant. A Pâques, nous émigrerons pour

Londres pendant les trois mois habituels. Un curé me remplacera naturellement ici pendant ce temps.

« Elfride, vous savez que j'ai passé l'âge de l'amour. Je le confesse honnêtement : c'est pour vous que je me suis marié. Pourquoi, par exemple, une femme de sa position se jette-t-elle ainsi à ma tête? Je ne sais... J'imagine qu'elle se sentait trop âgée et trop simple pour plaire à un Londonien. Avec votre beauté, vous épouserez maintenant qui vous voudrez. Rien ne vous empêche de songer à un mari titré. Lady Luxellian était fille d'un simple hobereau. Voyez-vous maintenant combien fou me semblait votre projet? Mais venez, elle nous attend à la maison. Je lui ai fait ma cour à travers cette haie; inutile d'entrer dans les détails. Tout cela s'est fait très naturellement, je vous assure.

— Et vous ne m'avez rien dit... fit Elfride, non avec reproche, mais d'un air pensif.

Elle n'éprouvait pas la moindre amertume, loin de là. Au contraire, elle ressentait un soulagement, presque de la reconnaissance. Comment son père lui reprocherait-il son manque de confiance, alors qu'il ne lui en avait témoigné aucune.

M. Swancourt prit son silence pour un blâme.

— Il ne faut pas m'en vouloir Elfride. J'avais deux raisons pour me taire : la mort de son parent et votre inqualifiable conduite. Car souvenez-vous-en (là sa voix devint plus sévère) vous vous compromettiez ridiculement avec ces gens, les Smith, juste au moment où Mrs. Troyton et moi venions de nous entendre. Si bien que je résolus de ne vous rien dire. Savais-je jusqu'à quel point vous vous étiez liée avec eux et avec leur fils? Qui me disait— étant donné votre caractère — que vous ne vous faisiez pas un point d'honneur de prendre chaque jour le thé chez eux?

Elfride garda ses sentiments pour elle, et d'un ton languissant elle demanda :

— N'avez-vous pas embrassé Mrs. Troyton, il y a environ trois semaines, dans le jardin? Le soir où je vous ai trouvé dans votre bureau, les bougies à peine allumées?

M. Swancourt devint très rouge, et parut confus, comme il arrive aux amoure x mûrs, lorsqu'on les surprend à se livrer à des jeux de gamins.

— Oui, c'est possible, balbutia-t-il. Je voulais lui faire plaisir, vous savez.

Et reprenant contenance, il se mit à rire.

— Votre citation d'Horace se rapportait à elle?

— Oui, Elfride.

Ils entrèrent dans le salon par la véranda. A ce même moment, Mrs. Swancourt, qui descendait du premier étage, ouvrit la porte opposée.

— Charlotte, voilà ma petite Elfride, dit M. Swancourt du ton plus qu'affectueux que l'on prend parfois pour exhiber sa progéniture en public.

Intimidée, Elfride ne savait que faire. Mrs. Swancourt prit sa belle-fille par la main et l'embrassa.

— Ah! chère! fit-elle gaiement, vous ne songiez guère il y a un mois que la visiteuse, à qui vous montriez votre serre en expliquant si joliment la nature des fleurs, reparaîtrait bientôt chez vous, sous un autre aspect...

Elfride contemplait sa seconde mère. Physiquement, elle n'avait rien de séduisant. Une peau très mate. Un visage épais, beaucoup de cheveux d'un noir un peu grisonnant. Pour l'observateur le plus superficiel, il ressortait clairement qu'elle ne cherchait pas à déguiser son âge. Les coins de sa bouche offraient une particularité séduisante : avant de faire une remarque, elle les agitait doucement, non d'avant en arrière, ce qui est un signe de timidité, ni de haut en bas, ce qui exprime la résolution. Ils se relevaient en cette courbe adoptée par les écoliers, dans leurs caricatures, pour signifier la gaieté. Ils exprimaient l'humour. Un humour agréable qui

sait se moquer de ses propres travers, comme de
ceux des autres. L'autre particularité de Mrs. Swancourt : des mains chargées de bagues à tel point
que les doigts se tenaient raides *signis auroque ori-*
gentes, comme la robe d'Hélène. Des bagues anciennes et sombres pour la plupart. En dehors de
ces bijoux Mrs. Swancourt ne portait aucun ornement.

Elfride avait été favorablement impressionnée par
Mrs. Troyton deux mois auparavant, lors de sa visite.
Mais de là à éprouver de la tendresse pour cette
même femme, en tant que belle-mère, il y avait
loin. Cependant, les doutes d'Elfride ne durèrent
guère : elle décida qu'elle aimerait la vieille dame.
Très femme du monde, Mrs. Swancourt entamait
bientôt avec Elfride une conversation animée.
M. Swancourt les abandonnait à elles-mêmes.

— Et que faites-vous ici? demandait Mrs. Swancourt. Vous montez à cheval, je le sais.

— Oui, mais pas beaucoup. Papa n'aime guère
me voir sortir seule.

— Il faudra que nous vous trouvions quelqu'un.

— Je lis, et j'écris un peu.

— Vous devriez composer un roman. Les gens
qui ne voient guère le monde ont toujours la res-
source de l'imaginer dans un livre.

— C'est ce que j'ai fait, dit Elfride en regardant
Mrs. Swancourt d'un air inquiet.

— Parfait! Et sur quel sujet, chère?

— Sur... Eh bien! C'est un roman sur le moyen
âge.

— Ne sachant rien de notre époque que tout le
monde connaît, vous choisissez pour plus de pru-
dence une époque que ni vous ni personne ne
connaissez. N'est-ce pas? Non, non, je plaisante,
chère.

— Voyez-vous j'ai eu l'occasion d'étudier l'art et
les mœurs de cette époque à la bibliothèque et au

musée privé du château d'Endelstow. J'espérais pouvoir me faire la main dans ce petit roman. Je sais que la mode de ces histoires-là est passée. Mais celle-ci m'intéresse.

— Et quand paraîtra-t-il?

— Oh! Jamais! J'imagine.

— Allons donc, chère enfant! Il faut le publier absolument. Toutes les femmes écrivent, de nos jours. Elles espèrent ainsi affirmer leur intellectualité vis-à-vis de leur mari.

— Et elles ont bien raison. Mais papa dit qu'aucun éditeur ne voudra publier mon livre.

— Ceci reste à prouver. Dans un an à partir de ce jour, vous le verrez imprimé. Je vous en donne ma parole.

— Vrai? s'écria Elfride dont le visage s'anima.

Et songeant à Stephen, elle souhaita gagner beaucoup d'argent avec ses romans pour l'épouser plus vite.

— Puis nous irons à Londres et ensuite à Paris, reprenait Mrs. Swancourt. Mais d'abord, il nous faudra emménager au manoir. De plus au lieu de faire un voyage de noces à nous deux, nous venons vous chercher pour aller passer deux ou trois semaines à Bath.

Elfride remercia aimablement, presque joyeuse. Mais elle songea alors que, par ce mariage, son père et elle cesseraient d'être aussi unis que par le passé. Impossible de lui raconter maintenant sa fuite insensée avec Stephen Smith. Ce secret devait rester enfoui dans son cœur.

L'absence de M. Swancourt lui avait redonné, dans l'esprit de sa fille, une auréole de sainteté. Stephen au contraire perdait de son prestige. Tout, jusqu'à la bonté dont il avait fait preuve en lui permettant de revenir, constituait une offense. Elfride partageait l'amour de son sexe pour la force brutale de l'homme.

La seule chance de Stephen pour maintenir son ascendant eût été, dès l'arrivée à Londres, d'entraîner de gré ou de force la jeune fille à l'autel et de l'épouser incontinent.

Cependant bientôt les côtés désagréables de cette déplorable histoire s'effacèrent dans l'esprit d'Elfride. Et Stephen s'y auréola à nouveau de couleurs flamboyantes.

XIII

« OU PLUSIEURS PROVERBES SE JUSTIFIENT »

Nous voici en octobre, à Londres, deux mois plus tard.

Bede's Inn offre cette curieuse particularité que sa façade s'ouvre sur un square bruyant où l'on ne parle qu'argent et relations mondaines, tandis que le derrière de la maison donne sur un labyrinthe de petites ruelles misérables et grouillantes. Les locataires de Bede's Inn peuvent donc étudier à loisir les deux humanités. Gens de finances, employés et bureaucrates d'un côté; de l'autre les sans chemise. Une voix rauque, un pas inégal, l'écho d'un coup, la chute d'un corps. Bien vite vous fermez la fenêtre et ouvrez sur l'autre façade.

La maison elle-même, — cela va de soi, — est parfaitement calme et convenable.

Par ce beau soir d'automne, où nous accompagnons Stephen Smith à Bede's, le portier placide, assis sous les sycomores du square, fume une petite pipe en lisant son journal. Un épais vêtement de suie habille les branches dépouillées des arbres. Un massif de dahlias et de chrysanthèmes éclate en une riche symphonie. Un homme balaye en ce moment les feuilles mortes du square.

Stephen se dirigea vers une certaine porte et gravit un vieil escalier de bois, aux balustres et à rampe sculptée qui, dans un manoir de campagne, eût passé pour un fort beau spécimen de la Renaissance.

Il atteignit une porte au premier étage, sur laquelle se détachait en lettres noires :

M. Henry Knight, avocat.

Stephen frappa.

— Entrez, cria une voix lointaine.

Stephen pénétra dans une petite antichambre obscure que fermaient deux lourds rideaux verts. Aucun son; excepté le crissement spasmodique d'une plume d'oie. Dans un coin un chaos de vieux journaux et de gravures s'étageaient le long du mur, comme une pile d'ardoises dans la cour d'un couvreur. Des livres énormes, — on ne les volerait pas, — s'entassaient sur une solide table de chêne. D'autres gisaient à terre mêlés à de vieux habits et à des chapeaux déformés. Quelques parapluies et plusieurs cannes.

Stephen souleva le rideau et se trouva en présence d'un homme penché sur une table de travail, dont la main courait avec rapidité sur le papier, comme si de ce travail sa vie dût dépendre. Ce qui était d'ailleurs le cas.

Un homme d'une trentaine d'années, à la chevelure d'un brun presque noir, à la barbe ondulée, aux moustaches tombantes qui cachent l'expression de la bouche.

— Ah! mon ami, je me doutais que c'était vous, dit Knight souriant en lui tendant la main.

Henry Knight avait des yeux admirables; des yeux plus jeunes que le visage auquel ils appartenaient. Douze années de lectures assidues leur donnaient une douceur réfléchie qui leur seyait.

Le jeune homme ne se leva pas. Il consulta du regard une pendule.

— Je suis heureux de vous revoir, fit-il en lui désignant un siège. Je suis rentré depuis hier. Mais je vous demanderai de ne point me parler pendant dix minutes. J'ai juste le temps de terminer cet article pour le dernier courrier. Ensuite, je suis à vous.

Stephen s'assit. Cette réception n'était pas nouvelle pour lui. La plume de Knight se mit à monter et descendre comme une barque dans la tempête.

Cicéron appelle une bibliothèque l'âme de la maison. Tout l'appartement ici s'est fait âme. Les livres jonchent le plancher et les meubles grimpent aux murs. Les tablettes libres s'encombrent de statuettes, médailles, plaquettes, ramassées çà et là par le maître du logis, dans ses récents voyages en France et en Italie.

Un rayon de soleil couchant pénètre par une fenêtre d'encoignure qui ouvre sur une cour. Un aquarium s'opalise dans la lumière dorée. Ce petit monde marin ne s'anime que le soir dans ce rayon lumineux : les algues empruntent alors une transparence plus riche, et les coquillages se nacrent d'un blanc plus laiteux.

A l'heure dite, Knight lâcha sa plume, sonna le garçon et lui remit le courrier. Une fois la porte refermée, il s'exclama :

— Dieu merci, m'en voilà débarrassé! Maintenant, Stephen, approchez votre chaise et dites-moi ce que vous devenez. Continuez-vous votre grec?

— Non.

— Pourquoi?

— Je n'en ai pas le temps.

— Allons donc!

— J'ai fait tant de choses...

— Ha! ha! Montrez-moi votre visage? Tiens! Tiens!

Stephen rougit davantage.

— Donc, Smith, fit Knight en le prenant aux épaules, vous êtes amoureux?

— Le fait est...

— Contez-moi ça.

Mais voyant que Stephen semblait attristé, il changea de ton et sa voix se fit plus tendre.

— Smith, mon garçon, vous me connaissez, je pense, depuis le temps. Je vous écouterai avec intérêt, vous le savez, si vous désirez vous confier à moi. Mais je trouverais d'autre part parfaitement naturel que vous n'en fassiez rien.

— Laissez-moi vous dire alors ceci : je suis amoureux et je désire me marier.

Knight prit un air grave.

— Ne me jugez pas avant d'en savoir plus, fit Stephen anxieux.

— Je ne juge pas. Votre mère est-elle au courant?

— Vaguement.

— Votre père...

— Non. Laissez-moi vous dire, la jeune personne est d'une condition supérieure à la mienne et le père ne veut pas entendre parler de mariage.

— Naturellement.

— Or, je voudrais avoir votre avis. Je ne puis tenter aucune démarche auprès de sa famille pour l'instant. D'autre part, un architecte des Indes demande à M. Hewby de lui envoyer à Bombay un jeune ingénieur. Les travaux pressent. Il offre un salaire de 350 roupies par mois, soit environ 900 fr., voyage payé. Hewby me propose l'affaire. Que feriez-vous à ma place?

— Cette augmentation de salaire favoriserait vos projets d'avenir?

— Oui. Je ferais quelques économies qui me permettraient de solliciter sa main. Je compte m'établir à mon compte l'an prochain.

— Vous restera-t-elle fidèle?

— Jusqu'à la mort.

— Qu'en savez-vous?

— Pourquoi en douterais-je?

Knight se ramassa sur sa chaise.

— J'ignore ce qu'elle vaut. Dites-moi cependant ceci : iriez-vous aux Indes si vous n'étiez persuadé de sa fidélité.

— Certes non!

— Vous me mettez dans une position bien embarrassante. Si je vous donne mon opinion sincère, je blesse vos sentiments, si je la tais, j'offense ma conscience. Et puis je ne connais guère les femmes.

— Mais vous avez aimé, j'imagine, bien que vous ne m'ayez jamais fait de confidences.

— Et il passera de l'eau sous le pont avant que je vous en fasse.

Stephen se troubla devant cette rebuffade.

— Je n'ai jamais éprouvé un attachement profond, reprit Knight. Aucune femme ne m'en a paru digne. De plus, je n'ai jamais été fiancé.

— On le croirait cependant à lire vos écrits, fit Stephen d'un ton vexé.

— Peut-être. Mais, voyez-vous, mon cher, il n'est rien de tel que d'ignorer les choses pour en parler avec compétence.

Knight se tut, comme absorbé dans ses pensées, et Smith le regarda avec admiration.

Il existait entre les deux jeunes gens une réelle sympathie, mais non une vraie communion d'esprit. Et puis, lorsque Henry Knight avait fait la connaissance de Stephen, celui-ci n'était encore qu'un gamin aux joues rouges. Il en gardait une sorte de supériorité.

— Et que pensez-vous d'elle? hasarda Stephen après un silence.

— A juger de ses mérites sur votre parole, je persévère à croire que jamais elle ne vous sera fidèle pendant trois ou même deux ans.

— Je vous jure que si, fit Stephen au désespoir. Une femme s'étant compromise avec moi comme elle l'a fait ne peut en épouser un autre.

— Compromise, et en quoi? demanda Knigth, curieux.

Décidément son ami se montrait trop sceptique, mieux valait ne rien lui dire. Stephen observa donc un silence prudent.

— Ne dites rien, mon ami.

— Vous rappelez-vous la théorie que vous me fites un jour sur le baiser? reprit Stephen, sans paraître entendre. Une jeune fille, affirmiez-vous, doit se montrer gauche à son premier baiser. Et il faut douter de sa candeur si sa confusion dénote de la grâce.

— Très vrai, fit Knight pensif.

Souvent le disciple se souvenait des leçons du maître longtemps après que celui-ci les avait oubliées.

— Eh bien, fit Stephen d'un air triomphant, elle s'est montrée gauche à souhait et, dans sa confusion, ne savait pas ce qu'elle faisait.

— Tous mes compliments. Il ne me reste plus qu'à vous conseiller le départ.

— Raillez. J'irai à Bombay. Et même si vous le permettez, j'écrirai d'ici la lettre d'acceptation.

— Laissez passer une nuit au moins sur votre résolution. Voudriez-vous m'excuser, je dîne en ville ce soir, et il me faut changer de vêtements. J'ai mon habit dans ma valise. Cela m'évite la peine de retourner, chez moi, à Richmond. Attendez-moi, j'en ai pour cinq minutes.

Discret, Stephen s'approcha de la fenêtre. Le rayon de soleil avait disparu. Les zoophytes dormaient. Une tristesse grise enveloppait la chambre.

Stephen se pencha à la fenêtre. Dans l'impasse, des femmes jacassaient. Les boucheries offraient leurs morceaux de chair orange et vermillon, semblables aux coloris extravagants des derniers tableaux de Turner.

Knight le rejoignit au bout de dix minutes.

— Maintenant, il va falloir filer.

Et il repoussa du pied son veston du matin dans un coin, tout en boutonnant son gilet blanc.

Stephen se leva pour prendre congé.

— Quelle littérature! fit-il en jetant un coup d'œil admiratif sur les livres.

Vivre là lui eût paru le suprême bonheur.

Ses yeux s'arrêtèrent sur un fauteuil chargé de journaux et de volumes nouveaux verts et rouges.

— Hélas! dit Knight en suivant la direction de son regard. Vous n'avez pas besoin de vous dépêcher, Stephen. J'en ai encore pour quelques minutes. Examinez ces bouquins pendant que j'enfile mon habit si le cœur vous en dit. Nous ferons quelques pas ensemble dehors.

Stephen s'assit près du fauteuil et examina les livres avec curiosité. Un titre lui sauta aux yeux :

La Cour du château de Kellyon, par Ernest Fuld.

— Allez-vous donner un compte rendu de ce livre? demanda Stephen en feuilletant l'œuvre d'Elfride et d'un ton d'indifférence affectée.

— Lequel? Oh! Ça! Je le pourrais. Mais je ne fais guère de critique pour l'instant. Le roman est cependant tout à fait susceptible d'être critiqué.

— Comment l'entendez-vous?

Knight n'aimait guère se voir interrogé. Il répondit néanmoins :

— Ce que j'entends? Ceci : la majorité des livres ne sont ni assez bons ni assez mauvais pour être critiqués.

— A quel titre celui-ci pourrait-il l'être? Pour son excellence ou sa médiocrité?

Et la voix de Stephen trembla d'anxiété.

— Sa médiocrité. Il semble écrit par une gamine de quinze ans.

Stephen n'insista pas. Il ne voulait point parler d'Elfride après avoir eu l'indélicatesse de suggérer qu'elle s'était compromise pour lui. Il savait de plus

que la sévérité excessive de Knight ne se laisserait
influencer par aucune recommandation. Et surtout
par celle d'un ami aussi peu qualifié que Stephen.

Une fois prêt, Henry Knight éteignit le gaz et,.
tirant la porte derrière lui, il accompagna Stephen
en bas.

XIV

Près d'une année s'est écoulée. Au lieu du paysage d'automne qui servait de décor au chapitre précédent, nous voici dans l'ardeur du printemps.

Stephen est aux Indes. Il travaille ferme dans un bureau, se promène dans la campagne et s'étonne de voir des gens, installés depuis plus longtemps que lui à Bombay, se plaindre du climat. Tout va le mieux du monde. Bombay traverse une ère de prospérité : on bâtit beaucoup.

Elfride n'a jamais avoué à son père son escapade de vingt-quatre heures avec Stephen et M. Swancourt n'en a aucun soupçon.

La jeune fille s'affligea pendant quelque temps de ce secret. Mais Elfride avait un don d'oubli spécial. Alors que des natures plus lentes s'imbibent d'un chagrin goutte à goutte, Elfride vidait la coupe de souffrance en une seule gorgée. Ensuite elle refleurissait à nouveau.

D'ailleurs deux excellentes distractions se présentèrent. Ce fut d'abord la publication de son roman. Les échos des journaux, malgré leur brièveté, la sortirent de sa torpeur. Puis survint le déménagement du presbytère pour le vieux manoir. M. Swancourt, au début, se montra rebelle à tout changement. Mais les avantages évidents de cette nouvelle installation, la dignité nouvelle qu'elle lui conférait le réconcilièrent avec cette idée. Pendant l'em-

ménagement, ces deux dames résidèrent à Torquay,
comme il avait été convenu. Le pasteur faisait la
navette.

Mrs. Swancourt développait considérablement les
idées d'Elfride et la jeune fille pardonnait à son
père son mariage de raison.

La nouvelle maison de Kensington se trouvait
prête. Tous trois émigrèrent pour Londres.

Hyde Park n'a jamais été aussi animé. Les arbustes viennent d'être transplantés, comme d'habitude, les bordures de gazon rectifiées. Les chaises
s'alignent accueillantes. Les voitures avancent lentement. Des cavaliers fougueux galopent dans les
petites allées. Le « Drive » et le « Row » s'animent.
Il est six heures du soir, et il fait chaud comme
sous une cloche à melon. Le ciel là-bas est violet.

La voiture des Swancourt suit le remous.
Mrs. Swancourt, qui aime parler, tient le dé de la
conversation. On remarque sa voix grave, le seul
charme de la vieille dame.

— Voyez, dit-elle à Elfride qui, telle Enée devant
Carthage, reste béante d'admiration devant le brillant spectacle, voyez comme on peut exercer ici
ses dons d'observation. En ces endroits-là, j'écoute
parler non les langues mais les visages. C'est aisé
d'ailleurs : que l'on soit sur le « Row », le Boule-
vard, le Rialto ou le Prado, ils parlent tous le
même langage. J'ai acquis une certaine habileté
dans cette science, bien qu'ayant vécu solitaire
nombre d'années, sans personne pour m'aider dans
cette étude. Ne sont-ce pas les gens sans montre
qui savent le mieux l'heure?

— Exact, dit M. Swancourt distrait. Je connais
des laboureurs à Endelstow qui ont imaginé ainsi
tout un système d'observations. A l'aide de l'ombre,
du vent, des nuages, des moutons et des bœufs, du
chant des oiseaux, du cri du coq, et de mille autres
sons que les gens à montre ne soupçonneraient

pas, ils peuvent dire l'heure exacte à dix minutes près. Cela me rappelle une histoire amusante, mais qui ne vaut vraiment pas la peine d'être racontée.

Ici le vicaire secoua la tête et se mit à rire tout seul.

— Oh! Racontez! firent ces dames.

— Non, vraiment, cela n'en vaut pas la peine.

— Allons donc! dit Mrs. Swancourt.

— Il s'agit d'un homme que l'on soupçonna pendant longtemps de cacher un baromètre chez lui, tant il prédisait avec exactitude les changements de température rien qu'aux braiements de son âne et à l'humeur de sa femme.

Elfride se mit à rire.

— Oui, reprit Mrs. Swancourt. De même que ces paysans apprennent à lire les signes de la nature, j'ai appris à lire le langage du cœur humain. Je reconnais les yeux qui mentent, le mépris qu'expriment les narines palpitantes, l'indignation des cheveux rejetés en arrière, le rire des habits, le cynisme de certaines démarches, les émotions suggérées par les courbes d'une canne, le port d'une ombrelle. Tout cela est devenu pour moi l'A. B. C. du langage de l'âme. Regardez cette jeune femme, dit-elle à Elfride, en lui désignant la dame d'un simple coup d'œil. Sa suffisance, sa présomption ne sautent-elles pas aux yeux? Peut-on dire plus clairement : « Admirez la couronne de mes panneaux? »

— Vraiment, Charlotte, dit le vicaire, vous en voyez autant sur les visages que M. Puff dans le salut de lord Burleigh.

Elfride, elle, ne pouvait s'empêcher d'admirer toutes ces jolies femmes, si frêles et si blanches, alors qu'elle avait un visage bruni par le soleil et des mains égratignées par les ronces.

— Ouf! Qu'il fait chaud! remarqua M. Swancourt. Ma montre est brûlante. J'ose à peine la toucher pour regarder l'heure.

— Comme les hommes vous regardent, Elfride!
fit la vieille dame.

— J'ai, en effet, observé que plusieurs dames et
plusieurs messieurs me dévisageaient, fit Elfride ingénument.

— Ma chère, on ne dit plus « messieurs » de nos
jours, fit observer Mrs. Swancourt avec un ton de
fine malice qui seyait bien à sa laideur spirituelle.
Nous laissons ce terme à la classe bourgeoise.

— Que faut-il dire alors?

— Les femmes et les hommes, toujours.

A ce moment apparut dans le remous contraire
un landau d'un bel indigo aux roues et aux bordures d'un bleu foncé. Les valets de pied portaient
les bottes rouges sombre et la livrée bleu de roi
galonnée d'argent. Les deux beaux chevaux noirs
steppaient haut.

Dans le fond se renversaient un homme d'une
quarantaine d'années et une femme d'aspect mala-
dif aux yeux d'un bleu laiteux. Sur le strapontin :
deux petites filles en blanc et chapeaux à plumes
bleues.

La femme reconnut Elfride, sourit et s'inclina.
Elle toucha le bras de son mari qui souleva son
chapeau. Les deux petites filles tendirent les bras à
Elfride.

— Lord Luxellian, n'est-ce pas? demanda mistress
Swancourt.

— Oui, répondit Elfride. C'est le seul homme,
parmi tous ceux que je viens de voir, qui me
paraisse plus beau que papa.

— Merci, chère, fit M. Swancourt.

— Oui, mais votre père est plus âgé. Quand lord
Luxellian aura son âge, il ne paraîtra pas moitié
aussi jeune que notre homme.

— Merci, néanmoins, chère, reprit M. Swancourt.

— Regardez, fit Elfride, comme ces chéries

m'appellent. Kate se met à pleurer parce qu'on ne veut pas la laisser descendre.

— Nous parlions de bracelets tout à l'heure. Regardez celui de lady Luxellian, dit Mrs. Swancourt. Il est trop large de moitié. Quel vilain effet! Et quel manque de goût!

— Ce n'est point la vraie raison, expliqua Elfride. Son poignet a maigri, pauvre femme. Vous ne pouvez vous imaginer comme elle a changé depuis l'an dernier.

Les voitures se rapprochaient. On put se sourire plus familièrement. Lord Luxellian descendit alors et s'approcha de ces dames avec un rire musical. Sa plus grande séduction, ce rire. Il faisait oublier sa nullité. On se souvenait de M. Swancourt pour ses belles manières, de Stephen Smith pour son joli visage et de lord Luxellian pour son rire harmonieux.

M. Swancourt fit quelques remarques générales et sur la chaleur en particulier.

— Oui, dit lord Luxellian. Nous sommes passés devant la devanture d'un fourreur cet après-midi, et rien que cette vue nous a donné des suffocations. Ha! ha!

Et se tournant vers Elfride :

— Je n'ai pas eu le plaisir de vous voir, miss Swancourt, depuis votre récente célébrité. Je ne supposais guère qu'un charmant observateur se cachait dans le paisible Endelstow. Swancourt, vous auriez dû me prévenir en ami, à mots couverts.

Elfride se troubla, rit et déclara qu'il ne fallait pas en parler.

— Vous avez été bien maltraitée, il me semble, dans le *Présent?* Ecrire un lourd article de critique sur une chose aussi légère et charmante que *la Cour du château de Kellyon*, quelle absurdité!

— Comment, dit Elfride en ouvrant de grands

yeux, on m'a consacré un article dans le *Présent?*

— Mais oui. Ne l'avez-vous point lu? Il y a bien quatre ou cinq mois de cela.

— Non, je n'ai rien vu. Mes éditeurs sont inexcusables! Ils avaient promis de m'envoyer toutes les coupures.

— Alors, je crains bien d'avoir gaffé. Peut-être ont-ils préféré, par courtoisie, ne point vous envoyer celle-ci.

— Oh! non. Il y a oubli de leur part. Merci de me l'avoir signalé, lord Luxellian. L'article est-il très dur? interrogea-t-elle d'une voix légèrement tremblante.

— Non, non, pas précisément. J'oublie les termes exacts... Acerbe seulement. Mais je ne m'en souviens plus très bien.

— Nous passerons aux bureaux du *Présent*, pour nous procurer le numéro. N'est-ce pas, père?

— Si vous y tenez, chère. Mais ne suffirait-il pas d'écrire?

— D'autant plus que je voudrais vous faire une requête, Elfride, dit lord Luxellian. Mes petites Katie et Polly m'envoient en messager pour vous supplier de venir quelques instants dans notre voiture. Il faut que je les quitte pour Piccadilly. Vous prendrez ma place. Ce sont, je le crains, des enfants gâtées, mais j'ai presque promis de vous ramener.

Elfride passa dans le landau à la grande joie des petites. Lord Luxellian souleva son chapeau comme la voiture s'ébranlait. Il envoya un sourire qui manqua son but et tomba sur un étranger, qui, surpris et flatté, s'inclina.

Lord Luxellian regarda disparaître Elfride. Son regard de sincère admiration, sans plus, n'avait rien d'offensant : un tribut payé à la beauté. Puis il se détourna pensif et s'éloigna rapidement.

M. Swancourt était descendu en même temps qu'Elfride pour saluer un ami de l'autre côté du

Row. Mrs. Swancourt resta donc seule quelques instants dans la voiture.

Peu auparavant on eût pu observer derrière la foule et devant la rangée de chaises un étranger qui examinait Elfride avec un intérêt paisible.

Divers détails révélaient à un œil exercé que ce modeste promeneur n'était pas un habitué du Row. Les faux plis de ses vêtements d'abord. On voyait qu'il n'avait point fait assez damner son tailleur pour que celui-ci daignât imprimer à son habit les plis indispensables et définitifs. Ensuite, la légère courbe du parapluie : il s'appuyait dessus lourdement comme sur une canne, au lieu de laisser la pointe à peine effleurer le sol, comme il est de mode sur le Row. Enfin et surtout, qu'on comprenne si l'on peut, une grande distinction d'âme se dégageait de sa personne, plus qu'une distinction de manières qui est la caractéristique du Row.

Si Mrs. Swancourt n'était pas demeurée seule dans la voiture, l'homme ne l'eût sans doute pas abordée. Mais la voyant abandonnée à elle-même, il s'approcha.

Mrs. Swancourt l'examina avec curiosité le quart d'une minute, puis elle lui tendit la main en riant.

— Mais c'est Henry Knight! Mon cousin au second degré, non au troisième; à moins que ce ne soit au quatrième. Mon parent en tout cas?

— Oui... éloigné. Je n'étais pas très sûr de vous reconnaître.

— Dame, je ne vous ai pas vu depuis votre entrée à Oxford! Cela compte. Vous avez appris mon mariage, j'imagine.

Et alors s'ensuivit un dialogue concernant les naissances, morts et mariages de la famille qu'il est inutile de reproduire ici. Knight demanda tout à coup :

— La jeune fille qui vient de vous quitter est alors votre belle-fille?

— Oui, Elfride. Il faut que vous fassiez connaissance.

— Et la dame du landau qui, avec son regard liquide, semble le reflet d'elle-même dans un lac?

— Lady Luxellian. Elle paraît très faible, en effet. Ce sont des parents éloignés de mon mari. Mais il n'y a guère d'intimité entre nous. Il faudra venir nous voir, Harry : 24, Chevron Square. Pourquoi pas cette semaine? Nous quittons Londres d'ici peu.

— Laissez-moi voir... Je vais à Oxford demain... J'y resterai plusieurs jours... Il me faudra donc, je le crains, renoncer au plaisir de vous voir cette année à Londres.

— Venez à Endelstow! Pourquoi n'y viendriez-vous pas en même temps que nous?

— Je crains, si je viens maintenant, de ne pouvoir rester qu'un jour ou deux. Mais si vous voulez de moi au commencement du mois d'août, j'aurai plus de temps à moi.

— Très bien. J'ai votre promesse. N'attendez-vous pas M. Swancourt?

— Non; vous m'excuserez auprès de lui. Je dois repasser à mon étude avant de rentrer à Richmond. Je devrais déjà y être. Un travail fou... Expliquez-lui, n'est-ce pas? Et maintenant au revoir.

— Donnez bientôt de vos nouvelles.

— Je n'y manquerai pas.

XV

« UNE VOIX ÉGARÉE »

Le lendemain de la promenade dans Hyde Park, Elfride et Mrs. Swancourt conversaient dans la chambre à coucher de cette dernière. Elfride venait justement de recevoir, de Bombay, une lettre affectueuse de Stephen Smith. On la lui avait fait suivre d'Endelstow. Mais il ne s'agit pas de cela pour l'instant. Disons toutefois que Stephen, avec une confiance téméraire quoique pardonnable, l'appelait sa petite femme chérie.

Elfride avait emporté la lettre dans sa chambre. Elle en avait lu quelques pages seulement, afin de garder le reste pour le lendemain et de ne pas épuiser tout le plaisir d'un seul coup. Néanmoins, elle n'avait pu s'empêcher de lire un peu plus avant si bien qu'elle se vit à la fin de la lettre, tout en se reprochant sa prodigalité.

Elle la relut puis la mit dans sa poche et examina le reste du courrier.

C'est alors qu'elle aperçut l'ancien numéro du *Présent* qu'elle avait réclamé.

Elfride le parcourut du regard et, indignée, vint trouver Mrs. Swancourt dans sa chambre, avec le secret espoir que sa belle-mère la consolerait par une critique plus juste et moins sévère du livre.

— Voyons, mon enfant, fit Mrs. Swancourt après avoir lu soigneusement l'article. Je ne vois là rien de bien terrible. D'autant plus que tout le monde l'a maintenant oublié. Le début me semble même

excellent. Ecoutez, cela sonne mieux à la lecture :
« *La Cour du château de Kellyon*. Roman sur le
moyen âge, par Ernest Fuld. Dans l'espoir que
nous allons enfin échapper au monotone spectacle
de la vie moderne, à l'analyse de caractères sans
intérêt, aux péripéties d'une nouvelle à sensation,
nous ouvrons ce volume avec un sentiment de joie.

« Nous nous flattons de l'idée que la description
d'un donjon, de cachots, d'armures, de seigneurs
magnifiques, de jeunes femmes déguisées en pages,
dont nous sommes déshabitués depuis longtemps,
nous changera enfin des romans actuels. »

— Je le répète, c'est à mon avis, un excellent début.

— Voyez d'abord la suite, murmura Elfride d'un
ton lugubre.

— Je reconnais que la seconde partie est plutôt dure.
Et elle lut :

« Au lieu de cela, nous nous trouvons en présence d'une petite jeune fille, un peu sotte, à en
juger d'après le pseudonyme sous lequel elle a cru
devoir déguiser son sexe.

— Je ne suis pas sotte! fit Elfride avec indignation. Il pouvait tout dire excepté cela.

— Il a tort. Donc : « En présence d'une... jeune
fille... qui nous entraîne dans des tournois impos-
sibles, des fuites invraisemblables. On dirait la plate
copie de certains romans de M. G. P. R. James et
des plus mauvaises parties d'Ivanhoë. L'appât est
si grossier, que le plus crédule goujon se détourne
avec dégoût. »

— Voyons, chère, je ne vois rien là dont vous
puissiez tellement vous plaindre. Cela prouve simplement que vous êtes assez habile pour le faire
songer à Walter Scott. C'est flatteur!

— Oh! oui, bien que je ne sache pas écrire, je
peux lui faire penser, par contraste, à ceux qui
savent.

Elfride eût voulu lancer ces mots d'un ton sarcastique à son ennemi invisible, mais ses lèvres tremblèrent et l'on n'entendit qu'un joli murmure.

— Certainement, et c'est quelque chose. Du moment qu'on critique votre livre, c'est qu'il en vaut la peine. Continuons :

« Pour que de nos jours l'intérêt d'un roman historique se soutienne, il est indispensable que le lecteur se sente guidé par une légende, afin qu'il retrouve, sous le décor romantique et les incidents mouvementés, les passions primitives et éternelles de l'homme. »

— Cette longue tirade ne vous concerne pas; du remplissage... mmnn... mmnn... Voyons, où reparle-t-il de vous?... Tout à la fin. Il termine sur votre livre.

« Mais, pour en revenir au petit ouvrage qui servit de texte à cet article, hâtons-nous de dire qu'on ne peut dénier tout talent à l'auteur. Elle a une certaine facilité qui lui permet de se servir avec agrément d'un style très original. Par-ci par-là, de délicates touches, des notations très personnelles. Et ne fût-ce que pour de jolis détails domestiques, sans aucun lien avec l'histoire, le livre vaudrait la peine d'être parcouru. »

— Vous voyez, chérie, qu'il n'y a pas là de quoi pleurer. Allons, n'y songez plus. Comment, déjà sept heures?...

Et Mrs. Swancourt sonna sa femme de chambre.

Le blâme cause plus de douleur que l'éloge ne donne de joie. La lettre de Stephen équivalait à une longue louange; l'article à une piqûre d'épingle. Et l'étranger sans nom et sans visage, dont Elfride ne connaissait rien, sinon la voix sévère, l'absorbait plus que son fiancé lointain.

Lorsque Elfride s'endormit, ce soir-là, elle aimait l'auteur de la lettre, mais rêva de l'auteur de l'article.

XVI

« LA VISION PREND CORPS »

Trois semaines plus tard, les Swancourt se trouvaient réunis dans le salon des « Rochers », la propriété de Mrs. Swancourt à Endelstow. Ils bavardaient gaiement, passant en revue leur séjour à Londres. Deux mois fatigants, même pour des gens dont les relations peu nombreuses eussent pu se compter sur les doigts.

Une simple saison en ville, avec sa pratique belle-mère, avait si bien développé Elfride que son idylle avec Stephen lui semblait maintenant singulièrement pâle. Leur amour se reculait déjà de plusieurs années dans son passé d'enfant.

Assise sur une chaise basse, elle relisait son roman avec un intérêt mélancolique. Les critiques du *Présent* la hantaient encore.

— Vous pensez toujours à votre ennemi, Elfride?

— Pas à lui, mais à son opinion. Maintenant que je relis mon livre avec du recul, je reconnais que la plupart de ses reproches sont fondés...

— Non, non! Il ne faut pas dire cela. A-t-on idée d'un écrivain passant dans le camp de son ennemi le critique?

— Je ne vais pas jusque là. Mais s'il a tort en certains cas, il a raison en d'autres. Et justement parce que j'admire sa clairvoyance, je regrette qu'il se trompe aussi radicalement par endroits. Je trouve plus vexant d'être incomprise que dénaturée, et il ne m'a pas comprise. Je ne puis dormir tranquille alors que tant de gens m'attribuent des intentions que je n'ai pas eues.

— Il ne sait seulement pas votre nom! Et depuis le temps il a dû oublier l'existence de votre livre.

— J'aimerais cependant rectifier une ou deux de ses opinions, fit le vicaire qui s'était tu jusqu'alors. Voyez-vous, ces critiques écrivent, écrivent, sans qu'on redresse jamais leurs erreurs. Ils en prennent une présomption ridicule.

— Papa, dit Elfride, dont le visage s'éclaira, écrivez-lui.

— Je le ferais volontiers, dit M. Swancourt.

— Oh! Faites-le. Et dites-lui que le jeune auteur n'a pas pris un pseudonyme masculin par vanité ou hypocrisie, mais par modestie : que cette histoire n'a pas été écrite pour des gens comme lui, mais pour des enfants. J'espérais ainsi leur donner le goût de l'étude du moyen âge!

— Tenez, Elfride, répondit M. Swancourt, amusé à l'idée de critiquer le critique, faites-moi un brouillon de vos griefs, je le recopierai.

— Oh! Tout de suite! Quand l'enverrez-vous, papa?

— Dans un jour ou deux, j'imagine...

Là le vicaire comprima un léger bâillement. Semblable à beaucoup de gens, son ardeur tombait devant le fait à réaliser.

— Cela en vaut-il la peine, d'ailleurs!

— Oh! papa, fit Elfride désappointée. Vous commencez par dire oui, et vous finissez par non. C'est mal!

— Mais nous ne savons pas son adresse.

— Je crois, fit Mrs. Swancourt, venant à la rescousse, qu'une lettre adressée à Monsieur le critique de *la Cour du Château de Kellyon*, au *Présent*, lui parviendrait.

— Peut-être.

— Et pourquoi ne lui écririez-vous pas vous-même, Elfride, demanda M. Swancourt.

— Croyez-vous? Une lettre anonyme alors? Il ne mérite pas mieux.

— Oh! non! Signez-la.

— Je n'aime guère à dire mon vrai nom. Si je mettais mes initiales.

— Comme vous voudrez.

Elfride se mit aussitôt à l'œuvre. Comme il arrive aux natures très sensibles, elle en venait, à force de méditer le sujet, à donner des proportions colossales à l'incident. Et elle s'imaginait, en revanche, occuper une place démesurée dans l'esprit du critique inconnu. Elle tentait d'imaginer la conception qu'il pouvait bien se faire d'elle en tant que femme. La méprisait-il réellement? Ou bien la confondait-il avec une petite jeune fille insignifiante? Elle croyait sincèrement, par sa lettre, lui apprendre à la mieux estimer.

Quatre jours plus tard arriva une lettre au nom de miss Swancourt.

— Oh! dit Elfride, dont le cœur se mit à défaillir. Viendrait-elle de cet homme? Une nouvelle impertinence? Tiens, une autre lettre de la même écriture au nom de Mrs. Swancourt. (Et elle n'osait ouvrir la sienne.) Comment saurait-il mon nom?

— Impossible, dit M. Swancourt d'un air sévère. Vous n'avez envoyé que vos initiales. D'ailleurs, laissez-moi vous le dire, le ton de votre lettre m'a paru un peu plus âpre que ne le nécessitait une discussion courtoise.

Quoi qu'il advînt, M. Swancourt mettait ainsi sa responsabilité à couvert.

— Allons-y! fit Elfride en brisant le cachet avec l'énergie du désespoir.

— Bon Dieu, Christophe! fit Mrs. Swancourt en s'interrompant dans sa lecture, j'ai tout à fait oublié de vous dire, en vous racontant ma rencontre avec mon petit cousin Henry Knight, que je l'avais invité à venir passer quelques jours ici. Voici qu'il me propose de venir en août.

— Invitez-le pour le 1ᵉʳ, répondit le vicaire avec indifférence.

Elle reprit sa lecture :

— Seigneur! Ce n'est pas tout. Henry est l'auteur de l'article! Quelle absurdité! J'ignorais qu'il fît la critique des livres dans le *Présent*. Eh bien, Elfride, en voilà une nouvelle! Que vous dit-il?

Elfride, très rouge, avait laissé tomber la lettre à terre.

— Je ne sais. L'idée qu'il connaît mon nom me bouleverse. Il ne me dit rien de particulier.

« Chère mademoiselle, bien que je regrette vous avoir peinée par la dureté de mes remarques, je me félicite de la réponse ingénieuse qu'elles m'ont value. Mon article a malheureusement paru depuis si longtemps, que ma mémoire se refuse à trouver un seul mot pour ma défense, en admettant qu'il en existe, ce dont je doute.

« Vous apprendrez, par ma lettre à Mrs. Swancourt, que nous ne sommes pas absolument étrangers l'un à l'autre. Peut-être même aurai-je le plaisir de vous voir bientôt. Je me ferai alors une joie de prêter à vos subtils arguments toute l'attention qu'ils méritent! »

— C'est du sarcasme ou je ne m'y connais pas!

— Oh! non! Elfride.

— Je n'ai jamais dit que ses remarques fussent dures.

— Il doit vous trouver bien mauvais caractère, fit M. Swancourt en riant.

— Et il va venir! Je donnerais n'importe quoi pour ne lui avoir point écrit.

— Qu'importe? fit Mrs. Swancourt en riant aussi. Votre père et moi assisterons à une entrevue souverainement comique.

Le vicaire se rappela alors avoir entendu prononcer le nom du jeune avocat par Stephen Smith.
Mais comme il se défendait sévèrement toute allusion au souvenir désagréable du jeune homme, il
ne souffla mot.

Quant à Elfride, elle constatait avec désespoir
que les relations des deux jeunes gens ajoutaient
une complication nouvelle à ses futurs rapports
avec Henry Knight.

Dix mois plus tôt, Elfride se fût réjouie de faire
la connaissance de Knight, en souvenir de son fiancé.
Mais ce souvenir commençait à s'effacer. Heureusement pour le critique, il avait acquis une importance propre, dans l'esprit de la jeune fille. Les
recommandations de Smith devenaient inutiles.

Tous ces incidents contribuèrent à tendre l'esprit
d'Elfride vers la venue d'Henry Knight. Elle tâchait
de se l'imaginer. Etait-il grand ou petit? Brun ou
blond? Gai ou triste? Elle eût bien interrogé
Mrs. Swancourt; mais elle craignait de s'attirer en
retour une de ces taquineries dont la vieille dame
était coutumière. Alors, Elfride s'écriait à mi-voix :

— Quel cauchemar que cet Henry Knight!

Et elle se tournait vers l'Occident en murmurant
tout bas :

— Cher petit mari, où êtes-vous maintenant?

XVII

— Voici Henry Knight, fit un jour Mrs. Swancourt.

Non loin de la maison, sur un rocher qui s'avance en proue de navire, elles dominaient la vallée jusqu'à la mer. Ce promontoire affectait les contours d'une tête d'homme et les ajoncs le couvraient comme d'une barbe. Un rebord de pierre protégeait les imprudents d'une chute dangereuse.

Elfride tendit le cou dans la direction indiquée.

Henry Knight, coiffé d'un simple chapeau de paille et une canne à la main, avançait paresseusement, le long du ruisseau, par un petit sentier vert au creux de la vallée.

Venu jusqu'à Castle-Boterel par la patache, il avait préféré parcourir à pied, à travers la vallée, les deux derniers milles. Derrière lui, cheminait un gamin débraillé auprès duquel il s'était enquis du chemin. Et, par cette loi de physique qui fait graviter les petits corps autour des grands, ce gamin suivait le sillage de Knight, les yeux fixés sur ses talons.

Lorsqu'ils atteignirent la base du rocher sur lequel se dissimulaient Mrs. et miss Swancourt, Knight fit volte-face :

— Ecoute, mon garçon, dit-il.

L'enfant ouvrit des yeux énormes.

— Voici six pence, à condition que tu disparaisses sur-le-champ.

Médusé, le gosse obéit.

— Une jolie voix, pensa Elfride, mais quel drôle de caractère.

— Il nous faut rentrer avant qu'il ne gravisse le raidillon, dit à mi-voix Mrs. Swancourt.

Elles prirent un raccourci et enjambèrent une barrière.

M. Swancourt venait de partir au village. Elfride se sentit trop nerveuse pour attendre au salon l'arrivée du visiteur. Aussi pendant que la vieille dame rentrait dans la maison, Elfride, sous prétexte d'examiner une nouvelle variété de géraniums rouges, resta dans le jardin.

Comme, après tout, ce délai n'avançait à rien, elle se décida à regagner la maison. Elle enfila le corridor et ouvrit brusquement la porte du salon. Il n'y avait personne.

Par la porte-fenêtre entre-bâillée sur la serre, des voix lui parvinrent : celles de Mrs. Swancourt et d'Henry Knight.

Elle s'attendait à l'entendre causer brillamment. A sa grande surprise, il posait des questions banales sur des plantes et des fleurs qu'elle connaissait depuis longtemps.

Elle nota son ton tranchant, irréfutable. Rien de la douceur et de la spontanéité de Stephen Smith.

Les voix se rapprochaient.

— Ces lauriers-roses, bien que lourds et massifs, disait Mrs. Swancourt, se flétrissent pour un rien. Ces géants ont une sensibilité de jeunes demoiselles. Ah! voici Elfride!

La jeune fille prit un air coupable et Mrs. Swancourt la présenta en riant. Après quelques phrases banales, elle les quitta pour aller au-devant de son mari.

M. Knight ne parut nullement intimidé de ce tête-à-tête.

— Enfin, miss Swancourt, dit-il, je vous vois!
Nous nous sommes manqués, l'autre jour à Londres,
de quelques minutes.

— Oui, j'ai su votre rencontre avec Mrs. Swancourt.

— Et maintenant voici le chirurgien et son patient, face à face, fit-il d'un ton léger.

— Oui... C'est si drôle de penser que vous *étiez*
de la famille!

Elfride reprenait de l'assurance. Regardant Knight
en face, elle ajouta :

— Je voulais simplement, par ma lettre, vous
expliquer l'intention qui me porta à écrire un livre.

— Je la comprends parfaitement. Et j'ai été heureux de voir que mes remarques atteignaient leur
but. Cela leur arrive si rarement!

Elfride tressaillit. Ainsi, il se montrait toujours
aussi tenace dans ses opinions? Comme si la simple
politesse ne l'incitait pas à y renoncer, momenta-
nément tout au moins.

— Vos critiques m'ont peinée, savez-vous, murmura-t-elle.

— Hélas! Tel est le rôle des critiques sincères!
Leur but, d'ailleurs, n'est pas de causer une peine
inutile, mais « un mal d'où sortira le bien », comme
il est dit. Ecrirez-vous bientôt un autre roman?

— Pour que vous le condamniez encore?

— Vous ferez peut-être mieux une autre fois,
fit-il tranquillement. J'en suis sûr. Mais, si j'ai un
conseil à vous donner, limitez-vous à la peinture de
la vie domestique.

— Merci! Je n'essayerai plus jamais.

— Ce sera peut-être la sagesse. Ecrire n'est pas
ce que les jeunes filles ont de mieux à faire.

— Et qu'ont-elles de mieux à faire?

— Je préfère ne point vous le dire.

— Oh! si! Je vous en prie.

— Se marier, par exemple.

Knight ne disait pas sa première pensée.

— Et une fois mariées? demanda-t-elle pour ôter au débat tout caractère personnel.

— Ne plus faire parler d'elles. Comme disait un gardien de son phare, son plus grand mérite lorsque le bruit fait autour de son inauguration se fut éteint, c'est qu'on n'a plus jamais entendu parler de lui.

— Je comprends, fit Elfride pensive. Mais il n'en est point de même pour les hommes. Pourquoi n'écrivez-vous pas des romans, monsieur Knight?

— Ceux que j'écrirais n'intéresseraient personne.

— Oh! Je suis sûre au contraire que vous deviendriez vite célèbre.

— Tant de gens le sont de nos jours, qu'il est plus distingué de rester dans l'obscurité.

— Non, dites la vraie raison.

— Eh bien, fit Knight amusé, je ne pourrais maintenant me concentrer suffisamment. Nous partons tous en lutte avec une certaine dose d'énergie. Et, lorsqu'on dépense cette énergie, chaque semaine, goutte à goutte, en de menus articles comme je l'ai fait pendant ces dix dernières années, il ne reste plus assez d'eau dans le moulin pour produire la force nécessaire à la création d'un livre de valeur. Et, lorsqu'on a pris l'habitude de petits succès faciles, on n'a plus le courage d'entreprendre une œuvre de longue haleine dont le succès semble incertain.

— Oui, je comprends, vous préférez écrire par fragments?

Elfride s'effrayait un peu de son audace mais ne pouvait réfréner son intense curiosité.

— Non, je ne préfère pas. C'est le hasard qui m'a imposé ce mode de travail. Je ne m'en plains pas, d'ailleurs.

Knight se laissait aller à être franc vis-à-vis d'elle. Les êtres les plus réservés ont ainsi leurs

moment d'expansion, dont ils jouissent délicieusement.

— Cette contrainte ne vous pèse pas?

— Elle m'indiffère. Je la crois même meilleure
dans les débuts qu'une liberté absolue.

— Pourquoi?

— Une base immuable, que rien ne peut changer, laisse libre l'esprit qui se concentre alors uniquement sur le travail et en tire le meilleur parti.

— La compression latérale, produisant une plus
haute altitude, pour parler votre langue, fit-elle
malicieuse.

Henry Knight parlait. Mais Elfride n'écoutait
plus. Quand une idée lui plaisait, elle la saisissait
au passage, la méditait sans se soucier du reste de
la conversation. Dans ces moments-là elle examinait
distraitement son interlocuteur et son regard prenait une profondeur saisissante. de rêve contenu.

C'est ainsi qu'elle dévisageait Knight.

— Pourquoi me regardez-vous de la sorte? demanda-t-il surpris.

— Je songeais combien vous êtes intelligent, fit-
elle ingénument.

Et mécontente de n'avoir pas fait preuve de plus
d'esprit, elle se dirigea vers la fenêtre. De la vallée
parvenaient les voix de M. et Mrs. Swancourt.

— Les voici, fit-elle en allant au-devant d'eux.
Knight la suivit.

Elle s'arrêta au bord de la terrasse et, accoudée
à la balustrade, regarda le soleil couchant dorer la
vallée.

Knight ne put s'empêcher d'admirer la jeune fille.
Le soleil très bas à l'horizon rosit ses joues, nimbe
les cheveux follets.

Bientôt M. Swancourt les rejoignit. Il souhaita la
bienvenue à Henry Knight et s'engagea aussitôt
dans un panégyrique sur son vieux nom de famille.

Le voiturier apporta la valise du jeune homme.

Il put monter s'habiller pour le dîner qui avait été reculé de deux heures.

Une arrivée à la campagne était toujours, pour Elfride, un événement. Celle de Knight à plus forte raison.

Ce soir-là, pour la première fois, elle s'endormit sans penser à Stephen.

XVIII

« IL L'ENTEND PALPITER »

La vieille tour de l'église d'Endelstow touchait à
ses derniers jours. On devait la remplacer par un
clocher nouveau dessiné par M. Hewby.

Des planches et des poutres envahissaient le
cimetière. On avait descendu les cloches : les
pigeons avaient dû abandonner cette demeure de
leurs pères. Enfin six iconoclastes vêtus de futaine
blanche gîtaient dans le village.

Le lendemain de l'arrivée de Knight, afin de jouir
pour la dernière fois de la vue de la mer, du sommet de la tour, le vicaire, Mrs. Swancourt, Knight
et Elfride firent l'ascension du petit escalier en
tournevis. M. Swancourt montait le premier en
soufflant très fort, tandis que sa femme montait
en silence, ce qui ne l'empêchait pas de suffo-
quer.

A peine atteignaient-ils le sommet qu'un grand
nuage noir, réservoir à pluie, s'avança rapidement
du nord. Les parents avisés proposèrent une re-
traite immédiate.

— Seigneur, que je voudrais ne pas être montée!
s'exclama Mrs. Swancourt.

— Nous mettrons plus de temps que vous à descendre, lança le vicaire aux jeunes gens par-dessus
son épaule. Vous n'avez pas besoin de vous presser. Attendez que nous soyons en bas. Si jamais

vous alliez nous tomber sur le dos, dans cette obscurité, nous nous casserions le cou.

Elfride et Knight restèrent donc en arrière. Le
jeune homme ne semblait pas ce matin-là d'humeur
à parler. Elfride boudait, prenant son indifférence
pour du dédain.

Pendant que Knight s'absorbait dans la contemplation du nuage, Elfride s'avança vers un endroit
de la tourelle, où elle se rappelait avoir accompli
autrefois un tour de force vertigineux. L'adresse
consistait à faire le tour de l'édifice en marchant
sur le mur. Celui-ci présentait une surface lisse,
large d'environ soixante centimètres. Sans réfléchir le moins du monde, Elfride grimpa sur le
parapet, qu'aucun rempart ne protégeait, et se mit
à avancer lentement.

— Nous voici en bas, cousin Henry, cria à ce
moment Mrs. Swancourt dans l'escalier de la tour-
relle. Vous pouvez nous suivre.

Knight se tourna vers Elfride qu'il aperçut alors
sur son périlleux promenoir. Son visage pâlit de
peur et de colère.

— Je vous aurais cru plus sensée, fit-il vivement.

Elle rougit légèrement et continua d'avancer.

— Miss Swancourt, je vous prie de descendre
immédiatement!

— Tout à l'heure, je ne crains rien.

A ce moment, en raison du léger trouble que lui
avait causé les paroles de Knight, Elfride se prit le
pied dans une petite touffe d'herbe et perdit l'équilibre. Knight bondit vers elle, le visage horrifié.
Par bonheur, elle tournoya vers l'intérieur et tomba
dans les bras du jeune homme.

Haletant, Knight murmura :

— Jamais je n'aurais cru qu'une femme pût être
assez sotte pour s'exposer ainsi! Vous devriez avoir
honte de vous.

L'ombre, si proche, de la mort faisait défaillir

Elfride. Elle devint affreusement pâle. Les paroles d'Henry achevèrent de l'anéantir. Elle perdit connaissance.

Pendant plus de quarante secondes, elle resta ainsi les yeux fermés. Puis elle reprit conscience. Le visage de Knight s'adoucissait en une expression de pitié. Mais sa rudesse avait effrayé Elfride qui essaya de se délivrer.

— Je ne demande pas mieux de vous lâcher, si vous pouvez vous tenir debout, fit-il en desserrant les bras. Je ne sais vraiment s'il faut rire de votre peur ou vous gronder de votre folie.

Elle s'affaissa encore. Knight la souleva.

— Etes-vous blessée? demanda-t-il.

Elle murmura quelques paroles incohérentes et tenta de sourire.

— J'ai seulement eu peur, fit-elle très agitée; laissez-moi.

— Mais vous ne pouvez marcher.

— Qu'en savez-vous? s'écria-t-elle avec violence en portant la main à son front.

Knight vit alors qu'elle saignait d'une large coupure au poignet. Elfride dut s'en apercevoir aussi, car elle perdit de nouveau connaissance l'espace d'une minute. Knight noua rapidement son mouchoir autour de la blessure.

Pour comble de malchance, le nuage noir commençait à fondre en grosses gouttes. Le jeune homme se pencha par-dessus le parapet. Le vicaire se dirigeait à grandes enjambées vers la maison, et Mrs. Swancourt le suivait en se dandinant comme un canard hors de l'eau.

— Vous êtes très faible. Laissez-moi vous porter en bas.

Mais elle résista et il ne put la soulever plus de quatre ou cinq pas.

— C'est de la folie, dit-il en la reposant à terre.

— Vraiment, dit-elle les larmes aux yeux. Je ne

veux pas que vous me portiez et vous me traitez de folle.

— Je le maintiens.

— Je le nie.

— En tout cas, votre promenade sur le mur était parfaitement déraisonnable.

— Non. Et puis vous n'avez pas besoin de m'en vouloir, je ne suis pas digne de votre mépris.

— Comment donc! Vous valez la haine d'un prince, comme dit l'autre. Maintenant, vous allez nouer vos bras autour de mon cou et je vous porterai tout doucement en bas.

— Non, non.

— Vous avez tort, je vais forclore.

— C'est-à-dire?

— Vous enlever toute chance.

Elfride haussa les épaules, résignée.

— Allez-y, alors.

— Ne remuez pas tant.

— Je ne puis faire autrement.

— Ne bougez pas.

— Bon, bon, fit-elle languissamment en fermant les yeux.

Il la prit dans ses bras et, à pas lents et prudents, s'engagea dans l'escalier. En bas, il refit avec une douceur toute maternelle le pansement du poignet. Elfride, secouée de légers frissons, l'observait avec un timide intérêt. Au milieu de ses joues pâles apparut une petite tache rouge qui alla grandissante. Elle s'attendait à un nouveau sermon; mais il n'en fut rien.

— Promettez-moi de ne plus jamais grimper sur ce parapet? demanda-t-il seulement.

— Je veux bien : on doit le démolir bientôt.

Mais, au bout de quelques minutes, elle reprit d'un ton plus sérieux :

— Connaissez-vous ce sentiment de «non-nouveau» que nous font éprouver parfois certaines sensations?

— De « déjà vécu » voulez-vous dire?

— Ou « d'encore à revivre ». Ainsi, sur la tour, j'ai eu la vague impression qu'une scène semblable se reproduirait entre nous deux.

— Le ciel nous en préserve! Promettez-moi que sous aucun prétexte vous ne monterez dans des endroits pareils.

— Je vous le promets.

— Semblable circonstance ne s'est jamais produite dans le passé, nous le savons. Vous me jurez qu'elle ne se reproduira pas dans l'avenir. Oubliez donc ces sots pressentiments.

La pluie tombait à seaux, mais l'orage ne dura guère.

— Maintenant, prenez mon bras, s'il vous plaît.

— Non, merci.

Ceci parce qu'il avait associé à sa personne l'épithète de sots.

— Allons donc! Il va repleuvoir d'une minute à l'autre et vous tenez à peine sur vos jambes.

Sans plus discuter, Knight prit son bras et le passa sous le sien, où il le maintint avec fermeté. La voiture venait au-devant d'eux. Elfride l'aperçut avec un sentiment de soulagement. Il fallait naturellement expliquer sa chute sur le toit. Mais tout deux convinrent de ne pas mentionner la cause réelle de l'accident. Elfride demeura invisible tout le reste du jour. Mais, au dîner, elle reparut aussi fraîche que de coutume.

Dans le salon, après avoir causé une grande heure avec M. et Mrs. Swancourt, Knight se retourna vers elle. Elfride méditait un problème d'échecs que soumettait un magazine illustré.

— Vous aimez ce jeu, miss Swancourt?

— Beaucoup. Y jouez-vous?

— Autrefois, mais pas depuis quelque temps.

— Défiez-le Elfride, fit en riant le vicaire. Elle joue très bien pour une femme, monsieur Knight.

— Essayons-nous? demanda Elfride.

— Avec grand plaisir.

Ils s'installèrent. M. Swancourt oubliait qu'un an auparavant semblable partie se jouait entre sa fille et Stephen Smith. Elfride, elle, ne l'oubliait pas. Mais elle se persuadait que son amour pour son fiancé réclamait, afin de ne pas éveiller de soupçons, une infidélité apparente.

Henry Knight, par une de ces inexcusables distractions qui arrivent parfois aux meilleurs joueurs, se fait prendre sa tour. Premier avantage pour Elfride. Elle ne peut dissimuler son triomphe.

— Par Jupiter, à quoi songeais-je? fit Knight sans attacher d'importance à l'incident.

— Nous adoptons les lois du club, n'est-ce pas, monsieur Knight, demande Elfride d'un ton· suave.

— Oh! certainement, dit M. Knight, en réfléchissant tout à coup qu'il avait permis à trois reprises à la jeune fille de replacer son pion.

Mais bientôt Knight regagne sa position et se met à la serrer de près.

Elfride commence à s'agiter. Par mégarde, elle place sa reine devant la tour de son partenaire.

— Oh! Quelle stupidité! Vrai je n'avais pas vu votre tour. Personne n'eût mis sciemment sa reine dans cette position!

Elle s'attend presque à ce qu'il la lui restitue.

— Personne, en effet, dit Knight avec sérénité.

Et il étend la main vers sa royale victime.

— Les règles de club, n'est-ce pas, avez-vous dit? fait-il doucement.

Elfride manque faire la moue. Des larmes perlent à ses cils. Elle concentre tellement son esprit sur la partie que son cerveau entre en ébullition.

— Je trouve..., commence-t-elle.

— Quoi?

— ...cruel de prendre avantage d'une simple erreur.

— N'ai-je point perdu ma tour de la même manière? fait l'ennemi inexorable, sans seulement lever les yeux.

— Oui, mais...

Que répondre à cette logique? Elle se contente d'une faible protestation.

— Rien ne m'agace comme ces règles de clubs, chères aux joueurs de profession.

Knight sourit. Ils continuent à jouer.

— Echec! dit Knight.

— Une autre partie, fait Elfride très animée.

— Volontiers!

— Echec! fait encore Knight au bout de quarante minutes.

— Une autre, dit-elle résolument.

— Je vous donne l'avantage du fou, dit Knight galamment.

— Non, merci, réplique Elfride d'un ton qu'elle veut d'indifférence courtoise et qui en réalité sonne fort cavalier.

— Echec, fait encore son adversaire sans la moindre émotion.

Oh! Quel contraste avec les parties entre elle et Stephen.

L'heure du coucher avait sonné. La tête à l'envers, Elfride monta dans sa chambre. Elle ne pouvait se consoler d'avoir été battue.

Ayant joui ces trois dernières années, dans l'imagination de son père, d'une réputation d'excellente joueuse, la défaite ne lui en paraissait que plus cruelle.

Au lit, elle ne put dormir. Après une insomnie qui dura jusqu'à deux heures du matin, elle se leva doucement, alluma sa bougie et alla chercher dans la bibliothèque les *Règles du jeu d'échecs*. De retour dans sa chambre, elle s'assit sur son lit jus-

qu'à cinq heures du matin. Alors, les yeux battus
et les paupières lourdes, elle souffla sa bougie et
se fourra sous les draps.

— Vous me semblez pâle, Elfride, fit Mistress
Swancourt, le lendemain matin au petit déjeuner.
Ne trouvez-vous pas, cousin Harry?

— Vraiment? fit-elle avec un faible sourire. Je
n'ai guère dormi cette nuit. Des armées de fous et
de cavaliers me trottaient dans la tête.

— Les échecs ne valent rien aux gens passionnés
comme vous, surtout le soir. Il ne faudra plus
jouer si tard.

— Je jouerai de bonne heure. Cousin Harry fit-
elle, singeant Mrs. Swancourt, voudrez-vous m'accorder une faveur?

— Toutes celles qu'il vous plaira.

— Je voudrais que nous rejouions une partie.

— Quand?

— Tout de suite, après le déjeuner.

— Voyons, Elfride, intervint le vicaire, il ne faut
pas vous faire ainsi l'esclave du jeu.

— Je le veux, papa! Puisque M. Knight consent
à m'accorder ma revanche.

— Je suis à vos ordres, fit Knight lorsqu'ils se
levèrent de table.

Elfride l'entraîna dans la bibliothèque. Elle se
rendait bien compte du ridicule de sa conduite. Et
pour comble elle crut lire un regard amusé dans
les yeux de son compagnon.

— Vous me trouvez sotte, j'imagine, fit-elle nerveuse. Mais je veux voir si, en jouant de mon mieux,
j'arriverai à vous battre.

— Rien de plus naturel. Quoique les femmes
n'adoptent pas ce plan-là d'habitude.

— Pourquoi, s'il vous plaît?

— Une fois vaincues, elles essayent de faire oublier jusqu'au souvenir de leur défaite, et concen-
trent tous leurs efforts sur ce but.

— J'ai encore tort, naturellement.

— Votre façon d'avoir tort est peut-être plus séduisante que leur manière d'avoir raison.

— Je me demande si vous pensez ce que vous dites, ou si vous vous moquez de moi, fit-elle d'un air de doute, prête d'ailleurs à accepter l'explication la plus favorable. Vous me trouvez vaniteuse d'oser m'égaler à vous, je parierais. Et cependant la vanité en ce cas n'est pas un crime.

— Ce n'est pas une vertu non plus.

Elfride eut l'avantage pour commencer. Son cœur battait avec tant de violence qu'elle ne pouvait rester immobile.

Elle craignait même que Knight n'en entendît les battements. Il s'aperçut de son agitation au tremblement des fleurs de son corsage.

— Nous ferions mieux de nous arrêter, fit-il en la regardant gentiment. Vous vous énervez. Nous laisserons les pions en place et nous continuerons plus tard.

— Non, je vous en prie, implora-t-elle. Je n'aurai de cesse que nous n'ayons fini. C'est à vous de jouer.

Dix minutes s'écoulèrent.

Tout à coup, elle se dressa les joues empourprées et les yeux brillants d'indignation :

— Je sais ce que vous faites! Vous me laissez gagner pour me faire plaisir.

— J'en conviens, fit Knight avec flegme.

— Il ne faut pas! Je vous le défends!

— Très bien.

— Donnez-moi votre parole de ne plus recommencer.

— Je vous la donne, mademoiselle. Vous perdrez.

— Cela ne m'est pas prouvé.

On n'entend plus aucun bruit si ce n'est le tic tac de la vieille horloge. Dix minutes s'écoulent.

Il lui prend son cavalier. Elle lui prend le sien d'un air triomphant.

Quelques minutes, Elfride a l'avantage, elle ne peut dissimuler sa joie.

Cinq minutes : il lui prend son fou. Elle se rattrape en lui subtilisant son cavalier.

Trois minutes : elle lui gagne sa reine. Tranquillement, il lui prend la sienne.

Dix minutes : il lui prend un pion. Elle murmure : « peuh! » mais ne peut rien attraper en compensation.

Dix minutes : il prend un autre pion et dit : « échec ». Elle rougit, prend son fou et sourit de plaisir. Il lui prend aussitôt le sien. Elle semble surprise.

Cinq minutes : elle lui prend son dernier fou. Il riposte en lui confisquant son dernier cavalier.

Deux minutes : Elfride est perplexe et se cache le visage de sa main. Il prend sa tour et fait échec une seconde fois. Elle tremble qu'il n'évente l'artificieuse surprise qu'elle lui réserve.

— Echec en deux coups! s'écrie Elfride.

— Si vous pouvez!

— Oh! J'ai mal calculé! C'est cruel!

— Echec! dit Knight.

Il triomphe modestement.

Elfride se lève et s'enfuit sans montrer son visage. Une fois dans le hall, elle grimpe quatre à quatre dans sa chambre. Et, se jetant sur son lit, elle pleure amèrement...

— Où est Elfride? demanda le vicaire au déjeuner.

Knight guetta anxieusement la réponse.

— Elle ne va pas bien, Monsieur, répondit la femme de chambre.

Mrs. Swancourt quitta la pièce et monta chez la jeune fille.

A la porte, elle rencontra Unity qui servait maintenant de femme de chambre à Elfride, tout en se voyant promue à la dignité de femme de charge.

— Elle dort, m'am, murmura-t-elle.

Mrs. Swancourt ouvrit doucement la porte. Elfride, à moitié déshabillée, reposait sur son lit, le front brûlant et les joues très rouges. Elle s'agitait en murmurant des termes d'échecs incohérents.

Mrs. Swancourt tâta le pouls : il vibrait comme la corde d'une harpe et martelait au moins cent cinquante pulsations à la minute. Elle redressa doucement la tête de la jeune fille et descendit dans la salle à manger.

— Elle ne semble pas bien quoiqu'elle dorme maintenant. Cousin Knight, à quoi avez-vous pensé? Vous auriez dû refuser de jouer avec elle.

— Je suis navré, fit-il plus désolé qu'il n'en avait l'air. Mais aussi cette jeune fille devrait savoir ce qui est mauvais pour elle.

— Vous voilà bien! C'est justement ce qu'elle ne sait pas. Son père et moi la surveillons comme une enfant, n'est-ce pas, Christophe? Elle dira des choses dignes d'un épigrammiste français et agira comme un rouge-gorge dans une serre. Mais je crois qu'il faut envoyer chercher le docteur Grandson. Il ne lui fera toujours pas de mal.

Un domestique partit à cheval pour Castle-Boterel. Et le docteur vint dans l'après-midi. Il déclara le système nerveux de la jeune fille ébranlé, prescrivit une potion calmante et interdit dorénavant le jeu d'échecs.

Le lendemain matin, Knight, furieux contre lui-même, attendit avec des sentiments mêlés l'arrivée d'Elfride au petit déjeuner.

Les bonnes entrèrent une à une pour la prière du matin. Et à chaque fois, le jeune homme ne pouvait s'empêcher de tourner la tête dans l'espoir de voir entrer la jeune fille. M. Swancourt commença à lire sans l'attendre. La porte s'ouvrit doucement. Knight glissa sournoisement les yeux vers la retardataire. Ce n'était que la fiile de cuisine. Knight maudit la prière.

Il sortit. Et pour la première fois s'avisa qu'admirer seul la nature n'a rien de séduisant.

En regagnant la maison, il aperçut Elfride. Elle suivait le sentier en sens inverse. A l'angle ils se rencontrèrent. Elfride parut ravie et intimidée tout ensemble. Chaque fois qu'elle se trouvait en sa présence, elle éprouvait la sensation que l'on ressent à pénétrer dans une cathédrale.

Knight tenait son livre de notes à la main. Il ferma le carnet au milieu de sa phrase et s'enquit avec intérêt de sa santé. Elle déclara se porter à merveille. Et en effet jamais elle n'avait semblé plus à son avantage. Ses lèvres très rouges contrastaient avec la blancheur de sa peau.

— Prenez-vous des notes? demanda-t-elle.

— Oui : j'écrivais quelques lignes. Même, avec votre permission, je vais les compléter.

Et il s'arrêta. Elfride se tint près de lui, puis commença à s'agiter.

— Je voudrais bien connaître les secrets de ce carnet, jeta-t-elle gamine par-dessus l'épaule du jeune homme.

— Je doute que vous y trouviez de quoi vous intéresser.

— Est-ce le compte rendu de vos voyages, de vos dépenses; ou bien un livre de pensées?

— A dire vrai, ce n'est ni l'un ni l'autre. Il y a là des sujets d'articles sans lien entre eux.

— Des pensées en germe?

— Oui.

— Si elles restent intéressantes lorsquelles sont développées en articles, que doivent-elles être sous leur forme concentrée? L'esprit pur, pas encore abaissé à la compréhension populaire « des mots qui brûlent »!

— Non, je les comparerais plutôt au ballon pas

encore gonflé, C'est amorphe, flasque, mort. Vous n'y comprendriez rien.

— Oh! laissez-moi essayer, demanda-t-elle câline. J'ai écrit mon pauvre roman de cette façon. Je veux dire en petites notes, hors de la maison. Et j'aimerais voir si votre façon de composer se rapproche de la mienne.

— Voilà une requête bien embarrassante. Il m'est difficile de ne pas satisfaire une demande aussi directe, d'autre part...

— Vous me trouvez mal élevée, dites? Mais aussi, vous écrivez en ma présence, monsieur Knight. Si j'étais tombée sur votre livre par hasard, c'eût été différent. Mais vous vous plantez là devant moi en disant : « Permettez », sans vous soucier de ma réponse. Ensuite vous me déclarez que vos notes ne sont pas des pensées intimes, mais des résumés d'articles publics...

— Très bien, miss Swancourt. Que les conséquences de votre acte retombent sur votre tête. Souvenez-vous que vous lisez contre mon gré.

— Vous permettez alors?

— Oui.

Elle hésita un moment, considéra le livre en riant et murmura :

— Il faut que je l'ouvre.

Knight se dirigea vers la maison, la laissant feuilleter les pages. Devant la porte, il l'attendit.

Elfride avait fermé le livre et le tenait dédaigneusement entre le pouce et l'index. Elle le lui tendit en silence, les yeux fixés à terre.

— Prenez-le, dit-elle vivement. Je ne veux pas lire.

— Y avez-vous compris quelque chose?

— Ce que j'ai lu, oui. Mais je ne tiens pas à aller plus avant.

— Pourquoi, miss Swancourt?

— Je ne veux point, voilà tout.

— Je vous avais prévenue qu'il valait mieux vous abstenir.

— Oui, mais je ne pouvais soupçonner que vous parliez de moi.

— Votre nom n'est pas mentionné.

— Oh! mon nom, naturellement.

— Ni votre personne, ni rien qui vous puisse faire reconnaître.

— Excepté à moi-même. Qu'est ceci? fit-elle en ouvrant le livre à une certaine page. 7 août (c'est-à-dire avant-hier). Mais je ne veux point le lire. J'ai eu tort de vous demander ce carnet. Tant pis pour moi.

Knight ne se souvenait plus de ce qu'il avait écrit. Il feuilleta le carnet et s'arrêta sur ces lignes :

« 7 août. — Jeunes filles de seize ans. Conscience éveillée. Après une certaine période dans les limbes, le cerveau naît. Simple, jeune, inexpérimenté au premier abord. La conscience d'une personnalité se manifeste généralement chez ces jeunes personnes par des actes qu'on qualifie de « bluff ». La méthode adoptée varie selon le rang et la résidence. Les jeunes filles des villes prononceront quelques paradoxes moraux sur la légèreté des hommes et sur l'amour. Les petites miss de la campagne adopteront des moyens plus matériels. Elles se battront, siffleront ou vous glaceront le sang dans les veines en faisant mine de se casser le cou. (Mém. sur la tour d'Endelstow.)

« Une innocente fatuité sert naturellement de base à toute cette comédie, « regardez-moi » semblent dire ces jeunes débutantes en l'artifice féminin, sans réfléchir si oui ou non il est à leur avantage de tant montrer d'elles-mêmes. » (Développer et corriger pour les Arts sans l'Art.)

— Oui, je me souviens maintenant, dit Knight. Ces notes m'ont certainement été suggérées par

votre imprudence sur la tour. Mais il ne faut pas
attacher d'importance à des observations aussi dé-
cousues. Une simple pensée qui me traverse la tête
prend pour vous une importance définitive du fait
d'être écrite. Tout le monde pense des choses semblables des gens qu'on aime le mieux, mais comme
ces pensées ne sont point formulées, il reste sous-
entendu qu'elles n'ont jamais existé. Vous-même,
je le parierais, avez pensé des choses de moi qui,
écrites, eussent paru bien plus désagréables que
celle-ci. Est-ce que je me trompe?

— Vous voulez savoir ce que j'ai pensé de désagréable sur vous?

— Oui.

— Il vaut mieux pas.

— Si, dites.

— J'ai pensé que vous aviez le dos légèrement
rond.

Knight rougit imperceptiblement.

— Et qu'il y avait une petite tache chauve au
sommet de votre tête.

— Ha! Ha! Deux graves défauts, fit Knight dont
le rire sonnait faux. Pire que la vanité, j'imagine.

— Tout cela est bel et bon, fit-elle trop inexpérimentée pour saisir le sous-entendu, mais pourquoi
me traitez-vous en enfant? Je n'y comprends rien.
Je suis une femme maintenant. Quel âge me donnez-vous?

— Je ne sais. Dix-sept ans? Toutes les jeunes
filles ont cet âge-là.

— Vous vous trompez. J'en ai près de dix-neuf.
Quelles femmes préférez-vous, celles qui semblent
plus jeunes que leur âge, ou celles qui paraissent
plus âgées?

— A priori, je serai porté à préférer ces dernières.

Ce n'était pas le cas d'Elfride.

— Mais tout le monde sait, fit-elle vivement (et il

y avait quelque chose de touchant dans son anxiété),
que les natures les plus lentes à se développer sont
les plus riches. Les petits prodiges n'ont jamais
rien donné.

— Oui, fit Knight d'un air pensif. Il y a du vrai
dans votre remarque. Mais je vous rappellerai, au
risque de vous offenser, que vous considérez comme
acquis que la femme en retard sur son âge n'a
point atteint son complet développement. Or, il se
peut que cette lenteur soit due, non pas à un lent
développement, mais à l'incapacité de se développer
davantage.

Elfride parut désappointée. A ce moment, ils
arrivaient devant la maison.

Mrs. Swancourt, persuadée que les mariages se
décident surtout par des repas en tête-à-tête, avait
élaboré sous ce rapport tout un petit plan. Si bien
que les jeunes gens ne trouvèrent personne dans la
salle à manger. La vieille dame disparaissait par
une porte alors qu'ils entraient par l'autre.

Knight s'approcha de la cheminée, sur laquelle
il examina distraitement deux belles miniatures sur
ivoire.

— Bien que les traits de ces petites dames roses
soient rudimentaires, on ne peut s'empêcher d'admirer leur admirable chevelure.

— Oui, des beaux cheveux, voilà l'essentiel, fit
Elfride, peut-être consciente de la beauté des siens.

— C'est important, certainement.

— Quelle couleur préférez-vous? hasarda-t-elle.

— L'abondance importe plus que la couleur.

— Oui, mais à égalité quelle couleur choisiriez-
vous?

— Noir.

— Je veux dire pour les femmes, fit-elle légèrement décontenancée et dans l'espoir d'avoir mal
compris.

— Oui, aussi, répliqua Knight.

Or on ne pouvait se méprendre à la couleur des cheveux d'Elfride. Leur blond châtain vous frappait dès le premier regard.

Donc Knight faisait preuve d'indépendance en cette manière. Elfride en fut très mortifiée. Elle ne pouvait que s'incliner devant la franchise de ces opinions et le pire est que, plus elles lui étaient défavorables, plus elle les respectait.

Tel un joueur désespéré, elle hasarda son dernier et meilleur trésor : ses yeux.

— Quelle couleur d'yeux préférez-vous, monsieur Knight? demanda-t-elle lentement.

— Honnêtement et non en compliment?

— Cela va de soi. Je ne sollicite de compliment de personne.

Et cependant un mot d'approbation de cet homme lui eût paru plus précieux qu'une goutte d'eau dans le désert au voyageur altéré.

— Je les préfère noisette, fit-il d'un ton serein.

Elle avait joué et perdu.

XIX

« L'AMOUR VINT ENSUITE »

Knight ignorait ces légères familiarités de langage qui, par d'adroites flatteries, font oublier à une femme les opinions théoriques de son compagnon.

Aussi ni l'un ni l'autre ne reparlèrent yeux ni chevelure. Elfride, accablée du sentiment de sa nullité, gardait un malaise de leur entretien.

Toutes leurs dernières conversations tendaient doucement, mais sûrement, à la déprécier. Elle fit alors appel au souvenir de Stephen pour la réconforter. Mais Stephen n'était-il pas aveuglé par l'amour? Et tout jugement d'homme sain ne lui serait-il pas défavorable?

Pendant le reste de la semaine, ils ne se retrouvèrent plus seuls ensemble. Le soir, au lit, Elfride ressassait les mêmes pensées. Tantôt, elle s'affirmait qu'Henry Knight faisait preuve d'une dureté imméritée, tantôt elle convenait de la justesse de ses critiques avec désespoir.

« Ah! Quelle pauvre nullité je suis! soupirait-elle. Les gens qui, comme lui, connaissent le monde, ne se soucient guère de ce que je puis paraître ou penser. »

Lorsqu'un homme occupe l'esprit d'une femme à ce point-là, il se trouve à mi-chemin de son cœur.

— Partez-vous vraiment cette semaine? demanda Mrs. Swancourt le lendemain soir dimanche.

Ils escaladaient paresseusement la colline de

l'église où se célébrait exceptionnellement un dernier service, ce soir-là, avant la démolition des parties en ruine de l'édifice.

— J'ai l'intention de m'embarquer à Bristol pour Cork, répondit Knight, et de là gagner Dublin.

— Revenez par le même chemin et repassez quelques jours avec nous, dit le vicaire. C'est à peine si nous avons eu le temps de nous apercevoir de votre présence. Cela me rappelle une histoire qui...

Le pasteur s'arrêta court. Il oubliait qu'on était dimanche. Et il eût continué à bavarder comme d'habitude si le vent, n'ayant agité son surplis dans le rayon de sa vision, ne l'avait rappelé à l'ordre. Il changea donc le courant de sa narration avec la dextérité que nécessitait l'occasion.

— L'histoire du lévite qui se dirigea vers Bethléem et dont le texte servit dimanche dernier à mon sermon, reprit-il du ton d'un homme qui, loin d'avoir failli raconter quelques minutes auparavant une histoire profane, n'avait songé toutes ces dernières semaines qu'à de graves sujets dominicaux. Que gagna-t-il à son agitation? S'il fût demeuré dans la ville des Jébusites au lieu de se hâter vers Gibéah, aucun de ses malheurs ne fût arrivé.

— Mais il avait déjà perdu cinq jours, fit Knight feignant de ne point remarquer la pieuse diversion. La faute consista dans le retard et non dans le départ.

— Exact, exact, mon exemple ne vaut rien.

— Mais votre hospitalité qui me l'a valu me touche infiniment.

— Alors vous reviendrez? insista Mrs. Swancourt qui avait remarqué l'agitation d'Elfride, à l'annonce du prochain départ.

Le jeune homme promit presque. Mais l'incertitude suffit à lui donner aux yeux de la jeune fille un intérêt plein de regrets.

Le curé ayant officié déjà deux fois dans les

deux paroisses, M. Swancourt s'était chargé du service du soir. Knight fit la lecture sainte. Le soleil filtrait à travers le vitrail et auréolait le jeune homme d'une lueur fauve. Elfride, à l'orgue, le regardait avec une tristesse palpitante et avec la sensation d'être reléguée hors de sa sphère. Tandis qu'il lisait paisiblement le chapitre désigné, une portion de l'histoire d'Elijah et atteignait cette magnifique gradation du vent, de la terre et du feu, sa voix profonde planait si au-dessus d'elle, que, anéantie, elle le voyait devenir plus inaccessible encore que s'il eût été absent.

A un moment donné, comme elle détournait le visage pour admirer la gloire du soleil couchant, ses yeux s'arrêtèrent sur une femme assise dans la galerie de gauche. C'était la sombre et triste silhouette de la veuve Jethway qu'elle n'avait plus vue depuis le jour de son retour de Londres avec Stephen Smith. Possédant à peine de quoi vivre cette malheureuse passait sa vie entre le cimetière d'Endelstow et celui d'un petit village près de Southampton, où reposaient son père et sa mère.

On ne l'avait pas vue à l'église depuis un temps considérable. Sa présence, en ce lieu et à cette place, semblait préméditée. Du vitrail de la galerie elle pouvait contempler la tombe de son fils.

Les rayons du couchant éclairaient son visage. Elle se tourna à ce moment vers Elfride, avec une expression amère que la solennité du lieu imprégnait d'une dignité tragique. La jeune fille se détourna avec malaise.

Elfride pouvait accumuler plusieurs émotions jusqu'à ce qu'elle y donnât libre cours tout d'un coup. Un rien suffisait alors à faire déborder la coupe. Un poème, un coucher de soleil, un accord discordant, un pressentiment triste servait le plus souvent de prétexte.

Tandis qu'elle s'agenouillait vers la fin du ser-

vice, alors que les rayons couchants doraient la
nef, elle ne put s'empêcher de songer au poème
morbide de Coleridge, intitulé : *les Trois tombes*.
Frissonnant à la pensée que Mrs. Jethway la maudis-
sait peut-être, elle se mit à pleurer comme si son
cœur se brisait.

Ils sortirent de l'église juste comme le soleil
plongeait à l'horizon. Le paysage prit l'aspect morne
d'une plate-forme publique d'où l'orateur vient de
descendre. Les spectateurs n'avaient plus qu'à regagner leur maison. M. et Mrs. Swancourt partirent en voiture; Knight et Elfride préféraient marcher. C'est du moins ce qu'insinua cette sournoise
de Mrs. Swancourt.

Ils descendirent la colline côte à côte.

— J'ai beaucoup aimé votre lecture, monsieur
Knight, dit alors Elfride. Vous lisez beaucoup mieux
que papa.

— Je rends compliment pour compliment. Vous
jouez admirablement de l'harmonium, miss Swancourt, et très correctement.

— Correctement... oui.

— Ce doit être un grand plaisir pour vous, que
cette part active dans l'office.

— Je voudrais jouer avec plus de sentiment.
Mais j'ai peu de musique sacrée... ou profane d'ailleurs. Je voudrais tant avoir quelques partitions
de choix!

— Ce vœu de votre part me plaît. Peu de femmes
aiment réellement la musique. Je ne parle même pas
des femmes sans cervelle...

— Quelle ligne de séparation traceriez-vous entre
les femmes ayant de la cervelle et celles qui n'en
ont pas?

— Eh bien, dit Knight au bout d'un moment de
réflexion, je définirais les femmes sans cervelle
celles qui n'attachent pas d'importance aux belles
choses. Ecoutez cet exemple : un de mes amis s'in-

téressait vivement à une jeune fille. Autant dire qu'ils étaient fiancés. Elle semblait fort sentimentale. Il lui offrit le choix entre deux volumes de poésies qu'elle disait désirer follement. Il dit : « — Lequel dois-je vous envoyer? » Elle répondit : « — Si ça vous est égal je préférerais de beaucoup une paire de boucles d'oreilles d'un bijoutier de Bond Street. » Cette jeune fille me paraît vaniteuse et peu intéressante. Ne trouvez-vous pas?

— Oh si! fit Elfride avec effort.

Saisissant un regard incertain sur son visage, Knight fut pris de doutes.

— Vous, miss Swancourt, vous n'auriez point dans ce cas préféré les pendants?

— Non, oh non, je ne crois pas, balbutia-t-elle.

— Je vais vous poser une question, dit l'inflexible Knight. Que choisissez-vous entre deux objets d'égale valeur : d'une part, la musique de choix, partitions reliées et casier à musique en chêne; de l'autre, une paire des plus jolies boucles d'oreilles de Bond Street?

— La musique naturellement, répliqua Elfride avec un enthousiasme forcé.

— Vous en êtes bien sûre?

— Très sûre, balbutia-t-elle d'une voix défaillante; surtout si je pouvais avoir ensuite les pendants.

Knight, à tort évidemment, éprouvait un plaisir pervers à jouer ainsi de cette créature palpitante et mobile. Jeu légèrement cruel, étant donné la nature excitable et sensible de la jeune fille.

Il la regarda d'un air bizarre et dit :

— Fi donc!

— Pardon, fit-elle moitié souriante, moitié effrayée et en rougissant violemment.

— Ah! miss Elfride, pourquoi ne pas avoir avoué tout d'abord comme l'eût fait quelqu'un de franc : « Je suis aussi vaine qu'une femme sans cervelle, je choisirais les bijoux. »

— Je ne sais, fit Elfride piteusement et avec un sourire de détresse.

— Je vous croyais musicienne.

— Je croyais l'être! Mais ce choix est si pénible!

— Je ne comprends pas.

— Les partitions ne me serviraient de rien ou plutôt...

— C'est vous qui le dites, miss Swancourt!

— Vous ne comprenez pas! Vous ne comprenez pas!

— Et à quoi pourraient bien servir les bijoux?

— Non, non, non! fit-elle avec violence. Je n'ai pas voulu dire cela! Je préfère la musique, seulement j'aime...

— ... mieux les boucles d'oreilles; reconnaissez-le, fit-il taquin. A votre place, j'aurais le courage de ma franchise, sans prétendre à une élévation d'esprit dont je suis incapable.

Telle la cavalerie française, Elfride n'était pas forte sur la défensive. Et ce fut presque les larmes aux yeux qu'elle répondit :

— Je veux dire ceci : je préfère les pendants pour le moment, parce que j'ai perdu ma plus jolie paire l'année dernière. Papa ne veut plus m'en acheter, ni permettre que je m'en achète, prétextant mon désordre. Et je voudrais tant en ravoir! Voilà tout ce que je voulais dire, monsieur Knight, je vous le jure.

— Je crains de m'être montré dur et impoli, fit Knight avec regret en remarquant son agitation. Mais, sérieusement, si les femmes savaient combien ces bijoux les enlaidissent, elles n'en porteraient jamais.

— Les miens étaient si jolis et m'allaient si bien!

— Pas s'ils affectaient, comme ceux qu'on voit de nos jours, la forme d'écailles de poisson, de gibets d'or, de pendules compensateurs ou de palettes artistiques.

— Non, non, en rien. Voici leur forme, dit-elle avec animation.

Et de la pointe de son ombrelle, elle dessina les tristes disparues, à une échelle telle qu'elles eussent à grand'peine convenu à l'oreille d'une géante.

— Oui, très joli, très, fit Knight sèchement. Comment avez-vous perdu ces précieux bibelots?

— Je n'en ai perdu qu'un. Jamais on ne perd les deux du même coup.

Elfride fit cette remarque avec embarras et en faisant craquer nerveusement ses doigts. Si l'on se rappelle que la perte du bijou advint lors du premier baiser de Stephen Smith, sur le rocher, on ne s'étonnera pas de sa confusion.

Knight ne parut pas s'en apercevoir.

— Oh! Jamais deux à la fois! Je vois. Cette perte ôte toute vanité à votre choix.

— Je ne sais jamais si vous plaisantez ou non, fit-elle en regardant, d'un air de doute, la face barbue de son oracle.

Et venant courageusement à son propre secours, elle ajouta :

— Si je semble vaine c'est que je le suis seulement dans mes manières et non dans mon cœur. Les mauvaises femmes sont celles qui sont vaines dans leur cœur et non dans leurs manières.

— Distinction subtile. En effet, des deux, les dernières me semblent le plus blâmables.

— La vanité est-elle péché mortel ou bien véniel? Vous qui connaissez la vie, dites-moi.

— Je suis loin de connaître la vie. Une juste conception de l'existence est chose trop vaste pour qu'on puisse l'acquérir en la vivant.

— Est-ce que le fait d'aimer les bijoux pour une femme signifie que sa vie sera une faillite?

— Aucune vie n'est une faillite.

— Vous savez ce que je veux dire, bien que mes paroles soient mal choisies et banales, fit-elle impa-

tientée. Parce que je me sers de mots quelconques,
il ne s'ensuit pas que mes pensées le soient également-
ment. Mon pauvre bagage de mots peut se comparer
à un nombre limité de moules informes dans lesquels
il me faut fondre tous mes matériaux, bons ou
mauvais. Et la rareté ou la délicatesse de la subs-
tance se perd souvent dans la banalité de la forme.

— Très bien, je me contente de cette ingénieuse
définition. Quant au sujet en question, la vie du
premier venu peut être aussi romantique, aussi
étrange, qu'elle soit ou non une faillite pour finir.
La seule différence réside dans le dernier chapitre.
Si un homme de pouvoir essaye d'accomplir une
grande œuvre, et n'y réussit point par accident, sa
vie reste aussi intéressante jusqu'à l'échec que celle
d'un autre qui aura tenté les mêmes efforts et qui,
lui, aura réussi.

C'était l'heure trouble entre le coucher du soleil
et le lever de la lune. A l'Orient, les dernières lueurs
s'effaçaient sous les rayons de l'astre nocturne.

— Je considère en partie ma vie comme une faillite, fit Knight après une pause pendant laquelle il
observa le jeu des ombres et des rayons.

— Vous! Comment?

— Je ne saurais le dire. Mais je n'ai pas atteint
entièrement le but que je me proposais...

— Vraiment? Cette sensation d'incomplet doit
être plus triste que la faillite elle-même?

— Pas tout à fait. La clairvoyance est une sorte
de consolation. Mais je ne veux point vous attrister
par ces sombres pensées.

— Vous ne m'avez seulement pas dit si vous me
croyiez vraiment vaine?

— Si je dis oui, je vous offenserai. Si je dis non,
vous croirez que je parle contre mon sentiment, fit-
il en la dévisageant avec curiosité.

— Très bien, fit-elle avec un petit soupir de détresse. Bien fort celui qui démêlera votre véritable

pensée. Il faut vous prendre comme la Bible, j'imagine : essayer de comprendre ce qu'on peut et absorber le reste sur la foi. Après tout, croyez-moi vaine si cela vous plaît.

Pour se grandir dans l'esprit des gens, il faut tant de petitesses qu'une infirmité de plus ou de moins n'est guère à déplorer.

— Pour les femmes, je ne sais, fit Knight avec indifférence. Mais il est certainement regrettable pour les hommes de naître avec une noble nature. Une grande âme mène son homme au « workhouse ». Aussi avez-vous peut-être raison de cultiver la vanité.

— Non, non, ne dites pas cela; monsieur Knight, voudrez-vous bien m'envoyer vos écrits après votre départ? Je démêlerai alors peut-être votre vraie nature : du cynique que vous êtes ce soir ou de l'indulgent philosophe que vous paraissiez ces jours-ci?

— Ah oui! lequel? Vous le savez aussi bien que moi.

Leur conversation les retint devant la maison jusqu'à l'apparition des étoiles.

Elfride renversa la tête en arrière et murmura :

— Il y a une étoile brillante juste au-dessus de moi.

— Chacun voit une étoile brillante au-dessus de sa tête.

— Oui? C'est vrai. Où s'arrête celle-là?

— Elle se pose comme un faucon blanc sur une des îles du Cap Vert.

— Et celle-ci?

— Elle contemple la source du Nil.

— Et la solitaire, là-bas?

— Elle regarde le Pôle Nord. L'équateur lui sert d'horizon. Et celle-là, très bas au ciel, se trouve aux Indes, sur la tête d'un jeune ami à moi, qui admire peut-être cette étoile, à notre zénith, en s'imaginant qu'elle désigne la demeure de sa bien-aimée...

Elfride jeta sur Henry Knight un regard de crainte. Savait-il? Elle ne put distinguer ses traits. Non, il devait ignorer.

— L'étoile est sur ma tête, fit-elle d'un ton incertain.

— Ou sur celle d'une autre...

— Oui, je vois, fit-elle en poussant un soupir de soulagement.

— Les parents de mon ami habitent, je crois, ce pays. Mais lui est aux Indes, depuis quelques mois.

Knight se tut et Elfride fut sur le point de tout lui dire. Mais la chair est faible. Elle garda le silence.

La jeune fille éprouva comme un remords, mais elle n'aurait pu clairement définir de quelle déloyauté elle se sentait coupable.

XX

« L'AMOUR LOIN DE LA COLLINE »

Knight quitta Endelstow et s'embarqua à Cork.

Les jours d'absence superposés les uns aux autres finirent par lui peser sur le cœur.

Il poussa jusqu'aux lacs de Killarney, erra dans les bois luxuriants, admira l'infinie variété de l'île, ses coteaux et ses vallons verdoyants, écouta les échos merveilleux de ce lieu romantique, mais sa pensée restait ailleurs.

Tant qu'il s'était trouvé en compagnie d'Elfride, la présence enfantine de la jeune fille ne l'avait pas troublé. Il n'avait pas constaté que son entrée dans sa sphère eût en quoi que ce soit modifié son horizon. Mais maintenant qu'il ne la voyait plus, Knight éprouvait une réelle sensation de vide. Le superflu devenait l'indispensable : Knight était amoureux.

Stephen aima Elfride à première vue. Knight l'aima lorsqu'il cessa de la voir. Quand prit-il conscience de ce changement? Il n'aurait su le dire. Il se rappelait qu'en quittant Endelstow il n'avait éprouvé aucunement cette tristesse poignante et douce qui accompagne les séparations pénibles. Avait-il commencé à l'aimer lorsqu'il avait rencontré son regard sur la tour, après son évanouissement? Non, il l'avait jugée faible. L'avait-il aimée dans le jardin, à la lueur du soleil couchant? Il l'avait alors trouvée jolie, rien de plus. Etait-ce sa conversation qui l'avait séduit? Ses mots lui avaient paru ingénieux et amusants pour une jeune fille de son âge, mais sans plus. La partie d'échecs aurait-elle quelque chose à voir là dedans? Certainement non, il l'avait alors taxée de vanité.

Knight avait toujours cru que l'amour naît des regards incendiaires qu'on échange, de l'attouchement sympathique des doigts : que telle la flamme, on le voyait luire dès son apparition. Son expérience était en défaut. Jusqu'à ce qu'ils fussent séparés et qu'il magnifiât l'image d'Elfride dans son souvenir, on ne pouvait dire qu'il l'eût regardée attentivement.

Ayant récolté passivement dans sa mémoire des images d'elle sur lesquelles son imagination ne s'exerça qu'une fois l'original absent, il lui sembla être tombé amoureux de l'âme de la jeune fille.

Elle commença à s'imposer si impérieusement à lui, qu'accoutumé à s'analyser, il se prit à trembler devant les résultats possibles de l'introduction de cette force nouvelle dans les rouages si doucement agencés de sa vie ordinaire.

Il devint inquiet : puis oublia tout dans le plaisir de ne songer qu'à elle.

Il faut dire cependant que Knight aimait en philosophe plus qu'en romantique. Il revit l'attitude d'Elfride envers lui : simplicité côtoyant la coquetterie. Flirtait-elle? Rien ne permettait de le faire supposer. Ses manières restaient trop franches pour paraître suspectes. Aucune actrice de vingt ans, aucune jeune fille à ses premiers débuts n'eût pu jouer aussi au naturel le rôle d'ingénue qu'avait vécu Elfride. Elle usait d'ailleurs de petits artifices qui ne sont qu'une preuve nouvelle d'ingénuité.

Il y a de vieux garçons par nature et de vieux garçons par force. Knight rentrait plutôt dans la première catégorie. Qu'allait-il arriver?

Ce lui était une étrange sensation de songer à ses anciennes théories sur l'amour à la lueur de sa

nouvelle expérience. Combien plus ses phrases
signifiaient qu'il n'avait senti en les écrivant. Les
gens ne découvrent souvent la force d'une vieille
maxime que lorsque la vie les met à même d'en
vérifier la logique. Mais Knight ne connaissait point
le cas d'un homme qui eût appris la signification de
ses épigrammes par un procédé semblable.

Il avait toujours résolu d'être le premier dans
le cœur de la femme qu'il aimerait. Si jamais il
se mariait, pensait-il, ce serait avec la certitude
absolue qu'aucune vieille lettre oubliée dans un
tiroir, aucun salut à un étranger rencontré par
hasard et aucune rougeur suspecte ne viendraient le
troubler. Ces sentiments peut-être exagérés sont ceux
de tous les hommes de son âge qui aiment vraiment.

Quand les hommes aiment très jeunes, c'est avec
leur cœur. Plus âgés, ils voient leurs autres facultés
intervenir dans la passion. Knight restait encore
très jeune.

Il s'affirma la naïveté d'Elfride en amour, se
basant sur sa naïveté de manières. Incrédules les
plus crédules.

« C'est à peine, songea-t-il, si Elfride a regardé
un homme avant moi. »

Il ne pouvait se pardonner sa sévérité envers
elle au sujet de sa préférence pour les bijoux. Il
l'avait excusée une centaine de fois déjà, dans son
esprit. Il est si naturel aux femmes d'aimer les
ornements.

Si bien qu'au bout d'une semaine d'absence, —
il se trouvait alors à Dublin, — Knight résolut
d'abréger son voyage, de retourner à Endelstow et
de s'aventurer à mettre en pratique sa proposition
hypothétique du dimanche soir.

Néanmoins il fit appel à tous ses souvenirs pour
savoir s'il était correct ou non d'offrir un bijou
à une jeune fille avant de lui être fiancé. Il ne put

résoudre la question. Mais la veille de son départ,
il se mit en quête de la meilleure bijouterie et y
acheta une jolie paire de boucles d'oreilles.

Ce fut avec un sentiment de crainte étrange que,
rentré à l'hôtel et enfermé dans sa chambre, il
ouvrit l'écrin de maroquin et en sortit les fragiles
bijoux d'or.

L'écrivain connaissait beaucoup de choses mais
quantité d'autres lui restaient ignorées : les bijoux
entre autres. Aussi considérait-il ceux-ci avec l'admiration inquiète d'un enfant devant un jouet nouveau.

Soudain, il décida que le modèle choisi ne siérait
pas à la jeune fille. Il se précipita chez le bijoutier pour les changer. Après beaucoup d'hésitations,
étourdi au point de perdre tout goût artistique,
il se décida pour une autre paire qu'il emporta
sur-le-champ.

Il la garda jusqu'au soir. Mais alors, après l'avoir
contemplée une cinquantaine de fois, avec une inquiétude croissante, il décida que ce dernier choix
était pire que le premier et sentit qu'il ne pourrait fermer l'œil de la nuit avant d'avoir réparé
sa sottise. Très énervé, il retourna jusqu'à la porte
du bijoutier, eut honte de rentrer de nouveau et se
mit en quête d'une autre boutique. Là il acheta
une nouvelle paire de pendants à un prix exorbi-
tant, parce que seule la plus chère lui parut pouvoir convenir. Il demanda au bijoutier de vouloir
bien accepter l'autre paire en échange, et s'entendit
répondre qu'on ne pouvait prendre la marchandise
d'une maison rivale. Il paya et emporta les deux
paires. Dans la rue, il se demanda ce qu'il pourrait bien faire des boucles superflues. Il souhaita
presque les perdre ou qu'on les lui volât. Cependant en homme économe il sentait qu'il fallait les
revendre au plus tôt. Ce qu'il fit d'ailleurs pour
un morceau de pain.

Agité de sentiments contradictoires, l'ennui d'un jour perdu dans cette extraordinaire chasse à travers la ville, la grosse dépense, il éprouvait cependant une réelle satisfaction à songer que les bijoux de femmes n'avaient désormais plus de secrets pour lui et qu'il avait choisi en fin de compte de ravissants pendants d'oreilles.

Tout le reste du jour, il examina d'un œil de connaisseur les bijoux de toutes les femmes qu'il rencontra.

Le lendemain matin, Knight traversa le détroit Saint-George. Il se dirigea, non pas sur Londres par la route d'Holyhead, comme il l'avait tout d'abord projeté, mais sur Bristol. M. et Mrs. Swancourt ne l'avaient-ils pas invité à leur rendre visite à son retour ?

Devançons-le auprès d'Elfride.

La passion dominante des femmes, qui consiste à tenter de fasciner ceux qui leur sont supérieurs et à quêter leur admiration, ne pouvait manquer de naître chez Elfride. Mais elle lui avait donné libre cours sans but déterminé. Elle avait dès l'abord souhaité la bonne opinion de son ami. Rien de plus. Ce désir même n'avait rien de déloyal vis-à-vis de Stephen Smith. Comment eût-elle prévu les conséquences énormes d'un début aussi anodin ?

Les lettres de Stephen restaient forcément peu nombreuses. La fidélité d'Elfride s'accrochait à la dernière reçue, comme le naufragé à la bouée de sauvetage. La jeune fille se persuada qu'elle était heureuse des droits qu'avait acquis sur elle Stephen par leur fuite. Elle se leurrait par des phrases comme celles-ci : « Peut-être, si je ne m'étais point compromise, aurais-je pu aimer M. Knight. »

Tous ces sentiments lui firent paraître triste et terne la semaine qui s'écoula en l'absence d'Henry Knight. Elle se souvint alors de Stephen dans ses prières, et relut ses vieilles lettres qui lui parurent une médecine amère et non du nectar, comme elle essayait de se le persuader.

Les lettres de son fiancé témoignaient de plus en plus d'espoir. Chaque soir, lui disait-il, il avait l'impression, par son travail, de démolir une pierre du mur qui les séparait. Puis, il esquissait un tableau enchanteur du beau couple qu'ils feraient tous deux un jour. Les gens se retourneraient en murmurant : « Quel homme heureux! » Il ne fallait pas qu'Elfride s'attristât de leur folle équipée (la jeune fille à plusieurs reprises l'avait déplorée). Peu importait l'opinion défavorable de ceux qui viendraient à connaître l'incident, puisque lui, le principal intéressé, savait la pureté de ses sentiments. Il reprochait doucement à la jeune fille de lui avoir écrit de Londres, moins affectueusement que de coutume. A travers cette lettre, agitée de sentiments divers qui ne se rapportaient pas à lui, il n'avait pas bien retrouvé son amie.

La promesse d'Henry Knight, au sujet de son retour à Endelstow, avait été vague ainsi que son intention. Il ne s'engageait jamais inutilement. Aussi, le vicaire se montra-t-il surpris de le revoir si tôt. Mrs. Swancourt, plus avisée, ne s'en étonna pas.

Knight apprit, peu après son arrivée, que la famille projetait de passer la fin du mois à Saint-Léonards.

Il n'eut pas l'occasion, le premier soir, d'offrir à Elfride les bijoux qu'il avait eu tant de mal à se procurer.

Le lendemain matin, le soleil se montra, après une semaine de pluie, et on décida une excursion au Barwith Strand, rocher célèbre que ni Mistress Swancourt ni le jeune homme ne connaissaient. Knight flaira là une occasion romantique d'offrir son présent avant la fin de la journée.

La route serpentait à travers de vertes collines sur

lesquelles s'alignaient les haies d'aubépines comme des cordages sur un quai.

Des trouées révélaient la mer bleue, tachée de rochers gris ou d'une solitaire voile blanche.

Puis ils dégringolèrent une pente encaissée entre de hautes murailles de grès rouge qui étendaient jusqu'au milieu de la route leur ombre dentelée.

Une source d'eau fraîche jaillissait par endroits d'une crevasse, en murmurant sur les larges feuilles vertes, et s'écoulait au bas de la muraille en un petit ruisseau.

Ils escaladèrent la dernière colline, et la mer étincela à leurs yeux. Sur les bords, le bleu s'intensifiait. Les rochers se cerclaient d'une collerette blanche. A cette distance on ne l'entendait pas encore. Mais elle s'élevait et s'abaissait doucement comme une courtepointe soyeuse sur le corps d'un dormeur agité.

On eût trouvé bleue l'ombre qui embrumait les creux des collines pourpres si cette teinte n'eût semblé entièrement absorbée par l'étendue lumineuse.

On remisa la voiture dans une petite auberge voisine. Le cocher, aidé d'un garçon d'écurie, transporta le panier à provisions sur la plage.

Knight saisit l'occasion.

— Je n'ai pas oublié votre désir, commença-t-il dès qu'il se vit seul avec Elfride.

Elle le regarda sans comprendre.

— Et je vous ai apporté ceci, reprit-il en tirant gauchement de sa poche l'écrin qu'il ouvrit.

— Oh! monsieur Knight! fit Elfride confuse en s'empourprant. Je ne savais pas que vous parliez sérieusement. Je croyais à une simple supposition... Je n'en veux pas.

Une pensée fugitive traversa son esprit et donna à sa réponse plus de décision : le lendemain devait arriver une lettre de Stephen.

— Vous ne voulez point les accepter? demanda Knight moins maître de lui qu'auparavant.

— Je préfère pas. Elles sont très belles, trop belles, fit-elle en les guignant du coin de l'œil, telle Eve la pomme. Mais je ne puis les accepter et je vous prie de me pardonner, monsieur Knight.

— Je n'ai rien à vous pardonner, fit M. Knight saisi par le tour imprévu que prenaient les événements.

Un silence suivit. Knight gardait l'écrin ouvert, regardant piteusement les joyaux brillants. Il l'élevait et l'abaissait comme si, sentant son cadeau diminué par le refus d'Elfride, il tentait de l'admirer tout seul.

— Enfermez-les! Que je ne les vois plus! fit-elle en riant et d'un ton de regret et de supplication à la fois.

— Pourquoi, Elfride?

— Pas Elfride pour vous, monsieur Knight. Oh! parce que j'en ai si envie! J'ai tort, je le sens, de vous dire cela! Mais j'ai une raison pour ne point les accepter... maintenant.

Voulant sous-entendre un refus définitif, elle retint le dernier mot un moment; mais il lui échappa cependant et détruisit tout l'effet négatif de sa phrase.

— Vous les prendrez un jour.

— Je ne veux pas.

— Pourquoi cela, Elfride Swancourt?

— Parce que je ne veux pas.

— Voilà qui m'ouvre des horizons sinistres, dit Knight. Du moment que les boucles vous plaisent, c'est qu'il vous déplaît de les tenir de moi.

— Non, ce n'est pas cela.

— Quoi alors, vous ne m'aimez pas?

Elfride rougit davantage et regarda au loin.

— Je vous aime bien, murmura-t-elle enfin doucement.

— Pas beaucoup?

— Vous êtes si dur avec moi. Comment le pourrais-je? répondit-elle évasivement.

— Je vous fais l'effet d'un vieux rabat-joie, j'imagine?

— Non, si... je ne sais. Allons retrouver papa, fit Elfride très agitée.

— Je vais vous dire la raison qui m'a porté à vous faire ce présent, fit Knight avec calme, afin de persuader à la jeune fille que ses sentiments restaient ceux d'un ami et non ce qu'ils étaient en réalité : ceux d'un amoureux. Voyez-vous je ne pouvais faire moins, la simple politesse l'exigeait.

Elfride parut saisie de la logique de ce raisonnement.

Knight reprit en fermant l'écrin :

— Je voulais effacer, comme n'importe qui l'eût fait à ma place, ce que mes paroles avaient pu avoir de blessant et j'ai donné à mes excuses une forme palpable.

Elfride fut déçue, elle n'aurait su dire pourquoi, de cette explication. Elle songea avec regret qu'un tiers eût pu l'entendre sans sourire. Si elle avait pu deviner que Knight lui offrait ce séduisant cadeau dans cette intention, elle l'eût certes accepté. Et le plus vexant est qu'il avait peut-être soupçonné son incertitude.

Mrs. Swancourt les rejoignit alors, pour étendre auprès d'eux la nappe sur un rocher plat. Les jeunes gens se turent. Knight interpréta le refus d'Elfride comme une preuve de timidité. L'explication le satisfit. S'il avait pu deviner que, seule, une fidélité agonisante luttant contre l'amour nouveau retardait sa victoire, il eût perdu sans doute jusqu'au désir de la conquête.

Néanmoins une contrainte s'empara des deux jeunes gens pour tout le reste du jour. L'après-midi coula doucement. Du haut d'un rocher, ils virent la mer recouvrir peu à peu leur table de pierre. La

vague emporta leurs croûtes de pain et leurs éplu-
chures de fruits. Le vicaire tira une leçon de morale de ce spectacle. Knight lui donna la réplique.

Puis les flots se mirent à gronder furieusement et
une brusque averse les força à s'abriter dans une
grotte de la falaise. On attela ensuite et ils prirent
le chemin du retour.

Ils n'avaient pas escaladé la colline que le ciel
s'éclaircissait. Les rayons de soleil firent luire la
route mouillée. Les rivières creusées par les roues,
canaux lilliputiens, étincelaient comme des barres
d'or fondu. Mais ils s'éloignèrent et la nuit s'étendit
sur la mer.

La soirée était fraîche et il n'y avait pas de lune.
Knight s'assit près d'Elfride et, lorsque l'ombre rendit douteuse la position exacte des gens, il se rapprocha davantage. La jeune fille se recula.

— J'espère que vous ne me chicanez point ma
place? murmura-t-il.

— Nullement.

Tous deux se laissèrent alors bercer par des
songes agréables. C'est ainsi qu'ils atteignirent le
presbytère.

Cette petite expérience parut exquise à Knight.
Alors commençait pour lui cette époque charmante,
remplie de simples riens, qui se répète si rarement
dans la vie d'un homme et à laquelle il resonge toujours avec une tendresse particulière. Il n'est pas
encore profondément amoureux, et il se sent bercé
de l'agréable certitude qu'il peut jouir de la moindre
chose avec une joie d'enfant.

Tout amusait Knight ce jour-là, jusqu'au petit
sermon que le vicaire avait cru devoir prêcher en
présence d'un homme aussi intelligent que Knight.
Non seulement la présence d'Elfride lui rendait tolé-
rable ce genre de conversation, mais encore lui permettait d'y prendre plaisir.

Elfride trouva, ce soir-là, dans sa chambre, un

petit paquet sur sa table de toilette. Elle le dépouilla de son papier de soie avec des mains tremblantes. Oui, c'était l'écrin de maroquin et les deux joyaux qu'elle avait refusés dans la journée.

Elfride les mit à ses oreilles, s'admira dans la glace, rougit et les retira. Ils remplirent ses rêves toute la nuit. Jamais elle n'avait rien vu d'aussi joli, mais jamais aussi elle n'avait senti avec plus de force qu'en toute honnêteté elle se devait de les refuser.

Le lendemain matin lui apparut comme un spectre. C'était le jour de la lettre de Stephen et il lui fallait aller au-devant du facteur, pour accomplir en cachette un acte qu'elle n'avait jamais aimé, afin d'atteindre le but qu'elle cessait maintenant de désirer.

Elle y alla cependant. Il y avait deux lettres.

L'une de la banque de Saint-Launce, dans laquelle elle avait un petit compte. On lui adressait sans doute ses intérêts. Elle la mit dans sa poche et monta dans sa chambre pour lire à loisir la lettre de Stephen. Qu'allait-il lui dire? Elle déchira l'enveloppe en tremblant.

Stephen l'avertissait de se rendre à la banque de Saint-Launce qui avait ordre de lui payer la somme de cinq mille francs. Il n'y avait ni chèque, ni mandat. Elle ouvrit alors l'autre enveloppe et y trouva un reçu pour la somme de cinq mille francs qu'on venait d'ajouter à son compte.

« Ce sont mes économies d'une année, disait Stephen, et quel meilleur emploi puis-je en faire que de vous les donner? J'ai largement de quoi vivre pour ma part. Dans le cas où vous ne voudriez pas laisser dormir cet argent à la banque, donnez-le à votre père qui en fera un placement sûr. Considérez cette somme comme un petit présent de votre futur mari. Votre père sentira maintenant, j'espère, Elfride, que mes prétentions à votre main sont autre chose que les rêves d'un gamin et méritent considération. »

Avec une délicatesse naturelle, Elfride, en faisant allusion au mariage de son père, n'avait point parlé des ressources pécuniaires de la dame.

Abandonnant les questions d'affaires, Stephen reprenait avec un enthousiasme d'enfant :

« Vous rappelez-vous, chérie, le matin qui suivit mon arrivée chez vous? Votre père lut après la prière le miracle du paralytique auquel le Christ ordonne de se lever et de marcher. Eh bien, hier, un Oriental accomplit ce miracle. J'ai songé alors à notre première entrevue... Un jour, j'ai acheté de petites idoles pour vous les envoyer à titre de curiosité, mais ayant découvert par la suite qu'elles avaient été fabriquées en Angleterre et maquillées pour les besoins de la cause, je les ai rejetées avec dégoût.

« Cela me rappelle que nous sommes forcés de faire venir d'Angleterre toutes les charpentes de nos bâtiments. C'est effrayant, le travail préparatoire qui précède ici la construction d'une maison. Avant de commencer, il nous faut commander chaque colonne, chaque serrure, gond et vis dont nous aurons besoin. M. L... dit qu'il lui faudra envoyer prochainement quelqu'un en Angleterre pour surveiller un énorme envoi de matériaux de construction. Si ce pouvait être moi! »

Elfride avait devant elle le reçu des cinq mille francs et d'autre part le joli cadeau de Knigth. Elle se sentit glacée; puis ses joues s'empourprèrent. Si, en déchirant ce morceau de papier, elle avait pu anéantir le don, elle eût volontiers sacrifié l'argent qu'il représentait. Elle ne savait que faire. Elle redoutait presque de laisser les deux objets l'un près de l'autre : les intérêts qu'ils personnifiaient s'opposaient tellement qu'une violente répulsion pour l'un devait forcément résulter du voisinage de l'autre.

On vit peu Elfride le lendemain. Elle avait pris une résolution et agissait en conséquence.

Elle referma l'écrin, l'enveloppa avec une larme de regret et le déposa sur la table à écrire dans la chambre de Knight. Elle écrivit alors à Stephen qu'elle n'avait pris encore aucune résolution au sujet de l'argent, mais se déclarait prête à tenir sa promesse et à l'épouser.

Une fois la lettre terminée, elle retarda le moment de l'expédier, tout en sentant bien qu'il faudrait en venir là.

Plusieurs jours passèrent. Une nouvelle lettre des Indes arriva. N'étant point prévenue, Elfride ne put la dérober aux yeux de son père. Mais il ne fit aucune remarque. Pourquoi? Elle n'aurait su le dire.

Cette fois, les nouvelles l'accablèrent. Stephen, comme il l'espérait, venait en Angleterre surveiller la vaste commande de matériaux à laquelle il faisait précédemment allusion. Trois mois de congé! Il suivrait sa lettre d'une semaine. Sitôt arrivé, il viendrait demander officiellement la main d'Elfride à M. Swancourt. Plusieurs pages exprimaient la joie de la réunion prochaine.

Il chargeait, disait-il, la Compagnie maritime de prévenir Elfride de l'arrivée du bateau qui le ramènerait en Angleterre. Elle devait avoir hâte d'être fixée.

Elfride vécut alors dans un rêve. Knight, au début, se fâcha de son refus persistant et du ton avec lequel elle refusait son présent. Mais bientôt l'air triste et déprimé de la jeune fille changea son mécontentement en perplexité.

Au lieu de rester de longs moments avec elle dans la maison, il partit faire des excursions archéologiques et géologiques dans les environs. Il songea à quitter Endelstow, mais ne put s'y résoudre. Usant de son privilège d'ami, il allait et venait à son gré.

— Je ne resterai pas un jour de plus si ma présence vous est odieuse, dit-il un après-midi à la jeune fille. Au début vous vous plaigniez de ma dureté et maintenant que je suis gentil vous vous montrez méchante envers moi.

— Non, non, ne dites pas cela!

L'origine de leurs relations rendait leur attitude particulière et nullement conventionnelle. S'ils ressentaient des divergences d'opinions, ils les formulaient franchement, tandis qu'ils se montraient réticents dès qu'il s'agissait d'exprimer leur tendresse.

— J'ai bien envie de m'en aller, et de vous débarrasser de moi, une fois pour toutes, reprit Knight.

Elle ne répondit pas, mais un regard éloquent de ses pauvres yeux cernés lui reprocha sa dureté.

— Ma présence ne vous déplaît pas, alors? demanda-t-il doucement.

— Non, dit-elle.

La fidélité à l'amour défunt et l'ivresse de l'amour nouveau se livraient combat. La vérité l'emportait.

— Alors je resterai encore quelques jours, dit Knight.

— Ne vous fâchez pas si je demeure souvent seule? Peut-être se passera-t-il du nouveau d'ici peu et aurai-je quelque chose à vous dire.

« Simple timidité », songea Knight et il s'éloigna le cœur allégé.

Pour savoir lire l'énigme vivante qu'est souvent la femme, il faut un instinct inné, apanage d'esprits moins francs et moins honnêtes que celui de Knight.

Le lendemain soir, vers cinq heures, avant que le jeune avocat ne rentrât de son pèlerinage à la mer, un homme se dirigea vers la maison.

C'était un express de Camelton, petite localité voisine de quelques milles, jusqu'où venait le chemin de fer en été.

— Un télégramme pour miss Swancourt et trois shillings six pence à payer pour l'express.

Miss Swancourt donna l'argent, signa le papier et déchira le pointillé d'une main tremblante.

« Johnson-Liverpool, à miss Swancourt, Endelstow, près Castle Boterel :

« *Amaryllis* signalé à Holyhead : quatre heures. On pense qu'il entrera dans le port de Canning demain matin, dix heures. »

Le vicaire fit appeler sa fille dans son cabinet de travail.

— Qui vous envoie cette dépêche? Elfride, demanda-t-il soupçonneux.

— Johnson.

— Qui est Johnson? pour l'amour de Dieu!

— Je ne sais pas.

— Qui diable le saura si ce n'est vous?

— Je n'ai jamais entendu parler de lui jusqu'à ce jour.

— Etrange, ne trouvez-vous point?

— Je ne sais.

— Voyons de qui est ce télégramme?

— Voulez-vous vraiment le savoir?

— Naturellement.

— Je suis une femme maintenant, vous l'oubliez.

— Et après?

— J'ai le droit d'avoir des secrets.

— Et vous en avez, à ce qu'il paraît?

— Comme toutes les femmes.

— Elles ne savent point les garder. Parlez!

— Je vous en supplie, père, ne me tourmentez pas ainsi. Je vous donne ma parole de tout vous dire avant la fin de la semaine.

— Sur votre honneur?

— Sur mon honneur!

— Très bien. J'ai des soupçons, vous savez, et je ne serais pas fâché de les voir démentir. Je n'ai guère aimé votre attitude ces derniers temps.

— A la fin de la semaine, papa, je vous le promets.

M. Swancourt ne répliqua pas et Elfride quitta la pièce.

Alors commença l'attente du facteur. A trois matins de là, elle reçut une lettre de Stephen, estampillée d'Angleterre. Ecrite en hâte, elle ne contenait rien de marquant. Il avait exécuté sa commission à Liverpool et arriverait chez ses parents le soir du même jour, vers cinq ou six heures.

Dès la tombée de la nuit, il gagnerait Endelstow. Elle le rejoindrait, comme autrefois, sous le porche de l'église. Il ne croyait pas devoir se présenter officiellement au presbytère si tard dans la soirée. D'autre part, il ne pourrait songer à dormir avant de l'avoir revue. Les minutes lui sembleraient des heures tant qu'il ne l'aurait pas serrée dans ses bras.

Elfride se persuada qu'elle se devait d'obéir à l'appel de son fiancé. Son ardent désir d'éviter Stephen l'ancra dans cette résolution. Comme tous les êtres épris d'idéal, elle croyait que de deux alternatives, il lui fallait choisir celle qui lui coûtait le plus. Elle se connaissait si bien ce défaut qu'elle l'exagérait encore.

Toute la journée elle médita sur son devoir. Elle lut l'ode élevée mais déprimante de Wordworth sur cette inflexible déité. Elle s'affirma la nécessité de s'y soumettre tout en se berçant de désirs totalement opposés.

Puis elle commença à prendre une sorte de mélancolique plaisir à s'immoler en sacrifice à l'homme qu'elle considérait comme son seul mari possible.

Elle irait au rendez-vous et ferait tout ce qui dépendrait d'elle pour hâter le mariage.

De crainte de faillir, elle se hâta d'envoyer au cottage des Smith, pour Stephen, un mot fixant l'heure de la rencontre.

XXI

« SUR TES FROIDS ROCHERS, O MER! »

Stephen devait venir de Bristol par le petit steamer de Castle-Boterel, afin d'éviter le monotone
voyage à travers les landes de Saint-Launce à Endelstow. Il ignorait qu'on eût prolongé la voie ferrée
jusqu'à Camelton.

Dans l'après-midi, Elfride songea que, des rochers
du rivage, on pourrait apercevoir le steamer quelques heures avant son arrivée. Elle résolut de se
montrer héroïque. Une force religieuse la soutenait.
Elle gagnerait le cap le plus avancé et guetterait le
bateau qui ramenait son futur mari.

C'était une journée orageuse. Le ciel noir attris-
tait généralement Elfride. Aussi tâchait-elle d'imaginer, en ces occasions, le bleu somptueux du ciel
de l'autre côté des nuages : sans résultat pratique
d'ailleurs. Mais cette fois-ci son âme s'harmoni-
sait avec cette grisaille.

Elle escalada la colline et sur le plateau longea
le petit ruisseau qui lui servait de guide jusqu'à la
côte. C'était un simple filet d'eau. Des arbustes s'alignaient tout au long, et un tapis vert tendre mate-
lassait le fond de son lit. En hiver, l'eau débordait;
en été, comme maintenant, elle creusait un tout petit
canal dans le fond.

Elfride sentit un regard se poser sur elle. Se
retournant, elle aperçut M. Knight. Il descendait le

flanc de la colline. Elle tressaillit de plaisir et se reprocha ce mouvement de joie.

— Comment, vous, dans cette solitude? fit-il.

— Je vais à la plage en longeant le ruisseau. Il retombe un peu plus bas en une cascade argentée.

— Pourquoi vous chargez-vous de cet énorme télescope?

— Pour regarder la mer, dit-elle d'une voix faible.

— Je vais vous le porter. (Elle le lui abandonna sans résistance). La mer est à un mille à peine, on l'aperçoit d'ici.

Et il désignait une mince bande d'un gris sale à l'horizon.

Elfride embrassa l'océan du regard : rien en vue. Ils s'avancèrent côte à côte, tantôt séparés par le ruisseau, tantôt proches à se toucher. Le tapis vert devenait marécageux. Ils durent grimper un peu plus haut.

L'une des deux montagnes s'affaissait jusqu'à l'aplatissement complet. L'autre, à leur droite, s'élevait de plus en plus haut, et culminait en un plateau aplani qui dessinait sur le ciel une ligne rigide.

De l'endroit où ils se trouvaient la vallée demeurait invisible. Seul le ciel à l'infini. Et au-dessous d'eux, au loin, la surface ridée de l'Océan. C'est là que le petit ruisseau trouvait sa mort. Bondissant dans le précipice, il se dispersait en écume avant d'être seulement à mi-hauteur.

— Que regardez-vous? interrogea Knight en suivant la direction de son regard.

Elle fixait un petit point noir qui traînait derrière lui un léger voile de fumée.

— Le *Puffin*, le petit vapeur de service entre Bristol et Castle-Boterel. Voulez-vous me donner le télescope?

Knight ouvrit le vieux mais puissant instrument et le lui tendit.

— Je ne puis le tenir.

— Posez-le sur mon épaule.

— C'est trop haut.

— Sous mon bras.

— Trop bas. Regardez plutôt, murmura-t-elle.

Knight ajusta les verres à ses yeux et les promena sur l'Océan jusqu'à ce que le steamer entrât dans le champ de sa vision.

— Oui, c'est le *Puffin*, une coquille de noix. Je le vois distinctement. Il a la silhouette d'un oiseau, dont le bec serait aussi grand que la tête.

— Distinguez-vous le pont?

— Attendez! Oui... assez bien. Et j'aperçois les points noirs des passagers sur sa surface blanche. L'un d'eux emprunte quelque chose à son voisin; une lorgnette, on dirait... oui, je ne me trompe pas... Et il regarde de notre côté... Nos silhouettes doivent s'enlever sur le ciel... On dirait qu'il pleut sur eux... Ils ouvrent leurs parapluies et enfilent leurs manteaux... Les voilà qui disparaissent... tous, excepté l'homme à la lorgnette... Il a une tournure élégante et élancée.

Elfride devint pâle et agita nerveusement ses petits pieds. Knight abaissa le télescope.

— Il vaut mieux rentrer, je crois. Le nuage qui fond sur eux nous rattrapera vite. Mais vous semblez souffrante? Pourquoi cela?

— L'air de la mer me tire les traits.

— Elles sont bien ennuyeuses ces joues, fit Knight tendrement. Normalement, cet air devrait les rosir.

Elfride reprenait couleur.

— Après tout, la vue, derrière nous, est aussi belle, dit Knight.

Elle tourna le dos au steamer et à Stephen Smith et contempla la haute montagne qui s'élevait presque verticale sur la droite en une haute muraille qui s'incurvait légèrement sur la gauche.

Cette colline, une vaste stratification d'ardoises grises, affectait une teinte uniforme.

Il en est des montagnes comme des individus. Elles exercent une influence qui n'est pas toujours en proportion de leur taille. Un petit rocher peut vous impressionner parfois plus qu'une grande montagne. Tout dépend de son aspect.

— Je ne puis supporter la vue de cette falaise, dit Elfride; son horrible personnalité me fait frissonner. Allons-nous-en.

— Vous sentez-vous capable de grimper? demanda Knight. Nous pourrions escalader, par ce sentier, le sommet de ce sinistre personnage.

— Mettez-moi à l'épreuve, fit Elfride avec décision. J'ai gravi des pentes bien plus escarpées que celle-là.

— Prenez mon bras, miss Swancourt, dit Knight.

— Merci; je marcherai mieux sans votre aide.

A mi-chemin, Elfride s'arrêta pour reprendre haleine. Knight lui tendit la main. Elle l'accepta et ils grimpèrent ensemble jusqu'au faîte. Là, d'un commun accord, ils s'assirent.

— Seigneur! Quelle altitude, fit Knight haletant.

La cascade en bas semblait pouvoir tenir dans le creux de la main. Elfride regarda vers la gauche. Le steamer s'apercevait maintenant distinctement.

— Au-dessous de nous, dit le jeune homme, c'est le vide. Il y a là une masse mouvante cependant. Le vent frappe la surface du roc et rebondit comme un jet d'eau bien au-dessus de nos têtes, en formant une sorte de cascade d'air intervertie, aussi parfaite que les chutes du Niagara. Elle s'élève au lieu de tomber, voilà tout.

Knight jeta une pierre par-dessus bord. Celle-ci tournoya dans l'air comme un oiseau, rebroussa chemin et vint retomber sur la falaise. Cependant autour d'eux régnait un calme absolu.

— Un bateau peut traverser le Niagara juste au

pied de ses chutes. L'eau y est calme. Nous sommes exactement dans la même position par rapport à la cataracte atmosphérique. Derrière la falaise, à moins de cinquante mètres, nous sentirions le vent. Je parierais qu'il y a un petit courant d'air derrière ce remblai.

Et il se pencha. Aussitôt, son chapeau, arraché de sa tête, descendit la pente vers la mer.

— Voilà le tourbillon dont je vous parlais, cria-t-il.

Et enjambant le remblai, Knight se lança à la poursuite du fugitif.

Elfride attendit une minute; son compagnon ne revint pas. Puis une autre et encore une autre sans qu'il reparût.

Quelques gouttes se mirent à tomber, puis le nuage creva. Elle se leva et se pencha à son tour par-dessus le remblai. De l'autre côté s'étendaient deux ou trois mètres de terrain plat, puis une légère pente douce et enfin une ligne nette indiquant le bord de l'abîme.

Sur la pente, elle aperçut Knight, son chapeau à la main. Agenouillé, il s'efforçait des pieds et des mains de regagner le terrain plat. La pluie, en détrempant la surface schisteuse du plan incliné, l'avait rendue très glissante.

— J'ai du mal à remonter, dit-il.

Elfride sentit, dans sa poitrine, son cœur devenir lourd comme du plomb.

— Mais vous pouvez revenir? demanda-t-elle affolée.

Knight s'y efforça pendant quelques minutes de son mieux. Des gouttes de sueurs perlaient à ses tempes.

— Non, je ne puis, fit-il.

Par un effort de volonté, Elfride écarta de son esprit l'idée que Knight pût être en péril. Il fallait lui venir en aide. Elle s'aventura sur la pente traîtresse en s'étayant sur le télescope. Avant qu'il l'eût aperçue, elle lui tendait la main.

— Oh! Elfride! Quelle imprudence!

Et en effet, tandis qu'il essayait de la soutenir, ils glissèrent tous deux un peu plus bas. Là le pied du jeune homme rencontra un bloc de quartz qui formait tasseau au bord du précipice.

Affermi par ce support, il put la retenir. La tête d'Elfride arrivait maintenant à hauteur de la pente. Elle lâcha le télescope qui disparut dans le vide.

— Tenez-vous bien à moi, dit-il.

Elle noua ses bras autour de son cou d'une forte étreinte.

— N'ayez pas peur, reprit-il, tant que ce bloc ne cède pas, nous sommes saufs. Laissez-moi réfléchir.

Il sonda le gouffre : un regard lui suffit. Il pâlit. Si, avec une précision d'automates, ils ne regrimpaient pas la pente, c'était la chute foudroyante, la mort certaine.

Knight reprit haleine, leur dernier effort l'avait épuisé. Cette façade naturelle mesurait, il l'avait entendu dire, deux cent quinze mètres de haut environ.

— Ce bloc de quartz affleure juste le bord de la falaise, dit Knight absorbé dans sa sombre méditation. Vous allez grimper le long de mon dos, puis vous poserez vos pieds sur mes épaules. Une fois là, vous pourrez, je crois, gagner le terrain plat.

— Que ferez-vous?

— J'attendrai que vous alliez chercher du secours.

— C'est ce que j'aurais dû faire tout d'abord.

— Pas du tout! Je glissais et, sans votre poids ajouté au mien, je n'aurais pas trouvé ce point d'appui. Mais ne parlons plus. Courage, Elfride, grimpez!

Elle se mit en mesure d'obéir.

— Voilà l'instant que j'avais prévu sur la tour! Je savais qu'il viendrait!

— Ce n'est point le moment de songer à ces superstitions.

— Je les oublie, fit-elle humblement.

— Maintenant, posez votre pied dans ma main... puis l'autre... C'est cela... Tenez-vous à mon épaule... Pouvez-vous grimper, maintenant?

— Je crains que non, je vais essayer.

— Que voyez-vous?

— Je vois la prairie en pente.

— Et quoi d'autre?

— La bruyère rose et l'herbe grise.

— Pas d'être humain?

— Pas un.

— Soulevez-vous un peu. Voyez-vous cette touffe d'œillets sauvages? Saisissez-la. Sur mon épaule, maintenant. Pouvez-vous atteindre le sommet, cette fois?

Tremblante, elle obéit. Le calme surhumain de Knight lui inspirait un courage extraordinaire. De son épaule, elle sauta sur la falaise. Puis elle se tourna vers lui.

Par malheur, en sautant, elle avait ébranlé le bloc de quartz qui, mal scellé dans cette terre glaise amollie par la pluie, commença à glisser.

Knight saisit dans chaque main une touffe d'œillets sauvages. Il était temps : le bloc détaché roulait dans le gouffre.

L'une des touffes d'œillets céda et Knight commença à suivre le bloc de quartz. Ce fut une seconde terrible. Elfride poussa un cri bas et déchirant et se couvrit le visage de ses deux mains.

Glissant avec lenteur, Knight saisissait au passage toutes les touffes d'herbe qui retardaient un moment sa descente. Un petit arbuste le retint. C'était un moment de répit. Malgré sa situation tragique, Knight se félicita de voir Elfride sauve.

Elle se pencha.

— Je cours chercher de l'aide, dit-elle, puisque

vous êtes sauf. Sinon, je serais morte. Oh! Pourquoi avez-vous voulu me sauver?

Et elle fit quelques pas en courant.

— Elfride combien de temps vous faudra-t-il pour aller jusqu'à Endelstow et pour en revenir?

— Trois quarts d'heure.

— Impossible! Je ne peux me maintenir plus de dix minutes. Personne en vue?...

— Personne, à moins que le hasard...

— N'y a-t-il point un bâton, une branche?...

Elle regarda autour d'elle. Rien si ce n'est à l'infini la bruyère rose et l'herbe grise.

Une minute, plus peut-être, s'écoula. Soudain le visage d'Elfride perdit son expression d'horreur. Elle disparut derrière le talus. Knight se sentit oppressé par la solitude.

XXII

Sinistre, la falaise noire se dressait inexorable.
Knight, agrippé à l'arbuste, se cramponnait à la vie
avec la force du désespoir. Il se sentit sombrer
dans la nuit des temps. Plus de végétation, plus
d'insecte. A peine, là-haut, quelques lichens pauvres,
quelques herbes rares. En bas, les profondeurs
sombres. Où pouvait bien être passée Elfride? Ses
chances de salut diminuaient de minute en minute.

Une corde? Oui, une corde eût pu le sauver! Où
en trouverait-elle? Pas d'habitation dans le voisinage. Le désert! A peine si à de rares intervalles
un berger amenait ses troupeaux paître ces prés
maigres.

Au premier abord, la mort lui parut improbable :
il ne l'avait jamais vue de si près. Il ne pensa point
au passé, comme il arrive souvent aux condamnés
pas plus d'ailleurs qu'à l'avenir. Seul, le présent le
requit.

Par un de ces hasards fréquents par lesquels le
monde inanimé semble vouloir, aux moments où
l'âme erre en suspens, fixer l'esprit de l'homme,
saillait à hauteur des yeux de Knight un fossile à
moitié enfoui.

Cet animal avait des yeux, et ces yeux morts et
minéralisés le regardaient. C'était un de ces crus-
tacés de la période primaire appelé trilobite. Séparés par des millions d'années, Knight et l'invertébré

semblaient communier dans la mort. Comme lui, cet animal avait vécu. Comme lui, il avait lutté pour la vie. Il représentait le plus bas type de l'intelligence et cependant lui, Knight, ne vaudrait guère mieux après sa mort.

Knight aimait la géologie; et telle est l'emprise de l'habitude, qu'à cet instant tragique il embrassa d'un coup d'œil les époques qui séparaient l'existence de ce crustacé de la sienne.

Le présent s'abolit. Il se vit au début des âges. Des hommes sauvages, couverts de peaux de bêtes, armés de pieux pointus et de massues formidables, surgissent du roc. Ils habitent les cavernes, les bois et les huttes de terre. Plus loin dans le désert, veillent de gigantesques éléphants, le mastodonte, l'hippopotame, le tapir, les antilopes gigantesques, le mégatérium et le mylédon. Perchés dans les arbres, d'énormes oiseaux. Le sinistre crocodile, l'alligator baroque et le lézard géant peuplent les rivières.

Ce mirage mit moins d'une minute à traverser la rétine de Knight. Le présent le reprenait déjà. Allait-il mourir?

L'image d'Elfride, seule au monde, sans Knight pour l'adorer, lui cingla le cœur d'un coup de fouet. Quelle folie d'espérer... La mort lui parut plus proche.

Il s'agrippa instinctivement au roc. La pluie redoublait, lui infligeant de nouvelles tortures. Chaque goutte le transperçait comme d'une flèche. Ses mains commençaient à faiblir.

« Elle ne reviendra jamais. Voilà plus de dix minutes qu'elle est partie, murmura-t-il. »

En réalité trois minutes à peine venaient de s'écouler.

« Dans combien de temps mourrai-je? songea-t-il. »

Il regarda au-dessous de lui : la mer lui apparut sous ses pieds. En temps ordinaire, elle lui eût

semblée bleue, à cet instant il la vit distinctement
noire, avec son ourlet d'écume blanche : telle un
drap mortuaire.

Le monde lui apparut renversé. En bas la zone
aérienne, l'inconnu; en haut la terre ferme, le sol
familier, l'être cher.

Les deux voix de la nature sans pitié alternaient.
La plus proche, celle du vent, s'élevait tantôt violente, tantôt très faible. La seconde, plus lointaine,
celle de la mer, disait sa plainte éternelle.

Knight faiblissait.

Avait-il foi en Elfride? Peut-être. L'amour est une
foi, et la foi, telle une fleur coupée, peut vivre
quelque temps sans racine.

A ce moment, le soleil apparut sur la mer, très
bas à l'horizon. Privé de sa frange d'or, il dessina
une tache sanglante sur le ciel de plomb, vaguement
semblable à une face d'ivrogne congestionné.

La plupart des hommes intelligents se savent tels.
Knight n'ignorait pas que son esprit était au-
dessus de la moyenne. Et il ne put s'empêcher de
songer que sa mort serait une perte pour la société.
Pourquoi lui, alors que tant d'êtres insignifiants...
Puis le calme : Knight renonça à la vie et tourna
son esprit vers la sombre vallée et le futur inconnu.

A ce moment, la tête d'Elfride reparut. Knight
reprit espoir. Ses lèvres remuèrent pour prono-
cer le nom de la jeune fille, mais aucun son n'en
sortit.

Ses yeux si éloquents exprimèrent à la fois
l'amour immuable et la gratitude souveraine. Elfride
était revenue! Qu'allait-elle faire? Il l'ignorait. Mais
elle était revenue!

Elle le regarda avec des yeux brillants de larmes.
Il sourit faiblement.

« Comme il est calme! songea-t-elle. Comme il est
grand et noble! »

Volontiers elle serait morte pour lui, en cette seconde.

A ce moment, elle aperçut le steamer au loin. Ah! que lui importait Stephen, en cet instant!

— Combien pouvez-vous attendre? demanda-t-elle de ses lèvres pâles.

— Quatre minutes, dit Knight d'une voix faible.

— Mais avec l'espoir d'être sauvé?

— Sept ou huit.

Il vit dans ses bras un amas de linges blancs. La pluie tombait sur elle; ses vêtements collaient si fort au corps qu'elle semblait avoir fondu subitement.

Elle s'assit et commença à déchirer les toiles en longues bandes qu'elle nouait bout à bout au fur et à mesure. Peu après, elle formait ainsi une vraie corde de six à sept mètres.

— Pouvez-vous attendre que je la noue plus solidement? fit-elle en abaissant les yeux sur lui.

— L'espoir me donne du courage.

Elfride déchira les morceaux restants en langues plus étroites et les enroula autour de sa corde qui avait une tendance à s'étirer indéfiniment.

— Maintenant, dit Knight qui l'observait attentivement, je puis attendre encore trois minutes. Assurez-vous de la solidité des nœuds, un à un.

Elle obéit en posant son pied sur la corde à chaque ligature et en tirant de toutes ses forces. L'une d'elles céda.

— Penser qu'elle aurait craqué sans votre prévoyance! dit Elfride en pâlissant.

Elle renoua les deux bouts. La corde semblait maintenant solide.

— Lorsque vous l'aurez laissée pendre, dit Knight reprenant déjà son ton de maître, reculez-vous au delà du talus, aussi loin que la corde vous le permettra. Ensuite, tirez à deux mains de toutes vos forces.

14

Il avait d'abord envisagé un plan plus sûr pour lui, mais plus dangereux pour elle; aussi ne le proposa-t-il pas.

— Je l'ai attachée autour de ma taille, cria-t-elle, et je la laisserai pendre par-dessus le remblai, tout en la tenant à deux mains.

C'était à cela qu'il avait songé tout d'abord, sans le dire.

— Je l'agiterai par trois fois, pour vous avertir que je suis prête. Soyez prudent! Oh! soyez prudent!

Elle laissa dépasser la toile et disparut derrière le talus. La corde frôlait l'épaule de Knight. Elle s'agita trois fois de suite. Il attendit une seconde ou deux, puis la saisit.

Aidé de la sorte, il put sans trop tirer et en quelques enjambées, se trouver en terrain plat. Il était sauvé, grâce à Elfride! Tel un dormeur encore ensommeillé, il étira ses membres, puis franchit le talus. A sa vue, Elfride se dressa avec un cri de joie.

Les yeux de Knight rencontrèrent les siens. Mûs par un instinct irrésistible, ils se précipitèrent dans les bras l'un de l'autre. A ce moment, Elfride chercha involontairement des yeux le *Puffin*. Il avait doublé le cap : on ne le voyait plus.

Elle avait sauvé l'homme qu'elle aimait. Une joie délirante lui submergea l'âme, balayant le souvenir de Stephen et la foi jurée. Sa volonté l'abandonnait : la passion régnait désormais en souveraine dans son cœur. Elle ne souhaita rien de plus que de demeurer dans ses bras toujours.

Peut-être se montrait-il simplement reconnaissant, et ne l'aimait-il pas? Qu'importait! Ah! Mille fois mieux être l'esclave de cet homme que la reine d'un autre.

Impossible de rêver une étreinte plus étroite que la leur, plus propice au baiser. Et cependant ils ne

s'embrassèrent pas. Scrupuleux, Knight, pour rien
au monde, n'eût voulu profiter du trouble de la jeune
fille et de son aveu passionné. Elfride se ressaisit la
première et se dégagea doucement. Knight desserra
les bras à regret et l'examina ensuite de la tête aux
pieds. Il devina alors comment elle avait obtenu la
corde :

— Elfride! Mon Elfride! fit-il ému.

— Il faut que je vous quitte maintenant, dit-elle.
Et son visage s'empourpra de honte et de joie.

— Suivez-moi à quelque distance.

— Mais vous allez prendre mal par cette pluie
battante. Comment vous dire ma gratitude, Elfride.
Tenez, prenez mon veston.

— Non, je me réchaufferai en courant.

La jeune fille ne gardait plus que sa robe de
batiste. Derrière le remblai, tandis que Knight, sus-
pendu au-dessus de l'abîme vertigineux, attendait la
mort, elle s'était dévêtue entièrement, ne gardant
sur elle que sa jupe et son corsage. Son linge gi-
sait maintenant à terre, sous forme d'une corde
blanche.

— J'ai l'habitude d'être trempée. Cela m'est arrivé
bien souvent sur Pansy. Au revoir. Nous nous
retrouverons tout à l'heure au coin du feu.

Et elle détala sous la pluie battante. Bientôt elle
fut hors de vue. Knight, tout trempé, sentait dans
son cœur un feu inaccoutumé. Il devina toute la
délicatesse enfantine qui avait porté Elfride mi-
vêtue à refuser son escorte. Et cependant cette
demi-heure de séparation lui parut impossible à
supporter. Il ramassa les débris de linon, de den-
telle et de toile et les jeta sur son bras. A ce
moment, une enveloppe détrempée attira ses
regards.

Tandis qu'il essayait de la déplier, un papier
s'en échappa que le vent entraîna aussitôt, l'emportant à droite, à gauche, par-dessus la falaise, où

la trombe le rejeta finalement par-dessus la tête
de Knight.

Celui-ci le ramassa alors. Il y jeta un regard
machinal. C'était un reçu pour une somme de cinq
mille francs, déposés au compte de miss Swancourt
à la banque de Saint-Launce. Knight le plia soigneusement et le mit dans sa poche.

XXIII

Pendant ce temps, Stephen Smith avait débarqué sur le quai de Castle-Boterel et respirait l'air natal. Son teint foncé, sa moustache plus prononcée et un commencement de barbe le changeaient à peine.

Malgré la pluie, qui tombait d'ailleurs moins fort, il partit avec une petite valise, laissant le reste de ses bagages à l'auberge.

C'était maintenant un pays fertile et boisé : on n'y trouvait plus ces plateaux désolés que l'on rencontre encore dans le voisinage de la mer.

Stephen arrivait au sommet de la côte, lorsque la pluie redoubla. Un bois de noisetiers lui prêta son abri.

De là, sur la gauche, il apercevait la petite vallée où vivait Elfride. Maintes fois déjà, il avait contemplé ce paysage, mais jamais avec une tendresse pareille. Au loin, il distingua la tour de l'église, à l'ombre de laquelle il devait, le soir même rencontrer Elfride.

A ce moment, il aperçut, venant de la falaise, et descendant le coteau à toute vitesse, une tache blanche. Au premier abord on eût dit une mouette. Mais il reconnut une silhouette de femme. Elle courait si vite, malgré la pluie qui immobilisait Stephen, que bientôt elle fut hors de vue.

Tandis qu'il méditait sur ce phénomène, il vit,

non sans surprise, surgir du même point et se diriger dans une direction semblable, une seconde tache, noire, cette fois. A n'en pas douter: la silhouette d'un homme.

La pluie s'arrêtait. Stephen regagna la route. Bientôt apparurent devant lui deux hommes à pied et une carriole. Il distingua leurs paroles :

— I'n'doit pas êt'loin à c't'heure, dit une voix forte que Stephen reconnut aussitôt pour celle de Martin Cannister.

— I'm'semble, fit une autre voix, celle du père Smith.

Stephen se montra alors. Son père et Martin avançaient à pied, vêtus de leurs habits du dimanche : tandis qu'un vieux cheval gris traînait une carriole peinte en vert.

— Bonjour, monsieur Cannister, bonjour, père, voici l'enfant prodigue, dit-il.

— Ah! mon fils! Je suis bien heureux, dit le vieux Smith en tremblant de joie. Comment vas-tu? Mais n'restons pas ici dans l'humidité. Mauvais quand on vient des Indes, hein, Cannister?

— Oui, oui. Et ses bagages. Enormes, j'parierais? Malles, valises, ballots, etc...

— Oh! Dieu non, fit Stephen en riant.

— Nous voulions aller avec la carriole jusqu'à Castle-Boterel prendre tes bagages. Mais Martin ira seul. Et nous rentrerons à pied. Comme tu arrives un jour plus tôt que nous n'pensions, tu trouveras la maison sens dessus dessous. Oui, monsieur, — voilà que j'd's « monsieur » à mon propre fils! Mais aussi, tu m'en imposes, Stephen, — nous avons tué le porc ce matin pour toi, pensant que tu ne serais pas fâché de manger un morceau de viande fraîche. Mais i'n's'ra pas découpé avant ce soir. Nous pourrons c'pendant faire un bon souper avec une petite friture ravigotée de moutarde et arrosée d'ale.

Ta mère a nettoyé la maison de fond en comble pour ton arrivée. Elle a épousseté tous les bibelots de la cheminée. Elle a acheté à ton intention une nouvelle cuvette et un nouveau pot à l'eau à un bazar ambulant. Je n'sais pas tout ce qu'on n'a pas fait. Jamais j'n'ai vu un pareil tremblement.

En conversant de la sorte, ils approchèrent du petit cottage. Ils entendirent alors l'horloge du maçon sonner successivement toutes les heures de la journée à l'intervalle d'un quart de minute pendant lequel Stephen imagina le doigt de sa mère accompagnant l'aiguille sur le cadran.

— L'horloge s'est arrêtée ce matin et ta mère doit la remonter, expliqua John Smith.

Une fois franchie la grille du jardin, Stephen tombait dans les bras de sa mère qui portait en son honneur une robe de cotonnade bleue imprimée d'étoiles, de lunes et de planètes. L'arrivée de Martin Cannister fit diversion. Stephen monta dans sa chambre se changer. Mrs. Smith parut alors retrouver le fil de son discours.

— Vraiment je ne donnerais pas deux sous de cette horloge, fit-elle en essayant d'ébranler le balancier.

— Encore arrêtée? s'enquit Martin d'un ton plein de commisération.

— Bien sûr, reprit Mrs. Smith, avec volubilité. John, voudrait dépenser des mille et des cent sur ce vieux chaudron en le faisant nettoyer, alors qu'on le répare soi-même aussi bien.

« — L'horloge est arrêtée, John! que je lui dis.

« — Fais-la nettoyer, qu'i'm'répond. On en a pour six francs.

« — L'horloge grince encore, que je lui dis.

« — Fais-la nettoyer, qu'i'm'répond!

« — L'horloge sonne mal.

« — Fais-la nettoyer, qu'i'm'dit encore.

« — Les rouages seraient réduits à l'état de squelettes à c't'heure si j'l'avais écouté et je vous assure que nous aurions pu acheter une beauté d'horloge avec tout l'argent que nous avons dépensé ces dix dernières années sur cette vieille décatie. »

— Mais vous devez être mouillé, Martin. Mon fils est monté se changer. John est plus trempé que je ne voudrais l'être à sa place mais il prétend que ça ne fait rien. Les bonnes de Mrs. Swancourt sont passées cet après-midi. Toujours en ballade. L'état de leurs bonnets sous cette pluie battante était pitoyable...

La porte s'ouvrit :

— Bonsoir la compagnie, fit une voix. Nous arrivons de Castle-Boterel sous l'orage!... Ma pauvre tête est dans un état indescriptible, fzzz, fzzz, fzzz. Absolument comme si on y faisait frire un poisson du matin au soir.

— Bon Dieu, qué qu'c'est que ça? fit Mrs. Smith.

Et elle aperçut William Worm, dont la large face s'épanouit en un sourire conciliant.

Derrière lui sa femme, une gaillarde deux fois grande comme lui, s'abritait sous un large parapluie de cotonnade verte.

— Entrez, William, dit John Smith. Nous ne tuons pas chaque jour le veau gras. Et vous aussi Mrs. Worm, soyez la bienvenue. On ne vous voit guère, William, depuis que v's'avez quitté le service de M. Swancourt.

— Non, depuis qu'j'suis garde-barrière, j'n'sors guère si c'n'est pour aller qué'ques fois à l'office du dimanche.. A cause que j'ai servi chez le pasteur. Cependant notre gars peut nous remplacer maintenant. Aussi j'ai dit : « Barbara, allons voir John Smith. »

— J'regrette, William, d'entendre que vot' tête ne va pas mieux.

— Ah! Cette friture! V'savez, c'est pas toujours l'impression qu'c'est du poisson qu'on y frit; qué'-

ques fois i'm'semble que c'est du lard ou des oignons. N'est-ce pas, Barbara?

Mrs. Worm, qui s'affairait pendant tout ce temps à fermer son parapluie, entra dans la pièce pour corroborer cette affirmation. C'était une grosse femme confortable, au visage épanoui avec une verrue munie de poils, au milieu de la joue.

— Avez-vous jamais essayé de guérir ce bruit, Worm? s'enquit Martin Cannister.

— Oh! la! la! J'ai tout essayé. De plus la Providence est un homme plein de pitié et j'espérais, puisque j'ai vécu si longtemps dans la famille d'un pasteur, qu'il me guérirait. Mais i'n'semble pas me venir en aide. Je ne suis qu'une pauvre chancelante créature et la vie n'est qu'un amas de soucis.

— Vrai, tristement vrai, William Worm. C'est ainsi.

— Débarrassez-vous, Mrs. Worm, interrompit Mistress Smith. A vous dire vrai, nous sommes sens dessus dessous, car mon fils nous est tombé des Indes un jour plus tôt que nous n'pensions et le charcutier va venir découper le porc.

Mrs. Barbara Worm, ne voulant pas gêner les personnes « sens dessus dessous » en les observant, enleva son bonnet et sa mante tout en gardant les yeux pudiquement fixés sur les arbustes et les fleurs qui s'alignaient en plate-bande devant la maison.

— Quels beaux sorbiers! s'exclama Mrs. Worm.

— Oui, ils ne font pas mal, mais me donnent bien du souci à cause des enfants qui passent. Ils cueillent les baies sur la tige et les prennent pour des groseilles.

— Et vos mufliers sont toujours aussi arrogants?

— Oui, fit Mrs. Smith pénétrant didactiquement au cœur du sujet. Ils ressemblent par cela à bien des chrétiens.

Mais ils s'entendent avec les autres arbustes et

ne demandent pas beaucoup de soins. On peut en dire autant de ces *meuniers*. Ce sont des fleurs que j'aime malgré leur simplicité. John ne s'en soucie guère, mais les hommes n'ont pas d'yeux pour ce qui est net.

Il dit que sa fleur favorite est le chou-fleur. Et je vous assure que je tremble au printemps, car c'est un véritable massacre.

— Comment cela, Mrs. Smith?

— John creuse partout, sa pioche détruit les racines, coupe les bulbes en tartines, afin de ne laisser subsister que sa plante préférée. Ainsi tout dernièrement je voulais déplacer quelques tulipes. Et qu'est-ce que je vois? Toutes mes bulbes la tête en bas et les tiges enroulées autour! John avait chaviré mes tulipes au printemps; et les sournoises s'étaient aperçues d'elles-mêmes que le ciel n'était pas à sa place habituelle.

Robert Lickpan, le charcutier, fit lui aussi son apparition au même moment.

On apprêta le porc qui pendait dans l'arrière-cuisine, et l'homme se mit en devoir de le découper avec art. Mrs. Smith, pendant ce temps, s'occupa de faire cuire le souper.

Quant à John, il se mit à raconter à ses amis, — qui, assis en rond autour du charcutier, ne perdaient pas un seul de ses gestes, — l'histoire de sa rencontre avec son fils.

Stephen descendit alors et après les souhaits de bienvenue et l'interruption causée par son entrée, le narrateur reprit le fil de son récit, tout comme s'il n'eût pas été là.

— Oui, me dis-je, en apercevant sa silhouette de loin, sûr, c'est le gars! Il a la démarche de son grand-père. Car c'est tout le portrait de mon pauv' père. Cependant y avait quelque chose qui me mit le doute dans l'âme.

Je m'approchai un peu plus près et j'dis :

« C'est le gars, il porte une valise comme un voyageur. »

Cependant une route appartient à tout le monde, et il peut y avoir plusieurs voyageurs. Mais je l'guignais du coin de l'œil, et j'dis à Martin : « — C'est le gars, j'l'reconnais à sa façon de brandir sa canne. » Et me rapprochant plus près, je dis : « — C'est bien lui. » On ne m'en aurait pas fait démordre.

Cette fois, Stephen dut passer l'inspection.

— Sûr qu'il a maigri de visage, depuis le jour où je l'ai vu au presbytère, dit Martin.

— Il a le nez de son père, dit un autre, je l'aurais reconnu entre mille.

— Et il a certainement grandi, fit Martin en l'examinant des pieds à la tête.

— Je n'suis qu'un pauvre ver de terre, mais j'ai encore ma tête à moi, fit William Worm. Et j'm'souviens comme d'hier du jour où il vint en visiteur chez le pasteur Swancourt. Te rappelles-tu, Stephen?... Mais peut-être devrais-je dire *vous* et *monsieur?*

— Oh! peu importe, dit Stephen.

Mais mentalement, il résolut de restreindre ses rapports avec un ami aussi familier lorsqu'on viendrait à connaître ses prétentions à la main d'Elfride.

— Parce que, fit Worm pensivement, il y a des gens qui préféreraient se faire appeler monsieur. Tout le monde ne se ressemble pas.

— C'est comme les cochons, observa John Smith qui examinait avec intérêt les morceaux du sien.

Robert Lickpan se crut alors autorisé à prendre la parole :

— Oui, chacun a son caractère propre. J'en ai connu de toutes sortes.

— J'n'en doute point, maître Lickpan, fit Martin avec conviction.

— Oui, continua le charcutier comme quelqu'un d'habitué à se faire entendre. J'en ai connu un qui

était sourd-muet. Il mangeait bien. Mais on pouvait remuer l'auget toute la journée sans qu'il y entendît goutte. Il engraissa à merveille et jamais je
n'ai mangé un cochon aussi tendre.

— J'en ai connu un autre, fit-il après avoir vidé
de sa propre initiative toute une pinte d'ale, qui
devint fou.

— Quelle horreur! murmura Mrs. Worm.

— Oui, tout comme un chrétien. Il semblait fort
triste dans sa jeunesse. C'était le cochon d'André
Stainer.

— Je m'en souviens, attesta John Smith.

— C'était un joli petit porc. Et vous connaissez
ceux du fermier Buckle? Ils souffrent tous de rhuma-
tismes. Une étable si humide!

— Maintenant nous allons peser, interrompit
John.

— S'il n'était pas si gros nous le pèserions tout
entier, mais tel que on le pèsera en plusieurs fois.
Vous souvenez-vous de ma bonne plaisanterie, John?

— J'crois bien! Et cependant voilà quèque temps
déjà que j'l'entendis pour la première fois.

— Oui, dit Lickpan, ce vieux jeu de mots, est
dans not'famille depuis des générations, je puis
dire que mon père s'en servait chaque fois qu'il dé-
coupait un cochon, c'est-à-dire pendant plus de
quarante-cinq ans. Et il m'affirma tout enfant qu'il le
tenait de son père qui le servait plus ou moins à
chaque découpage de porcs. Et un découpage était
un découpage dans ce temps-là.

— Certes!

— Je ne connais pas ce bon mot, dit poliment
Mrs. Smith.

— Ni moi, appuya Mrs. Worm qui, seule autre
femme présente, se sentait liée, par courtoisie, à
soutenir Mrs. Smith, en tout.

— Sûr que si! dit le charcutier en regardant d'un
air sceptique les deux bienveillantes matrones.

Cependant c'est peu de chose et je ne me ferai point prier. Mon jeu de mots commence ainsi :

« Bob vous dira je pense, le poids de votre cochon.

L'assemblée pense naturellement que je veux parler de mon fils Bob (1), mais le drôle est qu'il s'agit du balancier du peson. Ha! ha! ha!

— Ho! ho! ho! s'exclaffa Martin Cannister qui entendait cette saisissante explication pour la centième fois.

— Hu! hu! hu! fit John Smith qui l'avait écoutée au moins un millier de fois.

— Hi! hi! hi! hurla William Worm qui l'entendait pour la première fois, mais n'osait le dire.

— Ton grand-père, Robert, devait être un malin compagnon pour avoir inventé cette histoire, dit Martin Cannister en affectant le ton d'un critique bienveillant et placide.

— C'était un cerveau! Et voyez-vous, comme on appelait les premiers-nés de Lickpans : Robert, il y a toujours eu des Bob dans la famille et l'histoire m'a été transmise jusqu'à ce jour.

— Ce pauvre Joseph, votre cadet, ne pourra malheureusement plus s'en servir, dit Mrs. Worm d'un air pensif.

— Oui. Mon grand-père était malin, comme vous venez d'en juger; mais mon oncle Lévi l'était encore plus. C'est ainsi qu'il fabriqua, pour intriguer ses amis, une drôle de tabatière. Il la faisait circuler à la ronde aux mariages, aux baptêmes, aux enterrements et autres fêtes joyeuses.

Cette extraordinaire tabatière était munie, comme les autres, de charnières, de ressort, de bouton, de bosses et de creux. L'un essayait le bouton, l'autre la charnière, sans résultat. Maintenant, quel était à votre avis, le secret de cette tabatière?

(1) Bob, nom propre et diminutif de Robert, signifie aussi le contrepoids d'une balance romaine.

Tous laissèrent lire sur leur visage que leur intuition n'était pas à la hauteur de l'énigme.

— Eh bien, la tabatière ne s'ouvrait jamais. Vous auriez pu essayer en vain jusqu'au jour du jugement dernier. Le couvercle était soudé.

— Un homme profond pour avoir imaginé une chose pareille!

— Oui! C'est tout l'oncle Lévi.

— Je m'souviens de lui. Le plus grand homme que j'ai jamais vu.

— J'crois bien. Jamais on ne put trouver un lit assez long pour lui. Tout le temps qu'il demeura dans le petit cottage près de la mare, il dut ouvrir, chaque soir la porte de sa chambre, afin de laisser pendre ses pieds, sur le palier.

— Il est mort et enterré, c'pendant, à c't'heure, le pauvre, comme nous le serons tous un jour, observa Worm, sentant le besoin d'ajouter, pendant le silence qui suivit, une conclusion au discours de Robert Lickpan.

Le pesage et le découpage du porc s'effectuèrent pendant qu'on discutait les voyages de Stephen. Pour finir, Mrs. Smith fit frire les rognures de porc qui passèrent toutes grésillantes de la poêle dans la bouche des convives. Il faut dire que le fils de la maison semblait fort dépaysé au milieu de cette assemblée. Il n'avait pour ainsi dire jamais vécu chez lui, depuis son enfance.

La présence de William Worm aggravait son malaise. Bien qu'il eût quitté le service de M. Swancourt, William n'en était pas moins un ancien domestique. Et sa présence rappelait péniblement au jeune homme la façon dont le pasteur l'avait traité. Mrs. Smith remarqua sa réserve.

— Je ne tenais pas à recevoir ces gens chez moi, fit-elle en le prenant à part. Mais que faire? Ton père est une nature si simple qu'il les fréquente plus que je ne voudrais.

— Cela ne fait rien, mère, ne te tracasse pas.

— Lorsque nous quitterons le service du mylord — ce qui j'espère ne tardera pas — nous aurons une grande maison à nous, et ferons peau neuve.

— Sais-tu si miss Swancourt est dans le pays? interrogea Stephen.

— Oui, ton père l'a aperçue ce matin.

— La vois-tu parfois?

— Très rarement. M. Glim, le curé, vient parfois au village, mais les Swancourt ne font jamais que passer en voiture. Ils dînent plus souvent qu'autrefois au château. Ah! J'oublie, un gamin m'a donné ce matin un mot pour toi.

Stephen déchira vivement l'enveloppe. Sa mère l'observait.

Oui, je vous rencontrerai dans l'église, ce soir, à neuf heures. — E. S.

— Je ne sais, Stephen, dit Mrs. Smith, c'que tu penses de miss Elfride. Mais à ta place je ne m'occuperais plus d'elle. On dit qu'la vieille Mrs. Swancourt ne laissera pas sa fortune à sa belle-fille...

— La soirée est belle. Je sors. Peut-être, à mon retour, nos hôtes seront-ils partis et pourrai-je alors mieux causer avec toi.

XXIV

La pluie avait cessé depuis le coucher du soleil
mais la nuit restait noire. La lumière lunaire,
adoucie et dispersée par les nuages, déployait iné-
galement sur la campagne son voile bleu.

Une silhouette sombre se glissa hors du petit
cottage de John Smith et gagna West-Endelstow
d'un pas léger.

La tour de l'église se détachait sur le ciel. Au
bout d'une demi-heure, le jeune homme franchissait
la grille du cimetière. Le petit enclos irrégulier
faisait toujours corps avec la vieille colline. L'herbe
haute recouvrait à moitié les stèles funéraires tail-
lées par Martin Cannister ou par le grand-père de
Stephen.

Un son argentin rompit le silence. Le clocher de
Castle-Boterel sonnait l'heure : et, dans l'air immobile, les vibrations semblaient venir de la vieille
tour qui, enveloppée d'ombre, ne donnait aucun
signe de vie.

— Une, deux, trois, quatre, cinq, six, sept, huit,
neuf, compta soigneusement Stephen bien qu'il
connut à l'avance le nombre de coups.

Neuf heures! L'instant fixé par Elfride pour leur
rendez-vous. Stephen s'approcha de l'église et écouta.
Personne. Il s'assit sous ce porche, sur le banc de
pierre. Le cœur battant il attendit.

Les faibles bruits d'alentour ne faisaient qu'accentuer le silence de l'édifice. C'était la mer sur la côte, le cri lointain d'un hibou, le croassement d'un crapaud, le craquement d'une feuille morte qu'un ver s'efforçait d'entraîner sous terre.

Stephen guettait parmi ces sons légers celui des pas d'Elfride. Pendant un quart d'heure, il resta ainsi l'oreille aux aguets sans qu'un muscle de son visage bougeât. Il se leva alors et fit le tour de l'église. Soudain, derrière la tour une forme blanche surgit. Il recula. C'était la tombe du jeune fermier Jethway aussi fraîche qu'au premier jour.

Stephen revécut la nuit passée là avec Elfride. Dire qu'il avait éprouvé un sentiment de jalousie à la pensée qu'un autre l'avait aimée avant lui.

Son anxiété actuelle, plus tangible, lui fit considérer comme un enfantillage sentimental son regret passé! Il s'avança à travers les tombes, jusqu'à la grille du cimetière d'où, en plein jour, l'on apercevait distinctement l'ancien presbytère et la résidence actuelle des Swancourt. Aucune silhouette sur la colline. Mais une lumière brillait à l'une des fenêtres des *Rochers*.

Il ne pouvait y avoir aucune erreur quant à l'heure de leur rendez-vous. Stephen attendit cependant et, à l'impatience, succédait une sorte de découragement morne. L'horloge de Castle-Boterel le tira de sa rêverie. Une, deux... dix heures!

Un coup de plus seulement et cependant...

Il quitta le cimetière par la porte opposée à celle qu'il avait franchie tout à l'heure. Lentement, il gagna la propriété des Swancourt. Il ouvrit doucement la grille et monta la grande avenue de gravier jusqu'à la porte du manoir. Là il s'arrêta pendant quelques minutes.

Soudain une voix d'homme lui parvint par une fenêtre ouverte. Un rire musical lui répondit. Stephen avec une douleur cuisante au cœur reconnut le rire d'Elfride. Tristement alors, il retourna sur ses pas, comme il était venu.

Il est des déceptions qui nous pincent le cœur sur le moment et que nous oublions aussitôt. D'autres, au contraire, nous infligent une blessure qui ne se fermera jamais et que nous emporterons jusque dans notre tombe. Ces douleurs-là sont si aiguës qu'aucune joie dans le futur ne peut les guérir : elles symbolisent pour nous la perte du bonheur.

Telle était la déception de Stephen. Son rêve venait de s'évanouir. Même si Elfride l'eût rejoint dix minutes plus tard, la blessure eût saigné, inguérissable.

Une lettre attendait le jeune homme. Dans l'espoir d'y trouver une explication improbable, il déchira fébrilement l'enveloppe. Le papier ne contenait pas un mot d'Elfride. C'était le reçu de ses cinq mille francs. Au dos un chèque de la même somme, payable au porteur.

Confondu, Stephen s'ingénia à deviner le motif de cette conduite. Il supposa, avec raison, que, entre l'envoi des deux messages, avait dû se produire un événement imprévu motivant le changement de la jeune fille à son égard. Il ne savait que faire? Aller trouver le père et risquer d'agir contre le désir d'Elfride? Non, le seul parti raisonnable était l'attente. Il exécuterait d'abord sa commission à Birmingham. A son retour, il s'informerait des événements et tenterait un rapprochement. Peut-être sa réserve piquerait-elle la jeune fille, qui ferait alors un pas en avant.

Cette forme de patience rentrait tout à fait dans le caractère de Stephen. Neuf hommes sur dix eussent fait un éclat, se fussent introduits par ruse ou par force en présence de l'infidèle et eussent amené une catastrophe. Pour le mieux peut-être, plus probablement pour le pire.

Mais Stephen partit le lendemain matin pour Birmingham. Un jour de plus n'eût peut-être rien changé à l'affaire. Mais une fois la tâche commencée, il lui fallut la terminer. D'ailleurs l'activité trompe souvent notre douleur.

XXV

Pendant ces jours d'absence, Stephen fut agité de sentiments divers. Lorsqu'il avait le loisir de penser, ses doutes devenaient atroces. Mais dès que les affaires le requéraient, il oubliait son anxiété et jusqu'à son amour.

Lorsque à la fin de la semaine il prit le chemin du retour, Stephen avait presque résolu de voir Elfride. Il revint par le petit steamer de Bristol et de Castle-Boterel.

C'était une belle soirée du début de septembre. Une fois sur le quai de la petite ville, il décida de revenir à pied par les collines, afin de passer devant l'habitation d'Elfride.

Aussi attendit-il l'approche de la nuit, pour se mettre en route. Une étoile apparut, puis une autre. Elles scintillaient doucement, comme de petites lampes suspendues à une chaîne.

Les mâts des vaisseaux, à l'ancre, dans le petit port, montaient et descendaient avec monotonie suivant le flux et le reflux. Stephen les contemplait d'un air absent. L'obscurité régna bientôt.

Mélancoliquement, Stephen se disposait à partir lorsqu'une barque légère et fantômale, occupée par deux personnes, vint accoster doucement non loin de lui.

L'un des rameurs était un homme. Stephen le devina à la façon ferme et agile à la fois, dont il

maniait les avirons. Lorsque le couple monta le petit
escalier du quai, Stephen discerna la seconde
silhouette : celle d'une femme. On n'apercevait que
la plume blanche et son chapeau. Stephen les
regarda s'éloigner d'un air distrait et oublia aussitôt l'incident.

Il traversa le pont, négligea la grand'route et prit
le petit chemin qui conduit à la vallée d'Ouest-
Endelstow. Soudain, il entendit qu'on fermait une
barrière devant lui. Il la franchit à son tour. Cent
mètres plus loin, le même fait se reproduisit. Evidemment un ou des promeneurs le précédaient.
L'herbe grasse étouffait le bruit de leurs pas. Stephen se hâta, et aperçut deux silhouettes sombres.
L'une d'elles portait la plume blanche qu'il avait remarquée sur le chapeau de la dame du quai : c'était
le couple de la barque, Stephen, cette fois, ralentit.

A un moment, le chemin bifurque. D'un côté, il
continue vers le sommet de la colline. L'autre ne
mène qu'à la résidence de Mrs. Swancourt et à
deux ou trois cottages du voisinage.

L'herbe se faisait rare dans ce sentier : l'approche
de la mer. Le glissement de quelques pierres sous
des pas hâtifs lui apprit que le couple s'y engageait.

Stephen les suivit; mais, sans savoir pourquoi, il
avança plus doucement afin de ne pas attirer leur
attention. Qui pouvait être la femme? Une visiteuse
aux Rochers, une servante... ou Elfride?... Fallait-il
voir là une raison possible à son manque de parole?

Le couple, après avoir franchi une dernière barrière, s'engageait dans un chemin couvert qui serpentait bizarrement autour d'un pavillon appelé le
belvédère et qui dominait toute la vallée.

Le sentier passait devant ce pavillon avant de
mener au château et au cottage du jardinier. C'était
presque un chemin public. Aussi Stephen n'eut-il
aucun scrupule à s'y engager. Il lui sembla que la
barrière cette fois s'ouvrait et se refermait derrière

lui. Il se retourna, mais n'aperçut personne.

Le couple s'arrêta.

— Nous allons être grondés pour rentrer si tard, dit la dame.

Stephen reconnu aussitôt la voix familière : « Elfride! » murmura-t-il, et il s'appuya contre la palissade car cette présence l'agitait d'un tremblement de fièvre.

Son cœur se mit à battre à grands coups. De toutes ses forces, il voulut écarter la suggestion qui s'était présentée à son esprit quelques minutes auparavant.

— La brise se lève, dit Elfride; les peupliers s'agitent doucement. Entendez-vous? Je me demande quelle heure il est.

Stephen se rapprocha.

— Laissez-moi frotter une allumette. Tenez, entrez dans ce pavillon, sinon l'air me l'éteindra, dit l'homme.

La cadence de cette voix lui parvint comme ces chants des oiseaux du Nord à leur retour au pays natal, dont les modulations nous sont familières, mais qui à chaque saison nous paraissent nouvelles.

Ils entrèrent dans le belvédère. Une boiserie l'enserrait jusqu'à mi-hauteur. Mais le reste était de verre. La lueur de l'allumette illumina tout l'intérieur de la pièce. Des araignées effrayées s'enfuirent, abandonnant leurs toiles soyeuses.

Stephen regarda. Il aperçut d'abord le visage de son ancien ami et précepteur, Henry Knight, puis celui, radieux, d'Elfride. Elle semblait plus femme qu'autrefois, mais toujours aussi belle. Ses cheveux abondants se relevaient différemment, selon la mode du jour.

Leurs deux fronts se rapprochèrent jusqu'à se toucher. Elfride tenait la montre; Knight, de sa main droite, élevait l'allumette et de son bras gauche entourait la taille de son amie.

Stephen contemplait la scène à travers les barres de bois horizontales qui striaient leurs silhouettes comme des os de squelette.

Knight resserrait son étreinte.

— Il est huit heures et demie, dit Elfride d'une voix chaude et basse.

La lueur s'évanouit et l'obscurité retomba, plus profonde qu'auparavant. Stephen tremblant, écœuré jusqu'à l'âme, s'éloigna.

En rebroussant chemin, il aperçut de l'autre côté du pavillon une silhouette noire. Elle s'en allait sans bruit et passa devant le jeune homme. Elle était si étroitement gainée de noir, qu'il n'aurait pu définir son sexe.

Vaguement inquiet pour le couple, il rejoignit l'ombre.

— Qui êtes-vous? demanda-t-il.

— Peu importe! répondit-elle. Je connais, — oh! si bien! — quelqu'un dont vous prîtes la place, comme *il* prend la vôtre aujourd'hui. Lui permettrez-vous de briser votre cœur et de vous conduire à une mort prématurée, comme elle le fit déjà une fois?

— Vous êtes Mrs. Jethway alors? Que faites-vous ici? Pourquoi délirez-vous?

— Parce que mon cœur est désolé et que personne ne s'en soucie. Je lui souhaite de souffrir tout ce que j'ai enduré.

— Silence! fit Stephen, fidèle malgré lui à Elfride. Elle n'a jamais fait le mal volontairement. Comment êtes-vous venue ici?

— J'ai vu venir le couple de la route et j'ai voulu m'assurer de son identité. J'aimais mon fils. Comment ne la haïrais-je pas?...

Cassée en deux, la silhouette sombre repassa la barrière et se fondit dans la nuit.

Stephen avait entendu dire que Mrs. Jethway semblait étrange depuis la mort de son fils et menait une vie retirée. Il écarta de son esprit les griefs imaginaires de la vieille femme, mais retint sa condamnation vis-à-vis d'Elfride.

Un sourd désespoir, aussi dissemblable d'une fulgurante douleur qu'une mort lente par la faim ou d'un coup de revolver, lui noya l'âme.

Cette découverte ne le surprenait pas trop. Car, depuis la soirée du cimetière, il avait échafaudé toutes les hypothèses imaginables. Mais il n'aurait pas supposé que sa déception l'attendît sous cette forme. Que son rival fût Henry Knight, à qui il avait voué un culte si ardent, cela ajoutait une amertume affreuse à sa peine.

Henry Knight, qu'il avait tellement vanté à Elfride et dont elle s'était montrée presque jalouse! Henry, qui avait sans doute d'autant plus facilement conquis son amour que Stephen l'avait plus chaudement accrédité auprès d'elle.

Et ce n'était pas tout. Si brèves qu'eussent été ses observations, Stephen avait deviné rien qu'à son attitude combien l'amour d'Elfride pour Henry différait de celui qu'elle avait pu éprouver pour lui autrefois. Elle adorait Knight à genoux : c'était visible. Tandis qu'autrefois, c'est à peine si elle avait condescendu à se pencher vers lui du haut de son piédestal. Comme elle avait vite renoncé à lui! Il se rappela les lettres de la jeune fille. Jamais Elfride n'avait fait allusion à Knight!

D'ailleurs, pour être juste, elle n'eût pu le faire que dans ses deux dernières lettres. Dans la première, écrite une semaine avant l'arrivée d'Henry, elle n'avait vraiment aucune raison pour mentionner sa venue. Dans la seconde, elle faisait incidemment allusion à Knight, mais Stephen avait quitté Bombay bien avant le reçu de cette lettre.

Sans savoir pourquoi, il rattacha instinctivement l'infidélité d'Elfride au mariage de son père et à son introduction dans la vie londonienne.

Il ferma la grille aussi doucement qu'il l'avait ouverte et ses pas s'étouffèrent sur l'herbe des prés. De là, il apercevait le vieux presbytère, si étroitement lié aux souvenirs heureux de son premier amour.

Il entra dans le parc d'Endelstow. C'était le plus court chemin pour gagner le cottage paternel. Il ralentit le pas. Souvent le bonheur violente nos mouvements, nous presse d'agir; mais la désolation se traîne, morne. Parfois, il s'arrêtait sous les arbres et regardait à terre d'un air absent.

Soudain un son clair rompit le silence : la cloche de la chapelle d'Endelstow!

Un autre coup puis plusieurs se succédèrent lentement. Il comprit la signification de ce bruit nocturne. Quelqu'un de mort! dit-il à voix haute.

Le glas funèbre annonçait en effet le décès d'un des habitants des domaines du château. Stephen n'avait pas dû entendre le commencement du glas. Car, selon la coutume d'Endelstow, on vous faisait savoir le sexe et l'âge du défunt par un certain nombre de coups de cloche alternés.

Trois coups annonçaient la mort d'un homme, trois puis deux disaient celle d'une femme; deux et trois pour un petit garçon; deux et deux pour une fillette. Ensuite venaient un nombre de coups équivalant à l'âge du défunt.

C'étaient ceux-là qu'entendait Stephen. La distance lui avait sans doute intercepté les premiers.

Il ressentit une anxiété passagère : ses parents?... Mais bien vite il se rassura : ne les avait-il pas quittés en parfaite santé? D'ailleurs, comme il devait passer près du cimetière, il en profiterait pour s'informer auprès de Martin Cannister.

Au sommet de la colline, Stephen fut sur le point de renoncer à son idée. Parler à quelqu'un d'autre chose que de sa douleur lui parut impossible. Mais à ce moment, il aperçut une lumière à travers les arbres du cimetière. Les rayons perçaient, comme des aiguilles, le triste feuillage des ifs. Machinalement, il s'approcha.

Tout en marchant, il remarqua que la lueur affleurait presque à ras de terre. Intrigué, il hâta le pas et il aperçut une sorte de trou béant d'où venait la clarté. Il devina la vérité.

Bientôt il se trouva près de l'ouverture. A gauche, un petit monticule de terre fraîchement remuée. Devant lui, un escalier de pierre, nouvellement débloqué, dégringolait d'une vingtaine de marches sous l'église.

C'était l'entrée d'un vaste caveau de famille qui s'étendait sous l'aile nord.

Stephen ne l'avait jamais vu ouvert. Il descendit une marche ou deux sous la voûte. Le caveau lui apparut peuplé de cercueils, à l'exception d'un espace vide au centre qui permettait d'accéder à droite et à gauche. Trois cercueils étagés les uns sur les autres remplissaient les niches de pierre creusées dans le mur. Des ombres noires se mouvaient, fantômales. Des bougies fichées dans des cales de bois scellées au mur éclairaient la scène.

Stephen descendit les dernières marches. Il reconnut son père, un ouvrier, Martin Cannister, trois jeunes laboureurs et un vieux paysan.

Leurs marteaux posés à terre, assis sur un cercueil descendu de sa niche, ils mangeaient des tartines de pain et de fromage en buvant de l'ale dans un bol à deux anses, qu'ils se passaient à la ronde.

— Qui donc est mort? interrogea Stephen.

XXVI

Tous les yeux se tournèrent vers le jeune homme.

— Mais voilà notre fils, dit le père en se levant. Ta mère pensait te voir rentrer avant la nuit; mais, puisque te voilà, attends-moi. Nous reviendrons ensemble.

— Oui, c'est master Stephen, à n'en pas douter. Je suis heureux de vous voir, jeune homme, fit Martin Cannister.

Et il atténua la gaieté de son ton par une attitude correcte, afin de s'harmoniser autant que possible avec la solennité du lieu.

— Bonsoir Martin, bonsoir William, fit Stephen.

Et il adressa un petit signe de tête aux autres qui, ayant la bouche pleine de pain et de fromage, se contentèrent de répondre en plissant amicalement leurs paupières.

— Et qui est mort? répéta Stephen.

— Lady Luxellian, pauvre dame, fit l'aide-maçon. Et on élargit le caveau pour lui faire place.

— Quand est-elle morte?

— De bonne heure ce matin, dit le vieux Smith. Il fallait s'y attendre. Elle semblait si fragile!

— Oui, ce matin, reprit l'ouvrier maçon, un extraordinaire petit vieux dont la peau, devenue trop large pour le corps, semblait ne pouvoir rester en place. Elle doit savoir, à c't'heure si elle grimpe en haut ou dégringole en bas.

— Quelle âge avait-elle?

— Pas plus de vingt-sept ou vingt-huit ans aux lumières. Mais au jour, elle en paraissait bien quarante.

— Oui, il peut se faire, entre le matin et le soir, une différence de vingt ans chez les femmes riches.

— En réalité, elle avait à peine trente et un ans, fit John Smith, à ce qu'on m'a dit.

— Pas plus?

— Non, mais elle semblait minable. On pouvait la croire morte depuis longtemps, pauvre âme!

— Comme disait mon vieux père « elle est morte, sinon enterrée ».

— Je l'ai rencontrée à la Saint-Valentin, reprit l'un des laboureurs. Elle donnait le bras à mylord. « V's' avez pris votre billet de cimetière, noble dame! que j'ai pensé. Même que vous ne vous en doutez pas. »

— Je suppose que Mylord va écrire à tous les autres lords pour leur faire savoir qu'elle n'est plus?

— C'est déjà fait. Elle n'était pas morte depuis une heure qu'il expédiait un ballot de lettres avec bordure noire de cinq centimètres de large.

— C'est trop, observa Martin. Jamais on n'éprouve une douleur correspondant à une bordure de cinq centimètres. C'est déjà bien beau d'avoir un chagrin d'un millimètre!

— Et il reste deux petites filles, n'est-ce pas? interrogea Stephen.

— De jolies gamines, fit William Worm. Elles venaient souvent jouer au presbytère de mon temps, voir miss Elfride. Ah! elles l'aimaient rudement! Bien plus que leur mère.

— Dame, ça se conçoit. Lady Luxellian était si triste! Et puis elle ne s'occupait pas de ses filles. Ainsi l'hiver dernier je rencontrai miss Elfride, lady Luxellian et les enfants. Eh bien, le croiriez-vous? c'est miss Swancourt qui songeait à moucher les petites... Comment s'étonner après cela qu'elles se soient attachées à elle.

— La pauvre dame n'est plus, voilà qui est sûr, fit John, et il s'agit de lui faire une petite place ici. Allons, les amis, à l'ouvrage. Finissez votre ale et déblayons ce coin-là.

— Où la met-on? interrogea Stephen.

— Ici, dit le père. Nous allons creuser une nouvelle niche dans le mur. Ce n'est pas une petite affaire. Lorsque la mère de mylord mourut, lady Luxellian me dit : « John, il faudra élargir le caveau maintenant! » Mais jamais je n'aurais cru que ça arriverait si tôt. Le mieux est de déménager lord George en premier, qu'en penses-tu, Siméon?

Il désigna du pied un lourd cercueil, couvert d'une défroque, autrefois du velours rouge, dont on ne distinguait plus la couleur.

— Comme il vous plaira, master John, répliqua l'aide maçon, le petit vieillard sec comme un parchemin. Pauvre lord George! reprit-il en contemplant le lourd cercueil d'un air pensif. Nous étions ennemis! Autant du moins que pouvaient l'être un lord et un paysan! Pauvre homme! C'était un géant. Chaque fois qu'il me tapait sur l'épaule, j'pensais êt' réduit en miettes. Il riait de toutes les dents de son beau râtelier neuf, dont les crampons d'or étincelaient au soleil comme des barres de cuivre et j'm'disais toujours : « Bon Dieu de bon Dieu! ce qu'il sera lourd à transporter en terre! »

— L'a-t-il été?

— Je crois bien! I'n'devait pas peser loin de deux cent cinquante kilos avec le plomb, le chêne et les ferrures. (Là, le vieillard tapa du plat de sa main avec une telle force sur le couvercle que les os, contenus dans le cercueil s'entre-choquèrent avec violence.) J'crus que j'm'casserais le dos en le descendant avec John dans sa niche. « Ah! lui dis-je, j'n'aurais jamais cru que la gloire d'un homme pût peser si lourd! »

C'est drôle, hein, que je puisse dire maintenant :
« — Bonjour vieux », à cet orgueilleux lord George
sans qu'i'm'entende.

— Et que je puisse manger mon oignon près du
nez délicat de lady Jane sans qu'elle le sente.

— Voyons, à l'ouvrage, interrompit le maître-
maçon.

Ils se mirent à travailler en silence. On devinait
l'ordre des morts à l'état des cercueils. Ceux de
la dernière génération conservaient encore une partie de leurs ornements. Les plus anciens ne gardaient plus que leur bois nu et certains enfin n'offraient que leur seule enveloppe de plomb.

Sur plusieurs, les écussons et les ferrures tenaient
à peine. Et c'est tout juste si l'on pouvait déchiffrer
l'inscription.

Le corps de George, quatrième baron Luxellian,
reposait avec deux autres, faute de place, dans le
fond du caveau, sur des tréteaux, et non dans des
niches, comme les autres. C'étaient ceux-là qu'il fallait déplacer, pour creuser dans la voûte une place à
lady Luxellian. Stephen trouvant le lieu en harmo-
nie avec ses sombres pensées résolut d'attendre.

— Siméon, vous rappelez-vous cette pauvre lady
Elfride qui s'enfuit avec un acteur? interrogea John
Smith au bout d'un instant; du temps où mon père
était bedeau. Où donc est-elle?

— Quelque part par là, fit Siméon en regardant
autour de lui. Eh! mais, je la tiens dans mes bras
en ce moment.

Il déposa le cercueil et s'essuya le visage. Puis
jetant un morceau de bois pourri sur un autre cercueil en guise de désignation, il ajouta :

— Voilà son mari même. Quel beau couple, ils
faisaient! Je m'en souviens quoique j'étais à peine
un enfant dans ce temps-là. Elle tomba amoureuse
de lui et on publia leurs bans dans une église de
Londres. Le père assistait à l'office. Mais le plus

drôle est, qu'en train de bavarder avec des amis, il ne remarqua pas le nom de sa fille prononcé cependant par trois fois. Sitôt mariée, elle raconta tout au vieux lord qui entra dans une rage épouvantable et menaça de la déshériter. Mais elle déclara qu'elle ne tenait pas à l'argent et serait trop heureuse de monter sur les planches avec son mari.

Le vieux lord eut tellement peur, qu'il leur donna une belle maison avec un grand jardin, une voiture et une rente de quelques guinées par mois. Mais la pauvre dame mourut en couches, à son premier enfant, et son mari qui l'aimait passionnément devint fou et se suicida. Ils furent enterrés le même jour.

— Et que devint le bébé? interrogea Stephen qui connaissait mal l'histoire.

— Sa grand'mère l'éleva. Elle se développa en une grande belle fille et s'enfuit avec le pasteur Swancourt. C'est décidément un goût dans la famille. A la mort de sa grand'mère le titre passa à une autre branche de Luxellian. Le pasteur Swancourt gaspilla tout l'argent de sa femme et, lorsqu'elle mourut, il resta sans le sou, avec une fille à élever : miss Elfride. Les deux Elfride, la grand'mère et la jeune miss se ressemblent comme deux sœurs : mêmes yeux et mêmes cheveux. Tandis que la mère de miss Swancourt était plus brune.

Drôle tout de même de penser que si le titre de lord passait aux femmes, miss Elfride serait aujourd'hui lord, non je veux dire lady Luxellian.

— J'ai pensé qué'ques fois en voyant miss Elfride avec les petites Luxellian, fit Siméon, qu'y avait une certaine ressemblance, entre elles trois. Mais, j'dois me tromper. Depuis le temps...

— Et maintenant, il ne nous reste plus qu'à transporter ces deux-là, intervint John Smith ravivant comme il convient au patron le zèle de ses subordonnés, et à partir. Laissons la bouteille d'ale sans crainte que ces pauv' âmes y touchent.

Mais il ferma à clef la grille du caveau comme si ces prisonniers immobiles pouvaient songer à s'évader.

XXVII

« COMMENT T'ACCUEILLERAIS-JE? »

L'amour meurt souvent de lassitude. D'autres fois, ce n'est qu'un déplacement de personnes.

Dans le cas d'Elfride Swancourt, ce chassé-croisé s'opéra d'autant plus facilement que le nouveau venu se montrait supérieur au premier.

Au regard des rebuffades instructives et piquantes que lui prodiguait Knight, la douceur de Stephen lui parut fade. A côté de l'amour contenu de Knight, la tendresse sentimentale de Stephen, puérile. Il lui fallait quelqu'un de plus viril. Stephen était à peine un homme. Peut-être, d'ailleurs, y avait-il un ferment d'inconstance dans la nature d'Elfride.

Une des raisons pour lesquelles Stephen n'avait su imprimer profondément sa personnalité dans son cœur était peut-être sa timide habitude de se déprécier auprès d'elle. Cette tactique peut réussir auprès des hommes, mais donne à une femme l'habitude de vous estimer au-dessous de votre valeur. Dès qu'un homme cesse de dominer, le mépris naît chez la femme. Et il est triste de constater qu'elle confond presque toujours la douceur avec la faiblesse. La médiocrité des parents de Smith avait dû contribuer aussi au refroidissement d'Elfride. Aux jeunes filles de son milieu, la pauvreté n'apparaît pas comme un vice quoique la majorité la considèrent comme tel. Mais il leur semble impossible que des manières délicates puissent exister dans une telle condition, et

16

qu'une âme noble puisse se dissimuler sous une
blouse sale et des mains rudes.

Au retour de leur périlleuse expédition, Knight se
sentit indisposé et se retira dans sa chambre. La
jeune fille suivit son exemple, mais reparut sur les
cinq heures, rhabillée et recoiffée.

Elle erra dans la maison, nerveuse. Le récent
danger n'était pour rien dans sa fièvre. L'orage qui
avait brisé le chêne avait à peine incliné le roseau.
Knight sauvé, Elfride oubliait déjà l'incident. L'aveu
de Knight la préoccupait bien plus.

Et son agitation venait de la misérable promesse
qu'elle avait faite à Stephen. Le jeune homme subis-
sait dans son esprit une comparaison désavanta-
geuse avec Knight. Elle reconnut la sagesse de son
père en s'opposant à ce mariage et déplora de
n'avoir pas alors suivi ses conseils.

Rien n'endurcit plus un jeune cœur que de constater l'inanité de ses vœux les plus chers et le
triomphe de la raison égoïste qu'il méprisait autrefois.

L'heure du rendez-vous approchait.

— Que Dieu me pardonne! Mais je ne puis rencontrer Stephen, murmura-t-elle à mi-voix. Je ne
l'aime pas moins qu'autrefois, mais j'aime beaucoup
plus M. Knight.

Non, elle ne pouvait, malgré sa promesse, se donner à un homme qu'elle n'aimait pas. Elle obéirait à
son père et renoncerait à Stephen Smith. Et son
inconstance prenait ainsi toutes les apparences de
la vertu.

Les jours suivants, Knight ne lui fit aucun aveu
définitif. Des promenades et des scènes semblables
à celles dont Stephen avait été témoin se reprodui-
sirent. Mais Knight courtisait Elfride d'une façon si
intangible que, pour d'autres que la jeune fille, sa
tendresse n'eût pas été visible.

La vie recommença à lui paraître douce. Elle

écarta le souvenir du passé et s'abandonna à l'ivresse du présent. Knight ne faisait aucune déclaration. Mais cela ne signifiait nullement un recul. Etant assurée de son amour, Elfride préférait en jouir pour l'instant dans son essence, sans le secours plus précis des mots. Ayant manifesté leur sentiment véritable par une démonstration prématurée, ils éprouvaient tous deux le besoin d'une réaction.

Elfride écarta donc le remords de son infidélité. Mais une nouvelle anxiété vint l'assaillir : celle que Knight ne vînt à rencontrer Stephen et qu'une explication n'ait lieu.

Elfride, apprenant à mieux connaître Knight, se convainquit bien vite que, non seulement il ignorait l'amour de Stephen pour elle, mais encore qu'il était loin de supposer qu'elle pût avoir distingué un autre homme avant lui.

Dans la vie habituelle, Elfride se montrait d'une belle franchise, mettait à nu son âme et son cœur. Mais l'amour la transformait. Jamais elle ne fit allusion à Stephen. Lorsque les femmes commencent à être discrètes, elles le sont à fond. Et reconnaissons-le, souvent cette discrétion commence à leur second amour.

Sa fuite avec Stephen devenait pour Elfride un cauchemar affreux, et tel l'esprit de Glenfinlas, il grandissait à mesure qu'elle essayait de le terrasser. Son honnêteté naturelle l'incitait à se confesser à Knight et à se fier à sa générosité; et le simple bon sens lui disait que si elle devait avouer, le plus tôt serait le mieux.

Plus elle tarderait, plus l'aveu deviendrait difficile. Mais elle recula. La crainte qui accompagne chez les jeunes filles le grand amour, était chez elle trop violente pour lui permettre de se montrer franche.

Le mariage semblait considéré comme fait par M. et Mrs. Swancourt. Le pasteur rappela à Elfride sa promesse relative au télégramme. La jeune fille se montra franche.

— Je correspondais avec Stephen Smith, depuis son départ d'Angleterre, dit-elle avec calme.

— Quoi! fit le pasteur consterné! Sous les yeux de M. Knight!

— Non, dès que je découvris mon sentiment pour M. Knight, je vous obéis.

— Trop aimable! Et quand avez-vous commencé à aimer M. Knight?

— Je ne me sens pas tenue de vous répondre, papa. C'est l'agent d'affaires de M. Smith qui m'envoya, sans que je lui demande, le télégramme m'annonçant l'arrivée de M. Smith.

— Son arrivée? Il est ici?

— Je le pense.

— A-t-il essayé de vous voir?

— Oui, par des moyens honnêtes. Mais ne me torturez pas ainsi, papa.

— Je ne vous poserai plus qu'une question. L'avez-vous rencontré?

— Non, je puis vous affirmer que pour le moment, il n'y a plus aucun lien entre ce jeune homme et moi. Vous m'avez dit de l'oublier et je l'ai oublié.

— Hum!... Enfin! Quoique vous vous soyez montrée récalcitrante au début, je suis heureux que vous ayez fini par m'obéir. C'est d'une bonne fille.

— Oh! ne dites pas cela, papa, fit-elle avec amertume... Vous ne savez pas... Moins j'en parlerai, mieux ce sera. Souvenez-vous que M. Knight ignore! C'est affreux, je ne sais où je vais...

— A votre place, je lui dirais tout ou, si je gardais mon secret, je ne me tourmenterais pas. Mais qu'avez-vous?...

— Je ne sais. Promettez-moi qu'il ne saura rien. Ce serait ma perte!

— Voyons, enfant, Knight est un bon garçon et un homme intelligent. Mais, d'autre part, ce n'est

pas un parti très brillant pour vous. Si vous aviez
attendu, vous auriez pu rencontrer un homme beaucoup plus riche. D'ailleurs, je n'ai rien à dire contre
lui, si vous l'aimez. Charlotte se montre enchantée.

— Savez-vous papa, fit-elle en souriant malgré
ses larmes, je suis heureuse de voir mon choix
approuvé par ma famille. Mais je ne suis pas bonne,
loin de là.

— Personne n'est bon, malheureusement, fit le
pasteur doucement; mais les petites filles ont le droit
de changer d'idée, vous savez? Les poètes l'ont
reconnu depuis des temps immémoriaux. Catulle
dit : « *Mulier cupido quod dicit amanti, in vento...* »
Quelle mémoire! Bref, le passage peut se résumer
ainsi : les serments d'une femme sont écrits sur le
vent et l'eau. Vous voyez, Elfride, qu'il ne faut pas
tant vous tourmenter.

— Ah! Vous ne savez pas!

Ils causaient sur la pelouse devant la maison.
Elfride aperçut Knight à ce moment, dans une allée.
Elle s'avança vers lui, le cœur plus léger. Elle
éprouvait l'impression d'avoir déchargé une partie
de son fardeau sur les épaules de son père. Cependant, elle voyait encore bien des ombres noires à
l'horizon.

— Comme j'aurais voulu qu'il me dise la même
chose, sachant comment je me suis compromise
avec Stephen, murmura-t-elle.

Dans l'après-midi, Knight et Elfride partirent à
cheval. Les funérailles de lady Luxellian avaient eu
lieu la veille dans l'intimité. Ils espéraient rester
inaperçus, mais ils durent passer devant l'église.

Les marches du caveau affleuraient comme nous
l'avons dit, à l'extérieur de l'édifice, sous le mur de
l'aile gauche.

— On dirait que le caveau est encore ouvert,
remarqua Knight.

— Il l'est.

— Quel est donc cet homme, près des marches?
Le maçon, j'imagine.

— Oui.

— Je me demande si ce n'est pas John Smith, le
père de Stephen.

— C'est possible, fit Elfride avec appréhension.

— Vous croyez? J'aimerais lui demander des nouvelles de mon protégé. Et d'après la description de
votre père, l'intérieur du caveau doit être intéressant. Si nous le visitions.

— Si vous voulez. Mais lord Luxellian n'y est-il
pas?

— Improbable!

Force lui fut de consentir. Son cœur qui avait
battu d'effroi s'apaisa. John Smith, après tout, n'était
qu'un brave homme paisible. Savait-il seulement les
amours de son fils? Rassurée, elle sauta à terre et
prit le bras de Knight.

Le maître-maçon reconnut Elfride et, comme d'habitude, souleva son chapeau avec respect.

— Vous êtes monsieur Smith, le père de mon ami
Stephen, fit Knight dès qu'il eut examiné le visage
hâlé et les traits rudes de John.

— Je le crois, monsieur.

— Comment se porte-t-il? Je n'ai eu de ses nou-
velles qu'une fois depuis son départ aux Indes.
J'imagine que vous avez entendu parler de moi :
M. Knight.

— Pour sûr! Stephen se porte bien, je vous remer-
cie. Et il est en Angleterre, je dirais même au village. Bref, monsieur, vous le trouverez dans le
caveau en train d'examiner les cercueils.

Le cœur d'Elfride se mit à voleter éperdument,
comme un pauvre petit papillon. Knight parut stu-
péfait.

— Ma parole! fit-il, si je m'attendais à cela! Sait-il
que je suis ici?

— Je ne saurais vous dire, monsieur, fit John un

peu inquiet et soupçonnant vaguement un drame.

— Croyez-vous que nous puissions pénétrer dans le caveau sans paraître manquer de politesse envers la famille?

— Certes oui, monsieur. Plusieurs l'ont déjà fait. Et la grille reste ouverte dans ce but.

— Descendons-nous, alors, Elfride?

— J'ai peur que l'air ne manque, fit-elle d'un ton suppliant.

— Oh, non! miss, dit John. Nous avons passé les murs à la chaux avant-hier, comme on le fait toujours à chaque réouverture. Il y fait très frais.

— Accompagnez-moi, Elfride, cela me fera plaisir. Et puis, c'est un peu le caveau de votre famille.

— Je n'aime guère contempler la mort de si près. Je préfère garder les chevaux pendant que vous descendrez : ils pourraient se sauver.

— Quel enfantillage! Je n'aurais jamais cru que ces pauvres restes pussent vous troubler à ce point. Mais restez dehors, si vous avez peur, je vous en prie.

— Oh! je n'ai pas peur! Ne dites pas cela!

Et elle prit le bras du jeune homme. Un peu plus tôt, un peu plus tard ne lui faudrait-il pas affronter Stephen?

Au premier abord, l'obscurité du caveau qu'éclairaient à peine quelques chandelles ne leur permit point de rien distinguer; mais, en s'avançant, Knight discerna, devant une masse sombre, la silhouette d'un jeune homme prenant des notes sur un calepin.

— Stephen! murmura-t-il.

Stephen Smith, mieux renseigné sur les faits et gestes du journaliste que Knight sur les siens, reconnut aussitôt son ami et devina la présence de la jeune fille. Il s'approcha et tendit la main à Knight sans parler.

— Pourquoi ne m'avez-vous pas écrit, mon ami? fit Henry sans présenter Elfride.

Pour lui, Smith restait toujours le petit paysan qu'il avait protégé à ses débuts, et l'idée seule de lui présenter sa fiancée lui eût paru incongrue et absurde.

— Pourquoi ne m'avez-vous pas écrit à moi? riposta Stephen.

— Ah oui! pourquoi ne l'ai-je pas fait? Pourquoi ne l'avons-nous point fait ? C'est toujours la question à laquelle on ne sait répondre. Cependant, je ne vous ai pas oublié, Smith. Mais maintenant que nous nous sommes retrouvés, il faudra nous revoir et bavarder un peu plus longuement. Vous me raconterez votre voyage. Je sais que vous avez fait fortune. Il faudra m'en enseigner le moyen.

Elfride se tenait un peu en arrière. Stephen embrassa la situation d'un coup d'œil : la jeune fille n'avait seulement pas mentionné son nom à Knight. Il avait un tact remarquable qui lui permettait d'éviter toutes les catastrophes et en ceci se trouvait supérieur à Knight. Sa vieille reconnaissance envers son professeur vivait encore dans son cœur et son amour pour Elfride se montrait généreux.

Il prévit que la jeune fille modèlerait son attitude sur la sienne. Qu'il agît comme un étranger et elle accepterait sans doute avec joie de ne pas le reconnaître. Le mieux était donc de se montrer réservé envers Knight et d'écarter, autant que possible, de nouvelles rencontres.

— Je crains que mon temps limité ne me permette pas ce plaisir, dit-il. Je repars demain pour Londres. Et pendant la quinzaine qui va précéder mon embarquement pour Bombay, je redoute de n'avoir pas un moment à moi.

Le désappointement de Knight et son visible mécontentement chavirèrent autant le pauvre Stephen que la vue d'Elfride l'avait fait.

Il eût été heureux, malgré les circonstances, de causer avec Knight comme par le passé, et il vit avec terreur que pour sauver une femme qui ne l'aimait pas, il lui fallait, de gaieté de cœur, renoncer à son seul ami.

— Oh! je le regrette! fit Knight d'une voix changée. Mais si vos affaires vous réclament, vous auriez tort de les négliger. Et si cette entrevue doit être la dernière, dit-il d'une voix plus affectueuse, laissez-moi vous souhaiter le succès de tout mon cœur.

Voilà un curieux lieu de rencontre, ajouta-t-il en regardant autour de lui.

Stephen acquiesça et le silence retomba. Les cercueils noirs se dessinaient maintenant en relief sur les murs fraîchement blanchis à la chaux.

Cette scène devait s'imprimer d'une façon indélébile dans le souvenir de ces trois personnages.

Le jour blanc filtrait doucement et se teintait de bleu par contraste avec la lueur jaune des chandelles.

Elfride reculée timidement vers l'entrée recevait la lumière, tandis que Stephen restait presque entièrement dans l'ombre.

— Je suis venu ici deux ou trois fois déjà, dit Stephen. Mon père, comme vous le savez, est chargé de la besogne.

— Oui, que faites-vous? demanda Knight en regardant le calepin et le crayon que Stephen tenait à la main.

— Je dessinais quelques détails d'architecture et copiais les noms inscrits sur les cercueils. C'est un peu mon métier.

— Oui... Ah! voici la pauvre lady Luxellian, j'imagine, dit Knight en désignant un cercueil en sapin plus clair qui garnissait une nouvelle niche. Quels sont ces deux-là?

La voix de Stephen s'altéra légèrement lorsqu'il répondit :

— C'est lady Elfride Kingsmore, née Luxellian, et son mari Arthur. Mon père m'a raconté qu'elle...

s'enfuit avec lui et l'épousa malgré la volonté de son père...

— C'est d'elle que vient votre nom, miss Swancourt? dit le jeune homme en se tournant vers elle. Ne m'avez-vous point dit qu'à trois ou quatre générations en arrière votre généalogie se ramifie sur celle des Luxellian?

— Lady Kingsmore était ma grand'mère, dit Elfride en essayant vainement d'humecter ses lèvres avant de parler.

Elfride avait à ce moment le regard repentant qui caractérise la Madeleine du Guide. Elle détourna à moitié son visage et porta ses yeux sur la petite ligne de ciel bleu du dehors comme si son salut en dépendait.

Sa main gauche reposait légèrement sur le bras de Knight. Elle la retira à moitié, honteuse d'affirmer devant son ancien amoureux ses droits sur le nouveau et ne voulant pas cependant l'abandonner tout à fait. La conversation à bâtons rompus se poursuivait en remarques disjointes.

— Ce lieu vous inspire des pensées solennelles, fit Knight de sa voix mesurée. Comme on a parlé de la mort, depuis que le monde est monde. Comme elle s'impose à nous! Ceux qui reposent ici pourraient dire :

> Car pour rendre ma chute plus grande
> Tu m'avais élevé très haut,

Quelle est la suite, Elfride? C'est, je crois le Psaume cent vingt-deux.

— Oui, je le connais, murmura-t-elle.

Et elle reprit d'une voix plus basse, comme effrayée du sens des mots :

> Mes jours à leur déclin
> Sont comme l'ombre d'un soir.
> Ma beauté, comme l'herbe flétrie,
> Se fane rapidement.

— Allons, dit Knight pensivement, quittons ces morts. De telles occasions semblent nous contraindre à vagabonder hors de nous-mêmes, bien loin du cadre fragile dans lequel nous vivons. Notre perception devient si vaste qu'elle semble hors de proportion avec le cerveau qui l'engendre. Nous contemplons la mince tige qui porte une floraison aussi luxuriante et nous nous demandons : « Est-il possible qu'une telle faculté ait une si petite base? Pourrais-je maintenant rentrer dans mon étroite prison : un corps humain? dans lequel de misérables pensées me tortureront? »

— Oui! firent ensemble Stephen et Elfride.

— Et il semble alors paradoxal qu'on ait enfermé, dans la frêle cassette du corps humain, une telle capacité de *sentir*. Mais ne nous laissons pas attrister. La vie nous réclame.

En temps ordinaire, eût-il été seul avec Stephen, le jeune homme n'eût fait aucune allusion à ses rapports avec Elfride. Mais troublé par l'atmosphère du lieu, il se montra plus confiant.

— Stephen, dit-il, cette jeune fille est miss Swancourt. Je suis en ce moment chez son père.

Il se rapprocha et ajouta à voix basse :

— Je puis même vous confier que nous sommes fiancés.

Si bas qu'eussent été prononcés les mots, Elfride les entendit et le cœur battant attendit la réponse. Sa robe frémissait à chaque pulsation et bruissait légèrement contre le mur.

— Je vous félicite, balbutia Stephen.

Et à voix haute, il reprit :

— Je connais miss Swancourt... oh! très peu. Mon père est un des paroissiens de M. Swancourt.

— Je pensais que vous aviez vécu loin d'ici, depuis l'arrivée du pasteur dans le pays?

— En effet. Je n'ai presque pas habité le pays.

— J'ai déjà vu M. Smith, balbutia Elfride.

— Oh! Alors je suis inexcusable. D'abord j'aurais dû vous présenter, et ensuite si vous vous connaissez, j'aurais pu vous laisser parler ensemble, au lieu de vous séparer. Mais voyez-vous, Smith, je vous considère toujours comme un gamin.

Stephen ne put s'empêcher de mettre une certaine amertume dans sa réponse.

— Dites plutôt que vous me considérez comme un fils de paysan que je suis et que vous jugez superflu de me présenter.

— Quelle plaisanterie!

Et Knight essaya de donner à sa phrase un ton léger pour les oreilles d'Elfride et un son grave pour celles de Stephen. Il échoua, bien entendu, et sa réponse sonna désagréablement aux oreilles de ses deux auditeurs.

— Voyons, partons, cette fois. Miss Swancourt, vous me semblez bien silencieuse. Ne vous laissez pas intimider par Smith. Je le connais depuis de longues années.

« Penser qu'elle n'a jamais parlé de moi! » songeait Stephen et, avec un vague remords, il pensait que l'attitude actuelle de la jeune fille offrait une certaine similitude avec celle qu'il avait assumée lors de sa première visite à Endelstow.

N'avait-il pas laissé croire qu'il était étranger dans le pays et n'y connaissait personne?...

Ils remontèrent au jour. Knight ne se soucia pas davantage du silence d'Elfride. Dans sa fatuité masculine il l'attribua à l'embarras naturel d'une jeune fille à être vue en compagnie d'un jeune homme dont les attentions pour elle étaient parlantes.

Elfride traversa rapidement le cimetière, laissant les deux amis un peu en arrière.

— Vous me semblez bien changé, Smith, dit Knight profitant de leur tête-à-tête. Et je m'en étonne. Je ne m'en intéresserai pas moins à vos faits et

gestes lorsqu'il vous plaira de me les confier. Je n'ai
pas oublié la raison de votre départ pour les Indes.
Il s'agissait d'une jeune fille de Londres, n'est-ce
pas? J'espère que tout va bien de ce côté?

— Non : le mariage est rompu.

Comme on ne sait jamais en ces circonstances
s'il faut manifester de la joie ou du chagrin, Knight
se contenta de dire :

— J'espère que tout est pour le mieux.

— Je l'espère. Mais je vous prie de ne pas insister... non, pardon, vous n'insistez pas... Mais je préfère abandonner le sujet.

Stephen semblait très agité. Knight se tut et ils
rejoignirent Elfride qui n'avait pas entendu ce court
dialogue.

Stephen les quitta à la grille du cimetière et les
regarda monter à cheval.

— Mon Dieu! Elfride! fit Knight, comme vous
voilà pâle! J'ai eu tort de vous amener dans ce
caveau, peut-être. Qu'y a-t-il?

— Rien, dit Elfride d'une voix faible. Ces cercueils... ces morts... tout cela m'a impressionnée.

— Voulez-vous que j'aille chercher un verre d'eau?

— Non, non!

— Est-il sage de remonter?

— Si, si, fit-elle d'une voix suppliante.

— Alors, en selle! murmura-t-il doucement.

Et il l'aida à mettre le pied dans l'étrier. A quelques mètres de là, appuyé sur la grille, Stephen les
regardait. Comme fascinée, la jeune fille tourna la
tête. Pour la première fois depuis leur grande séparation dans la lande de Saint-Launce, Elfride regardait en face celui qu'elle avait aimé.

Ainsi voilà l'homme qui l'avait appelée sa femme
chérie et qu'elle-même avait traité de mari. Leurs
yeux se rencontrèrent. L'affreux reproche qu'elle lut
dans le regard de Stephen lui lancina le cœur d'une
douleur aiguë.

D'un violent effort, elle détourna la tête et piqua son cheval de l'éperon.

Knight la rejoignit à l'entrée du petit bois et se pencha tendrement vers elle :

— Etes-vous mieux, chérie?

— Oh! oui!

Et elle passa sa main sur ses yeux, comme pour en effacer l'image de Stephen.

Une tache rouge brillait maintenant à ses pommettes, tandis que le reste du visage gardait une pâleur de lys.

— Elfride, fit Knight de son ton de mentor, je ne voudrais pas vous gronder, mais n'y a-t-il pas beaucoup de faiblesse à se laisser impressionner par un spectacle, fort naturel, après tout? Toute femme, digne de ce nom, devrait pouvoir regarder la mort en face sans trembler. Ne trouvez-vous pas?

— Si je le reconnais.

Comment Knight aurait-il deviné la cause de son trouble? Il était incapable d'une pareille tromperie. Cette constatation augmenta les remords d'Elfride. Elle l'adora encore plus pour sa droiture foncière.

De retour au manoir, elle évita son fiancé jusqu'au moment de se mettre à table. Mais après le dîner, elle rejoignit Henry sur la terrasse.

— Monsieur Knight, j'ai quelque chose à vous dire, fit-elle d'une voix calme.

— Et quoi donc, fit-il gaiement. Rien de triste, j'espère. Vous étiez silencieuse, cet après-midi?

— Je ne puis vous répondre que demain. Oui, un incident m'a rappelé aujourd'hui certaine chose que j'eus tort de commettre autrefois.

Cette façon de présenter sa passion frénétique et sa fuite avec un jeune homme pourra paraître adoucie. Knight crut qu'il s'agissait d'une peccadille sans importance. Il dit en riant :

— Alors, je n'entendrai pas aujourd'hui cette redoutable confession?

— Non, pas maintenant, dit Elfride d'une voix moins assurée. C'est plus grave que vous ne semblez le croire. Et vous me voyez très préoccupée.

Mais craignant de s'être trop avancée, elle ajouta vivement :

— Quoique, après tout, mon aveu puisse vous paraître sans conséquence.

— Et quand me direz-vous ce terrible secret?

— Demain matin. Fixez une heure et rappelez-moi ma promesse, car je suis faible et je tâcherais peut-être de l'éluder.

Et elle eut un petit rire forcé qui montrait combien chancelante encore était sa résolution.

— Alors, disons après le petit déjeuner à onze heures.

— Oui, onze heures. Je vous le promets. Forcez-moi à tenir parole.

XXVIII

— Miss Swancourt. Il est onze heures.

Elle se penchait, au premier étage, à la fenêtre de son cabinet de toilette. Knight, assis depuis un moment déjà sur la terrasse, partageait ses regards entre les pages d'un livre, les géraniums éclatants et la fenêtre ouverte de la jeune fille.

— Oui. Je descends.

Il se rapprocha.

— Comment vous sentez-vous, ce matin, Elfride? Cette longue nuit ne semble pas vous avoir beaucoup reposée.

Peu après, elle apparut sur le seuil. Elle prit son bras et se dirigea par le sentier de gravier vers la rivière qu'on apercevait là-bas à travers les arbres.

Pendant ces dernières quinze heures elle avait persisté dans sa résolution : dire toute la vérité. Le moment était venu!

Pas à pas ils avançaient. Elle se taisait toujours. Ils touchaient presque le terme de leur promenade. Knight rompit le silence.

— Eh bien, cette confession, Elfride?

Elle s'arrêta un moment comme pour reprendre haleine.

— Je vous ai dit un jour, — ou plutôt, je vous ai laissé supposer, — que j'aurai dix-neuf ans à mon prochain anniversaire... C'est faux. Je les ai eus l'année dernière.

Elfride avait reculé au dernier moment. Devant la crise proche, tout s'abolissait : remords, honnêteté, franchise. La crainte qu'il ne pardonnât pas, la peur que son attitude hypocrite de la veille n'ajoutât chez le jeune homme le dégoût au désappointement, l'épouvantèrent. La certitude d'un jour de bonheur au moins gagné par son silence, l'emporta sur l'espoir incertain d'un amour éternel, qui suivrait le pardon.

La trépidation causée par ces pensées fit trembler si naturellement ses mots que Knight ne supposa pas une seconde la substitution. Il sourit tendrement :

— Ma chère Elfride! Quelle petite femme ensorcelante vous êtes! On n'a pas idée d'être aussi scrupuleuse! Du diable si je me souciais de votre âge exact. Et je ferais aussi bien de ne pas l'approfondir, moi qui suis un vieux monsieur auprès de vous.

— Ne me félicitez pas, je ne le mérite point.

Mais Knight, très joyeux ce matin-là, ne vit dans cette protestation qu'une nouvelle preuve de modestie.

— Je ne vous en aime que mieux, savez-vous, Elfride, pour cette franchise absurde. Car ce que je prise par-dessus tout chez la femme, c'est un esprit pur comme un ciel sans nuages. Cette qualité me ferait passer sur tous les défauts. Elfride, vous la possédez; gardez-la précieusement. Par elle seulement, ma chérie, une noble femme peut s'égaler à un homme de cœur. Quand je parle de la franchise, je ne fais pas seulement allusion à l'honnêteté dans la vie sociale, mais encore et surtout en amour, où trop souvent la femme use de subterfuges que je réprouve.

Elfride, troublée, regardait au loin.

— Allons-nous à la rivière, Elfride?

— Je n'ai pas mon chapeau, fit-elle d'une voix angoissée.

— Je vais vous le chercher, fit Knight heureux

d'acheter sa compagnie à ce prix. Asseyez-vous là
deux secondes.

Et il s'éloigna d'un pas rapide. Elfride tomba sur
un banc rustique et s'abandonna à sa méditation.
Un bruit de branches cassées lui fit tourner la tête.
Elle aperçut alors devant elle Mrs. Jethway.

La veuve n'avait pas encore vu Elfride. Elle examinait la maison qu'on distinguait en partie à travers les arbres. La jeune fille se recula un peu,
dans l'espoir que la déplaisante vieille femme ne la
remarquerait pas. Trop tard! Mrs. Jethway se plan-
tait devant elle.

— Ah! miss Swancourt! Pourquoi me dérangez-
vous? N'ai-je pas le droit de passer dans ce chemin?

— Mais si, Mrs. Jethway. Tant qu'il vous plaira.
Je n'ai nullement l'intention de vous déranger.

— Vous me dérangez l'esprit. Et mon esprit est
toute ma vie, puisqu'il conserve l'image de mon fils.

— Oui, j'ai su... Pauvre garçon! La nouvelle de
sa mort m'a peinée.

— Savez-vous de quoi il est mort?

— De consomption?

— Oh! non! non! Ce mot couvre bien autre chose.
Il mourut parce que vous étiez sa fiancée et que
vous lui fûtes infidèle. C'est cela qui l'a tué. Oui,
miss Swancourt, fit-elle d'une voix très animée, vous
avez tué mon fils!

— Comment pouvez-vous dire de pareilles folies!
fit Elfride en se levant, indignée.

Mais la colère n'était pas dans son caractère et
les derniers événements l'avaient bouleversée; elle
perdit les moyens que ce mode de défense eût pu lui
assurer.

— Pouvais-je empêcher votre fils de m'aimer,
Mrs. Jethway?

— Oui, justement. Vous savez l'origine de son
amour. Vous aviez déclaré que vous préfériez le
nom de Félix à tous les autres. Et vous saviez que

mon fils s'appelait ainsi. Vous espériez que ceux à qui vous faisiez cette confidence la lui rapporteraient.

— Je connaissais son nom, naturellement, mais Mrs. Jethway, je ne l'ai pas dit pour qu'on le lui répétât.

— Mais vous saviez qu'on le ferait.

— Ce n'est pas vrai!

— Et le jour où vous êtes passée à cheval, devant notre maison... Vous avez voulu mettre pied à terre. Quand Jim Drake, George Upway et trois autres se précipitèrent pour tenir la bride, pourquoi avez-vous appelé Félix qui se tenait timidement à l'écard?

— Oh! Mrs. Jethway, comme vous me jugez! Je le préférais aux autres, car il semblait doux et poli. J'aimais mieux avoir affaire à lui qu'à ses camarades.

— Alors pourquoi lui avez-vous permis de vous embrasser?

— Mais c'est faux! C'est absolument faux! fit Elfride en pleurant d'énervement. Il survint derrière moi et tenta de déposer un baiser dans mon cou; c'est pour cette raison que je lui interdis de reparaître en ma présence.

— Mais vous n'avez rien raconté à votre père, comme vous l'auriez dû faire, s'il vous avait insultée ainsi que vous le prétendez maintenant.

— Il me supplia de me taire. Stupidement, je me laissai toucher. Je m'en repens maintenant. Si j'avais pu prévoir qu'on interpréterait ainsi ma bonté!... Allons, Mrs. Jethway, laissez-moi, maintenant, je vous prie.

— Oui, vous l'avez repoussé durement et il mourut... Et son corps se refroidissait à peine que vous preniez un autre amoureux. Puis celui-là encore vous l'avez envoyé promener pour en choisir un troisième. Et vous croyez rester impunie? fit-elle en se rapprochant. Avez-vous donc oublié votre fuite, votre voyage à Londres, votre retour le lendemain?... Moi, pas. Tromper un amoureux, passe encore, mais quitter celui qui joue le rôle de mari sans l'être...

— Taisez-vous, c'est une affreuse calomnie!...

— Votre nouvel ami connaît sans doute cette escapade? Allons donc! Il ne songerait pas à vous épouser. Mais pourquoi respecterai-je votre amour, moi? Qui m'empêchera de parler!

— Je vous en défie! cria Elfride avec violence. Faites tout pour me perdre, je vous y invite. Allons, à l'œuvre, le voici!

Et son cœur se mit à battre en apercevant, à travers les arbres, la silhouette aimée.

— Pas maintenant, dit la femme.

Et elle disparut dans le fourré.

L'agitation avait ramené des couleurs aux joues d'Elfride. Elle s'essuya vivement les yeux et accourut au devant de son amoureux. Toute trace d'émotion avait disparu de son visage lorsqu'elle l'aborda.

Knight lui noua les brides de son chapeau sous le cou, et prit le bras de la jeune fille. C'était l'avant-veille de leur départ pour Saint-Léonards, et Knight semblait résolu à jouir pleinement de la compagnie de son amie.

La saison atteignait cette période de l'automne où les feuilles, par la richesse de leurs coloris, épuiseraient les combinaisons chromatiques d'une palette de peintre. Les hêtres variaient du rouge vif au jaune d'or; les jeunes chênes gardaient encore leur parure vert sombre; les sapins et les houx se teintaient de bleu; tandis que les autres arbres multipliaient à l'infini la gamme des marrons et des pourpres.

La rivière courait sur un lit de cailloux unis comme des pavés. L'été avait desséché le torrent : on ne voyait plus qu'un mince filet de cristal.

Knight rampa sous les arbustes qui en cet endroit dissimulent presque complètement le petit cours d'eau.

— Elfride, s'écria-t-il. Je n'ai jamais rien vu de

semblable, les noisetiers forment une vraie voûte;
on dirait le couloir d'un cloître. Venez!

Il l'aida à se faufiler à travers les branches et la
fit asseoir, à ses côtés, près de la petite cascade.
Puis, appuyé sur son coude, il la contempla.

— Est-ce qu'une chevelure abondante comme la
vôtre ne se clairsème pas entre vingt et trente ans?
demanda-t-il enfin.

— Oh non! fit-elle avec vivacité, visiblement inquiète à cette supposition.

Et presque aussitôt elle ajouta :

— Croyez-vous vraiment qu'une belle chevelure
ait plus de chance de diminuer qu'une chevelure
ordinaire?

— Je le crois. J'en suis même sûr.

Elfride laissa lire un trouble sur son visage. Une
femme préférera toujours perdre sa réputation plutôt que sa beauté.

— Vous ne devriez pas vous soucier ainsi d'un
ornement personnel, fit Knight avec un peu de son
ancienne sévérité.

— N'est-ce pas le devoir d'une femme de rester
aussi jolie que possible?

— Oui, oui, je sais... Une jolie femme préférerait
plutôt devenir bête que laide.

— Comme vous êtes sévère! Il ne fallait pas
prendre la peine de me sauver du précipice, fit-elle
taquine, si vous jugiez ma personne indigne de vous.

— Je pourrais vous retourner la pareille.

Elle jouait avec l'eau et regardait filtrer les gout-
telettes lumineuses à travers ses doigts.

— Vous faites allusion à ma sévérité, Elfride. Ce
serait plutôt à moi à parler de la vôtre.

— Comment? fit-elle en levant les yeux.

— J'ai pris la peine de vous acheter des boucles
d'oreilles et vous les refusez sans merci.

— Peut-être les accepterais-je aujourd'hui.

— Oh! Je vous en prie.

Et tirant l'écrin de sa poche, Knight le lui présenta pour la troisième fois. Elfride le prit d'un air ravi.

— Je vais enlever les miennes et porter de suite les vôtres, dites?

— Vous me ferez plaisir.

Quelque improbable que cela puisse sembler, Knight ne s'était jamais aventuré encore à embrasser Elfride. Il se montrait, en ces matières-là, bien en retard sur Stephen Smith. Ses plus grandes témérités, Stephen en avait été témoin dans le pavillon d'été. Le visage d'Elfride restait encore pour lui le fruit défendu.

— Elfride, dit-il impulsivement, laissez-moi poser ces bijoux à vos jolies oreilles. J'en ai bien le droit.

Elle hésita.

— Laissez-moi en mettre une alors?

Le visage de la jeune fille s'empourpra.

— Je ne crois pas que ce soit très convenable, fit-elle en se détournant.

Et elle recommença à jouer avec l'eau. Un oiseau buvait au bord du ruisselet. Knight le contemplait. Puis soudain il reprit avec la brusquerie séduisante qu'elle aimait tant :

— Elfride, soyez gentille. Cela vous importe peu. Et cela me fera tant de plaisir!

— Je vous le permets alors, dit-elle en le regardant bien en face.

— Merci, fit-il avec cette gravité dans les petites choses que l'on rencontre seulement chez les hommes inhabitués à jouer avec les femmes : le plus grand hommage que celles-ci puissent recevoir.

Elfride s'inclinant vers lui, écarta ses cheveux sur le côté. Ce geste la força à appuyer son bras et son épaule contre la poitrine du jeune homme.

Pendant cette délicate manœuvre, Knight trembla comme un jeune chirurgien à sa première opération.

— L'autre, maintenant, murmura-t-il.

— Non, non!

— Pourquoi?

— Je ne sais.

— Il faut savoir.

— Votre contact m'agite. Rentrons à la maison.

— Ne dites pas cela, Elfride. Voyons, chérie, tournez-vous.

Elle obéit. Et sans intention définie de part ou d'autre, leurs visages se rapprochèrent tant et si bien que leurs lèvres finirent par se toucher.

Knight était à la fois le plus ardent et le plus froid des hommes. Lorsque ses émotions sommeillaient, il semblait presque flegmatique; lorsqu'elles s'éveillaient, il devenait rien moins que passionné.

Et, sans avoir jamais songé à un mariage proche, il ne put s'empêcher de poser la question nettement. Toute l'ardeur accumulée depuis des années sous sa réserve apparente se donnait libre cours.

— Elfride, quand nous marierons-nous?

Ces paroles parurent douces à la jeune fille, mais une certaine amertume se mêlait à sa joie. Cette situation avouée, à la suite des reproches de Mistress Jethway, lui faisait plus distinctement sentir son infidélité. Tant qu'elle aimait Knight en secret, sa conduite lui avait paru beaucoup moins blâmable.

Henry prit son trouble pour de l'inexpérience.

— Je ne vous presse pas, chérie, fit-il en voyant qu'elle restait incapable de lui donner une réponse lucide. Prenez votre temps.

Knight amoureux devenait beaucoup plus simple d'esprit que son ami Stephen, qui, en toute circonstance eût pu lui paraître très inférieur.

Aussi, sans insister, Knight écarta doucement la jeune fille et l'examina à bout de bras d'un air admiratif, comme il l'eût fait d'une belle fleur.

— Vos jolies boucles d'oreilles me seyent-elles bien? fit-elle les cils encore humides.

— En perfection! fit Henry en prenant un ton

léger pour la mettre à l'aise. Je voudrais que vous
puissiez vous voir. Jamais vous n'avez été aussi jolie.

— Vrai? Je suis heureuse pour vous. Je regrette
de ne pouvoir me regarder.

— Impossible, il faut attendre d'être rentrée.

— C'est trop long! Tenez, j'ai une idée.

— Oh! femme! femme!

— Tenez-moi fort.

— Oui...

— Et ne me laissez pas tomber.

Elle se pencha au-dessus de l'eau.

— Je me vois très bien. Malgré ma modestie, je
ne puis m'empêcher de m'admirer dans cet accoutre-
ment.

— Comment pouvez-vous aimer autant les bijoux?
C'est de la corruption. Je les haïssais avant de vous
connaître.

— Je les adore, parce que je veux que les gens
admirent celle que vous aimez. Et je veux qu'ils pensent : « Comme je voudrais être à sa place! »

— Hum! Il faut que je me contente de cette explication. Et combien de temps allez-vous encore vous
regarder?

— Jusqu'à ce que vous soyez fatigué de me tenir.
Je veux vous demander quelque chose (et elle se
redressa), répondez franchement. Quelle couleur de
cheveux préférez-vous?

Knight ne répondit pas tout de suite.

— Dites blonds! murmura-t-elle doucement. Ne
dites pas bruns comme l'autre fois.

— Châtain clair alors. Juste la couleur des cheveux de ma fiancée.

— Vrai? fit Elfride goûtant comme une vérité ce
qu'elle savait n'être qu'une flatterie.

— Oui.

— Et les yeux bleus, aussi? Pas noisette? Dites
oui, dites oui!

— Une apostasie suffit pour aujourd'hui.

— Non, non.

— Très bien, les yeux bleus.

Et Knight, en riant, l'attira à lui et l'embrassa pour la seconde fois. Ce qu'il fit d'ailleurs avec le soin d'un horticulteur maniant une belle grappe de raisin pour ne pas lui enlever son velouté.

Elfride se dégagea doucement et ce faisant dérangea son chapeau et sa coiffure. Sans songer à ce qu'elle disait, dans l'émotion du moment, elle porta sa main à son oreille en s'écriant :

— Oh! Il faut faire attention! J'ai déjà perdu une boucle d'oreille dans les mêmes circonstances!

A peine les mots prononcés, un regard de trouble chavira ses prunelles et elle ferma la bouche comme pour rattraper ses paroles au vol.

— En quelles circonstances? interrogea Knight perplexe.

— Oh! en me promenant dehors, fit-elle avec vivacité.

XXIX

« ATTENTION? TU TE CORROMPS! »

C'est un soir de début d'octobre. Un doux soleil d'automne irradie Londres jusqu'en ses quartiers les plus noirs. L'ombre se teinte de bleu.

M. Mrs. Swancourt et Elfride admirent le ciel du vaste hôtel sis près de London Bridge dans lequel ils sont descendus.

Ils ont rendu visite à leurs amis de Saint-Leonards, et passent un jour ou deux dans la métropole avant de regagner la campagne.

Knight, pendant ce temps, a profité de leur absence pour entreprendre un petit voyage circulaire : Jersey, Saint-Malo et la Normandie. Il est rentré à Londres de la veille.

Ce soir d'octobre les vit tous réunis dans l'hôtel susmentionné. Dans la journée, Knight avait touché barre à Richemond pour renouveler sa valise. On l'introduisit sur les sept heures dans le petit boudoir où Elfride et sa belle-mère se tenaient après une journée de courses fatigantes.

Elfride paraissait toujours aussi jolie. Henry avait bruni. Bientôt ils s'isolèrent dans un coin de la pièce. Maintenant qu'on avait échangé les paroles définitives, la jeune fille ne songeait plus à affecter la réserve que d'autres plus coquettes eussent conservée. Son ami près d'elle : tout son cœur allait vers lui.

On dépêcha le dîner et, sitôt après, on discuta le retour du lendemain.

— Ce long trajet à travers le South Devon m'épouvante, remarqua Mrs. Swancourt. J'espérais qu'il ferait moins chaud à cette époque.

— N'avez-vous jamais fait le voyage par mer? interrogea Knight.

— Jamais. Tout au moins, depuis l'invention du chemin de fer.

— Alors si un voyage plus long ne vous effraye pas, je propose de tenter la traversée. La Manche est comme un lac. Il vous faudra quarante-huit heures pour gagner Plymouth et les bateaux partent justement de London Bridge.

— Voyons, voyons, fit le vicaire.

— C'est une idée, dit sa femme.

— Evidemment ces petits vapeurs ne sont pas princiers, mais cela vous serait sans doute égal.

— Sans doute.

— Et le salon ressemble au marché à poisson d'une petite ville de province. Mais cela importe peu?

— Si nous y avions songé plus tôt, nous aurions pu nous servir du yacht de lord Luxellian. Tant pis. Cela nous évitera toute la traversée de Londres en voiture demain. Sans parler de l'écrasement dans les trains. Si les journaux disent vrai, ce doit être effarant.

Elfride se montra enchantée de cet arrangement.

Aussi le lendemain matin, vers dix heures, deux cabs bondés roulaient vers l'embarcadère.

Le premier véhicule enfermait nos voyageurs. Le second contenait les bagages, sous la surveillance de Mrs. Snewson, la femme de chambre de Mrs. Swancourt et celle d'Elfride pendant cette dernière quinzaine. Car bien que la jeune fille eût l'habitude de s'habiller toute seule, sa belle-mère tenait, en voyage à ce qu'elle se fît servir, en apparence tout au moins.

Bientôt les chariots et les camions se multiplièrent si bien que le cocher dut ralentir. Le tapage, les mauvaises odeurs, les jurons inquiétèrent M. Swancourt, qui mit la tête à la portière.

— Je ne vois aucune voiture respectable par ici, excepté la nôtre. Sûrement nous nous sommes trompés de chemin. J'ai entendu dire qu'il y a d'étranges quartiers à Londres, dans lesquels on vole et on assassine. Si le cocher méditait de sombres projets?...

— Oh! non! non! Tout va bien, fit Knight aussi calme aux côtés d'Elfride qu'un soir d'automne.

— Cependant, fit M. Swancourt très mal à l'aise, ceci ne peut être la ligne de Londres à Plymouth. Je ne vois aucun grand bateau. Nous allons manquer et le steamer et le train, je vois ça d'ici.

— Nullement, nous voici arrivés.

— Trimmer's wharf, fit le cocher en ouvrant la portière.

Aussitôt descendus, ils perçurent qu'une bataille se livrait autour du second véhicule. Une dizaine de porteurs chargeaient en colonne serrée sur le malheureux cocher, pour obtenir la possession des malles et des valises. Mrs. Snewson, débordée, agitait au milieu de la mêlée les mains avec désespoir.

Knight s'avança courageusement et après une lutte homérique réduisit à deux le nombre des combattants, sur les épaules desquels les bagages disparurent.

— Jamais je n'ai vu un spectacle pareil! Jamais, s'écria M. Swancourt en se précipitant sur leurs traces. N'êtes-vous point choquée, Elfride?

— Oh! non, fit la jeune fille qui, sur ce quai noir, semblait un rayon de soleil. C'est du nouveau.

— Où donc est notre steamer? interrogea le vicaire. Je ne vois rien que de vieilles carcasses.

— Là derrière, fit Knight.

Et il désigna un vieux bâtiment noir à une centaine de mètres. Ils durent le gagner en canot, non sans que les rameurs les eussent soigneusement inondés. La petite embarcation dansait sur les vagues comme une coquille de noix.

— Horrible! horrible! s'écria M. Swancourt. Je pensais qu'il y aurait une passerelle, sinon jamais je ne serais venu.

— Si encore ils nous éclaboussaient d'une eau propre! fit la vieille dame en essuyant sa robe de son mouchoir.

— J'espère que nous ne sommes pas en danger? reprit le pasteur.

— Oh! papa, fit gaiement Elfride, vous n'êtes pas brave!

— La bravoure n'est que de l'aveuglement à toutes les contingences désagréables, répondit le pasteur d'un air sévère.

Mrs. Swancourt se mit à rire et les jeunes gens l'imitèrent. L'embarcation accostait à la *Juliette*. Ils grimpèrent l'escalier instable.

Comme le bateau ne semblait nullement disposé à partir, les Swancourt s'amusèrent, du pont, à examiner les vieux marins en jersey bleu déteint qui, assis sur le quai, rapiéçaient leurs filets d'un air grave.

A dix heures et demie, on était encore là. M. Swancourt, fatigué de ce spectacle, examina alors ses compagnons de voyage. L'attente crispait tous les visages. On partit enfin. Les rives de la Tamise défilèrent. Tout amusait Elfride.

— Ah! Je me sens mieux! s'écria Mrs. Swancourt lorsque la brise se leva.

Mais il n'en était pas de même du pasteur; car après être devenu d'un jaune abricot mitigé de groseille, il s'avoua indisposé et disparut pour tout le reste de l'après-midi. Bonne femme, Mrs. Swancourt saisit un livre et abandonna les fiancés à eux-mêmes.

Elfride prit le bras de Knight et, fièrement, arpenta le pont de long en large à ses côtés. Elle semblait joyeuse et intimidée à la fois de se montrer ouvertement sous cette douce protection.

— J'espère qu'ils nous envient et qu'ils parlent de nous, dit-elle à l'oreille de Knight en s'appuyant contre le bastingage pour admirer le soleil qui disparaissait derrière un gros nuage livide et le frangeait de rose et d'or.

— Oh! non, fit-il avec indifférence. Que pourraient-ils nous envier?

— Mais notre bonheur. Tout à l'heure en passant près de ces deux messieurs, l'un d'eux a dit : « C'est la plus jolie fille du bateau. » Mais je n'y ai pas attaché d'importance, vous savez, Henry.

— J'en suis persuadé; même si vous ne me le disiez, fit Knight avec flegme.

Elfride ne se fatiguait pas de poser des questions à son amoureux. Toutes ses réponses, même les plus insignifiantes, lui paraissaient sublimes.

Le soir tomba et des étoiles s'allumèrent au ciel. Elfride dormit d'un sommeil profond, cette nuit-là. Le lendemain sa première pensée à son réveil fut que Knight était tout près d'elle. Par le hublot, elle aperçut le mur perpendiculaire de Beachy Head que dorait le soleil de six heures.

Cependant, bien vite, le temps parut vouloir changer. Un vent froid s'éleva et un brouillard pâle descendit menaçant sur la mer.

Comme on approchait de Southampton, Mistress Sawncourt vint annoncer que son mari, au plus mal, demandait instamment à être débarqué et à continuer son voyage par terre.

— Une fois sur le sol ferme, il se remettra aussitôt. Que faire? Le suivre? Ou bien continuer notre voyage sans lui?

Elfride confortablement assise sous une ombrelle que lui tenait Knight protesta avec désespoir :

— Oh! ne descendons pas! Ce serait trop malheureux!

— Voyez-vous cela, dit Mrs. Swancourt avec malice. Regardez-la : le vent lui a donné de belles couleurs, la mer un bon appétit et quelqu'un d'autre le bonheur. Evidemment ce serait trop malheureux.

— Nous ferons ce qu'il vous plaira, Mrs. Swancourt, intervint Knight, mais...

— Je préfère moi-même rester à bord, dit la vieille dame, et M. Swancourt insiste pour descendre seul. Cela simplifie la question.

Il en fut fait ainsi. On transporta le vicaire à terre, où instantanément, il se déclara guéri.

Tandis qu'Elfride repassait seule à l'arrière du bateau, après l'avoir accompagné, une forme voilée de noir, qui disparaissait dans l'escalier des secondes, attira son regard. La jeune fille pâlit d'une façon visible. Elle courut vers l'endroit où se tenait assise Mrs. Swancourt.

— Rentrons par chemin de fer avec papa, dit-elle, je ne me sens pas bien. Cela vous ennuierait-il?

Mrs. Swancourt regarda autour d'elle, indécise.

— Ah! fit-elle, trop tard maintenant. Pourquoi ne l'avoir pas dit plus tôt alors qu'il en était encore temps.

A cette minute, en efft, la *Juliette* repartait. Les machines trépidèrent et le quai s'éloigna doucement.

Elfride, inquiète, regardait fuir la rive. Toute sa joie disparut. N'avait-elle pas reconnu Mrs. Jethway en la passagère voilée.

Cette femme poursuivait Elfride comme une ombre vengeresse. Pourquoi l'épiait-elle ainsi? Mais après un moment de réflexion, la jeune fille décida que cette nouvelle rencontre ne pouvait qu'être accidentelle. Souvent la veuve, dans son agitation fébrile, se rendait à Southampton, sa ville natale. Elle préférait, sans doute, le voyage par mer, comme moins onéreux.

— Qu'y a-t-il, Elfride? demanda Knight en la rejoignant.

— Rien. Je suis un peu déprimée.

— Pas étonnant! La vue de ce quai n'a rien de réconfortant. Mais la brise de mer vous remettra, chérie.

La nuit tomba d'assez bonne heure. Le trouble d'Elfride s'accrut à tel point qu'elle ne put retrouver ses pensées joyeuses de la veille. Le ciel d'ailleurs, devenait noir, ce qui ajoutait à sa mélancolie. Où était le radieux coucher de soleil de la veille? Knight, habitué à ses changements d'humeur, ne s'en inquiétait pas outre mesure. Soudain, Elfride aperçut une silhouette noire, immobile, qui semblait l'observer.

— Allons à l'avant, fit-elle vivement. Voyez, ce matelot va suspendre les lanternes.

Knight suivait l'opération du regard. L'homme fixa des lanternes vertes et rouges aux mâts de tribord et de bâbord, et laissa la lumière blanche au haut du grand mât. Knight se mit alors à arpenter le pont avec Elfride, jusqu'à ce que le vent, toujours plus fort, ralentit leur marche. Elfride, par instants, jetait de furtifs regards autour d'elle. Mais son ennemie avait disparu.

— Si nous descendions? proposa Knight en voyant que le pont restait presque désert.

— Non, je préfère demeurer. Voulez-vous aller demander à Mrs. Swancourt un châle pour moi?

Elfride, un moment, craignit que Mrs. Jethway ne fût parmi les passagers de première classe. Mais au dîner, un dîner indescriptible, elle se rassura.

Ils remontèrent sur le pont après le repas et y restèrent jusqu'au moment où Snewson vint, en titubant, leur annoncer, de la part de Mrs. Swancourt qu'il était temps pour Elfride de la rejoindre. Knight accompagna la jeune fille en bas et remonta sur le pont.

Elfride s'étendit à moitié déshabillée. Presque aussitôt, elle s'endormit. Combien de temps resta-t-elle

ainsi? Elle n'aurait su le dire, mais soudain il lui
sembla qu'une voix murmurait à ses oreilles :

— Vous êtes heureuse avec lui, hein? Mais vous
pouvez me défier, mon jour viendra!

Elfride sursauta, terrifiée. La lampe s'était éteinte,
et sa cabine plongeait dans l'obscurité. Dans la couchette du dessus, elle entendit la respiration sifflante
de Mrs. Swancourt, dans celle du dessous, les ron-
flements sonores de Snewson. Comment Mrs. Jethway, — car ce ne pouvait être que la veuve, — aurait-
elle pu s'introduire dans la cabine? Avait-elle rêvé?
Elfride se souleva sur sa couchette et regarda par
le hublot. La mer fouettait la vitre et semblait vouloir passer par-dessus sa tête.

Elle faillit appeler Snewson. Mais un bruit de
voix dans le couloir la rassura.

En tout cas, il lui était impossible de rester ainsi
dans le noir. Aussi, s'enveloppant d'un châle, elle
sortit de la petite pièce. Grâce à la faible lumière
qui éclairait l'entrée du salon, elle grimpa sur le
pont. L'endroit semblait désert.

Mais elle aperçut un homme à la roue et une
silhouette sombre auprès. De plus, deux autres personnes se tenaient accoudées au bastingage. Elle
reconnut son Harry et le mousse. Toute joyeuse, elle
s'approcha. Ils discutaient de questions nautiques.

— Elfride! Comment, vous ne dormez pas?

Elle lui prit le bras. Par tendresse d'abord et
aussi par besoin de stabilité.

— Non, je ne puis dormir. Puis-je rester ici! C'est
lugubre en bas. Où sommes-nous?

— Au sud de Portland Bill.

— Quelle heure est-il, Harry?

— Deux heures.

— Vous ne vous couchez pas?

— Certes non. Je préfère l'air pur.

Elle s'imagina que sa venue à cette heure pouvait
lui déplaire.

— Me permettez-vous de rester, demanda-t-elle timidement. J'aurais une ou deux choses à vous dire.

— Vous permettre, Elfride! dit-il en passant son bras autour de sa taille et en l'attirant à lui. Je suis trop heureux de vous avoir! C'est cela, nous allons attendre le lever du soleil.

Il l'enveloppa de son châle et l'assit dans un coin abrité.

— Que voulez-vous me demander?

— Oh! pas grand'chose.

Elle aurait voulu savoir s'il avait jamais été fiancé auparavant. Et, selon sa réponse, elle lui eût fait ou non l'aveu de son escapade avec Stephen. Les dernières paroles de Mrs. Jethway l'avaient déprimée et elle se peignait sa fuite sous les plus noires couleurs. Elle aurait voulu se confesser. Si Knight avait quelque peccadille à se reprocher, comme elle l'espérait, elle comptait bien qu'alors il lui pardonnerait les siennes.

— Je voulais vous demander si... si jamais vous aviez été fiancé auparavant, fit-elle d'une voix tremblante. Je l'espère... du moins, peu m'importerait...

— Non, jamais, répondit Knight gaiement (et il y avait une certaine fierté dans son ton) j'ai douze ans de plus que vous et j'ai fréquenté une société que vous ne connaissez pas, cependant je ne suis pas indigne de vous.

Elfride frissonna.

— Vous avez froid? C'est ce vent, peut-être?

— Non, dit-elle avec tristesse.

Ainsi cet espoir, auquel elle se raccrochait comme à une ancre de salut, lui glissait entre les mains. Et cet aveu qui l'eût tant réjouie deux ans auparavant la glaçait d'effroi.

— Vous me permettez de vous interroger?

— Oh! tant qu'il vous plaira.

— Avez-vous embrassé beaucoup de femmes déjà?

balbutia-t-elle dans l'espoir qu'il en avouerait une centaine pour le moins.

Le moment, l'atmosphère devaient inciter à la confiance la plus réservée.

— Elfride, murmura-t-il, il est étrange que vous me posiez cette question. Mais j'y répondrai, quoique je n'ai jamais confié ces choses à personne. J'ai toujours absurdement évité les femmes. Et quelque invraisemblable que cela puisse paraître, je n'ai jamais embrassé personne d'autre que vous et ma mère.

Et cet homme de trente-deux ans rougit, à cet aveu, avec la honte ingénue d'un enfant.

— Quoi? Pas une? balbutia-t-elle.

— Pas une!

— Comme c'est étrange!

— Oui, je suis évidemment une exception.

— En êtes-vous fier, Harry?

— Ma foi non. Et ces dernières années je regrettais presque de n'avoir pas joui de ma jeunesse comme les autres hommes. Je déplorais toutes les jolies expériences que j'aurais pu faire...

— Alors pourquoi vous être tenu à l'écart?...

— Je ne sais. Cette réserve n'était pas spécialement dans ma nature. Seules peut-être les circonstances m'ont servi. Je regrettais le temps perdu pour d'autres raisons aussi. Plus je vieillissais, plus je constatais qu'il me serait impossible d'épouser une jeune fille qui ne me ressemblât pas. Et j'avais renoncé à trouver dans notre siècle quelqu'un d'aussi inexpérimenté. Mais je vous ai rencontré Elfride, et j'ai béni mon dédain passé. Ne me rendait-il pas plus digne de vous? Quelque différents que nous fussions en d'autres matières, je sentais que sur ce terrain-là nous nous rencontrions. Et je vous ai aimée. Etes-vous heureuse, Elfride, de savoir cela?

— Oui, fit-elle d'une voix forcée. Mais je croyais que les hommes avaient toujours des tas d'aventures avant le mariage... surtout s'ils se marient tard.

— La plupart des hommes, oui. Mais il y a cependant des exceptions comme moi... Et cela les rend très gauches lorsqu'ils aiment pour la première fois. Mais cela n'avait pas d'importance dans mon cas.

— Pourquoi? interrogea-t-elle mal à l'aise.

— Parce que vous étiez encore plus inexpérimentée que moi en amour, si bien que vous manquiez de points de comparaison.

— Je trouve que vous vous y prenez très bien.

— Merci, chérie, dit Knight en riant. Mais votre opinion, n'étant pas celle d'un expert, n'a aucune valeur.

Elfride aurait bien étonné Knight en lui affirmant le contraire.

— Mais si...

— Si vous aviez été fiancée auparavant, j'imagine que votre appréciation varierait. Mais alors je n'aurais pas eu le plaisir de solliciter votre main, chérie, puisque votre inexpérience reste pour moi votre plus grand attrait.

— Vous jugez sévèrement les femmes, n'est-ce pas?

— Non, je ne crois pas. Que voulez-vous, je préfère des lèvres vierges. Beaucoup d'hommes pensent comme moi. Lorsqu'ils approchent de l'âge mûr surtout. Mais ils ne trouvent pas tous une Elfride...

— Quel est donc ce bruit affreux?

— L'hélice... ne trouvent pas une Elfride... Penser que j'ai découvert une fleur pareille dans l'Ouest, là où il y a deux hommes pour une femme.

— Renonceriez-vous à la femme que vous aimez, fit-elle d'une voix tremblante, si vous appreniez qu'elle a été embrassée une fois déjà dans sa vie, avant vous?

— Pour un baiser? Peut-être non...

— Deux?

— Ma foi, je n'en sais trop rien. Un abus dans ce genre de chose me détacherait certainement. Mais ne pensons qu'à nous et non à ce qui pourrait être.

Elfride avait reculé. Chacune des paroles d'Henry lui tombaient lourdement sur le cœur. Ils se turent soudain, perdus dans la contemplation de la mer mystérieuse... Le balancement des vagues calme presque invinciblement les nerfs... Bientôt Elfride se laissa glisser doucement contre Knight. Lorsqu'il se pencha vers elle, il constata qu'elle venait de s'endormir.

Il se garda de bouger de crainte de l'éveiller. Et il éprouvait un intense plaisir à sentir contre lui ce corps tiède et jeune que soulevait une respiration régulière.

Knight, quoique éveillé, se mit aussi à rêver. Comme cette douce innocence le séduisait! Quelle joie de devenir son protecteur et son guide!

Mais soudain, elle s'agita. Des paroles incohérentes s'échappèrent de ses lèvres.

— Ne lui dites pas. Il m'aime... Je ne croyais pas mal faire... Ne le dites pas à Harry... Nous voulions nous marier... C'est pour cela que nous nous sommes enfuis... Et il affirme qu'il n'épousera jamais une femme embrassée avant lui... Il s'en ira si vous lui dites, et je mourrai... Pitié!... Pitié!... oh!

Elfride se réveilla en sursaut. Un son de cloche l'avait tirée de son sommeil.

— Qu'est-ce? interrogea-t-elle terrifiée.

— Rien, dit Knight doucement, la cloche de quart; n'ayez pas peur, petit oiseau. Vous ne courez aucun risque. Que rêviez-vous donc?

— Je ne sais! Je ne sais! fit-elle en frissonnant. Oh! Que faire?

— Mais rester tranquillement auprès de moi. Bientôt l'aube se lèvera. Regardez l'étoile du matin. Comme elle brille doucement. Les nuages se sont dissipés pendant que vous dormiez... De qui rêviez-vous donc?

— D'une femme de notre paroisse.

— Vous ne l'aimez pas?

— Non. Elle me hait. Où sommes-nous?

— Au sud d'Exe.

Knight n'attacha pas grande importance à l'incident et n'insista pas. Ils regardèrent se lever le jour. Ce fut d'abord une vague pâleur. L'étoile du matin s'effaça doucement au souffle de la brise. Elle se fondit dans la lumière.

— Voilà comme je voudrais mourir, dit Elfride en se soulevant pour mieux admirer ce spectacle féerique.

Le ciel rosit. Tout le paysage sembla vouloir saisir avidement un peu de lumière. Le soleil apparut enfin par bonds successifs, vêtant d'or les deux jeunes gens.

Au petit déjeuner on arriva en vue de Plymouth. Elfride regarda furtivement autour d'elle. Pas de Mrs. Jethway.

Elle ne la vit pas davantage au débarquement. Et tandis que Knight s'occupait des bagages, Elfride aperçut son père qui agitait sa canne afin d'attirer son attention. Elle le rejoignit avec un sentiment de soulagement.

Un gai soleil brillait. La ville semblait en fête, comme le jour, où moins de deux ans auparavant, elle y entrait la fiancée de Stephen Smith.

XXX

Elfride s'attachait de plus en plus à Knight. Elle lui vouait un culte unique qui l'absorbait corps et âme.

Spontanée, la jeune fille ne se lassait jamais de prouver à son amoureux combien elle l'aimait. Jamais elle ne le contredisait, jamais elle n'eût pu faire preuve d'indépendance vis-à-vis de lui. Ses moindres désirs faisaient lois. Si, émettant une opinion, elle voyait le jeune homme d'un avis opposé, elle l'abandonnait aussitôt comme fausse et insoutenable. Toute sa conduite devenait la paraphrase de la tendre et sensible belle-fille de Naomi : « Laisse-moi trouver grâce devant toi, Seigneur, car tu m'as confortée et toi seul a parlé doucement à ta servante. »

Elle arrosait un jour des plantes dans la serre. Knight, assis sous un grand arbuste, l'observait. Parfois il regardait la pluie du dehors, mais bien vite il reportait les yeux sur les larges gouttes qu'Elfride épandait sur ses fleurs.

— Je veux vous donner un souvenir, dit-elle. Que sera-ce? Le portrait vous fige en une expression qui n'est pas la vôtre... Les cheveux? Pas heureux! Et vous n'aimez pas les bijoux.

— Je veux quelque chose qui me rappellera les jolis moments que nous avons passés ensemble dans cette serre. Tenez ce petit myrte nain que vous arrosez avec tant de soin.

Elfride regarda l'arbuste d'un air pensif.

— Je le transporterai facilement dans ma caisse à chapeaux, reprit-il. Je le mettrai sur ma fenêtre afin de l'avoir toujours sous mes yeux.

Or, cette plante avait une histoire. C'était primitivement une tigelle qu'Elfride avait prise à la boutonnière de Stephen. Il lui avait conseillé de la planter dans ce petit pot. « Si elle prend racine, avait-il dit, elle me rappellera à votre souvenir... »

Elfride contempla le myrte et regretta que Knight lui eût justement demandé celui-là. Elle ne pouvait vraiment le lui donner.

— N'en préférez-vous pas un autre? fit-elle d'un ton triste. Ce n'est qu'un myrte ordinaire.

— Il me plaît. Cela vous ennuie-t-il?

— Oh non! C'est une question de sentiment. Tenez en voici un autre, plus beau. Regardez ses jolies feuilles. C'est un myrte microphyllis.

— Il me conviendra parfaitement. Faites-le monter dans ma chambre afin que je ne l'oublie pas. Quel souvenir s'attache donc à l'autre?

— C'est un don.

Knight oublia l'incident sur le moment. Mais il se le rappela le soir, lorsqu'en entrant dans sa chambre, il aperçut le myrte sur sa table à écrire.

Il ne faut pas gâter les hommes, pas plus que les femmes d'ailleurs, par trop d'amour. Ainsi la soumission absolue d'Elfride en toutes choses avait rendu Knight tyrannique.

Pourquoi m'a-t-elle refusé celui que j'avais choisi? songea-t-il.

Quelque légère qu'eût été l'opposition, elle avait été trop exceptionnelle pour qu'il ne l'eût pas remarquée. L'attitude d'Elfride ne le contrariait pas, mais elle l'étonnait.

« C'est un don... » avait-elle dit.

Or, elle devait plus se soucier du plaisir de son fiancé que du souvenir d'un ami.

« Excepté cependant, murmura-t-il, si c'est un présent d'amoureux.

« Je me demande si elle a eu un amoureux auparavant?... »

Et il prononça cette phrase à haute voix, tant l'idée lui parut nouvelle. Elle le tint même éveillé plus tard que d'habitude.

Le lendemain, tandis qu'ils se promenaient ensemble, Knight lui demanda brusquement :

— M'aimez-vous plus ou moins, Elfride, pour ce que je vous ai dit sur le bateau?

— Vous m'avez dit tant de choses, fit-elle en souriant.

— Ce que vous m'aviez demandé... si j'avais jamais aimé avant vous.

— Mon Dieu, je suis fière d'être la première dans votre cœur, dit-elle.

Et son sourire se crispa.

— Je voudrais vous demander quelque chose, Elfride. Vous savez, pour rire, pas sérieusement... Ma question vous paraîtra peut-être étrange.

Elfride se sentit pâlir. Elle essaya de réagir mais sans succès. Pâlir, elle le sentait, paraîtrait bien plus grave que de rougir.

— Oh non! je ne crois pas, fit-elle, sentant qu'il fallait dire quelque chose.

— Eh bien... Avez-vous jamais eu un amoureux? Je suis presque sûr que non. Mais j'aime mieux que vous me le confirmiez.

— J'ai eu un amoureux qui n'en était pas un... Je veux dire, Harry, il ne vaut pas la peine qu'on en parle, balbutia-t-elle.

Knight ressentit au cœur une douleur qu'il jugea exagérée.

— Cependant, c'était un amoureux?

— Oui, mais... quelconque...

— Enfin, un amoureux?

— Oui..., on peut l'appeler ainsi.

Knight garda le silence pendant quelques minutes.

On n'entendit plus que le tic tac de la vieille horloge. Ils se tenaient dans la bibliothèque.

— Vous n'êtes pas fâché, Harry, dites? fit-elle en se blottissant contre lui et en observant son expression.

— Non, pas sérieusement. En toute raison, un homme ne peut guère attacher d'importance à des choses aussi insignifiantes. Je pensais seulement que vous auriez pu... Elfride...

Mais ce léger nuage obscurcit leur soleil de joie.

Cependant, tandis que Knight se promenait quelques instants après seul sur la colline, l'horizon s'éclaircit pour lui. Peut-être Elfride avait-elle eu un amoureux sans l'aimer... Elle avait dû employer ce mot à la place de celui d'admirateur. Evidemment elle avait dû susciter l'admiration. Et peut-être un homme s'était-il aventuré à le lui manifester d'une façon plus marquée.

Ils se tenaient au jardin après le dîner. Knight saisit l'occasion.

— Aimiez-vous tant soit peu cet amoureux ou admirateur dont vous me parliez, Elfride? demanda-t-il.

Elle murmura à contre-cœur :

— Oui, je crois.

Knight ressentit le même pincement douloureux.

— Un tout petit peu seulement?

— Je ne saurais dire comment au juste.

— Mais vous êtes sûre, chérie, de l'avoir aimé un peu?

— Presque certaine.

— Pas beaucoup, Elfride?

— Mon Dieu, je ne l'admirais pas...

— Mais Elfride, vous ne l'aimiez pas profondément, fit Knight inquiet.

— Je ne sais exactement quel degré de profondeur vous entendez par profondément...

— Quelle sottise!

— Vous vous méprenez! Oh! ne lâchez pas ma main, fit-elle les yeux pleins de larmes. Harry, ne soyez pas dur pour moi. Ne me questionnez plus. Je ne l'ai jamais aimé comme je vous aime. Et pouvais-je l'aimer profondément du moment que je me jugeais supérieure à lui. Harry, vous me peinez affreusement.

— Fort bien. N'en parlons plus.

— N'y pensez plus, dites? Je sais qu'aussitôt seul vous me jugerez durement. Et je ne serai pas là pour réfuter vos critiques. Je préférerais que vous fussiez moins sensible, Harry. Ou plutôt non, je voudrais que vous restiez tel que vous êtes, avec en plus les avantages d'une nature rude.

— Et quels seraient-ils?

— Plus de sécurité, moins de souffrance. D'habitude, les hommes ne se montrent pas si délicats que vous dans leurs goûts. Un mari moins raffiné simplifie les choses. Je l'imagine tout au moins...

— C'est possible. Dans une nature superficielle, on ne peut se noyer.

— Mais je vous préfère ainsi, dit-elle gaiement. Un mari trop pratique doit être bien ennuyeux. Je vous aime.

— Bien que je regrette que vous ayez aimé avant moi?

— Oui. Mais il ne faut rien regretter.

— J'essayerai, Elfride.

Elle l'espéra, mais son cœur restait inquiet. Si cette simple révélation l'affectait à ce point, que dirait-il s'il savait tout et envisageait les choses sous le même jour que Mrs. Jethway? Il ne la rendrait plus jamais heureuse. Cette pensée pesait plus lourdement sur son cœur qu'une pierre tombale. Elle espéra que Mrs. Jethway renoncerait à commettre un crime pareil. Elle décida que puisqu'elle avait commencé à mentir, il lui fallait persévérer. Car sa précédente hypocrisie, si Knight venait à la découvrir, lui paraîtrait pire que l'aveu lui-même.

Mais Elfride savait que Mrs. Jethway la haïssait. Si elle mettait sa menace à exécution?... Tout serait fini alors! Mais ne pourrait-on faire entendre raison à cette femme.

Il faisait nuit dans la vallée entre Endelstow et la mer. Le ruisseau faisait entendre son murmure discret. Un ruban de brume liserait ses bords. Dans l'ombre du crépuscule, près d'un vieux chêne se dressait un petit cottage solitaire.

La maison semblait spacieuse et plusieurs fenêtres restaient fermées, ce qui lui donnait du dehors un aspect abandonné.

On entendit un pas léger sur la colline et bientôt, dans le sentier, apparut une forme féminine.

Elle frappa timidement à la porte. Aucune réponse. Elle frappa une seconde puis une troisième fois, sans plus de succès.

L'une des deux fenêtres, dont les volets restaient ouverts, laissait filtrer un rai de lumière. Aucun rideau ne cachait l'intérieur. Les passants devaient être rares.

La visiteuse s'approcha de cette fenêtre et la lueur tremblante d'un feu de bois dans la cheminée révéla le visage d'Elfride.

Le feu éclairait la pièce, les meubles semblaient plus luxueux que ne le faisait supposer l'extérieur du cottage. Personne. Aucun bruit. Elle tourna le bouton et entra. Au pied de l'escalier, elle appela d'une voix craintive, mais distincte :

— Mrs. Jethway!

Pas de réponse.

Soulagée et désappointée à la fois, Elfride s'arrêta indécise.

Brusquement résolue à attendre, elle s'assit sur une chaise. Les minutes passaient. Au bout d'une demi-heure, elle fouilla dans sa poche et en retira une lettre froissée dont elle déchira la dernière feuille : une page blanche.

Au crayon, elle écrivit :

« Chère Mrs. Jethway, je suis venue vous rendre visite. Je désirais beaucoup vous voir mais ne puis attendre plus longtemps. Je vous supplie de ne pas mettre vos menaces à exécution. Mrs. Jethway, je vous adjure de ne révéler ma fuite à personne! Ce serait ma ruine! Je ferai tout ce qu'il vous plaira si vous vous montrez clémente. J'implore votre pitié!

« E. Swancourt. »

Elle plia la feuille en quatre, mit l'adresse et la déposa sur la table.

Puis, elle partit légèrement comme elle était venue.

Pendant ce temps Knight errait de la salle à manger au salon. Mrs. Swancourt s'y tenait seule.

— Elfride a disparu, dit-elle. Je relisais par hasard un ancien article de vous dans le *Présent*. Eh bien! Harry, quelle que soit mon admiration pour vos dons d'écrivain, permettez-moi de vous dire que c'est idiot.

— Qu'est-ce? demanda Knight en prenant le magazine.

— Là! vous rougissez. Cela vous apprendra à être plus charitable. De ma vie je n'ai vu exprimer des sentiments aussi peu chevaleresques. Il est vrai que vous ne connaissiez pas Elfride...

— Oui, dit Knight, je me souviens maintenant. Le texte de ce sermon m'a été suggéré par un jeune homme du nom de Stephen, dont je crois vous avoir parlé. L'idée m'avait paru ingénieuse et je l'ai commentée au prix de quelques guinées, n'ayant rien d'autre en tête à ce moment-là.

— Quelle idée?

— Ceci, fit Knight à contre-cœur. L'expérience
est un maître. Et votre fiancée aussi bien que votre
tailleur est nécessairement fort gauche dans son métier si vous êtes son premier essai. Et inversement la
fiancée qui se montre experte sous votre premier baiser laisse à penser qu'elle n'en est pas à son début.

— Et vous parliez d'après l'expérience d'un autre
et non selon la vôtre propre?

— Je l'avoue.

— Voilà qui est mal. Vous regrettez, j'espère,
d'avoir pensé de telles sottises.

— Du moment que vous parlez sérieusement, je
vous répondrai avec franchise. Je crois cette remarque
parfaitement vraie. De plus, l'ayant avancée, je la
soutiendrai plus âprement encore. Mais je regrette
de l'avoir écrite, comme d'autres d'ailleurs. J'ai
vieilli depuis. De semblables commentaires ne peuvent être que néfastes.

— On voit bien que vous êtes devenu amoureux,
dit Mrs. Swancourt en souriant.

— Ce n'est pas l'unique raison.

Knight badinait. Cependant cette conversation le
déprima. Il repensa à sa remarque sur le premier
baiser et en fit aussitôt l'application à Elfride.

La jeune fille s'était comportée évidemment très
différemment sous le premier baiser de Knight et
sous celui de Stephen. Dans l'intervalle, elle avait
appris à ravir son métier de fiancée. Et son fasci-
nant abandon lors de cette seconde expérience n'était
pas étranger aux leçons de Stephen, Knight, une fois
sa jalousie éveillée, se rappela les mots qu'elle avait
laissé échapper au bord du ruisseau au sujet d'une
boucle d'oreille : « Attention! J'en ai déjà perdu une
dans les mêmes circonstances. »

Une rougeur autant d'orgueil blessé que de chagrin monta au visage de Knight. Et il pensa à cette
phrase qu'il prononçait fréquemment :

« J'ai toujours désiré être le premier occupant
dans le cœur de celle que j'aimerai. Des lèvres
vierges ou rien. »

Comme il avait dû paraître naïf à la jeune fille!
Comme elle avait dû rire de lui! Il grinça des dents
au souvenir de la confession qu'Elfride lui avait
arrachée sur le bateau. Combien absurde de penser
que seule la charmante ignorance de la jeune fille
avait soutenu son amour-propre pendant cet aveu.

Cet homme dont l'imagination se nourrissait en
silence d'études et d'observations, cet homme dont
les émotions se développaient avec lenteur et délicatesse, — comme des plantes dans une cave, —
se voyait maintenant complètement en déroute.
L'absolue pureté d'Elfride avait été son principal
charme aux yeux du jeune homme et voilà que...

Pour le bonheur d'Elfride, son second amoureux,
au lieu d'être un homme d'affaires peu porté à l'analyse des sentiments intérieurs, avait une nature sensible et délicate. Mais, pour son malheur, ses pouvoirs d'observation et de logique, une fois ses soupçons éveillés, Knight allait les tourner contre elle.
Le pauvre petit cœur palpitant d'Elfride, tout rempli
par l'image de l'aimé, allait devenir la proie de cet
esprit fort. Sa docile dévotion à Knight serait désormais le pire ennemi de la jeune fille.

Entièrement dépendante de lui, elle se voyait fata-
lement livrée à sa merci : les hommes en abusent
toujours.

De gentilles révoltes l'eussent servie en cette occasion. Mais elle l'idolâtrait et se glorifiait d'être son
esclave et sa servante.

XXXI

« UN VER DANS LE FRUIT »

Un jour Knight dit :

— Allons jusqu'au rocher, Elfride.

Et sans consulter son désir, il se leva comme pour se mettre aussitôt en chemin.

— Là où nous avons failli trouver la mort? fit-elle en frissonnant.

Mais elle avait tellement soumis sa volonté à la sienne que cette remarque faite, elle se prépara à l'accompagner.

— Non pas à celui-là, dit Knight. Ce souvenir m'est trop désagréable. Je pensais à l'autre. Comment l'appelez-vous? Windy Beak.

Windy Beak, le second point élevé de la côte, celui qu'elle avait gagné à cheval, certain matin d'été, avec Stephen Smith.

Si le souvenir du premier rocher et du danger couru la fit frissonner, le nom du second ne lui fut guère agréable. Cette promenade semblait pour elle un reproche vivant.

— C'est plus loin que le premier.

— Oui, mais vous pourrez y aller à cheval.

— Vous aussi alors?

— Non, je marcherai.

Cette coïncidence la fit pâlir. Une fatalité pesait sur elle.

— Très bien, Harry, fit-elle doucement. Nous irons.

Un quart d'heure plus tard, elle sautait en selle. Mais combien différente cette promenade de l'autre! Elfride avait abandonné sa position de reine pour se faire esclave. Plus question maintenant de s'éloigner au galop sur Pansy pour agacer son compagnon; plus d'espiègles remarques sur la « Belle Dame sans merci ». Elfride se voyait accablée par l'intensité de son amour.

Knight parla presque tout le temps. La jeune fille écoutait. Abandonnée sur son cheval, elle rebondissait ou s'affaissait tour à tour comme un oiseau de mer sur la vague.

Bientôt la jument dut s'arrêter. Knight souleva tendrement la jeune fille et l'entraîna vers le siège naturel, formé dans l'excavation du rocher. Il l'assit tout contre lui et regarda la mer. A l'horizon un soleil de cuivre dans un ciel de cendre. La mer venait s'écraser contre la falaise en coups sourds et l'embrun leur fouettait par instants le visage.

Elfride songeait à l'absent. Le court intervalle qui séparait ses deux amours l'affectait péniblement. La crainte l'habitait. Cependant Knight, ce soir-là, se montrait très tendre pour elle. De son bras passé autour de sa taille, il l'attirait à lui.

Ils se taisaient depuis un grand moment lorsque le jeune homme murmura d'un air pensif, en regardant au loin :

— Je me demande si jadis des amoureux s'assirent ici, comme nous, enlacés. Probablement! Le rocher forme un vrai siège.

Le souvenir d'un certain couple vint la hanter... N'était-ce point ici qu'elle avait perdu sa boucle d'oreille alors que Stephen l'embrassait?...

Instinctivement elle regarda autour d'elle. Or, Elfride, en tournant la tête, vit briller quelque chose dans une petite crevasse, tout près d'elle.

Pendant quelques minutes seulement, par jour, le soleil éclairait les recoins les plus cachés de cette

crevasse. Et il fallait qu'ils vinssent à briller maintenant sur la boucle d'oreille perdue.

. Elfride songea aussitôt aux paroles imprudentes
qui lui étaient échappées à ce sujet. Et la terreur
que Knight ne s'en souvint, à la vue de l'objet,
l'assaillit. Son premier mouvement, tout d'instinct,
fut de reprendre la boucle, sans qu'il la vît.

Mais elle s'enfonçait si avant dans la crevasse
qu'Elfride ne put la retirer malgré plusieurs essais.

— Que faites-vous, Elfride? interrogea Knight en
remarquant ses efforts.

Et il tourna la tête. Elle abandonna aussitôt sa
tentative, mais trop tard. Knight suivit la direction
de son geste et aperçut la boucle. Il tira un canif de
sa poche et l'introduisant dans la fissure en retira le
bijou.

— Cela ne vous appartient pas?

— Si, fit-elle d'un ton calme.

— Non!

Et Knight se souvenant, ajouta :

— Serait-celle dont vous m'aviez parlé?

— Oui.

La remarque d'Elfride au moment du baiser lui
revint en mémoire. Elfride en aurait juré rien qu'à
son regard.

— Etiez-vous fiancée à cet amoureux? demanda-
t-il le regard perdu au loin.

— Oui et non... Ou plutôt si...

— Oh! Elfride!... Fiancée! murmura-t-il.

— Ce n'étaient pas des fiançaille officielles.
N'ayez pas l'air si fâché. Ne me blâmez pas!

— Non, non...

— Pourquoi dites-vous « non, non » de cette façon
absente?

Knight ne répondit pas directement :

— Elfride, je vous ai dit une fois que je n'avais
jamais embrassé de femme avant vous. Un baiser
ne signifie pas grand'chose, j'imagine, et peu de

jeunes filles se gardent aussi pures qu'elles devraient. Mais, et c'est ma faiblesse, j'ai mené une vie spéciale... J'en souffre aujourd'hui... J'espérais tellement que vous seriez... ce que vous n'êtes pas... Bien entendu, vous avez accordé à votre premier amoureux les mêmes faveurs qu'à moi?

Un « oui » plus faible que le dernier souffle de la brise lui répondit.

— Et il vous embrassait, naturellement... comme moi.

— Oui.

— Peut-être même lui permettiez-vous des manières plus libres?

— Non, je ne les lui permettais pas.

Ceci d'un ton plus alerte.

— Mais il les adoptait sans votre permission?

— Oui.

— Comme je vous révérais, Elfride, fit Knight d'une voix sourde. Je croyais tellement en vous! Oui, je craignais de vous embrasser. Et à part les deux pauvres petits baisers que je vous pris... Tandis que lui...

Elle se rapprocha en frissonnant de tous ses membres. A la pensée que toute l'histoire avec de nouveaux embellissements pourrait venir à sa connaissance, elle parut si agitée que Knight s'en alarma. Elfride, avec la nouvelle innocence qu'elle devait à Knight, envisagea comme formidable sa faute passée, qui à tout prendre restait bien anodine. Plus averti, Knight se fût sérieusement inquiété.

— Je sais, reprit-il d'un ton réticent, combien mon scrupule semble exagéré. Je vous voudrais trop exclusivement mienne. Je me plaisais à m'imaginer que toujours, depuis votre berceau, avant même de me connaître, vous m'apparteniez. Elfride, je ne peux m'empêcher d'être jaloux. Telle est ma nature. La seule idée que vous vous êtes laissée caresser par un autre m'est intolérable!

Elle poussa un long soupir, presque un sanglot.

Le visage de Knight se durcit. Il regarda la mer : l'ombre commençait à l'envahir. On apercevait, au loin, la lueur du vaisseau-fanal.

— Est-ce dans un endroit semblable que votre amoureux vous embrassa pour la première fois?

— Oui.

— Il faut que je vous arrache les mots. Pourquoi? Pourquoi ne m'avoir jamais rien dit, alors que mes confidences semblaient appeler les vôtres? A bord de la *Juliette*, pourquoi vous être tue? On dirait que vous vous êtes jouée de moi, Elfride? Alors que je vous disais mon ardent désir de confiance l'un dans l'autre, vous acquiesciez en paroles et me contredisiez en fait. Un aveu eût plus promis pour notre bonheur. Combien il m'eût moins peiné qu'aujourd'hui... Mais vous me cachez tout, il faut que je vous questionne... Etiez-vous à Endelstow à cette époque?

— Oui, murmura-t-elle d'une voix défaillante.

— Dans quel endroit vous embrassa-t-il pour la première fois?

— Ici même.

— Ah! J'en étais sûr! fit Knight en se levant pour lui faire face. Je comprends maintenant votre exclamation! Son interprétation hypocrite!...

Il eut un sourire du bout des lèvres :

— Quel pauvre homme je suis! Je ne joue que les seconds rôles et me laisse abuser par les mensonges d'une gamine!

— Harry, taisez-vous, Harry!

— Où vous embrassa-t-il encore?

— Sur une tombe, dans le cimetière... et ailleurs...

— Peu m'importe, fit-il en voyant des larmes dans ses yeux. Je ne veux pas vous peiner, cela m'est égal.

Mais cela ne lui était pas égal.

— Cette découverte ne change rien à mes projets, vous savez, reprit-il en voyant qu'elle ne répondait plus.

— J'ai froid, dit Elfride, si nous rentrions?

— Oui, on ne peut rester tard dehors maintenant... Dépêchons-nous de quitter les rochers avant
qu'il ne fasse nuit. Je parie que votre cheval s'im-
patiente.

Knight parlait d'un ton badin. Mais, jusqu'au
dernier moment, il espéra qu'elle lui ferait une confession pleine et entière. Et l'idée qu'elle gardait
sur sa conscience un secret de cette nature lui devenait intolérable. Il avait souhaité une si belle confiance entre eux...

Il la hissa sur son cheval. Contraints, ils se remirent en route. Le poison du soupçon faisait déjà
son œuvre.

Un incident se reproduisit alors qui devait vivre
toujours dans leur souvenir. Knight songeant aux
reproches qu'Adam adresse à Eve dans le Paradis
perdu, murmura à mi-voix :

« Dupés et abusés : moi par toi et toi par moi. »

— Que dites-vous? demanda Elfride d'une voix
craintive?

— Ce n'est qu'une citation.

Ils descendaient la colline. La tour de l'église
apparut dans le soir pâle au-dessus des arbres.
Elfride la regarda, et cherchant une citation dont
elle pourrait en retour attendrir son fiancé, elle
dit :

« Tu as été mon espérance et la tour invincible
qui me protégeait contre l'ennemi. »

Ils avancèrent. Trois ou quatre oiseaux s'en-
fuyaient de l'édifice en ruines.

— La tour invincible s'écroule, fit Knight surpris.

Toute une partie du monument oscilla. Un sourd
grondement... un nuage de poussière... Et la tour
s'effondra.

— L'œuvre des restaurateurs d'églises, murmura Elfride.

A ce moment M. Swancourt accourut à leur rencontre, très affairé :

— Nous l'avons abattue! dit-il. Cela s'est fait plus vite que nous n'aurions voulu. Nous comptions la démolir pierre à pierre. Mais dès le premier coup de pic, l'édifice se mit à branler. Aucune sécurité pour les ouvriers. Nous résolûmes de la faire sauter à la mine. Trois hommes se sont chargés de la besogne. C'est du bel ouvrage, il n'y a pas à dire.

Et le pasteur essuya son front inondé de sueur.

— Pauvre vieille tour! dit Elfride.

— Une belle œuvre d'art!

— Mais nous en aurons une nouvelle, expliqua M. Swancourt. Bien plus belle et dessinée par un des premiers architectes de Londres. Du plus récent style gothique et de l'art chrétien le plus pur.

— En vérité!

— Mais oui. Lorsque les ouvriers seront partis, je vous conseille d'aller visiter l'église. On peut s'asseoir dans le sanctuaire et apercevoir la nef par le bas-côté ouest. Si on célébrait un mariage demain à l'autel, fit M. Swancourt d'un air entendu, les voyageurs en partance pour les mers du Sud pourraient y assister du vaisseau à l'aide d'une bonne lorgnette. Curieux, pas? Allez la voir après-dîner, au clair de lune.

Knight acquiesça d'une manière vague. Il venait de décider qu'il ne pourrait dormir cette nuit-là avant d'avoir, dans une nouvelle conversation avec Elfride, vidé la question de ses premières fiançailles.

La jeune fille eût souhaité éviter toute autre explication. Mais il lui fallut céder.

Ils quittèrent la maison au clair de lune.

XXXII

On était en octobre. La soirée semblait fraîche. Après s'être assuré qu'elle se vêtait chaudement, Knight entraîna Elfride vers la colline qu'ils avaient escaladée tant de fois ensemble.

Devant l'église ils constatèrent que le vicaire n'avait pas exagéré. A l'est, la tour semblait encore solide, mais à l'ouest ce n'était qu'un amas de débris. Ils entrèrent par une porte de côté et s'assirent sur les marches de l'autel.

Presque aussitôt la lune, sortant de derrière un nuage, épandit sur l'édifice sa clarté blême.

— Eh bien? interrogea Knight, bientôt Elfride, nous nous agenouillerons côte à côte sur ces marches... Mais, pour l'instant, je suis inquiet... vous savez pourquoi.

La lune éclairait maintenant une partie du cimetière. Une tombe, plus blanche que les autres, se détacha en relief sur l'horizon noir : celle du jeune Jethway. Knight songeant toujours au secret d'Elfride se rappela les paroles de la jeune fille au sujet d'un baiser sur une tombe.

— Elfride, fit-il d'un ton de gaieté feinte qui n'excluait pas tout reproche, savez-vous que vous auriez pu me parler de votre passé sans crainte de me peiner. Est-ce là cette tombe à laquelle vous faisiez allusion et sur laquelle vous vous êtes assise avec lui?

— Oui, répondit-elle au bout d'un instant.

L'exactitude de sa divination surprit Knight. Cependant, comme les vieilles tombes se marquaient seulement d'une pierre droite sur laquelle on ne pouvait s'asseoir, son pressentiment n'avait, à la réflexion, rien de bien surprenant.

Elfride se taisait toujours. Ce mutisme irrita son amoureux. Il s'indigna :

— Pourquoi ne parlez-vous pas, Elfride? il ne doit pas y avoir de secret entre mari et femme. C'est une conviction absolue chez moi. Mieux vaut être renseigné avant. Toute découverte après le mariage devient trop grave. Un secret insignifiant peut devenir le point de départ d'un malentendu fatal. Si jamais un mari voit sa femme rougir sous le regard d'un autre homme, que pensera-t-il? Admettez que vous rencontriez une fois votre ancien amoureux. Votre trouble suffirait à empoisonner ma vie...

— C'est impossible! dit-elle.

— Pourquoi? fit-il d'une voix âpre.

Elfride inquiète se mit à trembler. Les idées confondues, sans songer à tricher, elle répondit vivement :

— S'il est mort, comment le rencontrerais-je.

— Il est mort? Oh! c'est différent, fit Knight très soulagé. Que me disiez-vous donc de cette tombe, par rapport à lui?

— C'est la sienne, reprit-elle d'une voix moins assurée.

— Comment! c'est là qu'est enterré votre amoureux? demanda Knight distinctement.

— Oui. Mais je ne l'ai jamais aimé, ni encouragé.

— Vous avez cependant toléré qu'il vous embrassât, vous me l'avez dit, Elfride, vous savez.

Elle ne répondit pas.

— Mais, dit Knight, se rappelant peu à peu, vous m'avez dit que vous lui étiez en quelque sorte fian-

cée... Et il fallait que vous le soyez pour qu'il vous
embrassât! Vous m'avez dit aussi, il me semble, —
j'en suis même presque sûr, — que vous étiez avec
lui sur cette tombe. Bon Dieu! s'écria-t-il furieux,
me racontez-vous des mensonges? Pourquoi vous
moquez-vous ainsi de moi, Elfride? Nous ne serons
jamais heureux. Il y a un nuage entre nous. Il faut
qu'il se dissipe avant notre mariage.

Et Knight se leva impétueusement. Elle l'arrêta
par le bras.

— Ne vous en allez pas, Harry! Je vous en con-
jure!

— Dites-moi tout alors, dit Knight d'un ton
sévère. Et pas de mensonges, souvenez-vous-en.
Je... sur mon âme, je me mets à vous haïr! Grands
dieux, penser que j'en suis là, moi!...

— Ne vous montrez pas si cruel! Oh! Harry!
Harry! ayez pitié. Retirez ces paroles abominables.
Je suis sincère. Je ne sais comment j'ai été amenée
à ce malentendu. Mais j'ai peur...

Son tremblement se communiquait au bras de
Knight.

— Etiez-vous oui ou non assis sur cette tombe?
demanda-t-il.

— Oui.

— Alors, au nom du ciel, comment un homme
peut-il être assis sur sa propre tombe?

— C'était un autre, Harry, dites que vous me
pardonnez?

— Comment un amoureux dessus et un autre dessous?

— Oh!... Oh!... Oui!

— Deux avant moi?

— Je... le suppose.

— Voyons, ne faites pas la sotte avec vos suppo-
sitions. Cela m'exaspère, fit Knight d'un ton mépri-
sant. Fort bien. Nous apprenons du nouveau. Je
ne sais ce que j'aurais fait à votre place, — les cir-

constances... — mais je ne crois pas que j'aurais reçu les faveurs d'un nouvel amoureux tandis que j'étais assise sur les pauvres restes du premier. Sur mon âme, je ne l'aurais pas fait.

Et Knight, pensif, observait toujours la tombe qui se dressait comme un spectre vengeur.

— Mais vous me calomniez, cria-t-elle. Jamais je n'ai médité une chose pareille. Croyez-moi, Harry, cela s'est fait par hasard.

— Bien sûr...

— Et je n'ai jamais aimé celui qui repose dans la tombe.

— Votre second amoureux et vous, Elfride, vous vous étiez sans doute juré une fidélité éternelle?

La jeune fille ne répondit que par des soupirs étouffés. Elle semblait sur le point d'éclater en sanglots.

— Vous vous montrez réservée, alors? fit-il impérieux.

— Oui, naturellement, nous nous étions juré fidélité.

— Naturellement! Vous prenez la chose bien à la légère.

— C'est du passé! Cela n'importe plus.

— Elfride, ce passé qui ferait sourire un homme insouciant ne peut que me torturer. Avouez tout!

— Jamais! Oh! Harry! Comment croyez-vous que je puisse tout dire, alors que le peu que vous savez vous rend si dur à mon égard.

— Ecoutez, Elfride. Ma façon de sentir est peut-être de la faiblesse sentimentale. Soyez persuadée que des fiançailles légales, dans votre passé, n'altéreraient en rien mon amour, ni mon désir de vous épouser. Mais vous semblez me cacher autre chose? Est-ce vrai?

— Guère plus, fit-elle d'un ton las.

Knight garda pendant quelques secondes un silence plein de gravité.

— Guère plus! dit-il enfin. Je l'espère!

Et d'un ton plus bas :

— Elfride, laissez-moi vous dire ceci : si vous aviez autre chose à ajouter aux particularités d'un engagement brisé, ce ne pourrait être qu'une révélation exceptionnelle qui rendrait impossible votre mariage avec moi ou avec tout autre.

Le trouble de Knight l'entraînait plus loin qu'il n'aurait voulu. Si Elfride s'était montrée plus indignée, il se fût montré moins péremptoire. Plus pratique, moins imaginative, elle eût profité de son émotion.

Mais un amour comme le sien avait le tort de se fier plus aux événements qu'aux raisonnements.

— Bien, bien, fit-il avec amertume, ce n'est pas votre faute. C'est, j'imagine, à ma mauvaise fortune qu'il faut m'en prendre. Je n'avais pas le droit de vous questionner. Quelle présomption! Mais quand nous nous méprenons, nous nous en voulons de notre méprise. Jamais vous ne m'avez dit qu'on ne vous avait pas fait la cour, pourquoi donc, Elfride, blâmerais-je votre silence? Je vous demande pardon.

— Non, non, je préfère votre colère à cette froide politesse. Harry, pourquoi m'accablez-vous?

— Pourquoi ne m'avoir pas rendu confiance pour confiance?

— Je ne vous ai jamais posé de question sur votre passé. Je ne voulais rien savoir. Du moment que vous étiez à moi, pour finir, que m'importaient les autres!... Harry, si vous aviez su, dès le début, que j'avais aimé, vous n'auriez jamais songé à moi!

— Je vous l'accorde. Votre inexpérience fut un grand charme à mes yeux. Mais de là...

Elfride se mit à sangloter.

— Suis-je donc une... poupée... sans conséquence... pour n'avoir aucun charme... en dehors

de ma fraîcheur... Ne suis-je pas intelligente?...
Vous m'avez trouvé un tour d'esprit ingénieux...
Ne suis-je pas belle? Vous avez loué ma voix, mes
yeux, mon attitude... Et tout cela n'existerait plus,
parce qu'il m'est arrivé, par hasard, de voir un
homme avant vous?...

— Oh! Elfride! *De voir un homme par hasard*
me semble faible. Vous l'aimiez, souvenez-vous-en.

— Oh! si peu!

— Et vous refusez de me dire comment tout cela
finit? Refusez-vous toujours, Elfride?

— Vous n'avez pas le droit de me questionner.
Vous le reconnaissiez vous-même tout à l'heure.
Ayez confiance en moi, comme j'ai confiance en
vous.

— C'est tout?

— Je ne vous aimerai plus si vous vous montrez
si cruel. Pourquoi me torturez-vous?

— Mes sentiments m'entraînent. Je vous aimais
tellement!

— Oublions, Harry! fit-elle avec vivacité en se
rapprochant de lui. J'oublierai votre dureté si vous
me pardonnez mon silence. J'aurais tant voulu être
la femme que vous souhaitiez. Mais comment savoir
que vous viendriez un jour dans ma vie? J'aurais
vécu alors, je vous le jure, comme dans un couvent.

Knight se leva.

— N'y pensons plus. Diogène Laertus, fit-il d'un
ton qu'il s'efforçait de rendre léger, affirme que
plusieurs philosophes se privèrent de leur vue pour
ne pas être troublés dans leur méditation. Les amoureux devraient en faire autant.

— Pourquoi? Mais peu importe... J'aime mieux
ne pas savoir.

— Pourquoi? Mais parce qu'ils ne découvriraient
pas leur idole inférieure à leur rêve.

Elfride soupira. Ils traversèrent lentement le
cimetière.

Knight ne se possédait plus de colère : elle n'avait pas parlé!

Il l'aida à enjamber la barrière en se montrant aussi attentionné qu'un amoureux assidu. Mais son rêve était mort.

XXXIII

« O FILLE DE BABYLONE TE VOILA CONSUMÉE
DE CHAGRIN! »

Knight avait pris l'habitude de faire, chaque soir, seul, une demi-heure de marche, entre le dîner et le coucher. Les habitants d'Endelstow et Elfride même s'y étaient habitués. Lorsqu'ils eurent franchi la barrière, elle dit doucement :

— Si vous désirez faire votre promenade habituelle, Harry, je gagnerai la maison seule, en courant.

— Merci, Elfride, j'accepte alors.

La silhouette de la jeune fille disparut dans la nuit, et Knight, après être resté quelques instants indécis, se dirigea de nouveau vers l'église.

D'habitude il allumait un cigare ou une pipe et s'abandonnait à une douce méditation. Mais, ce soir, il était trop préoccupé pour y songer. Il fit le tour des ruines et s'assit sur une large pierre tombée de l'édifice. Méditant leur récente conversation, il s'absorba dans la contemplation de la tombe du jeune Jethway qui se trouvait maintenant juste devant lui. Au loin, on entendait la mer. A quoi bon ressasser tout cela? Il se leva brusquement et s'approcha des décombres pour les escalader.

Il étendit la main pour s'agripper à un bloc de la tour, à moitié détruit, qui faisait saillie. La main tâta une surface molle, fort différente de la pierre dure qu'il croyait saisir. L'ombre profonde, projetée par le mur de l'église, ne lui permit de rien distinguer.

« On dirait du lichen ou de la mousse, songea-t-il. »

Mais la chose pendait du roc.

« Ou une touffe d'herbes plutôt. »

Mais on ne sentait pas au toucher l'humidité de l'herbe.

« On dirait, d'autre part, une frange de soie. »

Il tâtonna un peu plus loin et sentit quelque chose de chaud. Knight en revanche eut un frisson.

Trouver froid un corps que l'on croit chaud peut surprendre désagréablement, mais le contraire vous saisit encore plus.

« Qu'est-ce que ça peut bien être? »

A ce moment, il sentit au toucher une tête humaine. Le visage était encore tiède, mais immobile. Les cheveux longs et emmêlés qu'il avait pris pour de la mousse appartenaient évidemment à une femme.

Knight, perplexe, resta un instant immobile. La femme devait se tenir là, inaperçue au moment où l'on avait miné la tour. Elle avait été ensevelie sous les décombres.

Knight déblaya les débris qui pesaient sur la poitrine. C'étaient des plâtras et de la poussière. Ceci fait, il escalada le mur du cimetière pour aller chercher du secours.

A dix mètres de là il aperçut une silhouette noire.

— Il y a eu un accident près de l'église, dit Knight sans préambule à l'étranger. La tour est tombée sur quelqu'un, voulez-vous venir m'aider?

— Certainement, dit l'homme.

— C'est une femme, expliqua Knight tout en marchant. Je crois qu'à nous deux nous la sortirons facilement. Y a-t-il une pelle?

— Les pioches des fossoyeurs ne doivent pas être loin. On les enfermait d'habitude dans la tour.

— Et puis les ouvriers ont peut-être laissé les leurs.

Sous le porche, en effet, ils en découvrirent trois. Knight conduisit l'étranger sur le lieu du drame.

— Nous aurions dû apporter une lanterne, dit-il. Mais peut-être nous en passerons-nous.

Et Knight se mit aussitôt à l'œuvre. Son compagnon, qui l'avait d'abord observé avec inquiétude, l'imita. Mais malgré tous leurs efforts, dix minutes s'écoulèrent avant qu'ils pussent dégager le corps de la victime. Ils la soulevèrent avec précaution et la transportèrent sur la tombe la plus proche : celle de Félix Jethway.

— Est-elle morte? dit l'étranger.

— On dirait, fit Knight. Où se trouve la maison la plus voisine? Le presbytère, je suppose?

— Oui, du moment que nous ne pourrons avoir un médecin qu'à Castle-Boterel, on peut aussi bien l'emporter dans cette direction.

— A moins de la transporter dans le petit cottage que j'aperçois là-bas. Ce doit être plus près?

— Peut-être.

— Menons-l'y alors. Cela ne vous ennuie pas de m'aider?

— Nullement. Au contraire.

Ils la soulevèrent et s'éloignèrent dans la direction indiquée. L'étranger semblait connaître le pays.

— J'étais assis depuis une heure dans l'église sans me douter de rien, fit Knight. Je regrette de penser que j'eusse pu lui porter secours plus tôt.

— La tour s'est effondrée au crépuscule, n'est-ce pas? Il y a deux heures environ.

— Oui. Cette femme devait être seule. Que pouvait-elle faire dans le cimetière, à cette heure?

— Comment savoir? Voudriez-vous la retourner, que je distingue son visage?

— Volontiers.

L'inconnu se pencha, cherchant à discerner les traits à la clarté de la lune.

— Mais je la connais! s'exclama-t-il.

— Qui est-ce?

— Mrs. Jethway. La propriétaire du cottage vers lequel nous nous dirigeons. C'est une veuve. Je lui ai parlé cet après-midi devant la poste de Castle-Boterel où elle venait de faire partir une lettre recommandée. Pauvre femme!

— Serrez mon poignet plus fort. N'est-ce point sur la tombe de son fils que nous l'avons déposée?

— Si. Elle devait la visiter, sans doute. La mort de son fils l'a laissée inconsolable, à moitié folle. C'était la femme d'un fermier. Elle avait reçu une bonne éducation et même été, je crois, institutrice.

Knight éprouva un mouvement de sympathie pour la victime. Sa fortune semblait décidément liée à celle de la famille Jethway.

— Elle commence à peser lourd, fit l'étranger, rompant de nouveau le silence.

— Oui.

Et après une nouvelle pause, Knight ajouta :

— Je crois me rappeler vous avoir vu. Serait-ce indiscret de vous demander votre nom?

— Nullement. Je suis lord Luxellian. Et vous?

— Un visiteur aux *Rochers*, Henry Knight.

— J'ai entendu parler de vous, monsieur Knight.

— Et moi de même, lord Luxellian, je suis heureux de vous rencontrer.

— Je puis en dire autant. Votre nom m'est familier, je l'ai vu souvent imprimé.

— Je connais également bien le vôtre. Est-ce la maison?

— Oui.

La porte était fermée. Knight après un moment de réflexion fouilla dans la poche de la morte. Il en retira une large clef qui, introduite dans la serrure, y tourna sans difficulté.

Le feu était éteint, mais la lune entrait par la fenêtre, reproduisant sur le parquet le dessin des rideaux.

Ils déposèrent leur charge sur un divan qui s'accotait au mur et Knight se mit en quête d'une lampe.

Il trouva une bougie sur une étagère et l'alluma.

Puis lord Luxellian et lui se penchèrent d'un même mouvement sur le corps inanimé et se redressèrent découragés.

— Je sais où demeure le docteur Granson, fit lord Luxellian. Je vais courir chez lui, pendant que vous demeurerez ici.

Knight continua son examen et se persuada bien vite que toute intervention médicale ne servirait plus de rien. Les extrémités se glaçaient déjà. Il recouvrit le visage et s'assit.

Les minutes s'écoulèrent. Le jeune homme réfléchissait. Ses yeux se portèrent sur la table à écrire. Il regarda la plume, l'encrier, le buvard et le papier à lettre. Plusieurs feuilles s'étalaient à moitié froissées, comme des lettres commencées et non achevées. Un bâton de cire noire avait dû servir à sceller la dernière. Il put lire quelques phrases.

Sur l'une :

« Monsieur, une mère, autrefois bénie en son fils, vous implore d'accepter cet avertissement... »

Dans une autre :

« Monsieur, si les conseils tardifs d'une étrangère peuvent vous faire changer d'avis... »

La troisième :

« Monsieur, ci-joint une lettre qui vous révélera sans autre explication un fait saisissant. Je désire ajouter cependant quelques mots qui vous prouveront combien vous avez été abusé. »

Ces commencements faisaient supposer que la quatrième lettre avait paru suffisante et avait été dûment scellée et expédiée. Deux gouttes de cire noire sur le buvard confirmaient cette hypothèse.

Une empreinte d'adresse s'inscrivait sur le buvard.

La mélancolie de cette scène n'était pas faite pour égayer Knight. Il avait déjà songé que la vie inactive qu'il menait depuis quelque temps avec Elfride pouvait bien ne rien lui valoir. Le plus sage serait peut-être au fond de se marier sans retard et de se remettre au travail. Puisque son idéal n'existait plus, il se l'imaginait tout au moins, mieux valait endiguer son esprit dans un canal plus pratique, et renoncer à cette analyse maladive de soi qui ne lui avait jamais donné de bonheur.

Oui, mais le mariage, dans les circonstances actuelles...

Sa rêverie fut interrompue par un bruit de roues. La porte s'ouvrit pour livrer passage à lord Luxellian et à M. Coole, le coroner. Deux nurses et quelques curieux pénétrèrent à leur suite.

Mais tous les soins devenaient désormais inutiles.

Bientôt tout le monde s'en fut, laissant la veuve toute seule, comme elle l'avait été de son vivant.

XXXIV

Seize heures venaient de s'écouler. Knight entra dans le boudoir de ces dames. Elfride n'y était pas.

— Le facteur, dit Mrs. Swancourt est arrivé aussitôt après votre départ. Il y avait une lettre pour vous. La voici.

L'enveloppe était scellée de cire noire et l'écriture ne lui parut pas inconnue. Il se rappela l'avoir vue la veille au soir.

Très agité, Knight s'éloigna en quête d'un coin paisible. C'était la saison des roses abondantes. Il s'assit sur l'herbe, derrière la plantation.

L'écriture, le cachet, le papier, tout lui disait la provenance de la lettre. Il comprit que les ébauches d'hier lui étaient destinées et les paroles qu'Elfride avait prononcées inconsciemment sur le bateau, dans son sommeil, lui revinrent en mémoire. Son cœur se mit à battre à grands coups et le papier trembla dans sa main.

« La Vallée, Endelstow.

« Monsieur, une femme qui ne redoute pas la critique des hommes se permet de venir vous donner quelques avertissements concernant celle que vous aimez. S'il n'est pas trop tard, méditez mes paroles.

« Vous avez été indignement abusé. Comment avoir foi en celle qui commet de tels actes?

« Celle qui encouragea un honnête garçon à l'amour, puis l'abandonna; causant ainsi sa mort.

« Celle qui prit ensuite un amoureux de basse naissance auquel la maison paternelle était interdite.

« Celle qui quitta secrètement son foyer pour fuir avec cet homme à Londres.

« Celle qui pour une raison ou une autre revint seule et non mariée.

« Celle qui, dans sa correspondance avec cet homme, s'oublia jusqu'à l'appeler son mari.

« Celle enfin qui m'écrivit la lettre ci-jointe pour me demander de faire cesser le scandale.

« J'espère être hors de blâme ou d'éloge. Mais Dieu, avant de me rappeler à lui, m'a heureusement permis de venger la mort de mon fils.

« Gertrude JETHWAY. »

La lettre incluse était celle qu'avait crayonnée Elfride.

Knight regarda d'un air las vers la maison. Il aperçut la fenêtre de la jeune fille à travers les arbres.

Elle se tenait dans sa chambre devant son miroir. Peut-être pensait-elle à autre chose, mais l'impression produite sur Knight n'en fut pas moins déplorable. Il abaissa les yeux. Les circonstances prêtaient à la voix de la morte une apparente vérité qui lui tordit le cœur. Il déchira la lettre en fragments, la vue seule de ce papier lui devenait intolérable.

Un bruit de branches. Il aperçut Elfride. Elle le regarda bien en face avec un pauvre sourire.

— Je vous ai vu de ma fenêtre, Harry, dit-elle timidement.

— La rosée va vous mouiller les pieds, observa-t-il, comme s'il n'avait pas entendu.

— Ah! qu'importe!

— C'est fort dangereux.

— Harry, qu'y a-t-il?

— Oh! rien. Reprendrons-nous notre conversation d'hier? Il vaut peut-être mieux pas?

— Que sais-je! Quelle misère! Comme je voudrais vous retrouver, Harry! Pourquoi ne me donnez-vous pas un baiser?

« Trop libre! » critiqua la voix intérieure.

— C'est notre conversation d'hier, reprit-elle : quel cauchemar!

— Un baiser! Je hais ce mot! Ne parlez pas de baiser pour l'amour de Dieu. J'aurais cru que vous auriez le tact de ne plus prononcer ce mot après tous ceux que vous avez reçus!

Elle devint très pâle et une expression désolée convulsa son visage. Knight se leva et Elfride le suivit en silence. Il ouvrit la barrière et s'engagea dans le petit sentier le long du champ.

— Peut-être suis-je indiscrète, fit-elle. Dois-je m'en aller?

— Non. Ecoutez, Elfride; et la voix de Knight prit un timbre bas inaccoutumé. J'ai été franc avec vous : le serez-vous avec moi? S'il y a eu entre vous et mon prédécesseur un lien que j'ignore, vous feriez mieux de l'avouer maintenant. Mieux vaut que je l'apprenne, à présent, de votre bouche, dût cet aveu nous séparer, que plus tard incidemment. Mes soupçons sont éveillés. J'aime mieux ne pas vous dire comment. Les moyens employés me répugnent. Mais souvenez-vous-en, la découverte d'un mystère dans votre passé nous empoisonnerait la vie à tout jamais.

Knight attendit, triste et impérieux à la fois. Ils firent quelques pas.

— Vous me pardonnerez, si je vous dis tout? fit-elle suppliante.

— Je ne puis vous le promettre; cela dépendra de ce que vous avez à dire.

Elfride n'y put tenir.

— Ne m'aimez-vous plus? fit-elle avec violence. Harry, Harry, aimez-moi, je vous en supplie.

— Voulez-vous être loyale, oui ou non, dit Knight avec une colère sourde. Que vous ai-je fait pour que vous me traitiez ainsi? Pris comme un oiseau au piège! je ne devais rien savoir, n'est-ce pas? Pourquoi? Je vous le demande.

Dans leur agitation, ils avaient abandonné le sentier tracé et erraient dans les prés humides de rosée.

— Qu'ai-je fait? balbutia-t-elle.

— Quoi? Vous le demandez! Ne le savez-vous pas mieux que moi? Vous savez que vous m'avez caché un fait, lequel, l'eussé-je su, eût pu altérer du tout au tout ma conduite à votre égard. Et vous me demandez lequel?

Elle pâlit visiblement, mais ne répondit pas.

— Non que je croie en des lettres mal intentionnées et des insinuations perfides. Mais je sais ceci : je vous avais élevé un autel dans mon cœur. Je croyais lire la vérité et l'innocence dans vos yeux. Or, je me suis trompé, maintenant, je veux la vérité, toute la vérité. Votre secret est-il d'importance ou ne l'est-il pas? Répondez.

— Je ne comprends pas. Si je vous ai caché quoi que ce soit, c'est parce que je vous aimais et craignais de vous perdre.

— Du moment que vous me refusez votre confiance, je vous demande la permission de vous interroger. Me l'accordez-vous?

— Oui, fit-elle d'un air de résignation lasse. Dites les mots les plus durs, je les supporterai.

— Il y a du scandale dans l'air à votre sujet, Elfride, et je ne puis seulement le combattre ne sachant exactement de quoi il retourne. Peut-être ne s'agit-il pas de vous après tout, dit-il avec amertume. Au moment de la Révolution française, Pariseau, le maître de ballet, fut décapité par erreur, à

la place d'un autre Parisot, capitaine des gardes du
roi. Je souhaiterais qu'il y eût une autre « E. Swancourt » dans le voisinage. Tenez, regardez.

Il lui tendit la lettre écrite par elle à Mrs. Jethway.
Elle y jeta les yeux d'un air absent.

— Ne croyez pas les apparences, plaida-t-elle.
Mon hypocrisie fait paraître la chose pire, mais le
fait original est insignifiant. J'ai voulu seulement
préserver votre amour. Oh! Harry, c'était là, je vous
le jure, mon seul but. Ce n'est pas bien mal.

— Oui, oui. Mais les commentaires de cette
femme...

— Quels commentaires?

— Elfride, vous êtes-vous enfuie avec l'homme
que vous aimiez? Oui, voilà ce qu'on a osé me dire.
Est-ce vrai, Elfride?

— Oui, murmura-t-elle.

Knight parut saisi.

— Pour l'épouser? fit-il d'une voix rauque.

— Oui. Oh! pardonnez-moi! Je ne vous connais
sais pas.

— A Londres?

— Oui, mais...

— Répondez à mes questions. N'ajoutez rien.
Est-ce de votre plein gré que vous désiriez l'épouser
en secret?

— Non, pas de mon plein gré.

— Mais vous l'avez tenté, cependant.

Une grande rougeur monta à son visage :

— Oui.

— Et après cela lui... avez vous écrit... en l'appelant votre mari... et vous appelait-il sa femme?

— Ecoutez, écoutez, je...

— Répondez?

— Oui, c'est exact.

Et ses lèvres se mirent à trembler. Mais elle reprit avec une certaine dignité.

— Je vous eusse avoué tout cela avec joie car je

savais que j'avais mal agi. Mais je n'ai pas osé. Je vous aimais trop. Vous êtes tout au monde pour moi. Ne me pardonnerez-vous pas?

Il est triste de penser que les hommes amoureux, qui d'abord montreront une foi inébranlable en la vertu de leur femme ou de leur fiancée, soient ceux qui, par la suite, feront preuve de la plus dure inflexibilité.

L'hésitation d'Elfride due, à ce que dans son innocence elle se croyait bien plus coupable qu'elle n'était en réalité, lui fut fatale dans l'esprit de Knight. Son imagination, maintenant qu'il reconnaissait l'impossibilité de son rêve, se laissait entraîner dans le courant diamétralement opposé. Et il n'hésita pas à voir dans le trouble et la confusion de la jeune fille, une preuve de son indignité.

— Elfride, l'heure des compliments est passée. Regardez-moi en face et répondez la vérité. Etiez-vous seule avec lui?

— Oui.

— Etes-vous revenue le jour même chez vous?

— Non.

Le mot tomba comme un boulet de canon et sembla ébranler le ciel et la terre. Knight se détourna.

Elfride s'abandonnait au désespoir. A quoi bon expliquer...? Elle ne s'en sentait d'ailleurs pas le courage. Et un désespoir morne sans issue la submergea.

Toute sa vie, Knight devait se rappeler cette scène. Les champs jaunes, la haie de hêtres cachant la maison, les feuilles rouges comme du sang.

— Pardonnez-moi, Elfride, mais je ne puis vous épouser.

La détresse qui lui noya le cœur et l'âme est de celle que les mots ne peuvent exprimer :

— Que voulez-vous dire, Harry? Vous plaisantez, n'est-ce pas?

Elle le regarda d'un air de doute et essaya de rire

comme si la plaisanterie était par trop flagrante.

— Vous n'êtes pas sincère bien sûr? Je vous appartiens, n'est-ce pas? Il faut que vous me gardiez.

— Je vous ai parlé durement, Elfride. Après tout, je vous aime bien. Laissez-moi vous donner un conseil. Epousez... cet homme le plus tôt possible. Si las l'un de l'autre que vous puissiez être, vous vous appartenez. Pensez-vous que je puisse songer seulement une seconde... Si vous ne pouvez l'épouser et que vous deveniez la femme d'un autre, croyez-moi, ne révélez pas votre secret après le mariage si vous l'avez caché avant. La franchise alors serait un crime.

Stupéfaite de ce discours, elle s'écria :

— Non, non, je ne serai la femme de personne autre que vous. Il faut que je sois votre femme!

— Si nous nous étions mariés...

— Mais vous ne voulez pas *dire* que... que... vous m'abandonnerez... et que je ne vous serai plus rien. C'est impossible!

Des sanglots convulsifs l'agitèrent. Elle les réprima et essaya de lire sur son visage.

— Je rentre, dit Knight. Vous ne me suivrez pas, Elfride, je vous l'interdis.

— Non, non, je vous obéirai.

— Ensuite j'irai à Castle-Boterel. Au revoir.

Il lui dit au revoir d'un ton léger, comme pour une séparation d'un jour ou deux, c'est ainsi du moins qu'elle le comprit. Knight n'eut pas le courage d'avouer qu'il partait pour toujours. En était-il d'ailleurs bien certain?

Dix minutes plus tard, il quittait la maison en annonçant qu'il ne rentrait pas le soir. On lui enverrait ses bagages.

Au bas de la vallée, il ne put s'empêcher de tourner la tête. Il vit le champ de chaume, une mince silhouette se profilait sur le ciel. Elfride, docile comme toujours, avait obéi.

Il la vit, et devait la voir ainsi pendant des semaines et des mois.

Il détourna alors la tête, se passa la main sur les yeux, comme pour effacer cette vision, et avec un sourd gémissement se remit en route.

XXXV

Nous retrouvons Knight dans son appartement de Bede's Inn. C'était le lendemain de son retour d'Endelstow. La nuit tombait. Une pluie serrée noyait l'ombre, formant un morne halo autour des rues bien éclairées.

Knight se tenait près du feu. Il regardait luire les braises avant de continuer son triste voyage sur Richmond. Il mit son chapeau et éteignit le gaz. Le store de sa fenêtre n'était pas encore baissé.

Des bruits de voix montaient.

Tandis qu'il se tenait immobile, attendant les quelques minutes qui le séparaient de l'heure du départ, il entendit un léger coup, si léger qu'il crut s'être trompé.

Mais comme le même coup se répéta, il traversa l'antichambre et vint ouvrir la porte.

Une femme, étroitement voilée, mince de silhouette, se tenait sur le palier, sous le bec de gaz. Elle jeta ses bras autour du cou de Knight en poussant un cri étouffé :

— Oh Harry! Harry! vous me tuez! Je n'ai plus pu y tenir. Ne me renvoyez pas, dites? Pardonnez à votre Elfride; je vous aime tant!

L'agitation et l'étonnement le rendirent muet pendant quelques instants.

— Elfride, cria-t-il enfin. Que signifie cela? Qu'avez-vous fait?

— Ne me grondez pas, ne me punissez pas. Je n'ai plus pu y tenir, je me sentais mourir. Hier, quand vous n'êtes pas rentré... je n'ai pu le supporter... je n'ai pas pu. Gardez-moi, que je voie votre visage, Harry, je n'en demande pas plus.

Ses paupières étaient rouges et gonflées par les larmes et les roses délicates de ses joues enflammées par le frottement du mouchoir.

— Etes-vous venue seule? demanda-t-il vivement.

— Oui. Lorsque je ne vous ai pas vu hier soir, j'ai veillé, espérant votre retour... Cette nuit, quelle agonie!... J'attendais, et vous ne veniez pas! Puis lorsqu'au matin votre lettre, annonçant votre départ définitif, est arrivée, je n'ai pas pu le supporter; je les ai quittés et me suis enfuie de Saint-Launce par le premier train. Et j'ai voyagé tout le jour pour venir vous retrouver... Vous n'allez pas me renvoyer, Harry? Parce que, voyez-vous, je vous aimerai toujours, jusqu'à la mort.

— Vous ne pouvez rester! Oh! Elfride, pourquoi vous êtes-vous compromise ainsi? Et votre réputation! Votre première expérience ne vous a donc pas suffi?

— Ma réputation! Harry, je mourrai bientôt. A quoi me servira alors ma réputation? Que ne suis-je l'homme et vous la femme! Je vous jure que je ne vous abandonnerais pas pour une faute aussi légère que la mienne! Ne croyez pas que ma fuite avec *lui* fut une chose vile. Comme je voudrais que vous vous fussiez compromis avec vingt femmes avant de me connaître, pour que j'aie la joie de vous pardonner et de vous avoir à moi seule, après elles. Si vous me connaissiez vraiment, Harry, vous sauriez combien je suis honnête. Ne puis-je être à vous? Dites que vous m'aimez, que rien ne peut nous séparer? Je ne puis penser que je pourrais continuer à vivre des jours et des nuits sans vous, parce que vous me détesteriez!

— Je ne vous déteste pas, Elfride, dit-il doucement en la soutenant de son bras. Mais vous ne pouvez rester ainsi... pour l'instant tout au moins.

— Peut-être. Quoique j'en aurais bien envie. J'ai peur que si... vous me quittez... quelque chose d'affreux nous sépare encore. Harry, si je ne suis pas bonne à être votre femme, laissez-moi être votre servante. Pourvu que je vous voie, tout le reste m'est égal.

— Non, je ne puis vous renvoyer ainsi, je ne le peux pas. Dieu sait ce qu'il va sortir de noir de tout ceci, mais je ne puis vous renvoyer. Asseyez-vous, que j'essaye de réfléchir.

A ce moment, un coup retentissant ébranla la maison, un bruit de voix... puis des pas rapides escaladèrent les marches. Et le visage de M. Swancourt congestionné, furieux et sévère, apparut au coin de l'escalier. Il lança un regard indigné à Knight et se tourna vers la jeune fille qui tremblait de tous ses membres.

— Ah! Elfride! Je vous trouve enfin. Que signifie tout ceci, mademoiselle? Quand renoncerez-vous à ces idioties et vous conduirez-vous comme une femme décente?

Ma famille et mon nom doivent-ils être déshonorés par des actes dont l'indignité feraient scandale chez la fille d'une blanchisseuse? Venez, mademoiselle.

— Elle est très lasse! fit Knight d'une voix angoissée. Monsieur Swancourt, ne soyez pas dur pour elle. Aimez-la.

— Quant à vous, monsieur, fit M. Swancourt en se tournant vers lui comme forcé par les circonstances, je n'ai pas grand'chose à dire. Je puis simplement remarquer que le plus tôt je serai hors de votre présence, le mieux ce sera. Pourquoi ne pouviez-vous vous conduire envers ma fille comme un galant homme? Je n'en sais rien. Pourquoi enfin une jeune fille inexpérimentée a-t-elle commis cette folie. Je n'en sais rien. Mais si elle ne savait pas qu'on ne doit pas s'enfuir de chez soi, j'imagine que vous le saviez, vous.

— Ce n'est pas sa faute, papa! Je suis venue de mon propre gré.

— Si vous vouliez rompre ce mariage, pourquoi ne l'avoir pas dit nettement? Si vous ne vouliez pas vous marier du tout, pourquoi ne l'avoir pas laissée tranquille? Sur mon âme, cela me peine à mort, d'être forcé de juger si sévèrement un homme que je considérais comme mon ami.

Knight las et écœuré ne tenta même pas de répondre. Comment se disculper sans accuser Elfride. Il sentait même une sorte de joie amère à se laisser insulter par le père.

— Enfin, venez-vous? dit M. Swancourt de nouveau à sa fille.

Il prit sa main, la passa de force sous son bras et l'entraîna en bas des marches. Knight la suivit des yeux, espérant vaguement qu'elle tournerait la tête. Mais elle disparut sans regarder derrière elle.

A partir de ce moment, un conflit terrible se livra dans le cœur d'Harry Knight. Son instinct et sa tendresse le poussaient à revendiquer Elfride comme sienne et à se déclarer son protecteur pour la vie. Puis il songeait qu'Elfride, en s'enfuyant pour venir le trouver, s'était montrée d'une légèreté impardonnable. Ce manque de réserve, qui n'était en réalité que de l'amour et l'insouciance du cant, signifiait pour lui mépris des convenances les plus élémentaires et du décorum. Quoi d'extraordinaire à ce qu'avec une nature semblable elle se fût laissée déjà décevoir par un homme. Cynique, il songea :

« Les honnêtes femmes sont soupçonneuses et trop malignes pour se laisser duper. Les femmes trop confiantes, comme Elfride, sont celles qui tombent. »

Les heures et les jours passèrent. Knight ne décidait rien. Le temps affaiblissait la puissance de la jeune fille sur son cœur, fortifiait ses raisonnements.

Elfride l'aimait, il le savait bien et lui non plus ne pouvait l'oublier, mais l'épouser, ça non! Si elle pouvait redevenir son Elfride, celle qu'il avait idéalisée et qu'il avait aimée, oui. Mais cette femme était morte et enterrée. Comment épouser cette Elfride que, — l'eût-il vue dès le premier jour, telle qu'elle était, — il eût tout au plus considérée comme une connaissance banale.

Cela lui tordait le cœur de penser qu'il éprouvait une douleur bien éloignée de l'agréable philosophie sociale dont il faisait parade dans ses essais.

La droiture morale de cet homme était digne d'éloges; mais malgré son intelligence, Knight avait en lui une certaine étroitesse d'idées que l'on rencontre souvent chez les gens scrupuleusement honnêtes. Pour lui, la vérité semblait trop claire et trop pure pour s'allier parfois avec l'erreur. Ayant découvert qu'Elfride n'était pas absolument blanche, rien n'aurait pu lui faire croire qu'après tout elle restait quand même une très honnête fille.

Il s'attarda d'une quinzaine en ville, passant par les sentiments les plus divers et les plus opposés. Seule, l'idée qu'il valait mieux ne pas revoir Elfride restait ferme dans son esprit.

Lorsqu'il regardait les livres de la bibliothèque, qu'il n'avait presque pas ouverts depuis qu'il avait connu Elfride, il sentait que leur ordre et leur poussière semblaient un reproche. N'avait-il pas abandonné la foi de sa jeunesse? Ses vieux amis semblaient lui reprocher d'avoir préféré la société d'une femme frivole à leur immuable beauté. L'esprit de renoncement, d'ascétisme même qui animait Knight jadis, avait presque entièrement disparu avec la naissance de l'amour dans son cœur. Et voilà que la pauvre petite Elfride, au lieu d'avoir une place dans sa religion, affectait presque à ses yeux le rôle d'une tentatrice. Et jamais Knight ne songea une seule fois qu'il lui devait la vie. Peut-être était-ce humain et naturel.

Il ferma son appartement, rompit toute relation avec ses éditeurs et quitta Londres pour le continent.

XXXVI

« ARGENT, SUCCÈS... »

— Je me demande ce qui prend à tous ces gens de Saint-Launce.

— Avec leur amabilité?

— Oui, et leurs poignées de mains, et leurs questions anxieuses au sujet de votre santé, John.

C'était la fin d'une conversation entre John Smith et sa femme, le samedi soir du printemps qui suivit le départ de Knight pour la France. Stephen, depuis longtemps, était retourné aux Indes. Le couple persévérant avait émigré du parc de lord Luxellian pour un cottage confortable à un mille de Saint-Launce où John avait ouvert une petite entreprise de maçonnerie à son compte.

— Lorsque nous somme venus il y a six mois, reprit Mrs. Smith, c'est à peine si on me parlait. Les gens les plus polis faisaient mine de ne pas me connaître et regardaient droit devant eux par delà mon épaule, sans jamais rencontrer mes yeux. D'autres, si je venais de droite, filaient à gauche. Le libraire, les filles du boucher, les fils du tapissier m'ignoraient hors de leur boutique. Pas vrai?

— Si, Maria.

— Aujourd'hui tout le contraire. J'étais pas plus tôt sur le marché que Mrs. Joakes se précipite sur moi, aux yeux de toute la ville et s'écrie : « Ma chère mistress Smith, vous devez être fatiguée de vôtre promenade! Entrez donc à la maison vous

rafraîchir! Voilà si longtemps que nous nous connaissons, permettez-moi d'insister. »

On ne sait jamais ce qui peut arriver et je lui ai
répondu poliment. Je n'avais pas fait dix pas que
le jeune avocat Sweet, le dandy de la ville, court
après moi, hors d'haleine. « Mrs. Smith, qu'il dit,
excusez ma grossièreté, mais vous avez une ronce
à votre jupe; permettez-moi de l'enlever. » Vous
m'croirez si vous voulez, mais cela se passait juste
devant la mairie. Qu'est-ce que ça veut dire?

— Sais pas. Le repentir, p't'êt'ben.

— Repentir! Espèce de sot! Est-ce qu'on se repent
jamais quand on a de l'argent dans sa poche et cinquante ans encore à vivre?

— Maintenant qu'vous m'y faites penser, i'm'-
semble bien que les gens étaient plus affectueux
aujourd'hui avec moi. V'là t'y pas que dans le milieu
d'la rue le vieil Alderman Tope vient me serrer la
main. Et j'avais mes habits de travail.

— J'vous ai déjà dit de ne pas aller en ville avec
vot' blouse, mais c'est comme si j'chantais.

A ce moment, on tapa à la porte. Mrs. Smith
alla ouvrir.

— Vous m'excuserez, Mrs. Smith, j'suis sûre,
mais ce beau temps vous invite au dehors.

J'avais pas plutôt avalé ma tasse de thé que j'ai
pris le bras de Mrs. Trewen pour aller faire un tour.
Et apercevant vos magnifiques fleurs, j'ai pris la
liberté d'entrer. Nous ferons un tour dans le jardin,
si vous nous y autorisez.

— Mais très volontiers, fit Mrs. Smith.

Et derrière leur dos, elle leva les mains au ciel
en signe de stupeur.

— Qui est-ce? fit John.

— M. Trewen, le directeur de la banque et sa
femme.

— J'ai envie de leur demander ce que ça signifie,
murmura John à l'oreille de sa femme. Je leur

dirai : « Nous sommes dans la nuit. Permettez-moi, monsieur Trewen, de vous poser une question. Pourquoi êtes-vous si aimable aujourd'hui? » Hein? ce serait poli et de bon ton?

— Pas un mot! Bon Dieu, quand apprendrez-vous les manières!

Le couple revenait du jardin.

— Vous devez être fiers, master et mistress Smith, d'avoir un fils aussi célèbre, fit le directeur.

« Ah! il s'agit de Stephen », songea Mrs. Smith. Et elle prit un air triomphant.

— Nous ne savons pas les détails, fit John.

— Non?

— Mais toute la ville ne parle que de ça. Notre digne maire y a fait allusion dans son discours d'hier soir au Club : « Les fils de leurs œuvres. »

— Et notre fils?

— Il a été fêté par les gouverneurs, les princes Parsi et tout le grand monde des Indes. Il est à tu et à toi avec les nababs. On l'a chargé de dessiner un palais, une cathédrale, des hôpitaux, des collèges, des halles et des fortifications du consentement général des pouvoirs dirigeants chrétien, païen et autres.

— J'en étais sûre, fit Mrs. Smith avec assurance.

— C'était hier dans la *Chronique de Saint-Launce*, et notre digne maire a traité le sujet d'une façon magistrale.

— Bien aimable à lui, fit la mère.

— Allons, il faut nous retirer. Il se fait tard Souvenez-vous, chère madame, lorsque vous venez chaque samedi au marché, que notre maison est la vôtre, vous le savez depuis longtemps d'ailleurs. Mais je tiens à vous le rappeler. Je ne fais pas de phrases, je le dis comme je le pense.

Sitôt leurs hôtes partis, le premier soin des Smith fut de se procurer le journal de la veille. De cette lecture ils tirèrent la conclusion qu'il leur fallait une maison plus grande et un nouveau mobilier.

— John, ajouta Mrs. Smith, prenez garde lorsque vous écrirez à Stephen, de ne pas lui mentionner le nom d'Elfride Swancourt. Il semble l'óublier et j'en suis heureuse. Cette fille n'est pas assez bonne pour lui. Ne vous occupez pas de rien savoir sur elle, de sorte que s'il nous interroge nous ne pourrons lui répondre. Il faut qu'elle meure dans son esprit.

XXXVII

Knight erra çà et là, sous prétexte d'étudier les antiquités françaises.

Il visita Amiens, s'attarda dans les Ardennes, grimpa aux étranges tours de Laon, fouilla Noyon et Reims. Puis il admira les curieux bas-reliefs de Chartres et s'arrêta à Coutances. Il gagna le mont Saint-Michel et prit quelques croquis de l'abbaye. Saint-Ouen, Rouen, Vézelay et Sens le possédèrent pendant quelques jours.

Puis abandonnant l'étude de l'art français avec la même hâte qu'il avait apportée à l'entreprendre, il poussa jusqu'en Italie. Ferrare, Padoue et Pise le retinrent quelque temps. Puis, saturé du moyen âge, il se décida pour le Forum romain. Ensuite il examina les effets du clair de lune sur la baie de Naples. L'Autriche l'attira aussi. Les plaines hongroises et bohêmes le déprimèrent et il songea à se rafraîchir dans les brises des Carpathes.

Sans trop savoir comment, il se trouva en Grèce. Il visita la plaine de Marathon et tenta d'imaginer l'armée des Perses en déroute; au Mont de Mars, il évoqua Saint-Paul s'adressant aux Athéniens; aux Thermopyles, il tenta de ressusciter les traditions et les faits de la seconde Invasion. Ses efforts donnèrent d'ailleurs des résultats plutôt chaotiques.

Il se fatigua de ces lieux comme des autres.

Une secousse de tremblement de terre le chassa

des îles Ioniennes et l'envoya à Venise. Là, il se promena en gondole et s'attarda sur la place Saint-Marc. Enfin, après avoir visité en détail les musées, les galeries de tableaux et les bibliothèques de Vienne, Berlin et Paris, il rentra en Angleterre.

Nous sommes en février. Quinze mois se sont écoulés depuis la séparation d'Elfride et de son amoureux dans le champ de chaume.

Deux hommes, certes, pas des Londoniens, viennent de se rencontrer par hasard dans une des allées d'Hyde Park. Le plus jeune, moins absorbé que le second étranger, avait remarqué l'approche de l'autre. Celui-ci leva les yeux. Un regard distrait, qui lui semblait habituel, noyait ses prunelles.

— Monsieur Knight! s'exclama le plus jeune.

— Tiens, Stephen Smith!

Et simultanément, une expression moins franche prit possession de leurs traits. Ils parlèrent pour masquer leur contrainte réciproque.

— Etes-vous depuis longtemps en Angleterre? demanda Knight.

— Depuis deux jours seulement.

— L'Inde, toujours?

— Toujours.

— On faisait un raffut à votre sujet à Saint-Launce l'année dernière. Il me semble avoir lu quelque chose de ce genre dans les journaux.

— Oui, je crois.

— Je vous félicite de votre succès.

— Merci. Il n'a rien d'extraordinaire je vous assure. De simples progrès que n'a entravés aucune opposition.

Et la gêne que l'on remarque entre d'anciens amis, lorsque les liens d'amitié se sont dénoués, ne tarda pas à se produire.

Knight se souvenait de l'attitude réservée de Stephen à leur dernière rencontre et Stephen ne pouvait s'empêcher de voir en Knight le rival qui lui avait pris sa fiancée.

Stephen Smith demanda d'un ton qu'il s'efforçait de rendre dégagé :

— Etes-vous marié?

— Non.

Et une amertume indescriptible se fit sentir dans ce seul mot.

— Je ne le serai jamais, ajouta-t-il d'un ton ferme. Et vous?

— Moi, non plus, fit Stephen d'une voix triste et basse, comme dans une chambre de malade.

Ne sachant si Knight connaissait ou non ses droits antérieurs sur Elfride, il hasarda quelques mots pour tâter le terrain; car ce sujet exerçait encore sur lui une douloureuse fascination.

— Alors, vous avez rompu votre engagement avec miss Swancourt? Je me rappelle l'avoir rencontrée avec vous.

La voix de Stephen trembla un peu à ces derniers mots en dépit de sa volonté. La vie aux Indes n'avait pu encore lui faire oublier le cruel souvenir.

— Oui, fit Knight. Les fiançailles se terminent souvent ainsi...

— Oui... Et qu'avez-vous fait, ces derniers temps?

— Rien.

— Où avez-vous été?

— Je ne sais... En Europe... Peut-être cela vous intéresse-t-il de savoir que j'ai entrepris une étude sérieuse de l'art au moyen âge sur le continent. Mes notes sont à votre service. Elles ne me serviront pas.

— Merci. Voyagé loin?

— Non, fit Knight pensivement. Il paraît que certains moutons atteints de la rage se mettent à tourner en rond sur eux-mêmes. Eh bien, j'ai voyagé d'une façon analogue.

L'amertume, l'incohérence de Knight frappèrent

péniblement le jeune homme. Son ancien ami n'était plus le même. Lui aussi avait changé, mais, certes, pas autant que Knight.

— Je suis rentré d'hier, reprit Henry, et je ne crois pas avoir rapporté de mon voyage une demi-douzaine de souvenirs intéressants.

— Vous surpassez Hamlet en tristesse, fit Stephen avec une franchise attristée.

Knight ne répondit pas.

— Savez-vous, reprit Stephen, que j'aurais juré vous retrouver marié, d'après ce que j'avais vu.

Le visage de Knight se durcit :

— Vraiment?

Stephen se sentit incapable d'abandonner ce sujet douloureux et passionnant.

— Oui, j'avoue que je suis surpris.

— Et avec qui pensiez-vous me voir uni?

— Avec celle que j'ai rencontrée en votre compagnie.

— Merci bien!

— Avez-vous été le jouet d'une coquette?

— Smith, ne me questionnez jamais sur ce sujet, je vous en prie. D'ailleurs, je ne répondrai plus à vos questions.

— Il suffit. J'avais espéré un moment que vous me demanderiez une explication et me donneriez la vôtre, mais n'en parlons plus puisque cela vous déplaît.

— Que pourriez-vous m'expliquer?

— J'ai perdu la femme que j'allais épouser. Vous ne vous êtes pas marié... Nous aurions pu comparer nos notes.

— Je ne vous ai jamais demandé de confidences.

— Je le sais.

— La vérité, Stephen, est que j'ai une bonne raison pour refuser obstinément de faire allusion à ce sujet.

— Sans aucun doute.

— Oh! oui, une misérable raison!

L'anxiété poussa Smith à hasarder une nouvelle question :

— Ne vous aimait-elle pas assez!

Et il retint sa respiration, dans l'attente de la réponse.

— Stephen, vous manquez au tact le plus élémentaire. Je ne vous comprends pas. Laissez-moi vous dire au revoir.

— Bon Dieu! fit Stephen avec violence, vous parlez comme si vous ne l'aviez pas enlevée à un homme ayant sur elle des droits plus puissants que les vôtres.

— Que voulez-vous dire, dit Knight surpris. Que savez-vous?

— Rien. Laissez-moi vous dire au revoir.

— Comme il vous plaira, fit Knight, mais je ne comprends rien à votre conduite.

— Ni moi à la vôtre. Pour ma part, je vous ai toujours été reconnaissant de ce que vous avez fait pour moi.

— Mais j'ai toujours eu de l'amitié pour vous, Stephen. C'est vous qui, le premier, vous êtes éloigné.

— Non, non. Vous vous méprenez. C'est vous qui avez commencé. Et vous m'en avez voulu, moi l'élève, d'imiter mon maître. Ne viendrez-vous pas me voir?

— Où demeurez-vous?

— Au Growenor Hotel, dans Pimlico.

— Moi aussi.

— Curieuse coïncidence, pour ne pas dire plus. Eh bien, je dois rester à Londres un jour ou deux; puis j'irai retrouver mon père et ma mère à Saint-Launce. Nous verrons-nous ce soir?

— Peut-être. Je ne promets rien. Je pensais passer la soirée seul... Mais enfin je saurai où vous trouver. Au revoir.

XXXVIII

Cette rencontre laissa Stephen songeur. Il restait ulcéré du manque de confiance de son ancien ami. Pendant toutes ces dernières années il avait gardé, malgré les événements, un sentiment de gratitude envers Knight. Peut-être devait-il cette fidélité à la supériorité de Knight; l'autre l'avait toujours traité comme un simple disciple, souvent même comme un écolier. Et ce maître, pour finir, avait affirmé sa suprématie en lui enlevant sa fiancée. Or, Stephen avait une nature toute féminine, et cette blessure que lui avait infligée Knight ranimait en lui les cendres de sa tendresse, qu'une bienveillance constante eût peut-être éteintes.

Knight de son côté, restait mécontent. Il regretta de n'avoir pas traité Stephen avec un peu de sa supériorité d'autrefois. Jadis, si Smith plus jeune se fût permis de laisser sous-entendre, comme il venait de le faire, que quelqu'un d'autre que lui avait des droits antérieurs sur Elfride, il se fût écrié : « Allons donc, mon ami, racontez-moi ça. » Et Stephen eût révélé tout ce qu'il savait.

Knight ne faisait que traverser Londres. Après deux ou trois courses d'affaires, il se dirigea distraitement vers les sombres corridors du British Museum, pendant la demi-heure qui précédait la fermeture. Cette rencontre avec Stephen, le reliait au passé, comblant le fossé de l'absence. Le conflit qui

s'était livré dans son cœur concernant Elfride Swancourt se ravivait avec une violence nouvelle. Pendant ces derniers mois, tout en repoussant l'idée d'en
faire jamais sa femme, il ne pouvait s'empêcher de
songer qu'elle était la seule femme adaptée à sa
nature; et au lieu d'écarter ces pensées, il avait fini
par les considérer comme une infirmité qu'il devait
tolérer.

Knight rentra ce soir-là de meilleure humeur à son
hôtel. Voulait-il renouer connaissance avec Stephen
ou bien le tenaillant désir de savoir le poussait-il?
Il préféra ne pas approfondir.

Il dîna rapidement, s'enquit de Smith et fut intro-
duit en sa présence. Il le trouva installé devant un
feu confortable avec quelques magazines.

— Je me suis décidé à venir, fit Knight. Ma conduite a dû vous paraître étrange ce matin. Mais vous
me connaissez assez pour ne pas m'en vouloir.
Mettez-la sur le compte de mes voyages en France,
et en Italie.

— Pas un mot de plus, je vous en prie. Asseyez-
vous : je suis bien trop content de vous revoir.

Stephen n'ajouta pas que peu avant son entrée il
relisait d'anciennes lettres d'Elfride. Elles étaient
peu nombreuses. Et jusqu'à ce soir, il les avait lais-
sées enfermées dans un coffret de cuir au fond de
sa malle, avec quelques autres reliques.

La vue de Londres, de ses amis avait aussi relié
pour lui, en ce qui concernait Elfride, le fil de con-
tinuité, que son absence dans un pays étranger
avait sinon rompu, du moins détendu. D'abord, il
avait voulu simplement regarder ces lettres, puis il
en lut une, puis une autre, jusqu'à ce que tout le
passé ressuscitât dans son souvenir. Il les replia,
les mit dans sa poche et se prit à songer aux circonstances qui avaient bien pu empêcher le mariage
de Knight avec Elfride. Et, par un retour bien naturel sur lui-même, il n'hésita pas à se persuader que,

sans Elfride, sa vie ne vaudrait pas la peine d'être vécue.

Tout d'abord les deux amis parlèrent de choses et d'autres, ni l'un ni l'autre n'osait aborder le premier le sujet qui lui tenait à cœur.

Sur la table, parmi les périodiques, se trouvaient deux ou trois albums d'esquisses. L'un d'eux étant ouvert, Knight le feuilleta machinalement. C'étaient des plans de monuments, des copies d'antiquités : fragments de colonnes indiennes, colossales statues, ornements du temple d'Elephanta.

Parmi ces dessins, quelques esquisses de sujets moyenageux pour sculptures ou vitraux : la Vierge, les Saints et les Prophètes.

Stephen n'était pas un dessinateur de métier, mais son coup de crayon était exact. Knight finit par remarquer une particularité qui le frappa. Toutes les saintes se ressemblaient. Les unes avaient de petits nimbes, d'autres de grands, mais le visage restait le même. Ce profil, comme Knight le connaissait!

Très agité, il murmura :

— Stephen, qu'est ceci?

Le jeune homme jeta un coup d'œil indifférent :

— Oh! des saintes et des anges pour un projet de vitraux.

— Mais qui idéalisez-vous dans ce type de femme que vous adoptez chaque fois pour la Vierge?

— Personne.

Et alors une pensée traversa l'esprit de Smith. Il regarda son ami.

A la vérité, Stephen, en se servant d'Elfride comme modèle, avait agi inconsciemment. La main, comme la langue, acquiert facilement l'habitude de la répétition sans qu'à la longue l'esprit y soit pour rien. Smith ne s'étant jamais fatigué, au début de son amour, de représenter les traits d'Elfride sur son album, avait donné par la suite son visage à toutes ses esquisses sans y prendre garde.

Knight l'avait reconnue! L'entrée en matière sou-
haitée se présentait d'elle-même.

— Elfride Swancourt, à qui j'étais fiancé, dit-il
doucement.

— Stephen!

— Oui...

— Est-ce Elfride? C'est *vous*, alors?

— Oui. Vous vous étonnez de ma réserve, n'est-
ce pas?

— Oui, et aussi...

— J'ai fait pour le mieux. Blâmez-moi si vous
voulez, j'ai cru bien agir.

— Vous étonnez-vous maintenant que j'aie changé
à son égard?

— Je ne sais plus.

Knight resta songeur un moment, puis murmura :

— J'ai eu un soupçon cet après-midi; mais je
l'ai écarté. Comment l'avez-vous connue? fit-il d'un
ton plus péremptoire.

— Je fus envoyé pour réparer l'église; il y a des
années de cela...

— Du temps où vous étiez chez Hewby alors?
Mais je ne puis comprendre. Pourquoi m'avez-vous
aveuglé ainsi?

— Mais je ne vous ai aveuglé en rien.

— Si, si...

Knight se mit à arpenter nerveusement la pièce.
Son visage était très pâle. Il reprit d'une voix
troublée :

— Je n'aurais pas agi ainsi avec vous dans les
mêmes circonstances. Je sens profondément et vous
parle en toute franchise. Jamais je ne vous pardon-
nerai.

— Quoi?

— Votre attitude lors de notre rencontre dans le
caveau des Luxellian. Tromperie, mensonge!

Stephen, tout en comprenant le chagrin de son

ami, ressentit un mouvement d'indignation à se voir ainsi méconnu.

— Je ne pouvais agir autrement par respect pour elle, fit-il avec raideur.

— Vraiment, fit Knight d'un ton amer. Et c'est sans doute par respect pour elle que vous ne l'avez pas épousée! J'espérais tellement qu'*il* — c'est-à-dire vous — l'épouserait.

— Je vous en suis très reconnaissant. Mais vos paroles sont plutôt mystérieuses. Il me semble que j'avais la meilleure raison du monde pour n'en rien faire.

— Et laquelle, je vous prie?

— Mais je ne pouvais pas.

— Vous auriez dû pouvoir. Vous le deviez, en simple justice, Stephen! fit Knight avec emportement. Et cela me blesse et me peine affreusement de voir que vous n'avez tenté aucune réparation envers une femme comme elle, si crédule, si passionnée. .

— Mais vous parlez comme un fou! me l'avez-vous prise, oui ou non?

— Ramasser ce qu'un autre rejette peut difficilement s'appeler « prendre ». Cependant nous ne nous entendrons jamais, je le vois. Mieux vaut nous quitter.

— Mais vous vous trompez, fit Stephen, remué jusqu'au fond d'âme. Qu'ai-je fait? Dites-le-moi. J'ai perdu Elfride, mais est-ce de ma faute?

— Fut-ce son œuvre ou la vôtre?

— Quoi?

— Votre séparation.

— Mais la sienne, entièrement.

— La raison?

— Le sais-je? Mais laissez-moi tout vous dire sans réserve.

— Après tout nous aurions tort de nous fâcher pour si peu, reprit Knight avec une indifférence

affectée et comme s'il se repentait de sa confiance.
Tout cela est si loin... Je n'y songe plus du tout.
Mais je ne demande pas mieux que d'entendre votre
histoire.

Ce ton engagea Smith à parler avec complaisance
de ses anciennes fiançailles avec Elfride. Il raconta
leurs origines, l'opposition du père.

Knight s'efforçait de paraître indifférent. A tout
prix il lui fallait cacher ses émotions. Sinon le
jeune homme se montrerait moins franc. Comme
leur amour semblait innocent!

Et Stephen raconta leur fuite manquée, les changements de trains, le long voyage, le recul d'Elfride
devant l'acte décisif, leur retour épié par la veuve
Jethway, la terreur d'Elfride et leur dernier baiser
sur la route d'Endelstow.

Stephen s'imaginait naïvement qu'en entrant ainsi
dans les détails il établissait d'une façon irréfutable
la priorité de ses droits sur Elfride.

— Maudite soit la lettre qui nous a séparés. Dieu
Dieu! murmura Harry.

Et il arpentait la pièce avec rage.

— Que dites-vous? fit Stephen en se retournant.

— Ai-je dit quelque chose? Oh! Je pensais à
l'étrangeté de tout ceci. Dire que nous aimions la
même femme et que nous ne l'aimons plus maintenant...

— Oui, fit Stephen ravi de l'indifférence apparente de Knight.

L'attitude hypocrite de Knight le déçut d'autant
plus que jamais son ancien maître ne l'avait trompé
en quoi que ce soit. L'idée que son ami avait cessé
d'aimer Elfride lui était un immense soulagement.

— Je vois maintenant, reprit Knight avec la même
apparente insouciance, qu'elle n'en était pas moins
pure pour vous avoir aimé.

— Moins pure! Bien sûr que non.

— Elle fut imprudente seulement.

— Pas même! C'est moi qui l'avais décidée à m'épouser secrètement. Jamais elle n'a songé qu'elle pût mal agir en reculant au dernier moment. Ni moi non plus d'ailleurs.

— Son acte fut celui d'une enfant. Mais des personnes mal intentionnées pouvaient s'y tromper. Ne croyez-vous pas?

— Peut-être. Quoique, cependant, personne n'eût pu apprendre les détails de notre escapade sans en sourire. Le monde entier en fût-il informé, Elfride resterait la seule à considérer son mariage manqué comme une faute.

— Stephen, l'aimez-vous encore?

— Mon Dieu, je l'aime bien, fit-il évasivement, usant de la stratégie amoureuse. Il y a si longtemps que je ne l'ai vue... Et vous?

— Comment répondre sans honte? Quels inconstants nous sommes, Stephen! Les hommes aiment peut-être plus fort, mais les femmes plus longtemps. Je l'aimais à ma façon, vous savez.

— Oui, moi aussi... autrefois.

Chose curieuse, bien que leur jalousie à tous deux se fût éveillée au début de la conversation, ils se refusaient maintenant à reconnaître qu'ils pussent se dissimuler leurs vrais sentiments.

— Stephen, maintenant que nous nous sommes expliqués, je vais vous quitter. Vous m'excuserez, n'est-ce pas?

— Mais vous allez souper avec moi?

— Non, vraiment, excusez-moi.

— Je vous verrai demain matin alors?

— Impossible!

— Vous ne refuserez tout de même pas de venir partager mon petit déjeuner?

— Tôt alors, fit Knight à contre-cœur. Mettons huit heures.

— Comme il vous plaira. Huit heures, convenu.

Knight le quitta. Le masque qu'il lui avait fallu porter pendant cette conversation lui devenait intolérable. Il ne pouvait le supporter plus longtemps. Knight dissimulait pour la première fois de sa vie. Et vis-à-vis de celui qui le considérait comme un modèle de loyauté et de franchise.

Il se coucha et s'abandonna à une fièvre furieuse. Stephen! Stephen son rival! Ce n'était que Stephen! Stephen ce gamin! Quelle absurdité! Pourquoi aussi Elfride s'était-elle montrée si faible, si troublée. Eût-elle affirmé avec calme son innocence, les calomnies empoisonnées de Mrs. Jethway fussent restées sans effet. Pourquoi ne l'avait-il pas laissée parler. S'il eût mis pour une fois son orgueil de côté, tout se fût expliqué. Et son cœur se brisait au souvenir de la douceur qu'elle opposait à ses injures, aux assurances de son amour.

Il écarta le souvenir de sa faute — faute si légère! — pour ne songer qu'à sa douceur. Il ressuscita le bel été passé avec elle. Il la revit, lors de leur première rencontre, timide et rougissante. Comme elle était chaste et hardie à la fois. Si fière d'être vue à son bras, si fière de lui et de son talent.

Sa résolution fut vite prise. Il sauta à bas de son lit, s'habilla et attendit le jour.

Stephen était aussi agité. Il ne pensait guère à la joie de retrouver ses parents et de s'établir pour un certain temps au pays natal. Non, il rêvait. Elfride et Knight étaient séparés, comme si leurs fiançailles n'eussent jamais existé. Leur rupture avait dû se produire peu après la rencontre dans le caveau des Luxellian et cette rencontre ne pouvait s'expliquer autrement : Elfride lui avait rendu toute son affection.

L'opinion du jeune homme en cette affaire était celle d'un amoureux et non d'un spectateur désintéressé. Son imagination étagea espoir sur espoir jusqu'à ce qu'il ne lui restât aucun doute. L'ancienne tendresse d'Elfride pour lui était bien la seule cause de sa rupture avec Harry Knight.

Oui, il lui fallait chercher à revoir la jeune fille sans tarder.

N'était-il pas riche maintenant, avec une position solidement établie? Illustre même, s'il fallait en croire le digne maire de Saint-Launce.

XXXIX

Les deux amis et rivaux déjeunèrent ensemble le lendemain matin. Ils n'échangèrent aucune parole sur ce qui avait fait la veille le sujet de leur conversation. Stephen méditait les moyens de s'échapper de Londres le jour même.

— Je ne compte pas partir pour Saint-Launce avant demain, vous savez, dit-il à Knight vers la fin du repas. Qu'allez-vous faire aujourd'hui?

— J'ai un rendez-vous d'affaires à dix heures, fit Knight de propos délibéré. Ensuite, quelques visites...

— Je vous verrai ce soir, fit Stephen.

— Oui, je vous en prie. Venez donc dîner avec moi, si je suis encore là. Peut-être ne dormirai-je pas à Londres. Je suis encore irrésolu. Enfin, au revoir pour l'instant... je vous écrirai si nous ne nous voyons pas.

Il était neuf heures moins le quart. Sitôt Knight parti, Stephen se sentit encore plus impatient. Décidément un jour d'attente lui serait insupportable. Après tout, il retarderait son rendez-vous sans grand inconvénient.

Il écrivit un mot à son client, un autre à Knight — pour s'excuser de n'être point là le soir — paya sa note et, laissant l'ordre qu'on fît suivre ses bagages, sauta dans un train qui le conduisit à la grande gare de l'Ouest.

Peu après, il se trouva installé dans une voiture de première classe.

Le chef de gare portait le sifflet à ses lèvres, lorsqu'un homme accourut hors d'haleine et sauta dans le compartiment voisin.

Stephen se trouvait d'un jour en avance. Ses parents ne l'attendaient que le lendemain. Il était convenu qu'on viendrait au-devant de lui à Plymouth. Cette perspective comblait de joie le couple. Stephen ne pouvait le priver de ce plaisir. Le plus simple serait donc d'aller jusqu'à Castle-Boterel, d'errer dans les lieux bien connus, de s'informer de la jeune fille et de regagner Plymouth pour y rencontrer ses parents.

A Chippenham, il y eut un arrêt; on attachait un nouveau vagon au train.

Stephen mit la tête à la portière. Au même moment celle de son voisin émergea du compartiment proche. Knight et Stephen se reconnurent.

— Vous ici! fit le plus jeune.

— Oui. Il me semble que vous-même... fit Knight d'un air étrange.

— Oui...

Ils oubliaient pour l'instant l'égoïsme de l'amour et les affres de la jalousie. Mais leur présence mutuelle les troublait tous deux.

— Vous ne deviez pas venir avant demain, je croyais? remarqua Knight.

— En effet, mais j'ai changé d'idée. Je vous avais laissé un mot d'explication.

— Moi aussi.

— Vous ne semblez pas bien portant. Je l'ai déjà remarqué ce matin.

— Migraine. Mais vous-même semblez plus pâle que d'habitude.

— Migraine aussi. Il y a un arrêt de quelques minutes, je crois.

Ils arpentèrent la plate-forme, tous deux embar

rassés par la présence de l'autre. Au bout du quai,
ils s'arrêtèrent distraitement pour regarder la manœuvre. Des employés décrochaient un vaste fourgon noir à l'arrière du train. On allait repartir. Ils
regagnèrent leurs compartiments.

— Ne montez-vous pas avec moi? fit Knight sans
chaleur.

— J'ai ma valise, mon porte-manteau et mon
parapluie : c'est toute une affaire à déménager, fit
Stephen sans enthousiasme. Pourquoi ne viendriez-
vous pas dans mon compartiment?

— Oh! J'ai mes sacs aussi. Ce n'est peut-être pas
la peine de nous déranger pour si peu. Nous nous
reverrons bientôt.

— Oui, c'est cela.

Et ils remontèrent dans leur compartiment res-
pectif. Comme le train s'ébranlait, le chef de gare
fit de grands signaux pour l'arrêter.

Stephen se mit à la portière.

L'homme s'emportait.

— Espèces d'idiots, ne voyez-vous pas que la
voiture est pour la grande ligne. Vite! Bon sang de
bon sang!

— Quel ennui que tous ces arrêts, fit Knight avec
impatience, en mettant lui aussi le nez à la portière.
Qu'y a-t-il?

— C'est le fourgon de tout à l'heure que l'on a
dû décrocher par mégarde, fit Smith.

Les hommes s'affairaient, poussaient la voiture.
Un choc sourd. Et l'on repartait.

Stephen méditait sur la présence de Knight. Allait-
il jusqu'à Castle-Boterel? Mais alors ce ne pouvait
être que pour voir Elfride?

A Plymouth, Smith descendit et prit un verre de
sirop au buffet. On changeait de train. Il se dirigea
vers le guichet afin de prendre son billet pour Camelton, la nouvelle station entre Castle-Boterel et Endelstow.

Knight s'y trouvait déjà.

Ils avancèrent en silence vers le train.

A ce moment, ils virent passer sur les rails le fourgon de tout à l'heure. Deux hommes le poussaient vers le train en partance.

— C'est pas encore trop lourd, dit l'un d'eux.

— Léger comme la vanité; plein de néant! fit l'autre qui semblait bel esprit.

— Vous allez de ce côté, j'imagine? fit Knight.

— Oui.

— Peut-être alors pourrions-nous faire le reste du trajet ensemble.

— Certainement.

Le soir tomba. C'était la veille de la Saint-Valentin — cet évêque béni des amoureux — et le soleil apparaissait très bas à l'horizon, rouge dans un ciel sombre. Il teintait d'orange les collines. Le train changeait de direction. Les rayons tombèrent sur les yeux mi-clos de Knight.

— Vous allez à Saint-Launce, je suppose? murmura-t-il.

— Non, dit Stephen, on ne m'attend pas avant demain.

Knight n'insista pas.

— Et vous... allez à Endelstow? demanda le jeune homme soupçonneux.

— Du moment que vous me le demandez, Stephen, je suis forcé de l'avouer, fit Knight d'un ton bas et résolu. Je vais à Endelstow voir si Elfride Swancourt est encore libre. Et, si elle l'est, pour en faire ma femme.

— Moi aussi, dit alors Stephen Smith.

— Je crois que vous perdez votre temps, reprit Knight avec décision.

— Naturellement! repartit Stephen avec amertume Vous auriez pu dire « j'espère » au lieu de « je crois ».

— Mais non. Je vous donne mon opinion. Elfride

Swancourt peut vous avoir aimé autrefois; mais elle était fort jeune alors et ne se connaissait pas.

— Merci! Et moi je vous dis qu'elle savait ce qu'elle faisait aussi bien que moi. Nous sommes du même âge. Et si vous n'étiez pas intervenu...

— Ne dites pas cela, Stephen! Comment pouvez-vous avancer une chose pareille. Soyez juste, je vous prie...

— Elle m'appartenait avant d'être à vous, ne le saviez-vous pas? Comment ne me serait-il pas pénible de penser que sans vous elle serait mienne, aujourd'hui?

Et le cœur battant, Stephen tourna son visage vers la fenêtre pour cacher son émotion.

— Il est ridicule à vous, fit Knight d'un ton radouci, d'envisager ainsi les choses. Ce que je vous en dis, c'est pour votre bien. Vous avez tort de ne pas reconnaître que son amour pour vous ne fut qu'un caprice d'enfant.

— C'est faux, fit Stephen avec violence. C'est vous qui nous avez séparés. C'est encore vous qui vous dressez sur mon chemin. Lorsqu'elle vous a préféré, je ne suis pas intervenu, moi. Vous pourriez bien être aussi généreux aujourd'hui, monsieur Knight.

— Ne m'appelez pas monsieur, je vous prie. Nous sommes égaux maintenant.

— Le premier amour est plus profond.

— Allons donc!

— Si. Et j'ai eu son premier amour. Et c'est à cause de moi, je le devine, qu'elle s'est éloignée de vous.

— C'est à cause de vous en effet; mais pas comme vous le croyez. Je ne veux pas évoquer ces souvenirs, ils sont trop pénibles. Agissez donc à votre guise, mon ami. Ce n'est pas moi qui vous en empêcherai.

— Vous n'avez pas le droit de m'opprimer ainsi. Vous avez été mon maître autrefois, je vous en suis reconnaissant, mais ce n'est pas une raison pour vous mettre aujourd'hui au travers de mon chemin, et abuser de ma reconnaissance.

Knight fut blessé.

— Vos paroles sont injustes, Stephen. Vous me faites injure. Je ne vous ai jamais considéré comme un débiteur.

Stephen fut touché de sa douceur.

— Oui, oui, murmura-t-il, je suis injuste, je le reconnais.

— Voici Saint-Launce, je crois. Descendez-vous?

Le ton de Knight rebroussa Stephen.

— Non, fit-il résolument. Je vous ai déjà dit que j'allais à Endelstow.

Les traits de Knight restèrent impassibles, et il n'ajouta pas un mot. Le train courait à travers la campagne. Stephen s'enfonça dans son coin et ferma les yeux. L'ombre s'épaississait. Une légère brise soufflait du nord-est.

Stephen sursauta tout à coup. Il lui fallut quelques minutes pour revenir à lui. Il passa sa main sur ses yeux.

— C'était si réel, murmura-t-il.

— Quoi donc? interrogea Knight.

— Ce rêve... si vivant.

Il regarda d'un air vague par la portière. On approchait de Camelton. Les lueurs jaunes des lampes trouaient l'obscurité.

— Que rêviez-vous? demanda Knight d'un air pensif.

— Oh! rien d'intéressant... C'est si bizarre les rêves...

— Mais encore?

— C'était un matin radieux dans l'église d'Endelstow. Vous et moi nous nous tenions près du chœur. Dans le sanctuaire, lord Luxellian était tout seul, calme et impassible. Devant l'autel officiait un prêtre étrange avec un livre. Il leva les yeux et dit : « Où

est la fiancée? » Et lord Luxellian répondit : « Il
n'y a pas de fiancée! » A ce moment, la porte s'ouvrit et je devinai la présence de lady Luxellian telle
qu'elle était avant sa mort. Il se tourna vers elle et
dit : « Je vous croyais en dessous, dans le caveau.
Mais je rêvais évidemment. Venez près de moi. »
Elle s'avança vers nous et en passant près de moi
me glaça tellement que je m'écriai : « Je meurs! »
C'est à ce moment que je me réveillai. Mais nous
voici à Camelton.

Ils entraient en gare.

— Qu'allez-vous faire? demanda Knight. Comptez-
vous vraiment vous rendre chez les Swancourt?

— Nullement. Je vais prendre des renseignements
d'abord. Je coucherai à l'auberge « Aux armes des
Luxellian ». Vous allez directement à Endelstow,
j'imagine?

— Je ne puis guère. Peut-être ignorez-vous que
sa famille — son père tout au moins — est aussi
froid avec moi qu'avec vous.

— Je ne savais pas.

Knight ouvrit la portière.

— Il y a beaucoup de gens à la gare, dit-il, on
dirait qu'ils sont venus nous attendre.

Les deux jeunes gens remarquèrent alors que tout
le monde était en deuil. Au delà de la barrière attendait un grand véhicule noir qu'ils ne reconnurent pas
tout d'abord. Mais Knight vit se découper sur le
ciel des formes semblables à des cèdres et devina
alors que la voiture était un char mortuaire. Peu de
gens attendaient les voyageurs. Un groupe s'était
concentré en bas du quai. Knight et Stephen descendirent et regardèrent dans cette direction. Ils
devinèrent alors que la destination du sombre fourgon qui les accompagnait depuis Londres était la
même que la leur. Les assistants se rangèrent en
haie du fourgon à la barrière. Et les hommes en noir
montèrent dans le vagon.

— Ce sont des paysans, j'imagine, dit Stephen.
Tiens, c'est étrange, voici trois hommes d'Endelstow.

Bientôt ils reparurent, portant à quatre un léger
cercueil en bois verni et sans clous. Ils soulevèrent
le cercueil sur leurs épaules et l'emportèrent lentement vers le corbillard.

Knight et Stephen sortirent de la gare comme on
l'y hissait. Une voiture appartenant au cortège
s'ébranla à ce moment. Comme elle passait sous un
réverbère, les rayons éclairèrent le visage du vicaire
d'Endelstow, M. Swancourt, vieilli de plusieurs années.

Knight et Stephen se reculèrent involontairement.

— Que fait M. Swancourt à cet enterrement,
demanda Knight à l'un des assistants.

— C'est le père de la jeune dame.

— Quelle jeune dame? interrogea Knight d'une
voix si rauque que son interlocuteur le regarda d'un
air effrayé.

— La jeune dame ensevelie dans le cercueil. Elle
est morte à Londres, vous savez, et on l'a ramenée
par le train. On doit l'enterrer demain.

Knight regarda l'emplacement où se tenait le char
mortuaire quelques minutes auparavant, comme s'il
le voyait encore ou quelqu'un d'autre.

Puis il se tourna et aperçut la silhouette de Ste
phen, cassée en deux comme celle d'un vieillard.

Il prit alors le bras de son jeune ami et l'entraîna
dans l'ombre.

XL

Une demi-heure s'écoula. Deux hommes misérables erraient dans la nuit sur la route qui sépare Camelton d'Endelstow.

— Est-elle morte de chagrin? dit Henry Knight? Se pourrait-il que j'ai brisé son cœur, Stephen? J'ai été si dur!

— Comment auriez-vous pu la tuer plus que moi?

— En m'en allant, en la fuyant. Et je ne lui ai seulement pas donné un baiser d'adieu et je l'ai laissée partir misérablement. Je suis un scélérat. Je voudrais pouvoir me confesser à l'univers entier de mon crime envers ma bien-aimée.

— Votre bien-aimée! fit Stephen avec un rire étrange. N'a-t-elle pas été *mienne* avant d'être *vôtre*? Si quelqu'un a le droit de la revendiquer. C'est moi, j'imagine?

— Vous parlez sans savoir. A-t-elle jamais fait quelque chose pour vous? A-t-elle risqué sa réputation?

— Oui, fit Stephen avec emphase.

— Jamais! A-t-elle risqué sa vie pour vous, comme pour moi?

— Ce fut de la bonté. Quand l'a-t-elle risquée d'abord?

— Pour me sauver d'un précipice. La pauvre enfant était au bord de la falaise avec moi Nous

regardions l'approche du *Puffin* lorsque je glissai.
Pourquoi ne suis-je pas mort alors?

— Attendez! s'écria Stephen les yeux humides.
Elle était sur ce rocher pour guetter mon retour.
Elle me l'avait promis plusieurs mois auparavant.
Y aurait-elle été si elle ne m'aimait plus?

— Ah! ne discutons pas. Si j'apprends qu'elle est
morte pour vous, je n'ajouterai pas un mot.

— Et moi, réciproquement.

Les nuages noirs, derrière lesquels le soleil avait
disparu commencèrent à fondre en eau.

Comme ils avaient pris un chemin de raccourci,
ils constatèrent que le corbillard n'était que quelques
pas en avant d'eux sur la route.

Knight et Stephen suivirent de loin. Ils entrèrent
dans le village. Le char mortuaire avait disparu. La
pluie redoublait. Une lumière filtrait d'une porte
entr'ouverte. On entendait le choc d'un marteau.
Ils se dirigèrent machinalement dans cette direction
pour se mettre à l'abri.

Un individu vêtu d'un pardessus marron, abrité
sous un vaste parapluie et tenant un paquet sous
son bras les rejoignit à ce moment.

— Un mauvais temps, fit-il en passant près des
deux amis.

Et il entra dans la forge.

Les deux jeunes gens s'abritèrent sous le hangar.
Le bruit du marteau cessa aussitôt. Le forgeron causait avec le nouveau venu.

— J'arrive à pied de Camelton, disait celui-là.
Nous sommes obligés de venir ce soir.

Il posa le paquet sur le rebord de la forge pour
s'essuyer le visage.

— Vous savez ce qu'il contient, j'imagine? reprit-il.

— Non, fit le forgeron en s'arrêtant près du souf-
flet.

— Je vais vous montrer.

Il prit le paquet plat et le forgeron souffla sur le feu pour donner plus de lumière. Le nouveau venu déplia un premier papier brun qu'il étala soigneusement, puis une sorte d'étoffe, puis un papier de soie. Il tendit alors une plaque d'acier au forgeron.

— Oh! Je vois, fit celui-ci en se rapprochant. Pauvre jeune femme! Mélancolique! Si jeune!

Knight et Stephen regardèrent par la porte entrebâillée.

— Ceci, qu'est-ce? demanda le forgeron.

— La couronne. Un bel ouvrage, n'est-ce pas? Ah! dame, ça coûte un bon prix.

— Oui, pour un beau morceau de métal, c'en est un.

— Il vient de chez le même marchand que le cercueil. Mais il n'a pas été prêt à temps. On n'a pu l'envoyer à la maison de Londres. Je le fixerai ce soir.

C'était la plaque du cercueil. Knight et Stephen s'approchèrent. L'employé des pompes funèbres, en les apercevant, la leur tendit poliment, et tous deux lurent ensemble à la lueur des charbons :

ELFRIDE

Epouse de Spenser Hugo Luxellian
Quinzième baron Luxellian
Morte le 10 février 18...

Ils lurent, relurent, comme animés d'une seule âme. Puis Stephen mit sa main sur le bras de Knight et ils se reculèrent loin, bien loin des charbons rouges, dans le noir.

— Qu'allons-nous faire? dit Stephen.

— Je ne sais pas.

Un silence pesa.

— Elfride mariée! murmura Stephen, dans un murmure comme s'il eût craint qu'on entendît.

— Infidèle! compléta Knight.

— Et morte!

Knight ne répondit pas.

On n'entendit plus rien que le battement de leurs cœurs, le choc mou de la pluie sur leurs vêtements et le ron-ron de la forge.

— Suivons-nous Elfride plus loin? interrogea Stephen.

— Non; laissons-la seule. Elle est au delà de notre amour, au delà de nos reproches. Ignorant les raisons qui l'ont fait agir, nous ne pouvons dire qu'elle nous fut infidèle. (Sa voix devint douce comme celle d'un enfant.) Pouvons-nous la qualifier d'ambitieuse? Non. Les circonstances l'ont encore une fois vaincue. Elle était si fragile, si délicate, vous souvenez-vous?

— Oui.

Ils se dirigèrent vers Castle-Boterel où ils avaient envoyé leurs bagages de Camelton.

Tout à coup Stephen posa doucement sa main sur le bras de Knight.

— Je me demande comment elle mourut? fit-il d'une voix brisée. Si nous retournions?

Ils rebroussèrent chemin et regagnèrent Endelstow. L'auberge « Le Bien-Venu » restait ouverte. La façade avait été récrépie à neuf et le nouvel hôtelier n'était autre que Martin Cannister.

Knight et Smith entrèrent. Un vaste feu brûlait dans la cuisine, jetant des reflets pourpres sur la cheminée et les murs. Une femme en noir et à tablier blanc nettoyait une table. Stephen d'abord et Knight ensuite reconnurent en elle Unity, l'ancienne bonne du presbytère et la femme de chambre d'Elfride aux « Rochers ».

— Unity! murmura doucement Stephen, me reconnaissez-vous?

Elle leva les yeux et son visage s'éclaira.

— Oh! monsieur Smith! Et monsieur Knight!

Asseyez-vous. Peut-être savez-vous que j'ai épousé Martin Cannister depuis notre dernière rencontre.

— Depuis quand?

— Cinq mois. Le jour même où notre chère miss Elfride est devenue lady Luxellian.

Des larmes perlèrent aux cils d'Unity et glissèrent sur ses joues quoiqu'elle tentât de les retenir.

Elle dit alors :

— Voulez-vous entrer au salon, messieurs?

— Restons, murmura Knight à voix basse.

Et se tournant vers elle, il ajouta :

— Nous préférons sécher nos vêtements devant le feu.

Ils n'eurent pas grand'peine à gagner sa confiance et, sans se faire prier, elle leur raconta la fin d'Elfride.

— Un jour, — après votre départ, monsieur Knight — elle disparut. Son père courut après elle et la ramena très malade. Où avait-elle été? Je l'ignore. Mais pendant des semaines, elle fut au plus mal. Et, lorsque je m'inquiétais, elle me disait que j'avais tort et qu'elle voulait mourir. Lorsqu'elle fut mieux, je lui dis qu'elle se guérirait et se marierait. « — Oui, m'a-t-elle dit, je ferai ce que mes parents voudront. Que ma pauvre vie inutile serve au moins à quelque chose. » Lord Luxellian commençait à lui faire la cour. Sa première femme morte, les petites restaient sans mère. Bien vite elles prirent l'habitude de venir. Elles appelaient miss Elfride « leur petite maman » et l'aimaient certainement plus que leur vraie mère. Les enfants l'égayèrent un peu, mais miss ne ressemblait plus en rien à la jeune fille insouciante que vous avez connue. Elle maigrissait beaucoup. Donc, Mylord invitait les Swancourt constamment à dîner. Ce fut un va-et-vient continuel entre le château et le presbytère. Paraît que les petites demandèrent à leur père d'avoir miss Elfride auprès d'elles. Et il dit que peut-être si elles étaient gentilles, il y son-

gerait. Cependant le temps passait. Un jour je lui
dis :

« — Miss Elfride, vous semblez moins bien por-
tante qu'avant. Personne ne semble le remarquer,
mais ça me frappe, moi.

« Elle eut un petit rire et répondit :

« — Je vivrai cependant assez pour me marier,
comme vous me l'avez prédit.

« — Vrai, miss? J'en suis bien heureuse.

« — Et qui croyez-vous que j'épouse?

« — M. Knight, je suppose.

« — Oh! fit-elle.

« Elle devint blanche comme un linge et, avant que
je pusse la retenir, elle s'écroulait comme une pile
de draps.

« — Lorsqu'elle fut revenue à elle :

« — Unity, reprenons notre conversation...

« — Vaudrait mieux pas aujourd'hui, miss.

« — Si. Qui vais-je épouser?

« — Je n'sais pas.

« — Devinez.

« — Ce n'est pas Mylord?

« — Si, fit-elle d'un ton las.

« — Mais il ne vient guère vous faire la cour.

« — Ah! Vous n'y connaissez rien.

« Le mariage devait avoir lieu en octobre. Elle
sembla s'égayer un peu. Etait-ce l'idée de quitter la
maison? Je ne sais. Car j'aime mieux vous le dire,
la maison n'était pas bien gaie pour elle. Son père
était d'une dureté inconcevable. Et quoique Mistress
Swancourt fut plutôt bien à sa manière, sa politesse
froide ne valait guère mieux. La pauvre petite n'était
pas heureuse.

« Environ un mois avant le mariage, elle, Mylord
et les deux enfants prirent l'habitude de se promener
chaque jour à cheval. C'était un joli spectacle. Vous
me croirez si vous voulez, mais jamais je ne l'ai vue
seule une fois avec Mylord sans les enfants. Ah!

oui, une drôle de façon de faire sa cour. Cependant Mylord est si beau qu'elle avait fini, je crois, par bien l'aimer. Et je l'ai vue sourire et rougir à ses compliments. Il désirait surtout l'épouser à cause des enfants. Mais c'est un galant homme. Il lui fit des présents magnifiques, l'un d'entre eux surtout : un ravissant bracelet serti de diamants et d'émeraudes. Elle devint toute rouge lorsqu'il le lui donna. Pendant une minute ou deux, les roses d'autrefois vinrent fleurir ses joues. C'est moi qui l'habillai le jour de son mariage pour la dernière fois, pauvre enfant! Puis, quand elle fut prête, je courus enfiler ma robe de mariée et partis avec Martin. Et dès que Mylord et Milady furent mariés, le même pasteur nous unit. Ce furent deux noces paisibles, sans tralala ni invités. Et Milady s'égaya un peu. Mylord était si beau et si tendre! »

— Comment est-elle morte... hors de chez elle? murmura Knight.

— Voyez-vous, monsieur, peu après son mariage, elle retomba dans son ancienne mélancolie, et Mylord l'emmena à l'étranger pour lui changer les idées. Ils revenaient chez eux lorsqu'à Londres elle tomba sérieusement malade. On ne put la transporter et elle mourut là-bas.

— L'aimait-il beaucoup?

— Qui? Mylord? Oh! je crois bien!

— Passionnément?

— Passionnément. Pas dès le premier jour, mais peu à peu. Elle savait si bien gagner les gens à elle. Il serait mort pour sa femme! Pauvre Mylord! Il a le cœur brisé!

— L'enterrement a lieu demain?

— Oui. Mon mari est en ce moment dans le caveau avec les maçons, en train de préparer sa place.

Le lendemain deux hommes traversaient la vallée familière qui va de Castle-Boterel à Est-Endelstow.

Et lorsque la cérémonie eut pris fin et que tout le monde se fut éloigné, le couple descendit doucement les marches qui conduisent au caveau des Luxellian.

Dans la nouvelle niche de la crypte se dressait un cercueil apparemment récent quoique un peu dépoli, et un nouveau cercueil, brillant celui-là et vernissé d'une façon éclatante.

Auprès on distinguait la silhouette d'un homme agenouillé sur la pierre nue. Le corps à moitié couché sur le cercueil, les mains jointes, toute son apparence était celle de la douleur la plus affreuse.

Il semblait jeune encore — plus jeune peut-être que Knight — et même dans sa pose abandonnée, il gardait une silhouette élégante et virile à la fois.

Il murmurait une prière à mi-voix et semblait totalement inconscient de la présence des deux autres.

Knight et Stephen se rapprochèrent jusqu'à l'endroit où s'était tenue Elfride le jour de leur rencontre dans le caveau. Et maintenant, ses yeux bleus fermés à jamais, elle sombrait dans le silence, comme ses ancêtres...

Alors seulement dans la demi-obscurité, ils aperçurent la silhouette agenouillée de lord Luxellian. Ils se sentirent des intrus, Knight prit le bras de Stephen et silencieusement, ils s'éloignèrent comme ils étaient entrés.

— Venez, dit Knight d'une voix brisée. Nous n'avons pas le droit d'être ici. Un autre nous remplace... Il est plus près d'elle que nous...

Et, côte à côte, en silence, ils s'éloignèrent.

TABLE DES MATIÈRES

PARIS

TYPOGRAPHIE PLON-NOURRIT ET Cie

8, rue Garancière — 6^e

PARIS. — TYP. PLON-NOURRIT ET Cie, 8, RUE GARANCIÈRE. — 15881.